일러두기

1. 번역에 쓰인 원전은 2013년 중국 장강문예출판사에서 출간한 '이월하 문집' 제1판을 사용했다.
2. 맞춤법과 띄어쓰기는 한글 맞춤법과 외래어 표기법에 따랐다.
3. 한자는 우리말로 표기하고, 꼭 필요한 경우에만 괄호 속에 원음을 병기해 이해하기 쉽도록 했다.
   예 : 다이곤多爾滾(도르곤)
4. 인명과 지명은 우리말로 표기했다. 단, 이미 굳어진 표현은 원지음을 존중했다.
   예 : 나찰국羅刹國(러시아). 이후에는 '러시아'로 표기
5. 본문 중의 괄호 안에 뜻을 풀이한 것은 모두 옮긴이의 설명이다.

【제왕삼부곡 제1작】

중국 최고지도부가 선택한 최고의 역사소설

강희대제

12

얼웨허 역사소설

홍순도 옮김

더봄

小說 康熙大帝：二月河

Copyright ⓒ 2013 Eryuehe
Korean Translation Copyright ⓒ 2015 by theBOM Publishing co.

Korean edition is published by arrangement with Eryuehe
小說《康熙大帝》出刊根據與原作家二月河的約屬於theBOM出版社. 嚴禁無斷轉載複製.

강희대제 12권

개정판 1판 1쇄 발행   2015년 6월 28일
개정판 1판 2쇄 발행   2015년 9월 30일

지은이   얼웨허(二月河)
옮긴이   홍순도
펴낸이   김덕문

펴낸곳   더봄
등록번호   제2015-000072호
주소   서울특별시 중구 을지로 12길 28, 207호(저동2가, 저동빌딩)
대표전화   02-2264-0148   **팩스** 02-2264-0149
전자우편   thebom21@naver.com
블로그   blog.naver.com/thebom21

ISBN 979-11-86589-12-0 04820
ISBN 979-11-86589-00-7 04820(전12권)

책값은 뒤표지에 있습니다.

말년의 강희제 모습
중국 역사상 가장 위대한 황제로 오늘날 중국의 강토를 확정지은 위대한 황제도
죽음 앞에서는 어쩌지 못했다. 다행인 것은 후계자로 옹정제를 선정해
건륭제까지 이어지는 중국 역사상 가장 전성기인 '강건성세'康建盛世의 서막을
열었다는 점이다. '천고일제'千古一帝라는 명성은 그래서 조금도 부족함이 없다.

효공인황후孝恭仁皇后

호군참령護軍參領 위무威武의 딸로, 성姓은 오아烏雅씨다. 옹정제의 생모로,
1681년에 덕비德妃에 봉해졌다. 옹정제 즉위 후 황태후로 존숭되었다.

옹정황제雍正皇帝
1678~1735. 재위 1722~1735. 강희제의 넷째 아들로 태어나,
강희제의 뒤를 이어 황제가 되었다. 즉위 초에 여러 형제들을 숙청하는
비정한 모습을 보였지만 내치內治에 전념하여 정치와 재정 분야에서 중대한 개혁을
이루었다. 묘호는 '세종'이고, '옹정'은 그의 연호이다. 중국 시진핑 국가주석이
자신의 모델로 삼았다고 할 정도로 집권 내내 반부패 개혁을 추진했다.

4부 후계자

38장 | 다시 폐위되는 태자   009

39장 | 넷째 황자의 사람들   027

40장 | 강희, 태자를 세우지 않기로 결심하다   046

41장 | 변방에 감도는 전운戰雲   063

42장 | 윤진, 7년 만에 윤상을 만나다   078

43장 | 태자의 친필편지   094

44장 | 정체를 숨기고 살아온 정 귀인   111

45장 | 조롱에 갇힌 새   128

46장 | 강희, 후계자를 논의하다   144

47장 | 출정하는 대장군왕 윤제   160

48장 | 넷째와 열넷째, 동복同腹형제의 운명   175

49장 | 넷째 황자의 참모들   190

50장 | 넷째 황자의 위엄   209

51장 | 강희의 천수연天叟宴   223

52장 | 측근에 대한 강희의 배려   240

53장 | 죽음에 대비하는 강희   256

54장 | 강희, 눈을 감다   272

55장 | 새로운 황제   287

38장
다시 폐위되는 태자

 태자를 또다시 폐위시키고자 한 강희의 행동은 과감하고 빨랐다. 그날 저녁 비를 맞으면서 창춘원에서 대내로 돌아오자마자 즉각 명령을 내려 윤잉의 입궁을 불허한 것이다. 이어 창춘원에서 처리 결과를 기다리도록 했다. 내무부 당관들 역시 바삐 움직였다. 우선 일단의 태감들을 데리고 육경궁으로 가서 그곳에 있는 모든 서류와 기밀문서들을 압수수색했다. 또 윤잉의 최측근이었던 진가유와 주천보를 형부로 압송해 연금시켰다. 병부상서 경액, 형부상서 제세무, 도통都統 악선, 부도통副都統인 오례悟禮와 탁합제를 감옥에 가두라는 긴급명령도 신속하게 내려졌다. 그야말로 하룻밤 사이에 정세는 돌변했다. 막 기지개를 켜던 새로운 태자당은 완전히 일망타진되다시피 했다.
 왕섬은 병가를 내고 집에 있었던 탓에 제때에 윤잉의 횡액 소식을 몰랐다가 이튿날에야 비로소 알게 됐다. 당연히 처음에는 한사코 믿으려

하지 않았다. 그러나 확실한 소식통으로부터 사실을 확인하자 더 이상 누워 있을 수만은 없다고 생각했는지 바로 궁으로 들어갈 채비를 서둘렀다.

비는 어느새 멎어 있었다. 그러나 먹장구름은 여전히 무겁고 숨이 막힐 정도로 낮게 드리워져 있었다. 또 마치 선잠에서 깬 듯한 흐리멍덩한 태양은 게으른 얼굴로 사람을 짜증나게 만들고 있었다. 수레에 앉아 궁으로 향하는 왕섬의 표정은 험악했다. 이마의 주름살은 한껏 구겨져 있었다. 그가 병가를 낸 것은 진짜 몸이 조금 무거워서이기도 했으나 사실은 윤잉에게 화가 났기 때문이라고 할 수 있었다. 병을 핑계 삼아 그냥 드러누워 버렸던 것이다.

왕섬은 윤잉이 태자 자리에 복귀할 수 있었던 것은 결코 다른 황자들보다 뛰어나서가 아니라는 사실을 너무나도 잘 알고 있었다. 또 강희의 태자에 대한 남다른 감정과 그에 따른 큰 기대가 불가마에 넣은 쇳덩이가 빨리 강철이 되지 않는다고 안타까워하는 간절함, 그 자체라는 것 역시 모르지 않았다. 윤잉이 바보가 아닌 이상 그런 아버지의 깊고 넓은 마음을 조금이나마 헤아려야 했다. 나아가 예전의 전철을 밟지 않기 위해 소신껏 노력을 해야 했다. 왕섬은 윤잉이 그렇게 할 것이라고 믿어 의심치 않았다.

그러나 윤잉은 주위 사람들의 기대를 철저하게 저버렸다. 왕섬이 탐관오리들을 색출해 북경으로 압송할 때도 절대로 사적인 감정을 앞세워서는 안 된다고 간곡하게 간언했으나 듣지 않았다. 아예 귓전으로 흘려보냈다. 더구나 황제에게 주청하지도 않았을 뿐만 아니라 상서방 대신 마제와 사전에 상의도 하지 않은 채 혼자서 마음 내키는 대로 143명의 탐관오리들을 북경으로 압송했다. 조정을 발칵 뒤집어 놓을 정도의 독선과 아집이었다.

그 정도에서 그치지 않았다. 윤잉은 태자로서의 체통 따위는 헌 양말 벗어던지듯 던져버린 채 사흘이 멀다 하고 경액, 탁합제, 악선 등 측근을 불러 질펀하게 술을 마셨다. 또 머리를 맞댄 채 뭔가를 수군거렸다. 나중에는 평소 스승이라면서 깍듯이 예우하는 듯한 왕섬조차도 정작 중요한 자리에는 끼지 못하도록 했다. 물론 왕섬은 지나치게 간섭하고 싶지는 않았으나 담대한 포용력을 잃은 채 협량한 무리만 곁에 두는 태자가 스스로 위기를 자초한다는 생각에 정말 아끼는 마음에서 여러 번 조심스럽게 간언을 하기는 했다. 그러나 윤잉은 그냥 '모여서 즐길 뿐'이라는 대답만 했다.

왕섬은 이처럼 윤잉을 보좌하는 순간들이 마치 바늘방석에 앉아 있는 것 같았다. 그럼에도 행여나 하는 기대 속에서 하루하루를 버텨왔다. 그러나 얼마 전 진가유로부터 윤잉이 고북구의 주둔군을 북경으로 옮길 생각을 한다는 말을 전해 듣고서는 드디어 모든 것이 끝이라는 생각을 하지 않을 수 없었다. 돌이킬 수 없는 큰 사고를 예감한 것이다.

"후유! 하루아침에 천지개벽이 일어났구먼! 저 흐리멍덩한 태양이 내 가슴 속의 충성을 비춰주지 않으니……, 난들 어떡하겠는가?"

왕섬은 황궁이 가까워오자 오장육부가 대경실색할 정도로 기나긴 한숨을 토해내면서 중얼거렸다. 그리고는 별 어려움 없이 강희를 만나기로 한 월화문으로 가기 위해 곧바로 대내로 들어섰다. 그러나 융종문을 통해 천가天街에 들어선 이후부터는 분위기가 상당히 낯설었다. 육부六部와 구경九卿의 관리들이 건청문 앞에 새카맣게 모여 삼삼오오 떼지어 수군대고 있는 모습이 보였다. 좌중의 사람들은 안색이 창백한 왕섬이 정갈한 관복 차림으로 나타나자 입을 뚝 다물고는 말없이 자리를 비켜줬다.

왕섬은 황궁에 발을 들여놓기 전까지만 해도 모든 것이 터무니없는 유언비어로 끝나길 바라는 억지스러운 기대를 갖고 있었다. 그러나 관리들이 까맣게 모여 있는 진풍경을 보는 순간 모든 것을 포기하고 말았다. 간신히 지탱하고 있던 희망이라는 성곽의 한 모퉁이마저 와르르 무너져 내리는 허탈감에 휩싸이지 않을 수 없었던 것이다. 그는 조정 백관들의 표정 따위에는 아랑곳하지 않고 부지런히 발걸음을 옮겼다. 그리고는 붉은 돌계단에 올라 목을 빼들고 안을 들여다봤다.

그의 눈에 패자와 패륵을 비롯해 왕으로 봉해진 황자 열몇 명과 윤잉이 월화문 앞에 무릎을 꿇고 있는 모습이 들어왔다. 그러나 아무리 봐도 여덟째는 눈에 띄지 않았다. 그저 그 앞으로 이덕전과 형년 등이 부산하게 왔다 갔다 하는 광경만 보일 뿐이었다. 왕섬이 월화문 앞에서 서로 인사말도 하지 않고 긴장된 분위기를 극대화시키는 황자들을 한참이나 지켜보다가 천천히 안으로 발을 들여 놓으려고 했다. 그때 시위 장오가 다가섰다.

"지금 들어가시면 안 됩니다, 왕 어른."

"나는 폐하를 뵈러 왔단 말이오! 들어가 봐야겠소!"

왕섬의 얼굴은 금세 벌겋게 달아올랐다. 장오가는 물러서지 않았다. 한 손으로 그를 막았다.

"진정하십시오, 곧 지의가 계실 것입니다."

왕섬이 화가 머리끝까지 치민 듯 안간힘을 다해 장오가를 밀쳤다. 그러나 장오가는 장승처럼 꿈쩍도 하지 않았다. 그때 저 멀리에서 강희가 월화문으로 들어서는 모습이 보였다. 그 뒤로 장정옥, 마제, 그리고 검은 비단 솜저고리를 입은 방포가 뒤를 따랐다. 윤잉을 비롯한 황자들은 일제히 머리를 조아렸다. 그러나 강희는 눈길 한 번 주지 않은 채 가볍게 손만 저어 보이고는 곧바로 건청문 동난각을 향해 횡하니 걸어갔다. 관리들은 입구에 선 채로 누구네 집 개가 새끼 낳았느냐하는 잡담을 나누면서 무료함을 달래고 있다가 숨을 죽인 채 사찰의 일주문처럼 자세를 고정했다.

얼마 후 상서방 대신인 마제와 장정옥이 다시 건청문으로 나왔다. 이어 월화문 앞에 가서 뭔가 지의를 전달하는 것 같았다. 윤잉, 윤지, 윤진, 윤기, 윤우, 윤당, 윤아, 윤도胤祹, 윤상, 윤제, 윤우胤禑, 윤록胤祿, 윤례 등 황자들은 일제히 머리를 조아린 채 "영지!"領旨를 우렁차게 외쳤다. 이어 줄을 지어 두 사람을 따라 건청문으로 들어가서는 큰 금항아리 앞에서 공손히 명령을 대기했다.

"지의가 계신다! 문무 관리들은 엎드려 지의를 받으라!"

마제가 큰 소리로 외쳤다. 그러자 수백 명이나 되는 관리들이 한바탕 먼지를 일으키면서 일제히 무릎을 꿇었다. 이어 우렁차게 "만세!"를 연호했다. 그 와중에 어떤 나이 지긋한 늙은 관리 한 명은 지나치게 긴장한 탓인지 머리를 조아리는 순간 기절해 넘어지고 말았다. 그러나 마제는 그에 아랑곳하지 않고 조서를 펼쳐 든 채 읽어 내려가기 시작했다.

천명을 받들고 새로운 기운을 계승한 황제가 다음과 같이 조서를 내린다奉天承運皇帝詔曰: 자고로 나라가 흥하려면 영명한 주인이 있어야 한다. 또 장구한 통치가 이뤄지려면 태자가 현명해야 한다고 했다. 짐은 일전에 태자로서의 자질이 부족하다고 여겨 윤잉을 폐위시켰다. 그러나 부자간의 정을 어찌할 수 없어 넓은 마음으로 용서해 복위시켰다. 또 진정 이 나라 만백성을 이끌고 나갈 재목이라면 결코 두 번의 실수는 없을 것이라고 철석같이 믿었다. 용기를 주고 믿음을 주고 등도 떠밀어줬다. 그러나 모든 것이 짐의 부질없는 짝사랑이었다. 정말 통탄스럽도다. 태자는 맹목적인 광기와 시비곡직에 대한 모호한 분별력으로 크게 인심을 잃었다. 성격적 결함이 불러온 비인간적인 잔인함도 여전하다. 그러니 주변에 졸렬한 소인배들만

들끓을 수밖에 없다! 윤잉 자신은 짐에 대해 흑심을 품고 있지 않을 수 있다. 하지만 그를 옹립하는 데 따른 공로를 노린 악당들의 작당에 놀아났다. 짐을 해치는 날에는 짐으로서는 엄청난 비극이 아닐 수 없다! 전에 석방할 때도 짐은 분명히 못을 박았다. 한 번 폐위 당했다고 두 번 다시 폐위 당하지 않으리라는 법은 없다고. 이제 이 나라와 만백성을 위해 짐은 생살을 도려내는 아픈 마음으로 다시금 태자 윤잉을 폐위시킨다! 흠차!

좌중의 관리들은 그야말로 잔뜩 숨을 죽인 채 지의를 들었다. 당연히 깜짝 놀라지 않을 수 없었다. 하지만 너무 놀라 경황이 없었는지 대부분 머리를 조아리면서 "만세!"를 연호하기까지 했다.

잠시 후 두 명의 태감이 사람들의 시선을 한 몸에 받으면서 윤잉에게 다가갔다. 그리고는 묵묵히 한쪽 무릎을 꿇어 인사를 올렸다. 곧 안색이 파리하게 질린 윤잉이 열두 개의 동주가 달린 모자를 벗어 내밀었다. 두 명의 태감은 익숙한 솜씨로 무릎을 꿇은 채 두 손으로 모자를 받았다. 그때 유철성을 따라온 두 명의 시위가 양쪽에서 윤잉의 팔을 잡으려고 했다. 그러자 윤잉이 신경질적으로 그들의 팔을 뿌리쳤다. 그리고는 머리를 번쩍 쳐든 채 시위들의 뒤를 따라갔다. 좌중의 조정 관리들은 그제야 사방으로 우르르 흩어졌다.

하지만 왕섬은 자리를 뜰 수가 없었다. 윤잉이 모자를 벗어 내미는 모습과 팔을 뿌리치고 뒤따라가는 장면을 애써 외면하던 그의 눈에서 급기야 눈물이 하염없이 흘러내렸다. 그는 벌떡 일어서면서 임무를 마치고 퇴장하려는 마제와 장정옥을 향해 고함을 내질렀다.

"이봐! 마가, 장가야! 폐하께 전해줘. 나는 오늘 폐하를 뵙지 못하면 여기서 엎드려 죽을 거야!"

"왕섬, 그대였소?"

장정옥이 왕섬의 거친 표현에도 불구하고 여느 때와 다름없이 평화로운 표정을 짓고 부드럽게 말했다. 이어 달래듯 다시 입을 열었다.

　"고정했으면 하오! 이미 엎질러진 물이오. 지의 전달이 끝나는 대로 그대를 들여보내라는 폐하의 지시가 계셨소. 이제 들어가 보시오!"

　왕섬이 만감이 교차하는 듯 흐느꼈다.

　"신……, 지의를 받들겠사옵니다!"

　왕섬이 울음 머금은 얼굴을 한 채 모자를 벗어들고 비틀거리면서 건청문으로 들어갔다. 마제와 장정옥은 조용히 시선을 주고받고 나서 황자들에게 다가가더니 윤상에게 말했다.

　"열셋째 황자마마에게 내리는 지의도 계십니다!"

　윤상은 자신도 결코 무사하지 못할 거라는 각오를 이미 하고 있던 터였다. 때문에 크게 당황하지는 않았다. 그가 지의가 있다는 말에 황급히 머리를 조아렸다.

　"뻥 뚫려 있는 귀니까 걱정하지 말고 말씀하세요!"

　"뭐 하는 거야, 윤상! 무례를 범하면 안 돼!"

　윤진이 윤상을 엄하게 꾸짖었다. 그러나 윤상은 그에 전혀 개의치 않고 가볍게 콧방귀를 뀌었다. 그리고는 입을 다물었다. 강희의 지의가 곧 그의 귀에 메아리쳤다.

　"풍승운 사건에 대해 폐하께서 지대한 관심을 보인 바 있사옵니다. 그런데 육부 회의에 넘긴다고 해놓고서는 고작 추방 삼천리로 끝내버린 사실에 대해 이제 폐하께서 물으십니다. 이 결정은 당시 형부를 주관하고 있던 자네가 사사롭게 한 것인가? 아니면 누구의 지시를 받은 것인가? 당시 상서방 대신 마제는 북경에 있었다. 어찌하여 그에게 자문을 구하지 않는가? 이에 답하라!"

　윤상은 강희가 풍승운 사건에 대해 물을 줄은 전혀 생각을 못하고 있었다. 하지만 대답하지 못할 것은 없었다.

"형부상서인 제세무가 이미 구속당해 있사옵니다. 그가 더 잘 알고 있을 것이옵니다. 풍승운 사건 때 저는 어부에서 임백안 사건을 처리하느라 여유가 없었사옵니다. 사실상 개입하지 못했사옵니다. 물론 형부를 책임지고 있었던 사람으로서 책임을 회피할 의사는 없사옵니다."

마제가 눈을 부산스레 껌벅이면서 뭔가를 생각하더니 장정옥에게 말했다.

"그렇소, 장 대인! 그 당시 열셋째마마께서는 임백안 사건 때문에 전혀 형부 일을 돌볼 여유가 없었소. 그 말씀을 폐하께 전해주셨으면 하오."

장정옥이 머리를 끄덕이더니 이어 물었다.

"임백안이 수십 차례에 걸쳐 인신매매를 한 사실은 민간에도 많이 알려져 있다. 그런데 자네는 어찌하여 그 부분에 대해서는 죄를 묻지 않았는가? 결국 비밀문서 사건만으로 서둘러 사안을 종결지어 버렸다. 말 못할 속사정이라도 있었던 것인가?"

윤상은 장정옥의 말이 떨어지는 순간 분노에 치를 떨었다. 다른 것은 제쳐두고라도 자신이 모든 위험을 감수하면서 조정을 위해 독초를 파버렸다고 자부한 사실마저 너무나도 큰 오해를 받고 있다는 것에 도저히 참을 수가 없었던 것이다. 한마디로 죄를 만들어서 묻는 격이라고 해도 좋았다. 참으로 기가 막히고 억장이 무너질 노릇이었다.

윤상은 터져 나오는 울분을 애써 눌러 참았다. 자연스럽게 숨소리가 크게 거칠어졌다. 곧 그가 퉁명스럽게 내뱉듯 대답했다.

"저는 임백안과 죽이 맞아 돌아간 일당이기에 당연히 비호할 수밖에 없었사옵니다! 폐하께서 엄벌에 처해 주십시오!"

"아홉째!"

윤진이 홧김에 될 대로 되라는 식으로 막나가는 윤상을 가슴 아프게 지켜보다 말고 아홉째를 매섭게 노려보면서 고함을 질렀다. 이어 준엄하게 꾸짖었다.

"일말의 양심이라도 있다면 자네가 윤상의 억울한 누명을 벗겨줄 때가 됐다는 생각을 해야 하지 않을까? 임백안 일당의 우두머리는 명실상부하게 바로 너니까!"

윤당이 윤진의 힐책에 고개를 휙 돌리면서 반문했다.

"넷째 형님, 지금 폐하께서는 저한테 물은 게 아니잖아요?"

윤진은 어차피 윤당에게 큰 기대를 하지 않았던 터였다. 그래서 곧바로 장정옥 앞에 무릎을 꿇었다.

"임백안 사건은 처음부터 끝까지 신 윤진이 주관했사옵니다. 불투명한 부분이 있다면 모두 신의 책임이옵니다. 반면 윤상은 공로만 있을 뿐 죄는 없사옵니다. 폐하께서 깊이 헤아려 주셔서 신 윤진에게 죄를 물어주시기를 바라옵니다!"

장정옥이 머리를 끄덕이더니 갑자기 엉뚱하게 화제를 돌렸다.

"폐하께서 또 물으십니다. 정 귀인이 어떻게 죽었는지 사실대로 아뢰어라!"

대부분의 황자들은 정춘화와 윤잉 사이에 발생한 일에 대해 어렴풋이 짐작하고 있는 것이 고작이었다. 또 일부 황자들은 전혀 금시초문이기도 했다. 윤진 역시 놀랐다. 윤당 쪽 황자들 역시 그제야 비로소 죽었다는 물증이 없는 석연치 않은 정 귀인의 행방이 밝혀지지 않을까 하고 순간적으로 저마다 촉각을 곤두세웠다.

"정 귀인이라니요?"

윤상이 느릿느릿 고개를 들면서 황당하다는 반응을 보였다. 이어 장정옥과 마제를 보면서 말했다.

"정 귀인이 누군지도 아들은 처음 듣는 소리이옵니다, 아바마마!"

장정옥은 더 이상 말이 없었다. 또 계속해서 묻지도 않았다. 곧 그가 황자들을 향해 손짓을 했다.

"이제 그만 일어나십시오, 황자마마 여러분! 오늘은 폐하께서 부르지 않으실 것으로 알고 있습니다. 열셋째 황자마마께서도 귀가하셔서 은지恩旨를 기다리십시오. 저와 마제는 폐하의 명을 받고 지의를 전했을 따름입니다. 오늘부터 열셋째 황자마마께서는 모든 업무에서 손을 떼시고 당분간 자숙하는 시간을 가지십시오. 저희들도 능력껏, 성의껏 도와 드리겠습니다. 폐하의 뜻입니다!"

윤상은 끝까지 화를 풀지 못했다. 장정옥의 말에 고마워하기는커녕 냉소를 터트렸다.

"내가 과연 그대들 도움을 받을 일이 있을까? 마음에도 없는 소리 하지 말고, 나를 그렇게 가여운 눈길로 쳐다보지도 마!"

윤상이 턱을 한껏 치켜들고 대들자 다시 윤진이 나서서 크게 꾸짖었다.

"너, 왜 그래? 어서 고맙다고 말 못하겠어?"

윤상이 한껏 부릅뜬 윤진의 눈을 보고 기가 죽었는지 어쩔 수 없다는 듯 고개를 숙였다. 이어 머리를 조아리면서 인사를 올렸다. 장정옥과 마제는 윤상의 언행에는 전혀 개의치 않는다는 듯 황자들을 향해 공손히 허리 굽혀 인사하고는 건청궁으로 돌아갔다.

"어서 오게! 인사는 그만두고 저기 가서 방포 곁에 서 있게. 왕섬은 지금 방포와 한바탕 입씨름이 붙었어!"

강희가 동난각 온돌마루에 앉아 있다 장정옥과 마제를 보면서 말했다. 장정옥이 곧 방금 있었던 자초지종을 강희에게 전했다. 그때 그의 귀에 꿋꿋하게 엎드린 채 입을 여는 왕섬의 말이 들려왔다.

"소인이 괜히 이러는 게 아니옵니다, 폐하! 폐하께서는 탁합제가 주둔군을 북경으로 옮긴다고 해서 불온한 생각을 품었다고 하셨사옵니다. 그러나 과연 태자전하께서 직접 지시했는지는 아직 불투명하지 않사옵니까! 태자전하께서 군사를 거느리고 친정을 원한다고 해서 병권을 움켜잡으려는 불순한 행동으로 오해하시는 것도 그렇사옵니다. 소인은 다소 억지스럽다고 생각하옵니다. 방포, 그대는 포의 신분으로 폐하의 은총을 한 몸에 받고 있소. 그러면서도 이런 위기일발의 순간에 냉정한 판단을 통해 귀중한 조언을 해드리지 못하고 있으니 말이 되오? 괜히 허튼소리나 남발하고 말이오. 그게 간사한 소인배의 본색이 아니고 뭐요?"

방포가 대뜸 되받아쳤다.

"폐하께서 태자를 폐위시키는 것은 대청을 만세에 길이 남기기 위한 고육지책이라고 말씀하셨소. 이보다 더 중요한 일이 어디 있겠느냐고도 하셨소. 그게 어찌 허튼소리를 듣고 하시는 말씀이겠소! 어렵사리 복위시켜 놓았더니 잘못을 뉘우치기는커녕 더욱 날뛰며 일을 저지르고 다니니, 이 일을 어떻게 하면 좋겠냐고 그대에게도 터놓고 얘기하지 않았소? 그런 사람에게 어찌 천하를 맡기겠소! 태자에게 이상한 조짐이 보인다고 하신 것은 폐하의 말씀이시오. 나는 섣불리 단언할 수는 없을 것 같소. 그러나 태자의 언행을 면밀히 지켜본 결과 진짜 의심스럽기는 하다고 생각하오! 천하의 지존은 폐하이시오. 뻔히 잘못된 것을 알면서도 윤잉을 변호하느라 핏대를 세우는 것은 진짜 이 나라의 운명을 위해서인 거요? 아니면 간에 붙었다 쓸개에 붙었다 하는 몹쓸 신하라는 말을 들을까 두려워서요?"

왕섬은 속사포처럼 이어지는 방포의 날카로운 힐책에 온몸을 부르르 떨었다. 그리고는 땅에 엎드려 흐느끼기 시작했다.

"……태자께서는 정말 다른 생각을 품은 것이 아니옵니다. 다른 사람들의 이간질에 절대 놀아나서는 아니 되옵니다, 폐하……!"

왕섬은 우는 와중에도 어휘 선택에도 신중을 기했다. 더 이상 방포를 '소인배'라고 비난하지 않은 것이다. 방포도 왕섬이 그렇게 나오자 슬며시 꼬리를 내렸다. 지나치게 슬퍼하는 그를 은근히 위로하기도 했다.

"왕섬 형, 고정하시오! 태자를 폐위시키는 것이 어디 애들 장난이오? 연거푸 두 차례나 이렇게 할 수밖에 없는 폐하의 심정은 오죽하겠소? 나라와 백성들을 위해서라면 어쩔 수 없이 사적인 감정을 뒤로 해야 하는 거요! 태자가 다른 생각을 품은 것이 아니라는 말씀은 폐하께서도 조서에 언급하셨잖소. 이게 태자한테도 약이 될 거요……."

강희는 방포의 말이 끝나자마자 처연한 표정을 지으면서 한숨을 토해냈다. 이어 회한의 심경을 밝혔다.

"짐은 평생 유감이라는 것을 모르고 살아왔어. 어미 없이 크는 것이 안쓰러워서 그 아이에게 무조건 잘해줬어. 그 아이를 낳다가 난산으로 죽은 생모가 가여워서 그랬지. 형평성에 어긋나고 무원칙하다는 말까지 들을 정도로 말이야. 그런데 이게 어떻게 된 일인가 말이야! 짐이 이제 무슨 면목으로 저 세상에 있는 할머니와 황후를 만나겠나!"

강희가 말을 하다 말고 잠시 멈췄다. 감정이 북받쳐 오르는 모양이었다. 그가 눈물을 훔치면서 다시 말을 이었다.

"짐도 알아. 태자라는 자리가 잘해도 표가 안 나고 못하면 죽도록 얻어맞는 어려운 자리라는 것을 말이야! 모든 책임을 윤잉에게만 덮어씌워도 원망할 수 없다는 것도 알지! 더구나 황자들도 팔기병을 장악하고 자신들의 세력을 키우면서 나름대로 주인 노릇을 하고 있어. 태자가 말로만 다스리기에는 세력이 너무 커버렸어. 명나라의 황자들은 세작世爵이라는 직위만 있었을 뿐 실질적인 권한은 없었어. 그래서 태자의 권위가 보장을 받았던 거지. 지금 생각해보니 태자 노릇을 제대로 하려면 파당을 결성하는 것은 불가피하지 않나 싶어. 어떤 식으로든 자신의 집권 세력을 강화해야 밑의 황자들이 얕잡아보지 않을 테니까. 진짜 태자가 그렇게 어려운 자리라면 이제부터 당분간 태자를 두지 않는 것이 좋겠어."

마제, 장정옥, 방포 등은 태자를 두지 않는 문제에 대해서는 깊이 생각해 본 적이 없었다. 그러나 강희의 말뜻은 충분히 이해할 수 있었다. 즉 팔기八旗 제도가 존재하는 한 태자의 파당 결성은 불가피한 것이라는 얘기였다. 또 태자의 파당 결성을 막으려면 팔기제도를 폐지하는 수밖에는 없다는 얘기도 됐다. 그러나 팔기 제도를 흔든다는 것은 보통 일이 아니었다. 그것은 바로 만주족의 정체성을 잃게 만든다는 것을 뜻했다. 더 나아가 조상들의 가법家法을 뜯어 고치는 것이라고도 할 수 있었다. 결코 쉽지 않은 일이었다. 장내에는 잠시 무거운 침묵이 흘렀다. 그 침묵을 강희가 다시 깼다.

"그래서 하는 얘기인데……, 한족들의 풍속에만 무조건 따라서는 안 되겠어. 시기와 그때그때 상황을 봐서 융통성 있게 큰 틀을 세워야겠어. 오늘부터 어느 누구도 태자를 세우자는 말을 입 밖에 내서는 안 돼. 짐이 죽을 때까지!"

태자 제도는 한나라와 당나라 이후 무려 수천 년 동안이나 줄곧 이어져 온 제도였다. 간혹 중간에 폐위와 복위에 따른 공백 기간이 있기는 했으나 완전히 맥이 끊긴 경우는 없었다. 만약 강희가 죽을 때까지 태자를 세우지 않는다면 누가 다음 황위의 계승자가 된다는 말인가? 사람들은 당혹감을 금할 수 없었다. 그때 마제가 먼저 입을 열었다.

"결코 그렇게 간단하게 정리하실 일이 아닌 것 같사옵니다. 조금 더 시간을 가지고 깊이 생각해 주셨으면 하옵니다, 폐하! 외람된 말씀이

오나 언제인가 폐하께서 승하하신다면 당장 주인 없는 이 천하는 어찌 하옵니까!"

"마제의 말이 맞사옵니다! 나라에 태자가 없으면 내분이 생겼을 경우 통제 불능의 사태가 초래되지 않겠사옵니까?"

왕섬이 이럴 때 함구하고 있을 수는 없다고 생각했는지 거들고 나섰다. 강희가 마치 불이 이글거리는 것 같은 눈빛을 한 채 창밖을 바라보다 천천히 입을 열었다.

"맞는 말이기는 하지! 천하의 제나라 환공도 그가 죽었을 때 왕위를 노린 다섯 공자들이 치열한 싸움을 했었지. 결국 시체를 묻어주지 않아 시신에 구더기가 기어 다니는 끔찍한 일이 벌어졌어. 그러니 짐이 어떻게 그런 걱정을 하지 않겠나? 하지만 태자를 세워서 잘된 사례가 한번도 없잖아! 자네들은 모두 책을 몇 수레씩은 읽은 사람들이니 당나라 이세민이 일으킨 현무문 사변과 역시 정변으로 정권을 잡은 영락황제의 고충을 모르지는 않겠지? 윤잉이 태자가 아니었더라면 오늘과 같은 화를 입었겠어? 무릇 세상사는 미리 대비를 하면 성공을 하지만 그렇지 않으면 실패를 해. 짐이 정말 곰곰이 따져 봤는데, 더 이상 태자는 세우지 않을 거야!"

방포가 강희의 말에 충분히 공감을 하며 동의를 하려고 했다. 그러나 장정옥이 한발 빨랐다.

"송나라 인종은 삼십여 넌 동안 태자를 세우지 않았사옵니다. 우리 대청의 태조, 태종께서도 태자를 세우지는 않으셨사옵니다. 하지만 그 당시 나라는 오히려 태평성대를 구가했사옵니다. 국력도 일취월장했사옵니다. 폐하의 말씀에 전적으로 공감하옵니다!"

"공감한다고?"

갑자기 왕섬이 비아냥거리면서 제동을 걸고 나섰다. 장정옥의 이른바

'고견'高見을 수긍할 수가 없었던 것이다. 그가 그런 입장을 보인 데는 다 이유가 있었다. 그의 증조할아버지 왕석작王錫爵은 명나라 만력황제 때의 수석대학사였다. 그런데 당시 만력황제는 태자를 세우는 문제로 무척이나 고민을 하고 있었다. 장자인 주상락朱常洛이 있는데도 여론은 정鄭 귀비의 아들인 주상순朱常恂에게 쏠린 탓이었다. 바로 그때 왕석작이 팔을 걷어붙인 채 주상락 옹립에 적극적으로 나섰다. 강경한 입장이 담긴 상주문을 연일 올려 결국 그를 태자로 세우는데 성공했다. 더구나 그후 나라는 태평성대를 달렸다. 한마디로 흔들릴 뻔했던 조정을 바로 세운 일등공신이었다. 강희 역시 그 사실을 잘 알고 있었다. 왕섬이 태자 윤잉에게 훌륭한 가르침을 주도록 독려하기 위해 왕석작에게 '무양이범'懋勸 貽範(힘써 노력하게 해 남의 모범이 되도록 한다는 의미)이라는 편액을 하사한 것도 그 때문이었다. 바로 그런 과거가 있었으므로 왕섬에게 강희와 장정옥의 말은 그 자신에 대한 비아냥으로 들릴 수밖에 없었던 것이다. 왕섬이 머리를 조아렸다.

"장정옥은 명색이 수석대학사이옵니다. 그런데 아예 대놓고 군주에게 아첨을 하고 있사옵니다. 그 죄를 물어 머리를 벤 다음 천하에 사죄를 해야 한다고 생각하옵니다!"

장정옥의 얼굴이 순식간에 벌겋게 달아올랐다. 왕섬의 말에 발끈했다. 그러자 강희가 황급히 나섰다.

"왕섬, 말이 너무 지나치다는 느낌이 들기는 하나 태자 보좌에 최선을 다한 노력을 인정해 죄를 묻지는 않겠네. 주천보와 진가유는 이미 연금시켰어. 조사가 끝나는 대로 지의가 있을 것이네. 나이도 많은 사람이 너무 화를 내면 간을 다치게 되니 마음을 비우고 푹 쉬게. 건강이 회복되는 대로 문화전에 가서 대학사 직을 맡아주게. 거기에 있다 보면 짐이 자문을 구할 일이 있을 거야. 그때 가끔 부를 것이네. 여봐라, 왕섬을 집으로 모셔라……."

왕섬은 마땅히 대꾸할 말이 떠오르지 않았다. 강희의 언행이 우는 아이에게 사탕을 먹여서 달래는 것 같기도 하고, 윽박을 질러 눈물을 뚝 멈추게 하는 것 같기도 해서 갈피를 잡을 수 없었기 때문이었다. 그는 한동안 마른침을 겨우 삼키면서 멍하니 서 있더니 어쩔 수 없이 머리를 늘어뜨렸다.

"알겠사옵니다, 폐하!"

강희가 태감들에 의해 끌려가듯 하는 왕섬을 오래도록 지켜보고는 한숨을 내쉬었다.

"좋은 사람이야. 사람 복이 없어서 그렇지! 팔을 걷어붙이면 끝장을 보고야 마는 열셋째하고 성격이 비슷한 것 같아……."

강희가 다시 고개를 돌려 사람들을 둘러보았다.

"별다른 일 없으면 그만들 가보게."

"폐하! 열셋째 황자마마께서는 태자당의 일원이라고는 하나 맡은 바 임무에 최선을 다하고 지극히 청렴하옵니다. 조정 관리들도 그 모습이 인상적이라면서 하나같이 입을 모으고 있사옵니다……."

마제가 조심스럽게 아뢰었다. 윤상에게 관용을 베풀자는 요지였다. 그러나 강희의 얼굴에는 아무런 표정 변화도 보이지 않았다. 얼마 후 그가 천천히 입을 열었다.

"윤잉과 마찬가지로 장벽이 높게 쳐진 곳에 가둬 버려!"

장벽이 높게 쳐진 곳에 가둔다는 것은 황친들에게는 대단히 무거운 처벌이라고 할 수 있었다. 오배와 색액도가 반란을 일으켰어도 그런 곳에 가둬둔 것이 고작이었다. 태자의 사안이 아직 완전히 종결되지도 않았는데, 주범도 아닌 윤상을 그런 곳에 가두다니? 게다가 방금 전까지만 해도 윤상에 대한 치하의 뜻을 비친 강희가 아니었던가. 그런데 갑작스레 돌변하다니? 좌중의 사람들은 의혹이 가득한 눈빛으로 강희를 바라봤다. 나이 들수록 파악하기 힘들어지는 그의 속내를 어떤 식으로 풀이해야 하는지 몰라 혼란스러운 듯했다. 그러나 유독 방포만은 짚이는 데가 있는 듯 고개를 숙인 채 생각에 잠겨 있었다.

"다들 걱정하지 말게! 짐이 약속을 하겠어. 반드시 강철 같은 의지의 사나이를 자네들의 새로운 주인으로 앉혀 놓고 갈 것이네!"

황태자를 두 번째로 폐위시킨 사건의 파장은 첫 번째보다는 훨씬 미미했다. 황자들 중에 연루된 이들도 당사자인 윤잉과 윤상 외에는 없었다. 조정의 신하들 중에서 구속을 당한 사람들도 전부 태자당 일색이었다. 눈코 뜰 새 없이 바빠진 것은 종인부와 형부, 대리시였다. 연일 심문이 벌어지고 강압적인 수사도 이어졌다. 담당자들이 부지런히 수사에 박차를 가한 결과 보름 만에 사건은 거의 마무리 단계에 들어갔다.

내각의 관리들이 서로 머리를 맞대고 상의한 처벌 수위는 간단하지 않았다. 우선 도통 악선과 부도통 오례는 직무해제를 당한 다음 봉천에 있는 부대로 추방한다는 결정이 내려졌다. 탁합제는 허리를 끊어 죽이는 이른바 요참腰斬의 극형을 선고받았다. 뿐만이 아니었다. 제세무는 교형絞刑을 당할 횡액에 직면하게 됐다. 그 와중에도 병부상서인 경액은 색액도의 가노였던 탓인지 그나마 횡액을 면했다. 그저 단순히 구금 명령을 받는 데 그쳤다. 심천생沈天生, 이이색伊爾賽, 주천보를 포함한 나머지 사람들 역시 처형을 선고받는 횡액을 당했다. 결코 가볍지 않은 처벌에 지방관을 포함한 관리들은 혹시라도 사건에 연루될까봐 그야말로 전전긍긍했다.

얼마 후 사건은 모두 마무리됐다. 북경에는 초겨울이 찾아왔다. 더불어 북경의 정세는 마치 꽁꽁 얼어붙은 영정하永定河와 크게 다를 바 없었다. 겉은 매끄럽고 고요해 보였으나 두꺼운 얼음 밑에서는 급류가 요

동치고 있었다. 여덟째 윤사는 오매불망 바라던 윤잉의 재폐위 사실이 기정사실화된 당일부터 병을 칭하고 곧바로 앓아누웠다. 이불을 뒤집어쓴 채 오로지 강희가 누구를 태자로 앉힐 것인가에만 신경을 곤두세우고 있었다. 그러나 윤당, 윤아, 윤제는 아무 욕심도 없는 듯 친구를 만나 차를 마시고 글솜씨를 겨루면서 술을 마시는 여유를 부렸다. 또 세 사람은 몰려다니면서 방포, 장정옥, 마제 등의 집을 열심히 들락거렸다. 심지어 퇴직해 집에 있는 이광지, 아령아, 양청표까지 찾아다녔다. 그러나 조정 업무에 대해서는 함구로 일관했다.

윤잉 일당에 대한 처벌은 음력 10월 19일에야 비로소 정식으로 발표됐다. 그날 열넷째 윤제는 여덟째 윤사의 집을 찾았다. 여덟째가 침대에 배를 깔고 누워 있다 벌떡 일어나 앉으면서 흥분했다.

"아예 둥지를 완벽하게 없애버렸으니 정말 백성들이 환호작약할 일이 아닐 수 없어. 죽은 사람 관 뚜껑이 다 열리겠네!"

윤제도 기분 좋게 화답했다.

"그렇게 된 셈이죠. 태자당은 깡그리 망한 거죠! 그런데 새로운 태자에 대해서는 왜 아무런 언급도 없죠?"

여덟째는 담담했다. 그저 빙긋 웃으면서 나직이 대답했다.

"곧 지의가 내려오겠지! 그러나 폐하께서는 우리가 다시 물밑에서 움직임을 보이지 않을까 우려하고 계시기도 해. 지난번에는 사실 자네들이 너무 설쳤어. 이번에는 제발 그러지 말라고. 원래 뛰어난 인재 주위에는 많은 사람들이 모이기 마련이잖아. 폐하께서 어떤 생각을 가지고 계신지 일단은 지켜봐야겠어. 그게 낫지 않겠어?"

39장
넷째 황자의 사람들

윤상을 구금시킨 것은 바로 윤진의 팔 하나를 싹둑 잘라버린 것이나 다름없었다. 윤진은 윤상을 잃고 나서야 그 존재의 고마움과 소중함을 더욱 절실하게 느꼈다. 급기야 커다란 상실감에 휩싸여 자신을 방 안에 가두고 두문불출하는 선택을 하고 말았다. 약간은 괴팍스러운 그의 성격을 잘 아는 집안사람들은 감히 말도 붙이지 못하고 멀찌감치 피해 다녔다.

물론 윤진은 몇 번씩이나 문각 선사와 성음 스님을 불러 깊은 애기를 나누고 싶어 했다. 그러나 번번이 실행에 옮기지는 못했다. 더구나 평소에는 문턱이 닳도록 드나들던 문각과 성음은 웬일인지 감쪽같이 자취를 감춰버리기까지 했다. 주인이 심기가 불편할 때 위로하러 오기는커녕 말도 없이 사라진 것이다. 설상가상으로 6월에는 오사도마저 남쪽으로 여행을 떠난 터라 북경에 없었다. 윤진은 행여나 하는 마음에 사람을 보내 그가 갈 만한 곳을 두루 찾아봤으나 역시 아무 소용이 없었다. 행적이 묘연했다.

마침 그때 윤진은 윤잉의 태자당에 대한 수사 결과를 발표한 관보를 받아봤다. 시간이 갈수록 석연치 않은 느낌에 사로잡혔다. 만약 윤상을 태자당에 포함시켰다면 관보에 정확하게 명시해야 했다. 그렇지 않고 그를 태자당에서 제외시킨다면 자신과 마찬가지로 아무런 처벌도 받지 말도록 해야 했다. 석연치 않은 것은 그뿐만이 아니었다. 관보에는 새로운 태자에 관해서는 일언반구도 언급하지 않았다. 궁금증이 증폭될 수밖에 없었다.

만복당의 따끈한 아랫목에 앉아 있는 윤진의 머릿속은 완전 하얗게 탈색돼 있었다. 나름대로 열심히 달려왔다고는 해도 서른이라는 이립而立을 넘긴 나이에 무엇 하나 제대로 이룬 것이 없었으니 새삼 허망했던 것이다. 게다가 여덟째가 버티고 있는 한 태자 자리도 영원한 미완성으로 남을 것 같다는 예감 역시 그를 우울하게 만들고 있었다. 그의 가슴은 이미 찬바람에 애달픈 몸짓을 하면서 흐느적거리는 앙상한 나뭇가지와 다를 바 없었다. 그야말로 적막강산이었다.

윤진이 그렇게 멍하니 앉아 있을 때였다. 아들 홍력이 문을 열고 들어섰다. 윤진이 바로 퉁명스럽게 나무랐다.

"허구한 날 어디를 그렇게 쏘다니는 거냐! 닮을 사람이 없어 하필 그 지지리도 못난 네 형을 닮아? 집에서 책이나 읽지 않고! 커갈수록 더 철 딱서니가 없어지는 것 같군!"

"화나셨어요, 아버지? 오늘 사謝 어멈과 함께 대종사大鍾寺에 다녀오겠노라고 어제 아버지께 말씀 올렸잖아요. 사 어멈이 기도하는 동안 저는 붓글씨를 쓰다 왔어요. 점심은 일찍 돌아와 집에서 먹으려고 했는데, 우연찮게 오 세백世伯(아버지와 비슷한 연배의 사람)을 만나는 바람에 점심을 같이 하게 됐지 뭐예요……."

홍력이 전혀 개의치 않는 듯 한쪽 무릎을 꿇으면서 말했다. 윤진은 홍력의 말을 듣는 순간 갑자기 눈빛을 반짝이면서 관심을 보였다. 이어 어느새 홍력에게 다가가 다그쳐 물었다.

"오 세백이라니? 어느 오 세백을 말하는 거냐?"

"아버지도 참! 제게 오 세백이 두 분이라도 계시는 건가요? 오사도 어른 말이에요!"

윤진은 자신이 애타게 찾던 오사도를 만났다는 말에 다급히 홍력의 손을 잡으면서 물었다.

"그가 대종사에 있다고? 어서 수레를 대기시키라고 해!"

"이 아들이 이미 모셔 왔어요. 거동이 불편해서 제 수레를 타고 오셨어요!"

홍력은 초조하고 다급해 하는 아버지의 모습은 처음 봤는지 애써 웃음을 참았다. 윤진은 선견지명이 있는 아들이 대견스러운 모양이었다. 흡족한 표정을 지으면서 고개를 끄덕이더니 바로 밖으로 마중을 나갔다.

그때 멀지 않은 곳에서 귀에 친숙한 오사도의 지팡이 소리가 들려왔다. 곧 마치 수 년 간 떨어져 있다 모습을 드러낸 것 같은 반가운 얼굴의 오사도가 모습을 드러냈다. 오사도는 정원으로 마중 나온 윤진을 발견하고는 잠시 멈칫했다. 그리고는 곧바로 깊은 우물 같은 눈빛으로 오랫동안 윤진을 바라봤다.

"오랜만입니다, 넷째마마!"

"오, 그래!"

윤진이 잔잔한 감동을 받은 듯 따뜻한 목소리로 오사도를 맞았다. 그리고는 크게 한 발자국 앞으로 다가가는가 싶더니 머쓱한 모습으로 멈쉈 섰다. 이어 바로 홍력을 향해 고개를 돌리면서 언성을 높였다.

"너는 멍청히 서서 뭘 하는 거야? 어서 안으로 모시지 않고!"

홍력은 윤진의 명령에 따라 오사도를 부축해 안으로 들어가 안락의 자에 앉게 했다. 오사도는 몇 개월 동안 밖에 나가 있는 사이 피부가 햇볕에 많이 그을려 있었으나 표정은 한결 밝아 보였다. 그가 의자에 앉은 채 윤진을 한참 쳐다보더니 천천히 입을 열었다.

"건강은 괜찮으시죠?"

윤진이 오사도의 의례적인 인사말에 진지하게 대답했다.

"그건 내가 자네에게 먼저 물으려던 말일세. 성치 않은 몸으로 그 먼 길을 걸어오느라 고생이 많았겠군. 내가 얼마나 걱정했는데!"

오사도가 얼굴 가득 웃음을 머금으며 화답했다.

"지금은 강도가 득실대는 그 옛날이 아닌 그야말로 대명천지 아닙니까. 무슨 걱정이 있겠습니까? 쥐새끼 같은 놈들 몇몇이 덤벼든 것쯤은 말씀드릴 필요조차 못 느낍니다."

"그렇다면 정말 도둑을 만났다는 얘기군! 성음의 제자 황안黃安이 자네를 따라가지 않았었나? 그래 어디 다친 곳은 없는가?"

윤진이 깜짝 놀라면서 물었다.

"저 같은 사람은 남들과 힘으로 부딪치면 안 됩니다. 머리싸움을 해야 합니다. 황안이 도와주기도 했으나 어쨌든 얻어터지지는 않았습니다. 뿐만 아니라 주먹깨나 쓰는 자들을 몇몇 데리고 왔습니다. 넷째마마께서는 평범한 분이 아닌 만큼 비상시에 대비한 대책이 있어야 합니다. 성음은 비록 무예에 출중하다고는 하나 스님인 만큼 조석으로 넷째마마를 보호해 드릴 수는 없지 않겠습니까!"

오사도는 진심으로 윤진을 걱정하는 마음이었다.

"자네는 그 많은 수난을 겪으면서 살아왔어도 언제 봐도 꿋꿋하고 씩씩하군. 정말 대단하네! 나는 자네가 여기 없는 동안 얼마나 초조하고 불안한 나날을 보냈는지 몰라. 일각一刻이 삼추三秋 같다는 말이 새삼스럽지가 않더라고! 마치 칠흑같이 어두운 밤에 끝없는 골목길을 홀로 걸어가는 것 같았어. 갑자기 두려움이 엄습해 오는가 하면 어디에선가 툭 뛰쳐나온 흡혈귀들에 의해 온몸의 피가 다 빠져나갈 것 같은 공포가 시시각각 괴롭히는 것을 떨쳐버릴 수가 없었어! 나도 참 한심한 인간이라는 생각이 들었네!"

윤진이 한참을 하소연하다 말고 갑자기 말문을 닫았다. 목이 메는 모양이었다.

오사도는 윤진이 자신의 약한 모습과 감정을 쉽게 드러내는 사람이 아니라는 사실을 누구보다도 잘 알고 있었다. 그럼에도 흔들리는 모습을 보이는 것은 그의 고충이 극에 달해 있다는 사실을 말해주는 증거라고 할 수 있었다. 오사도가 하인들이 부산하게 드나들어 마음을 터놓고 애기할 수 없다고 생각했는지 목소리를 낮추었다.

"넷째마마, 저쪽 편한 곳으로 장소를 옮겼으면 좋겠습니다!"

"그러지."

윤진은 한창 고민스러울 때 애타게 기다리던 '꾀주머니'가 혜성처럼 나타나자 갑자기 기분이 좋아진 모양이었다. 한결 상쾌해진 어조로 홍력에게 지시했다.

"푸짐하게 술상이나 봐 오너라. 오래간만에 오 선생과 오붓하게 술이나 한잔 하게."

윤진은 말을 마치자마자 하인을 불러 오사도를 부축하도록 했다. 그러나 오사도는 극구 뿌리쳤다.

"힘들더라도 스스로 걸어 다니는 습관을 길러야 합니다. 편한 것에 길들여지면 바로 죽음입니다."

윤진과 오사도는 시종일관 얼굴 가득 웃음을 띤 채 만복당을 나와 월동문을 거쳐 호젓한 호숫가의 정자로 향했다. 대나무 숲이 무성한 호숫가에 이르자 오사도가 갑자기 멈춰 섰다. 그리고는 고개도 돌리지 않은 채 말했다.

"넷째마마, 방금 어두운 밤에 끝없는 골목길을 홀로 걸어가는 것 같았다는 말씀을 하셨습니다. 그러나 제가 보기에 넷째마마께서는 그 골목길을 이미 벗어나셨습니다. 하도 칠흑 같은 어둠이라 감지하지 못할 따름입니다!"

"그게 무슨 소리인가?"

윤진이 놀란 얼굴을 한 채 되물었다.

"그게 말입니다. 솔직히 말씀드리면 저는 북경에 돌아온 지가 이미 닷새나 됐습니다! 닷새 동안 저도 자욱한 안개로 인해 앞이 보이지 않아 혼란을 겪었습니다. 마치 오리무중에 빠진 것 같았습니다. 때문에 시국에 대한 폐하의 속마음을 정확히 읽을 수가 없었습니다. 그런데 그 의혹이 오늘 관보를 읽는 순간 확 풀려버렸습니다. 폐하께서는 앞으로 더 이상 지난번처럼 태자 인선 문제에 대해 이렇다 할 말씀을 하지 않으실 겁니다! 사슴을 광활한 중원의 대지에 풀어놓으면 당연히 제일 영악하고 뜀박질이 빠른 황자에게 모든 것이 돌아갈 테니까 말입니다."

오사도가 윤진을 향해 돌아섰다. 그리고는 덧붙였다.

"다시 말해 스물 네 명의 황자들 중에서 누가 삼승三乘(불교의 세 가지 가르침. 여기에서는 시국 파악을 의미함)의 절묘한 뜻을 제일 정확하게 읽어내느냐에 따라 태자가 결정된다는 말씀입니다!"

윤진이 오사도의 거침없는 말에 크게 놀라 안색이 변했다. 동시에 한 발자국 뒷걸음질을 쳤다.

"자네……, 요 며칠 동안 숨어 있었던 것은 시국을 관찰하기 위해서

였나?"

오사도가 묵묵히 머리를 끄덕였다. 그리고는 지팡이 소리를 내면서 부지런히 왔다 갔다 하더니 다시 입을 열었다.

"넷째마마께서 갑갑해하실 텐데, 아무런 도움도 주지 못하면 마주 앉아 있기가 거북할 것 같습니다. 그래서 안개가 걷히고 실마리가 보일 때까지 기다렸던 겁니다. 이런 비상시기에 확실한 대비책을 내놓지 못하면 어떻게 꾀주머니라고 할 수 있겠습니까!"

윤진이 멍하니 생각에 잠겨 있더니 한숨을 내뱉었다.

"윤잉 형님이 폐위 당하고 윤상까지 구금돼 있으니, 결과는 여덟째에게 유리하게 됐어. 그쪽은 속으로 쾌재를 부르고 있을 거야. 나로서는 모든 것이 그림의 떡이야."

"폐하께서는 이미 더 이상 태자를 세우지 않을 결심을 굳히셨습니다! 처음 태자를 폐위시켰을 때는 국정 공백을 우려하셨기 때문에 이튿날 바로 새로운 태자를 천거하라는 명령을 내리셨던 겁니다. 하지만 이번에는 뒷수습만 열을 올렸을 뿐 새로운 태자에 대해서는 일언반구도 말씀을 하시지 않았습니다. 이는 폐하께서 다른 구상을 하고 계신 것이 분명하다는 사실을 시사하는 것입니다!"

오사도가 눈빛을 반짝였다. 거의 단언에 가까운 말이었다. 윤진이 그의 말을 듣고 잠시 관심을 보이는 듯했으나 이내 상념에 젖었다.

"나도 그런 생각을 어렴풋이 했었지. 그러나 고쳐 생각해보니 이번에는 폐하께서 신하들의 의견을 무시하고 독단적으로 태자를 임명하려고 그러시는 것이 아닐까 하는 생각이 불현듯 들더군."

"그것은 결코 아닙니다."

오사도가 단호하게 머리를 저었다. 이어 자신의 의견을 다시 천천히 개진했다.

"태자를 세우는 것은 그리 쉽게 결정할 사안이 아닙니다. 나라의 견인차 역할을 할 태자를 한두 명의 독단적인 생각으로 고르실 폐하가 아니십니다! 명나라의 멍청한 군주들도 신하들의 의견에 귀를 기울였습니다. 그런데 성명하신 폐하께서 그렇게 현명하지 못한 판단을 하실 리가 있겠습니까!"

윤진은 여전히 비관적이었다.

"솔직히 내가 만약 황제라면 골머리 앓을 것도 없어. 누가 보기에도 나름 괜찮은 여덟째를 선택하겠어. 여덟째 같은 사람을 태자 자리에 앉혀 놓으면 얼마나 든든하겠어. 그렇지 않은가?"

오사도가 즉각 대답했다.

"저는 그게 넷째마마께서 진심으로 하시는 말씀인 줄을 압니다. 하지만 제 삼자에게는 절대로 말하지 마십시오. 엎어보고 뒤집어보고 저도 수없이 생각해봤으나 여덟째마마는 인간성이나 재주, 성격 어느 것 하나 폐하를 그대로 본받지 않은 구석이 없습니다. 하지만 여덟째마마는 겉으로 드러난 폐하의 외형적인 것만 배웠을 뿐입니다. 가슴 깊은 곳의 정서나 내적인 풍부함은 결코 닮지 못했습니다. 따라서 자신의 색깔이 없는 엉성한 모사품으로 전락해버리고 말았습니다. 지금 관리들의 부패와 공금횡령은 그야말로 극에 달해 있습니다. 파벌로 형성된 무리들도 거미줄같이 복잡합니다. 게다가 세금은 불공평합니다. 백성들의 원성이 날로 높아지고 있습니다. 이런 현재 시국을 조금 과하게 말하면 마치 벌레가 우글우글 기어 다니는 멀쩡한 사과 속같이 위험한 상황이라고 해도 좋습니다. 누군가 용기 있게 도끼 자루를 휘둘러 겁을 주기도 하고, 썩은 것은 싹 도려내야 합니다. 그것도 파죽지세로 개혁을 단행해야 합니다. 그런 진정한 노력파 인재가 절실히 필요할 때입니다. 따라서 폐하께서는 절대 여덟째마마처럼 인심을 얻느라 사람 좋기만 한 태자는 원하지 않으실 겁니다!"

오사도의 말은 거침이 없었다. 윤진의 가슴은 그의 말을 듣자 쿵쾅거리기 시작했다.

"자네의 생각은 반짝반짝 빛이 나는군. 마치 옥돌처럼 말이야. 너무 예리해서 섬뜩하기까지 하고 말이야! 하지만 그런 말은 조심해야 해. 자칫 밖으로 새어 나갔다가는 자네 목은 갈 곳을 잃기 십상일 거야!"

"아미타불! 관세음보살!"

그때 갑자기 대나무 숲에서 염불소리가 들려왔다. 오사도와 윤진은 깜짝 놀랐다. 동시에 두 사람의 목소리가 들려왔다.

"죄송합니다. 문각과 성음이 오래도록 엿듣고 있었습니다!"

문각과 성음은 바로 모습을 드러냈다. 오사도가 반가운 얼굴로 두 손을 맞잡고 읍을 했다.

"중이 절이나 열심히 지키고 있을 것이지, 고기냄새가 그리워 살금살금 기어 나온 거요?"

성음이 오사도의 농담에 웃으면서 화답했다.

"중들은 본업에 몰두하는 것만으로도 바빠요. 그럼에도 누구를 위해 도처로 정보를 수집하러 다니다 지쳐서 좀 쉬러 왔어요. 고기 좀 얻어먹으면 큰일이라도 나오?"

오사도 등은 만나자마자 허물없이 농담을 주고받았다. 윤진은 그들의 대화 내용을 듣고서야 비로소 분명한 사실 하나를 파악할 수 있었다. 그들 세 명이 며칠 동안 줄곧 서로 긴밀히 연락을 주고받으면서 비밀리에 자신을 위해 뛰어다녔다는 사실이었다. 놀랍고 고마운 일이 아닐 수 없었다. 윤진은 그들의 훈훈한 인정에 마음의 위로를 받았다.

"자, 이러고 있을 것이 아니라 우리 같이 술이나 마시자고! 어서들 오게."

네 사람은 모처럼 한적한 곳에 모여 앉아 즐겁게 잔을 비웠다.

"넷째마마! 대탁의 편지는 받으셨습니까?"

오사도가 적당히 먹고 물러나 앉으면서 물었다. 적게 먹고 적게 마실 뿐만 아니라 기름기를 멀리 하는 것을 건강과 장수의 비결로 삼는 그다웠다.

윤진의 젓가락은 오사도의 느닷없는 질문에 허공에서 멈칫 했다. 대탁이 9월 하순에 비밀 편지를 보내온 것은 사실이었다. 편지 내용은 범상치 않았다.

> 무이산武夷山이라는 곳에 미래 예측 능력이 대단한 기이한 재주를 가진 도사 한 사람이 있었습니다. 그래서 제가 시험 삼아 마마의 사주팔자를 슬며시 대췄습니다. 그러자 도사는 단박에 '만자호'萬字號(운이 엄청나고 길해 크게 될 사주라는 의미)라고 단언했습니다.

윤진은 편지 내용을 머리에 떠올리다 갑자기 오사도가 어떻게 그 사실을 알고 거론했는지가 못내 궁금해졌다. 답변도 궁해 순간적으로 고민에 빠졌다. 오사도가 그런 윤진을 힐끗 쳐다보았다.

"죄송합니다만 그 말은 틀린 말은 아닙니다. 솔직히 그에 대해서는 진작 터놓고 의논하고 싶었습니다. 그러나 형국이 워낙 불투명해 괜히 놀라게 해드릴까 걱정이 되더군요. 게다가 최근에 지켜본 바로는 넷째마마께서는 영 자신이 없는 것 같아 보였습니다. 그래서 '태자 자리가 결코 남의 일만은 아니다'는 자신감을 불어넣어 드리려고 제가 대탁이 편지를 보내도록 조금 손을 썼던 것입니다. 가까이 있는 스님이 읽는 불경이 더 어렵다는 것은 바로 이런 경우를 일컫는 말인 것 같습니다. 예전에 술을 마실 때 마마가 제왕의 기운을 가지고 있다고 한 우리의 말이 생각나지 않습니까?"

윤진은 오사도의 말을 듣고는 대탁이 편지에서 도사를 우연히 만난 경위와 점괘를 본 과정을 자세하게 적어 보낸 사실을 떠올렸다. 심지어 대탁은 편지에 그림까지 그려 넣기도 하지 않았던가. 자신에게 강한 자신감을 심어주기 위한 목적이 분명히 있었다고 봐야 했다. 윤진은 그제야 비로소 모든 것이 오사도가 중간에서 자신을 위해 꾸민 계략이라는 것을 알 수 있었다. 그가 허탈한 표정으로 쓴웃음을 삼켰다.

"점괘는 재미로 보는 거야. 엄청난 운명의 암호로 해독하기에는 너무 유치한 것 같아. 또 그때 했던 얘기는 그만 하게. 지금의 정세로 봤을 때는 폐하께서 나를 벌하지 않은 것만으로도 큰 복이라고 할 수 있어. 다른 것은 감히 꿈도 못 꿀 일이네."

그러자 오사도가 묘한 웃음을 지었다.

"그렇습니까? 제가 볼 때는 당시 했던 얘기가 증명이 되고 있는 것 같습니다. 그때 얘기를 다시 거론해야 할 때가 왔다고 해도 좋습니다!"

성음 역시 돼지 넓적다리를 뜯어 입 안에 가득 넣으면서 동조하고 나섰다.

"천리 도망은 가도 팔자 도망은 못 간다고 했습니다. 모든 것이 제왕의 기운입니다. 넷째마마께서는 결코 하늘의 뜻을 거역할 수 없을 겁니다. 중의 눈에는 보이는 것이 따로 있거든요!"

"천의天意도 중요하나 인사人事도 무시를 못합니다. 진인사대천명盡人事待天命이라고 했습니다! 최선을 다하지 않고 어찌 천명에 제대로 부응할 수가 있겠습니까. 그것은 물속에서 달을 건지려는 우스꽝스러운 사람이나 하는 짓입니다. 후한後漢을 건국한 유수劉秀의 형 유연劉縯은 동생 못지않게 지극히 귀한 운명을 타고 났습니다. 그러나 그는 자신의 할 바를 최선을 다해 하지 않았습니다. 오만하게 방비도 소홀히 했습니다. 그래서 악랄한 독수에 걸려 죽고 말았습니다. 이에 대해서는 과거부터 지금까지 뭇 영웅들이 한탄하고 있습니다. 넷째마마! 확실히 천의는 무시를 못합니다. 이제 남은 것은 본인이 얼마만큼 최선을 다하느냐에 달렸습니다!"

오사도가 깊은 생각에 잠긴 표정을 하면서 말했다. 그를 비롯한 윤진의 측근들은 이제 할 수 있는 말은 모두 다 했다고 판단했다. 사실 윤진은 그들이 욕심을 가지라고 권유하는 태자 자리에 마음이 없는 것은 아니었다. 하지만 무리하고 허황된 생각으로 자신을 굳이 얽어맬 필요도 없다고 생각했다. 때문에 납작 엎드리면서도 한가한 시간이 생기면 남 몰래 점성술과 관련된 책을 뒤적여 보곤 했다. 윤진이 오사도의 말을 듣고 뭐라고 입을 열려고 하던 순간이었다. 성음이 갑자기 뼈다귀를 내던지면서 바짝 긴장을 했다.

"쉿! 누군가 엿듣는 사람이 있습니다!"

성음은 말을 마치자마자 어느새 날렵하게 대나무 숲속으로 사라졌다. 그의 뒷모습에서 당황한 기운이 역력했다. 윤진 역시 깜짝 놀란 표정을 한 채 안색이 하얗게 변했다. 그의 집은 당초부터 별의별 사람이 다 드나드는 윤상의 집과는 확연하게 달랐다. 하인 한 명일지라도 엄선했을 뿐만 아니라 윤진의 인정을 받지 못한 자는 절대로 두 번째 대문 안으로 들어서지 못하도록 했다. 한마디로 그의 집은 엄격한 통제가 이뤄지는 비밀스러운 곳이었다. 그런데 누군가가 감히 이곳에까지 잠복해 기밀을 엿듣다니!

윤진의 검은 눈썹은 무섭게 가운데로 모아졌다. 독기어린 눈에서는 살기가 번득였다. 잠시 후 숲속으로 사라졌던 성음이 아무 일도 아니라는 듯 손을 저어 보이면서 다가왔다.

"깜짝 놀랐네요! 별것 아닙니다. 집사인 고복이 술을 데워 오는 소리였습니다!"

"항상 조심하는 것이 나쁠 것은 없죠. 군자와 상대하기는 쉬워도 소인과 같이 하기는 힘들다는 말도 있으니까요. 문제는 소인배들이 눈앞의 이익에 눈이 어두워 물질공세에 약하다는 겁니다. 주인은 말할 것도 없고 마누라까지 팔아먹는 것들이니 믿을 수가 없는 겁니다. 그런 소인배들은 백 번 잘해 주다 한 번만 소홀히 해도 평생 눈 흘기면서 칼을 간다니까요. 더구나 내가 소인배요 하고 이마에 써 붙이고 다니는 사람도 없으니, 앞으로 큰일 하실 넷째마마께서는 지금부터라도 가까운 곳에서 시중드는 하인들에게 잘해주셔야 합니다. 미운 놈 떡 하나 더 주는 격으로 말이에요!"

문각이 농담조로 말했다. 오사도가 껄껄 웃으면서 그에 대해 반론을 제기했다.

"일리가 있기는 하나 편파적인 구석도 없지는 않소. 다들 소인배를 상대하기가 힘들다고 하는데, 사실 군자를 상대하는 것이 더 힘드오! 하늘이 내려주신 지혜를 가지신 지금의 폐하를 모시는 일은 쉽소, 어렵소? 그것만 말해보오."

성음이 무슨 말인지 영문을 모르겠다는 듯 간단하게 대답했다.

"글쎄, 무슨 말이 하고 싶은지는 모르겠는데, 어디 한번 말해보오. 내 경청하리다!"

"평범한 부자父子가 잘 지내는 것은 쉬운 일이오. 하지만 영명한 부자끼리 잘 지내는 것은 힘드오. 마찬가지로 한두 명의 형제간이 사이좋게 지내는 것은 쉽소. 하지만 많은 형제간이 다 의좋게 지내기는 힘드오. 왜 그런지 아오? 폐하 앞에서 할 말도 제대로 못하고 쭈뼛쭈뼛하고 자신의 재주를 드러내지 못한다면 폐하께서는 그대를 지렁이 보듯 하실 것 아니오? 하지만 반대로 하면 경계의 대상이 되고 말아요. 예를 들어 그대가 너무 영악하고 폐하의 생각을 앞질러 간다고 해보오. 그렇지 않겠소? 비슷한 이치로 형제간도 그렇소. 손가락도 길고 짧은 것이 있듯 형제간이 많으면 개중에는 여러 가지 재주를 가진 사람들이 있을 것 아니오. 만약 한 아들이 출중한 재주를 가져 부모의 사랑을 독차지한다고 해보오. 그러면 다른 형제들이 합세해 덤벼들 것이오. 물에 물 탄 듯 술에 술 탄 듯 멍청하게 있어도 얕잡아보고 깔아뭉개려고 든다니까. 세상일이라는 것이 어느 것 하나도 호락호락한 게 없소. 또 어려운 존재가 아닌 것이 없소."

상체를 숙이면서 오사도가 의미심장하게 성음을 향해 말했다. 윤진은 세 사람이 주고받는 얘기에 귀를 기울이면서 더 이상 말을 하지 않았다. 누구도 윤진을 돕기 위해 정세를 분석하는 중이라고 터놓고 얘기하지는 않았으나 듣는 그로서는 그들의 깊은 속내를 알고도 남음이 있었다. 그가 자신의 향후 행보에 고민하고 있을 때였다. 오사도가 다시 입을 열었다.

"제 생각에는 주변 인물들을 잘 다독이는 것도 좋으나 일부러 소인배들에게 다가갈 필요는 없을 것 같습니다! 더도 덜도 말고 넷째마마께서 평소에 보여주셨던 대로만 움직이시면 되겠습니다. 매사에 당당하고 비굴하지 않는 강직함과 질박한 인간미가 바로 넷째마마의 매력이고 진정한 가치라고 할 수 있기 때문입니다. 사람은 하지 않던 짓을 하면 죽거나 망한다고 했습니다. 둘째마마가 좋은 예입니다. 처음 폐위 당했을 때 폐하께서 자신의 나약하고 두려움 많은 성격을 싫어하신다는 것을 절감하고는 복위하자마자 무리하게 환골탈태를 시도했습니다. 때문에 수많은 부작용을 초래한 것입니다. 폐하께서는 절대 미리 권력을 내놓으시지는 않을 겁니다. 하지만 사슴을 중원의 대지에 풀어놓고 황자마마들의 동향을 면밀히 주시하실 겁니다. 개중에는 대성질호大聲叱呼하면서 사슴을 쫓아가는 황자가 있는가 하면 퇴로를 차단해 우리에 가두는 황자도 있을 것입니다. 또 아예 사슴 사냥을 포기하고 삐딱한 시선으로 관망만 하는 황자도 있을 겁니다. 하지만 폐하의 성심을 얻기에는 모두 역부족일 것입니다!"

윤진은 오사도의 사자후에도 불구하고 사색에 잠긴 채 내내 말이 없었다. 그러자 성음이 입을 열었다.

"처음에는 그래도 좀 알아들을 것 같더니, 갈수록 어렵게 말하네. 끝부분은 무슨 뜻인지 통 못 알아듣겠소!"

"그래 가지고 무슨 불가의 제자라고 떠벌리고 다니는가! 이게 바로 선어禪語라는 거야. 쫓지 않는 것이 쫓는 것이고, 쫓는 것이 곧 쫓지 않는 거라네!"

오사도가 무뚝뚝하게 내뱉었다. 역시 그다운 말이었다. 윤진은 사물의 본질을 예리하게 파헤치고 지적하는 그의 그 한마디에 탄복을 금치 못했다. 그러나 혈육 간의 비참한 살육전이 불 보듯 뻔한데, 강희가 과연 그런 식으로 태자를 선택할 것인가? 만약 그런 움직임을 보일 것이 확실하다면 그것은 그로서는 큰 충격일 수밖에 없었다. 그는 더불어 그 광경을 떠올리는 것만으로도 등골이 오싹해졌다. 어쨌거나 그는 측근들과 주고받는 말에서 자신이 나아가야 할 방향만은 굳게 정한 듯했다. 그의 표정은 어느새 처음보다는 다소 여유로웠다.

"여러분들의 호의는 알겠어. 그러나 나는 체질상 그저 적당한 위치에서 조용히 사는 것이 편해. 설사 황제 자리에 앉혀준다고 해도 나는 솔직히 멀리멀리 도망가고 싶은 심정이야! 그게 얼마나 힘든 자리인지 너무나 잘 아니까. 앞으로는 우리 서로 이런 얘기로 시간 죽이지 말자고. 알겠지?"

그러나 오사도와 문각은 묵묵히 웃기만 할 뿐 말이 없었다. 항상 여지를 남겨두는 윤진의 성격을 잘 알기 때문이었다. 윤진이 더 얘기할 것이 없다고 생각했는지 자리를 털고 일어섰다.

"자네들은 일어나지 말고 술이나 마시게. 나는 주천보와 진가유한테가 봐야겠어. 그 사람들은 내가 윤잉에게 추천해준 인재들이야. 구해주지는 못할망정 얼굴도 내밀지 않으면 의리의 사나이가 아니지."

윤진은 말을 마치자마자 바로 자리를 떴다. 그때 대문 저쪽에서 둘째 홍력과 집사 고복이 오고 있는 것이 보였다. 홍력이 윤진을 보자마자 아뢰었다.

"방금 대내에서 사람을 보내 전해왔는데요, 주천보와 진가유에게는 자살을 권유할 예정이라고 합니다. 아버지께서 안 계신다고 말하고 돌려보냈습니다……."

"그렇지 않아도 내가 그쪽으로 갈 참이었어. 홍력, 너도 따라 나서거라."

윤진은 이어 고복에게도 지시했다.

"집안 식구들 단속을 철저히 해. 각자 맡은 바에 최선을 다하도록 감독하는 역할을 충실히 해줘야겠어. 내가 말했지? 정원 쪽에 성음 스님의 거처가 있다고. 거기는 내가 참선하고 마음을 갈고 닦는 곳이기도 해. 내가 허락한 사람 외에는 절대 들여보내서는 안 돼. 나는 두 번 말하는 법은 없으니까 알아서 하게!"

고복이 연신 머리를 끄덕이면서 듣고 나서 우렁차게 대답하려고 고개를 들었다. 그러나 윤진은 이미 저만치 발길을 옮긴 후였다.

윤진 부자는 옷을 갈아입은 다음 말발굽과 눈이 한데 엉켜붙어서 내는 뽀드득 소리를 휘날리면서 주천보와 진가유가 갇혀 있는 석패루石牌樓에 도착했다. 대문에는 내무부 신형사愼刑司의 하급 관리들이 지키고 서 있었다. 윤진은 순간 마음이 무거워졌다. 그래도 겉으로는 내색하지 않은 채 빠른 걸음으로 다가갔다. 당연히 윤진을 알아본 관리들은 당황한 나머지 어찌할 바를 모른 채 엉거주춤 허리를 굽혀 인사를 했다.

주천보와 진가유가 갇혀 있는 곳은 낡은 단독주택이었다. 사면이 담으로 둘러싸인 북경 사람들의 대표적 주거형태인 이른바 사합원四合圈이었다. 둘은 자신들의 처지가 백척간두에 놓이자 무엇보다 먼저 가족들을 고향으로 돌려보냈다. 이어 하인들에게도 각자 살 길을 마련해주려고 했다. 그러나 친절하게 그럴 필요는 없었다. 그들은 아예 알아서 뿔뿔이 도망을 가버렸다. 그랬으니 두 사람을 위로해주는 것은 흰 눈 속에 붉게 반짝이는 듯한 몇 알 남은 석류뿐이었다.

윤진이 대문을 들어서자 쥐 죽은 듯한 정적이 감돌았다. 그런 가운데서도 이따금씩 바둑을 두는 딱딱거리는 소리가 들려왔다. 두 사람은 죽음을 눈앞에 둔 마당에 먼 길 떠날 채비를 마친 사람처럼 정갈하게 차려입고 태연하게 바둑을 두고 있었다. 윤진이 먼발치에서 잠깐 지켜보면서 가슴 아파하다 둘에게 가까이 다가갔다.

"내가 왔네!"

윤진이 애써 웃음을 머금으며 말했다. 주천보와 진가유는 마치 기다리기라도 했다는 듯 번거로운 인사치례를 생략한 채 윤진에게 자리를 권했다.

"그렇지 않아도 드릴 말씀이 있었는데, 잘 오셨습니다!"

윤진이 다그치듯 대답했다.

"어서 해보게. 내 능력 범위 안에서 힘껏 돕겠네."

주천보가 입을 열려다 말고 고통스럽게 고개를 젖히더니 깊은 한숨을 토해냈다. 그리고는 울먹였다.

"책을 백 수레 읽으면 뭘 합니까? 융통성이 없어 제 명에도 못 가는데요! 아무튼 넷째마마께서 추천해 주신 은혜를 못 갚고 이렇게 가게 돼서 죄송합니다! 부탁은 오로지 하나뿐입니다. 언젠가 넷째마마께서 높은 의자에 자리하고 계실 때 제발 둘째마마를 잘 챙겨주십시오……. 하는 짓은 미워도 혈육의 정은 어떻게 할 수 없지 않겠습니까……."

주천보는 가슴이 몹시 아픈지 어느덧 눈물을 비 오듯 흘렸다. 진가유역시 한마디를 보탰다.

"누가 뭐라고 해도 저희는 둘째마마의 영원한 신하로 남을 겁니다. 천하의 대권은 넷째마마와 여덟째마마 사이에서 판가름 날 것이 분명하기 때문에 이렇게 부탁드리는 겁니다……."

"자네들……!"

윤진은 당초 주천보와 진가유가 자신의 가족들을 잘 보살펴 달라는부탁을 할 줄 알았다. 그러나 아니었다. 둘은 죽음을 앞둔 마당에도 윤잉을 위해 마지막 정성을 다 기울이고 있었다. 윤진은 그들의 말에 큰감동을 받았다.

"……나를 천하의 대권과 연결 짓는 것은 부담스럽네. 그러나 앞으로누가 대권을 잡든 간에 더 이상 둘째 형님을 괴롭혀서는 안 돼. 그건 정말 너무한 처사라고 생각해."

그때 주천보가 불쑥 자리에서 일어서더니 옷매무새를 단정하게 매만졌다. 그리고는 정중하게 진가유에게 말했다.

"형, 이제 그만 떠나야죠. 갈 때마저 놈들의 발길에 엉덩이를 걷어차일 필요는 없잖아요!"

주천보는 말을 마치자마자 노란 보자기가 덮여 있던 쟁반에서 술이반쯤 담겨 있는 술잔을 집어 들었다. 이어 진가유에게 건네주고 자신도한 잔 들고는 가볍게 흔들었다.

"넷째마마께 먼저 술잔을 올리지 못하는 점 부디 용서하십시오!"

말을 마친 두 사람은 곧바로 술을 입 안에 털어 넣었다. 뒤이어 한두 번 비틀거리는가 싶더니 이내 방바닥에 쿵하고 쓰러졌다. 거의 동시에 숨을 거두고 말았다.

윤진과 홍력은 너무나 순식간에 일어난 사건 앞에서 넋이 나간 채 할 말을 잃었다. 그래도 윤진은 어른다웠다. 안색이 하얗게 질린 채 굳어져 가는 시체를 바라보면서 안타까운 마음을 토로했다.

"진짜 영웅본색을 지닌 사람들인데, 내가 여태 몰라본 것이 안타깝 군!"

윤진의 한숨소리는 울분으로 가득찬 가슴을 달래려는 듯 자꾸만 높아지고 있었다. 그때 장오가 무슨 낌새를 챘는지 뒤늦게 달려왔다. 그리고는 방 안의 정경에 그만 혼비백산하고 말았다. 그의 손에서 두 사람에 대한 사면을 알리는 조서가 맥없이 바닥으로 떨어졌다.

40장
강희, 태자를 세우지 않기로 결심하다

　여덟째 윤사는 그동안 병을 핑계로 두문불출하면서 바깥 정세에 촉
각을 곤두세우고 있었다. 그러나 얼마 후 궁금증을 참지 못해 툭툭 털
고 일어나 조정으로 나갔다. 사실 항렬 순서대로 태자를 결정한다면 셋
째 윤지가 가장 유력하다고 할 수 있었다. 그러나 셋째가 다시 꿈틀대
는 날에는 넷째 윤진 역시 기지개를 켜면서 도전장을 내밀 수 있었다.
윤사는 솔직히 그게 가장 두려웠다. 그렇지 않은 경우에는 정말 자신이
있었다. 또 여러 면에서 자신이 훨씬 앞선다는 것은 모두가 인정하는 바
이기도 했다. 하지만 결코 호락호락한 상대가 아닌 열넷째 역시 완전히
무시할 수는 없었다.

　때문에 그는 병을 핑계로 누워 있는 동안 형제들의 동향을 면밀히 주
시했다. 또 다른 한편으로는 자신의 측근인 아포제雅布齊를 숙주肅州로
보내기도 했다. 외면적으로 보면 그가 아포제를 숙주로 보낸 것은 모피

를 장만하는 것과 관계가 있었다. 그러나 사실 아포제는 모종의 밀명을 받고 떠났다. 그것은 바로 숙주에 있는 윤사의 양백기鑲白旗 사람들에게 수단과 방법을 가리지 말고 무조건 핵심 부서에 비집고 들어가 숙주 대영大營의 권한을 꽉 움켜쥐라는 지시를 전달하는 것이었다. 나중에 열넷째가 그곳에까지 세력을 미치더라도 실권은 자기가 잡고 있어야겠다는 생각을 한 것이다. 이뿐만이 아니었다. 여덟째는 또 융과다를 불러 아홉째의 동향을 잘 살피라고 은밀하게 명령을 내렸다. 혹시나 이변이 있을 경우 발 빠르게 대처할 수 있게 만반의 준비를 착착 갖춰가고 있었다. 과거 그를 천거한 적이 있던 관리들 역시 이번에도 적극적인 물밑 접촉을 거쳐 호흡을 맞추기 시작했다. 강희의 조서만 떨어지면 그들은 우르르 달려가 여덟째를 옹립할 태세였다.

그러나 초조한 나날이 이어지는데도 강희는 아무런 반응을 보이지 않았다. 그가 답답한 나머지 강희를 만나보기 위해 찾아 나선 것도 바로 그래서였다. 그는 동화문에서 만나 뵙기를 청한 다음 곧바로 건청문으로 향했다.

그 시각 윤진과 윤제, 윤기는 동난각에 있었다. 강희는 상서방 대신들과 세금감면 정책에 대해 상의하고 있었다. 토론 내용은 심상치 않았다. 무엇보다 장정옥은 국가재정의 무려 3분의 1이 강남의 몇 개 성에서 충당되고 있다는 사실을 강조했다. 강남이 보배 덩어리이므로 세금감면 대상에서 일단 보류시키자는 얘기였다. 그러나 마제와 방포는 장정옥과 정반대의 입장을 피력했다.

"강남 지역이 수십 년 동안 조정의 재정에 기여한 바가 너무 크옵니다. 이제는 허리가 휠대로 휘었사옵니다. 사람으로 치면 효자들이옵니다. 그런 안쓰러운 효자들에게는 이참에 혜택을 줘야 하옵니다. 오랜 가뭄 끝에 단비를 기다리는 이들의 마음에 실망과 상처를 줘서는 아니

되옵니다."

토론은 격렬했지만 쉽게 결론이 나오지 않았다. 그예 세 사람은 서로 얼굴이 벌겋게 달아오를 정도로 뜨거운 논쟁을 벌이기 시작했다. 장정옥이 다시 입을 열었다.

"두 분 대인! 세금이라는 것은 낮추기는 쉬워도 올리기는 어려운 법입니다. 다른 곳은 거둬봤자 새 발의 피라고 할 수 있습니다. 그러나 강남 지역은 충분히 국고를 울릴 수도 있고 웃길 수도 있는 곳이라는 사실을 명심해야 합니다. 먼저 강남부터 시행했다가 급격히 돈줄이 마르는 날에는 어떻게 할 겁니까? 그때 가서 다시금 사정이 이러이러하니 돈을 좀 더 내시오 하면서 손을 내미는 것은 백성들에게도 예의가 아닌 듯합니다!"

마제도 지지 않았다.

"그것은 너무 자신감이 결여된 소리입니다. 폐하께서 삼 년에 한 번씩 감면하기로 결정하실 때는 국고 사정이 그대가 우려한 부분을 충분히 감내하는 게 가능하기 때문이 아니겠습니까."

장정옥은 자신의 말에 제동을 걸고 나서는 마제에게 약간 화가 났다. 그러나 노회한 관리답게 담담한 표정으로 맞받았다.

"무슨 일을 결정함에 있어서 조금 비관적으로 생각해보는 것도 나쁘지는 않습니다. 폐하께서 친정하실 때 매번 이천만 섬의 식량이 필요했습니다. 서쪽 변경은 아직 불안이 완전히 해소되지 않은 상태여서 언제 무슨 일이 터질지 모릅니다. 비 오기 전 우산을 챙기는 자세가 필요합니다. 부자는 망해도 삼 년은 간다고 하지요. 강남은 아무리 아우성쳐도 다른 곳에 비하면 어른이에요. 그쪽을 세금감면 대상에 포함시킨다는 것은 어째 좀 그렇군요!"

방포가 드디어 입을 열었다.

"바로 서북쪽이 완전히 안정되지 않았기 때문에 더더욱 강남부터 면제를 시켜줘야 한다고 봐요. 아직까지는 천병이 대거 투입될 상황이 아닌 만큼 재정지출도 필요치 않아요. 하지만 일단 응급사태가 발생하면 그때는 역시 강남밖에는 없어요. 또 강남 사람들이 명분과 실리를 중시하기는 하나 똑똑한 만큼 조정의 어려움도 잘 헤아려 줄 것입니다. 그때 가서 사정 얘기라도 할 수 있는 계기를 미리 만들어 놓아야 한다는 말이죠!"

강희가 듣기에는 방포와 마제의 말이 대단히 현실적이었다. 그렇다고 장정옥의 말도 일리가 없는 것은 아니었다. 그가 그런 자신의 입장을 밝히기 위해 입을 열려고 했을 때였다. 저 멀리서 융종문을 통과해 팔을 휘저으면서 다가오는 여덟째가 그의 눈에 들어왔다. 그는 한참을 생각하다 가만히 입을 다물어 버렸다. 윤사가 들어오자 대신들과 태감들은 저마다 허리를 깊숙이 숙여 귀한 손님 대하듯 깍듯하게 인사를 올렸다. 강희는 그 모습에 자신도 모르게 몰래 이맛살을 찌푸렸다. 그리고는 바로 이덕전에게 여덟째를 들여보내라고 명령한 다음 덧붙였다.

"자네들은 계속 상의해보게. 짐의 귀는 열려 있으니까."

그러나 좌중의 사람들은 오랫동안 이른바 '병석'에 누워 있다 모습을 드러낸 씩씩한 여덟째를 보는 순간 하나같이 입을 다물어 버렸다. 그들의 머릿속에는 오로지 여덟째가 찾아온 의도가 뭘까 하는 생각 외에는 없었다.

강희는 애써 착잡한 기색을 감추면서 여덟째를 향해 고개를 끄덕여 보였다. 그리고는 고개를 돌려 윤진에게 물었다.

"넷째, 자네 생각에는 어떻게 하는 것이 좋을 것 같은가?"

윤진이 강희의 질문에 공손하면서도 침착하게 대답했다.

"양쪽 모두 일리가 있습니다. 그러나 폐하께서 결정하신 국책인 만큼 과감하게 밀고 나가시는 것이 백성들에게 믿음을 주는 길이라고 생각하옵니다."

윤진의 말은 간단했다. 그러나 대신들의 체면도 살려주고 대세도 바로잡는 기가 막힌 대답이었다. 좌중의 사람들은 넷째 특유의 일처리 방식에 탄복하지 않을 수 없었다.

강희가 흡족한 미소를 짓다 말고 돌연 웃음기를 거두면서 여덟째에게 물었다.

"병은 다 나았는가? 짐이 보내준 인삼은 복용했나?"

윤사는 윤진의 마지막 한마디가 꼭 마치 대신들에게 보내는 필사적인 추파 같다는 생각을 하고 있었다. 태자의 '태'자만 들어도 온몸의 신경이 곤두서는 그로서는 우스꽝스럽게 생각될 수밖에 없었다. 하지만 강희가 자신의 병세에 대해 물어오자 하던 생각을 멈추고 황급히 대답했다.

"잠깐 소홀한 탓에 과로로 인한 어지럼증이 일어났을 뿐이옵니다. 걱정할 정도의 병은 아니옵니다. 둘째 형님이 사고를 내고 나서 마음이 많이 안 좋았던 모양이옵니다. 다행히 폐하께서 하사하신 약을 복용하고 거뜬히 일어날 수 있게 돼 특별히 감사의 말씀을 전하려고 왔사옵니다."

강희는 이제까지 기분이 괜찮았다. 그러나 느닷없이 윤잉을 화제에 올린 여덟째 때문에 급격히 나빠지기 시작했다. 그가 원인을 제공한 여덟째에게 날카로운 시선을 보냈다.

"듣고 보니 이상하군! 자네가 병이 났는데, 그게 둘째하고 무슨 상관이 있다는 말인가? 그 친구가 사고가 나서 자네가 병이 날 만큼 좋은 사이는 아니었던 것으로 알고 있는데 말이야!"

강희의 말은 직설적이었다. 대신들의 속마음을 대변하고 있는 듯도 했다. 윤사는 역시 눈치가 빨랐다. 뒤늦게 실수를 감지하고는 황급히 무릎을 꿇으며 용서를 빌었다.

"아바마마! 그런 말을 하려던 것은 아니었사옵니다. 잘못했사옵니다. 용서해 주시옵소서."

그러자 강희가 콧방귀를 뀌며 질책했다.

"말은 마음의 소리라고 했어! 짐은 그게 네가 무슨 생각을 하고 있는지 잘 대변해 주는 소리라고 생각해! 진심에서 우러나온 말이지. 윤잉이 쫓겨난 지 오래 됐는데도 아무런 움직임이 없으니까 궁금해서 왔지?"

여덟째는 정곡을 찌르는 강희의 한마디에 흠칫 놀랐다. 그러나 곧 정신을 가다듬으며 변명을 했다.

"아바마마, 맹세코 그런 것은 아니옵니다! 지난번에도 그렇고 이번에도 아들은 주제넘은 생각을 해본 적이 없사옵니다!"

"그런 개소리에 짐이 놀아날 줄 알아?"

강희가 갑자기 침을 튕기면서 흥분했다. 평소 시정잡배처럼 발끈하는 경우가 드문 그답지 않은 자세였다. 여덟째는 강희의 그런 직설적인 언사에 크게 당황했는지 바닥에 찰싹 들러붙다시피 늘어져서는 울먹이고 말았다.

"아신은 아무리 생각해봐도 아바마마께 불경을 저지른 일이 조금도 없사옵니다. 그런데 어찌해서 아바마마께서는 이토록 아들을 미워하고 의심하시는지 모르겠사옵니다……."

여덟째가 어깨를 세차게 들썩이더니 갑자기 소리 내어 울기 시작했다. 그 바람에 강희는 다소 화가 누그러졌는지 낙담한 표정으로 한숨을 내쉬었다.

"열 손가락 깨물어 아프지 않는 손가락이 어디 있겠어! 네가 아들로서의 효도와 신하로서의 충성을 다 했더라면 짐이 왜 미워하겠어? 둘째 얘기를 끄집어내서 짐의 속마음을 떠보는 너의 졸렬함에 화가 난 거지."

여덟째가 강희의 말투가 한결 부드러워진 느낌을 받은 듯 소매 끝으로 눈가를 훔치면서 아뢰었다.

"저도 실은 고민이 많사옵니다. 이런 비상시국에서는 조금만 잘못 움직여도 불난 집에 도둑질하러 들어가는 비열한 인간으로 찍히기 십상이옵니다. 그렇다고 말썽 많고 골치 아픈 속세를 떠나버리는 것도 할 짓은 아니옵니다. 한마디로 아바마마께서 못난 아들 때문에 마음을 다치실 것 같아 우왕좌왕하고 있는 중이옵니다. 저를 둘러싼 무성한 소문을 잠재우기 위해서라도 아들은 무기한 휴식에 들어가고 싶사옵니다. 윤허를 부탁드리옵니다. 저의 결백을 주장하는 방법은 이 방법밖에는 없다고 생각하옵니다!"

강희는 여덟째가 집요하게 자신의 의중을 떠보려 한다고 생각했다. 그가 차가운 냉소를 터트렸다.

"끈질기기는 고래 힘줄보다 더하군! 오늘은 헛걸음하고 싶지는 않은 모양이지? 짐은 자네가 팔황자로서의 본분에 충실해 달라는 말밖에 해줄 말이 없네! 짐의 충고를 무시했다가는 스님도 될 수 없고 병치레도 더 이상 여의치가 않다는 사실을 명심해!"

"너무 하시옵니다, 아바마마!"

열넷째 윤제가 불쑥 끼어들어 볼멘소리를 한 것은 강희의 말이 채 떨어지기도 전이었다. 어조에서부터 일부러 강희를 걸고넘어지기라도 하겠다는 의지가 엿보였다. 그가 털썩 무릎을 꿇더니 간절한 어조로 덧붙였다.

"옛말에 호랑이도 자기 새끼는 잡아먹지 않는다고 했사옵니다! 여덟째 형님은 뭇 관리들의 관심을 한 몸에 받고 사는 덕망 높은 황자이옵니다. 그런데 지난번에는 둘째 형님 때문에 뜻하지 않은 된서리를 맞았사옵니다. 또 이번에는 지레 겁에 질려 바깥출입도 제대로 못하다가 결국에는 아바마마의 고견에 귀를 기울이고자 찾아왔는데, 또 욕만 먹었사옵니다. 가엾지도 않사옵니까? 오죽하면 불가에 출가하겠다는 말까지 하겠사옵니까……."

윤제는 흥분하면 앞뒤를 가리지 않는 성격이었다. 감히 해서는 안 될 말을 내뱉으며 막나갔다. 그러자 여덟째가 깜짝 놀랐는지 급기야 소리를 질렀다.

"열넷째, 입 다물고 있는 게 나를 도와주는 거야! 내가 죽는 꼴을 보고 싶어서 그러는가?"

여덟째가 말을 마치고는 갑자기 안색이 하얗게 질리더니 몸을 휘청거렸다. 그리고는 의식을 잃고 말았다. 좌중의 사람들은 대경실색했으나 어느 누구 하나 감히 나서서 부축할 엄두를 내지 못했다.

강희 역시 얼굴이 무섭게 일그러지더니 휘청거렸다. 화가 적지 않게 난 모양이었다. 그러자 형년과 이덕전이 깜짝 놀라 쏜살같이 달려가 강희의 겨드랑이를 부축했다. 그러나 그럴 필요까지는 없었다. 강희가 기력을 잃고 쓰러지는 게 아니라 잽싸게 손을 뿌리치면서 두 사람의 뺨을 갈겨 버린 것이다. 두 사람은 순식간에 얼얼할 정도로 뺨을 얻어맞자 무기력하게 저만치 나가 떨어져 엉덩방아를 찧었다. 이번에는 방포가 엉거주춤 자리에서 일어서면서 강희를 말리려고 했다. 그러나 그의 노력도 강희의 섬뜩한 눈빛이 뿜어내는 강력한 경고에 밀려 통하지 않았다. 강희는 극도로 흥분해 몸을 덜덜 떨면서 을씨년스러운 표정을 지었다. 그리고는 주위를 두리번거리면서 뭔가를 찾기 시작했다. 이어 발을 힘껏 구르고는 이내 쏜살같이 한쪽 벽 모퉁이로 달려가서는 천자검天子劍을 잡아챘다. 흠차들을 지방으로 파견하거나 병사들을 이끌고 전쟁터에 나갈 장군들을 접견할 때 가끔 꺼내 보이면서 힘을 실어주던 천자검이었다. 강희는 손을 세차게 떨면서 오싹 소름이 끼치는 쇳소리와 함께 칼을 뽑아들었다. 서슬이 푸르러 보는 것만으로 등골에 식은땀이 배일 정도였다.

"아니 되옵니다, 폐하!"

장정옥이 급기야 비명에 가까운 소리를 지르면서 연신 머리를 조아렸다.

"얼른 잘못했다고 진심으로 빌지 않고 뭘 하는 겁니까?"

마제 역시 무릎을 꿇으면서 열넷째를 향해 준엄하게 소리를 질렀다

"한 번 죽지 두 번 죽겠습니까?"

열넷째가 전혀 주눅 들지 않고 고개를 번쩍 쳐들었다. 그리고는 천자검을 빼들면 어떻게 하겠느냐는 눈빛으로 강희를 노려봤다.

"이런 빌어먹을!"

강희가 갈기를 꼿꼿하게 세운 성난 사자처럼 포효를 내지르면서 한 발자국씩 윤제를 향해 다가갔다. 그때 윤기가 어린아이처럼 엉엉 울면서 미끄러지듯 강희의 발밑에 무릎을 꿇었다. 그리고는 강희의 다리를 꼭 껴안고 간절하게 애원했다.

"아바마마, 제발 부탁이옵니다! 절대 아니…… 아니 되옵니다……."

평소에도 조용하고 말수가 적은 다섯째 윤기는 상황이 급박해지자 더욱 말문이 트이지 않는 모양이었다. "아니 되옵니다"만 연발하고 있었다. 그러나 강희는 이미 이성을 잃고 말았다. 다짜고짜 윤기를 걷어차면서 천자검으로 정말로 찌를 듯 위협을 가했다. 위기일발의 그 순간 방포가 대신 나섰다. 앞으로 달려 나가 윤기의 앞을 막아선 것이다. 대로한 강희의 앞에 무릎을 꿇은 그의 눈에서는 처음으로 흐릿한 눈물이 맺혔다.

결국 강희는 위기일발의 순간에 자신의 몸을 내던지는 방포와 저 만치에서 기절한 채 쓰러져 있는 여덟째를 번갈아 보면서 맥없이 천자검을 떨어뜨렸다. 이어 두 손으로 머리를 감싼 채 하늘을 우러러 애처로운

목소리로 울부짖기 시작했다.

"태종, 태조시여! 왜 저에게 이런 시련을 내리십니까? 하늘이시여, 왜 개돼지보다 못한 저런 놈들을 자식이라고 내려주셨습니까?"

강희의 얼굴에서는 어느덧 눈물이 흘러내려 입술을 적시고 있었다. 그럼에도 실성한 사람처럼 느릿느릿 입을 열었다.

"오 선생님, 지금 어디 계십니까? 용공자는 이제 어떻게 하면 좋겠습니까……."

강희는 정말이지 세상에서 가장 슬픈 사람처럼 보였다. 그러나 좌중의 사람들 중 어느 누구도 오차우를 애타게 찾는 그의 마음을 진정 이해하는 사람은 없었다. 넷째 윤진은 그 황망한 순간에도 침착함을 잃지 않았다. 죽은 듯 웅크리고 있는 여덟째를 안쓰러운 표정으로 바라보더니 황급히 형년에게 명령을 내렸다.

"어서 들것을 마련해 집으로 보내게. 그리고 태의를 불러 폐하의 진맥을 해드리게 해. 염친왕 집에도 의원 한 명을 보내주도록 하고……."

좌중의 사람들은 그제야 가쁜 숨을 몰아쉬면서 기진맥진한 채 벽에 기대 서 있는 강희를 부축해 온돌마루에 뉘었다. 그리고는 부지런히 어깨와 다리를 주물러줬다.

강희는 대신들이 숱한 위로의 말을 했으나 눈을 지그시 감은 채 별말이 없었다. 한참 후에야 깊은 한숨을 토해냈다. 그제야 안도의 숨을 내쉰 장정옥이 눈물을 머금은 채 조용히 입을 열었다.

"폐하, 옥체에 유의하셔야 하옵니다. 이제 그만 고정하시옵소서. 오늘은 그냥 어쩌다 보니 별일 아닌 것 가지고 서로가 지나치게 민감한 반응을 보인 것 같사옵니다. 이는 소인이 역할을 제대로 못한 탓이옵니다. 아들을 제일 잘 아는 사람은 아버지라고 하옵니다. 열넷째마마께서도 성급하고 침착함이 결여돼 그렇지 결코 나쁜 사람은 아니옵니다. 이 점

넓은 아량으로 헤아려 주시고, 천하 중생들의 복이 달려 있는 용체에 새삼 유의해 주시기 바라옵니다……."

"세금 감면에 관한 사안은 자네들이 짐의 의견을 참작해 조서를 만들어서 내려 보내는 것으로 처리하게. 땅덩어리가 워낙 커 지역마다 실정이 다른 만큼 융통성 있게 정책을 펼쳐나갔으면 하네. 방금 홧김에 윤제가 볼기를 얻어맞은 격이 됐는데, 주범은 여덟째야! 열넷째 윤제는 평소 지극히 사내다운 아이라는 호감 정도는 갖고 있었는데……."

강희가 따끈하게 데운 술을 한 모금 마시고 기력을 조금 회복했는지 기침을 하면서 말했다. 그리고는 말끝을 흐리면서 천장을 멍하니 응시하더니 갑자기 벌떡 일어나 앉았다.

"경사京師의 영병營兵(감영에 딸린 군사)과 외성外省의 총독, 장군들을 적당히 교체시켜야겠어……. 경사의 주둔군은 병사들만 교체하고 군관들은 보류시켜. 밖에서는 군관들만 교체시키라고. 움직이는 비용도 절감할 겸 소문도 크게 내지 않는 것이 좋겠어. 마제, 이런 내용을 골자로 하는 조서를 작성해올려 보내게."

"예, 폐하!"

마제의 목소리는 의외로 너무 크게 들렸다. 좌중은 말할 것도 없고 마제 자신마저도 놀랄 정도였다. 그러나 강희는 그에 아랑곳하지 않고 말을 이었다.

"짐이 의심이 많아서가 아니야. 짐이 대비하지 않는 틈을 타 군사정변을 일으켜 황위를 찬탈하고도 남을 여덟째 같은 인간이 있기 때문에 적당히 방어책을 쓰지 않을 수가 없기 때문이지! 불행하게도 정말 우려했던 일이 발생한다면 자네들은 무모한 희생을 초래하지 말았으면 하네. 짐만 약을 꿀꺽 삼키고 없어져 버리면 된다고. 자네들은 적당히 살길을 찾게!"

강희는 잔뜩 숨을 죽이고 있는 사람들을 둘러보았다. 최악의 경우를 대비하지 않을 수 없는 현실이 개탄스러운지 어조가 비장했다. 곧이어 넷째 윤진이 조심스럽게 입을 열었다

"여덟째가 주변에서 등을 떠미는 통에 잠깐 바람이 들어 딴 생각을 한 것은 사실이옵니다. 그러나 반란을 일으켜 황위를 찬탈할 정도의 나쁜 사람은 아니옵니다. 아들은 그 사실을 목숨 걸고 보장할 수 있사옵니다……."

마제 역시 윤진의 말에 고무됐는지 바로 거들고 나섰다.

"저 역시 넷째마마의 말씀에 공감하옵니다. 여덟째마마는 절대 그럴 분이 아니옵니다. 하지만 태자 자리가 너무 오래 비어 있는 것이 많은 부작용을 낳고 있는 것 같사옵니다. 그러니 시급히 새로운 태자를 결정하셨으면 하옵니다."

마제의 말에 윤진은 가슴이 덜컹 내려앉았다. 그러나 애써 무관심한 척했다. 강희는 두 사람의 말은 들은 체도 않고 자신의 주장을 계속 이어갔다.

"등 떠밀어 주는 사람이 많다는 것은 인간성이 좋다는 얘기야. 기본적으로 좋은 일이지. 하지만 속마음이 비뚤어져 되다만 인간이라면 그걸 나쁜 쪽으로 악용하기 쉬워. 때문에 나라 말아먹는 데 이용하고는 하지! 그런 사례들이 우리 역사에도 심심찮게 등장하잖아!"

윤진과 마제가 강희의 마음을 돌리지 못해 안달하고 있을 때였다. 장오가가 들어와서 아뢰었다.

"태의원의 하 태의가 폐하께 진맥을 해드리라는 명을 받고 왔사옵니다. 셋째, 여섯째, 아홉째, 열째 그리고 열일곱째 마마께서 열넷째마마를 데리고 와서 만나 뵙기를 청했사옵니다. 열넷째마마께서는 오늘 폐하를 노엽게 해드렸다면서 뼈저리게 뉘우친다고 하옵니다. 또 내친김에 다 같

이 폐하를 만나 말씀 올리려고 찾아왔다고도 하옵니다. 융종문 밖에서 무릎 꿇고 대기 중이옵니다……."

"하 태의만 들여보내게. 짐은 진심이 아닌 가식은 딱 질색이야!"

방포가 나섰다.

"부자간에 서운한 것도 잠시일 것이옵니다. 스스로 뉘우치고 사죄하러 왔다는데, 그만 용서하시는 것이 어떨까 싶사옵니다. 영영 보지 않을 것도 아니고 말이옵니다."

강희가 방포의 말이 틀리지 않다고 생각했는지 조용히 고개를 끄덕였다. 잠시 후 윤지, 윤조, 윤당, 윤아, 윤례 등의 황자들이 차례로 들어섰다. 윤제는 잔뜩 주눅이 든 듯 고개를 깊숙이 파묻은 채 뒤에서 따라 들어왔다. 곧 태의에게 자리를 양보한 윤진은 황자들 대열에 합류했다. 이어 윤지를 선두로 한 황자들이 강희에게 인사를 올렸다. 강희는 마른 기침으로 화답하고는 바로 자리에 누워버렸다. 태의 하맹부가 조용히 강희의 왼쪽 팔을 잡고 진맥을 시작했다. 잠시 후 다시 오른팔에 손을 올려 놓고 눈을 지그시 감은 채 맥을 보던 하 태의가 머리를 조아렸다.

"폐하께서는 우울하고 나쁜 기운의 침습을 받으신 탓에 간의 활동이 원활하지 않사옵니다. 울화가 치밀어 가래가 심하게 끓는 증세가 있사옵니다. 머리가 어지러워 마치 흔들리는 배에 타고 있는 느낌일 것이옵니다. 더불어 두 다리가 많이 부었을 것이옵니다. 다행히 평소 건강관리를 잘하신 덕분에 크게 우려할 정도는 아니옵니다. 나쁜 기운을 몰아내는 데는 특효를 가지고 있는 주사朱砂와 복령茯笭으로 약을 지어올리도록 하겠사옵니다. 괜찮겠사옵니까, 폐하?"

강희가 머리를 끄덕여 보였다. 태의는 바로 약을 지으러 밖으로 나갔다. 윤진 역시 강희를 향해 머리를 조아리고는 하 태의가 약 짓는 것을 감시한다면서 따라 나갔다.

"이제는 아주 떼거지로 몰려왔군! 한 번으로는 부족할 것 같아 또다시 화를 돋우어주려고 작심하고 온 거야? 아쉽게도 손발을 걷어붙이고 제일 앞장서야 할 여덟째가 보이지 않는군!"

강희가 그제야 윤지를 비롯한 황자들을 둘러보면서 노골적으로 비난을 퍼부었다. 그러자 윤지가 황급히 머리를 조아렸다.

"지금 여기에 온 황자들 가운데에서는 제가 제일 맏이이옵니다. 모든 것은 동생들 단속을 제대로 못한 저의 잘못이옵니다. 저를 혼내주시옵소서. 열넷째가 오늘 제정신으로는 도저히 해서는 안 될 불효를 저질렀사옵니다. 저한테 와서 한바탕 울면서 참회하기에 자초지종을 물었사옵니다. 크게 뉘우치고 반성을 했으니, 아바마마께서는 이제 그만 용서해주시옵소서! 몇몇 황자들은 지금 봉천으로 황릉을 참배하러 가고 없어서 아들이 오늘 자리한 황자들만 데리고 염왕부를 찾아가기도 했사옵니다. 여덟째 역시 아바마마께 불경을 저질렀다면서 뒤늦은 후회로 가슴을 치고 있었사옵니다. 이 자리에 같이 오려고 했으나 건강이 너무 좋지 않아 도저히 자리에서 일어날 수가 없었사옵니다. 그저 침대에서 아바마마께서 계신 방향을 향해 머리를 조아려 인사하고는 저에게 대신 죄를 빌어달라고 부탁을 했사옵니다……."

윤지의 말이 끝나자 이번에는 열넷째가 온몸을 움찔거리면서 길게 엎드리며 기어 들어가는 목소리로 용서를 빌었다.

"결코 돌이킬 수 없는 불경을 저질렀다는 사실을 깨달았사옵니다. 감히 용서를 간구하는 말도 드릴 수 없을 정도로 죄스럽사옵니다. 아바마마께서 하고 싶으신 대로 죄를 물어주시옵소서. 그렇게 해서 폐하께서 속이 조금이나마 후련해지신다면……."

열넷째의 목소리는 점점 가늘어졌다. 그러더니 결국 말을 잇지 못했다. 나중에는 어깨를 들썩이면서 흐느꼈다.

"민간 속담 중에 집안 흉은 밖으로 드러내는 것이 아니라고 했어! 정확히 강희 사십칠 년 팔월 십오일부터 너희들은 꼬박 사 년 동안 하루도 짐의 마음을 편하게 해준 날이 없었어! 집구석에 바람 잘 날이 없었지. 온몸으로 정무에 임해도 모자랄 판에 너희들 때문에 대부분의 시간을 허비했어. 그러니 정국이 제대로 돌아갈 리가 있겠어? 죽은 뒤 무덤에 침 뱉는 자만 없으면 그걸로 만족이라고 했는데, 이제는 그 바람마저 이뤄질 가능성이 희박하게 됐어. 자기 자식을 향해 천자검을 휘둘러대는 포악한 황제, 집안 단속 하나 제대로 못해 황자들이 나라꼴을 쑥대밭으로 만드는 것도 휘어잡지 못한 무능한 황제로 역사에 남을 것이 아닌가!"

강희가 처연한 표정을 지었다. 그리고는 자조하듯 씁쓸한 웃음을 지으며 말을 이었다.

"그렇기 때문에 자식 가진 사람은 남의 흉을 보는 것이 아니라고들 하는 모양이야. 짐은 전에 당 태종이 집안단속 하나 제대로 못한다고 너무나도 많이 비웃었어. 그런데 지금 생각하니 창피하기 그지없군! 이제 짐은 제나라 환공처럼 되지 않는 것이 유일한 바람일 뿐이야! 머지않아 한 놈은 건청궁, 다른 놈들은 태화전, 창춘원, 만수산 등을 점거하겠지. 그리고는 돼지 뒷다리 뜯어먹듯 조정을 찢어 챙길지도 몰라. 그런 대혼란이 예고되니 우리 대청의 비극적인 종말을 역사는 어떻게 기록할까? 또 후세들은 집안 역사를 얼룩지게 한 우리 같은 선조들을 얼마나 창피한 존재로 생각할까? 너희들도 눈앞의 이익에만 급급하지 말고 좀 곰곰이 생각을 해보란 말이야……."

강희는 너무나 간절하게 말했다. 때로는 초조하고, 어떤 대목은 무섭기도 했다. 그러나 듣고 있는 황자들은 저마다 다른 생각을 하기에 바빴다. 태자 자리가 이미 물 건너갔다고 생각한 셋째는 자신이 강희의 훈계 대상에 포함되지 않는다는 듯 저녁에 진몽뢰를 부를 생각에 골몰하고 있었다. 새로 지은 서재에 이름을 지어줄 것을 부탁하기 위해서였다. 또 아홉째 윤당은 여덟째가 태자가 되지 않으면 그 외에 물망에 오를 만한 사람이 누구일지를 점치고 있었다. 그리고 열넷째는 죽어라 애꿎은 땅바닥만 후벼 파고 있었다……. 한마디로 귀는 뻥 뚫려 있으나 마음은 콩밭에 가 있었다.

강희가 그런 사실을 너무나도 잘 아는 듯 목소리를 가다듬으면서 자신의 결심을 정리했다.

"여태 말한 것을 귓등으로 들었다고 해도 상관없어. 지금부터가 너희들이 진짜 궁금해 하는 내용일 테니 잘 들어. 짐이 살아있는 한 절대로 두 번 다시 태자를 세우지는 않을 것이야! 바로 그거야!"

"예?"

황자들이 동시에 크게 놀란 기색을 보였다. 그러면서 일제히 고개를 번쩍 쳐들었다. 강희가 마침 윤진이 가지고 온 처방전을 힐끗 쳐다보고는 "황기도 좀 넣으라고 해!"라고 지시한 다음 덧붙였다.

"짐이 죽기 바로 직전에 차기 황제에 앉을 사람을 정해줄 거야. 유서를 미리 작성했다가 누가 계승자가 될 것인지 온 천하에 알리는 방법을 생각하고 있어. 짐은 이미 마음의 결정을 내린 상태야. 앞으로 별 볼 일 없는 주제에 괜히 짐에게 잘 보이려고 얼쩡거리지 마. 아무런 소용도 없을 테니! 차라리 그 시간을 아껴서 책을 읽도록 해. 심신을 수련하는 기회로 삼으면 더욱 좋고. 그게 짐과 너희들이 최악을 향해 치닫지 않는 유일한 방법이라고 생각한다."

황자들이 몽둥이에 뒤통수를 얻어맞은 듯 얼떨떨한 기분에 사로잡혀 있는 모습을 보이다 일제히 머리를 조아렸다.

"명에 따르겠사옵니다, 아바마마!"

윤진은 다른 황자들과 함께 머리를 조아리고는 있었으나 내심 오사도
의 선견지명에 찬탄을 금하지 못하고 있었다. 그러나 애써 그런 생각을
감춘 채 공손하게 아뢰었다.

"아바마마! 아무래도 많이 편찮아 보이옵니다. 이제 말씀은 그만 하
시옵소서. 이 아들이 양심전으로 모시고 가겠사옵니다. 약도 그쪽으로
가지고 올 것이옵니다!"

41장
변방에 감도는 전운戰雲

　세월은 소리 없이 흘러 어느덧 강희 57년이 됐다. 서쪽 변방에서는 아랍포탄과 서장西藏(티베트) 달라이 라마와의 정치적인 분쟁과 종교적인 다툼으로 바람 잘 날이 없었다. 전쟁의 위험이 날로 고조되는가 싶더니 마침내 큰 싸움이 벌어지고 말았다.

　강희 56년에 아랍포탄이 준갈이 부족의 장군 대책령大策零을 청해青海성에 보내 대대적인 공격을 가한 것이 발단이었다. 이로 인해 서장의 칸이 죽임을 당했다. 또 수도 라싸拉薩도 점령됐다. 정신적 지주인 달라이 라마 역시 구금되는 횡액을 당했다. 청나라 조정으로서도 티격태격하는 단계를 넘어선 둘의 싸움을 그냥 지켜보고 있을 수만은 없는 지경에 이르렀다.

　강희 역시 흉흉한 소식이 북경에 전해지자 크게 노했다. 급기야 강희 57년 2월에 전이단傳爾丹을 진무振武장군, 기덕리祁德里를 협리協理장군으로 한 부대를 아이태산阿爾泰山 너머로 보내 부녕안富寧安의 부대와 회합하도록 했다. 준갈이 부족이 침략하지 못하도록 확고한 조치를 취한 것이다. 이어 서안西安 장군인 액로특額魯特을 서장 지역으로 파병해 징세를 안정시키게 했다.

처음에는 모든 것이 순조롭게 진행되는 듯했다. 그해 5월 청나라 병사들이 두 갈래로 나뉘어 오로목과烏魯木過 강을 건너자 준갈이 병사들은 연신 후퇴하기에 바빴다. 그들의 전의 상실에 사기가 고무된 청군이 연신 대승의 첩보를 보내온 것이다. 그러나 그 대승은 준갈이의 간계에 빠진 것이었다. 준갈이가 적을 깊은 곳으로 유인해 자신들의 진지로 유인하는 전략을 썼던 것이다.

결국 청나라 병사들은 칼 한 번 휘둘러보지 못하고 총 한 방 제대로 쏴보지 못한 채 꼼짝없이 객라오소喀喇烏蘇 강 기슭에 묶이고 말았다. 게다가 추위는 엄습해오고 군량미는 거의 떨어져가고 있었다. 엎친 데 덮친 격으로 나중에는 양도糧道마저 차단당하고 말았다. 그 사이 청나라 부대의 약점을 간파한 준갈이의 군대는 사방에서 옥죄어왔다. 이 단한 차례의 총공격으로 독 안에 든 쥐 신세가 된 6만 명의 청나라 병사들은 반항 한 번 제대로 못해 본 채 전군이 몰살당하는 비극을 겪었다. 강희가 등극한 이후 일찍이 없었던 대패였다.

급보가 전해지자 북경은 발칵 뒤집혔다. 부임한 지 며칠 안 되는 병부상서인 아이태鄂爾泰는 어찌할 바를 몰라 발만 동동 구르다 황급히 말을 달려 창춘원으로 향했다.

북경의 여름은 일찍 시작되었다. 5월 초였으나 벌써부터 더위가 기승을 부리고 있었다. 악이태가 달리는 말에 채찍질을 가하면서 황급히 창춘원에 도착했을 때는 사시巳時가 가까워오고 있는 시각이었다. 그는 온몸이 땀으로 범벅이 된 채 말에서 내렸다. 이어 문을 지키는 태감에게 말했다.

"폐하를 뵈러 왔소!"

그러나 태감은 바쁠 것 없다는 투였다.

"어디 불이라도 났나요? 아무리 급한 일이 있어도 안 됩니다. 폐하께서는 지금 용선用膳(황제가 식사를 하는 것)을 하시는 중입니다. 기다리십시오."

"그건 안 되오! 너무나 긴박한 사안이라 반드시 지금 폐하를 만나 뵈어야 한단 말이오!"

악이태는 더욱 다급해졌다. 그러나 태감은 여전히 느릿느릿 고개를 저으면서 골려주기라도 하듯 웃기까지 했다.

"글쎄 아무리 급한 사정이라도 폐하께서 용선을 하시는 중에는 안 된다니까요!"

악이태가 황급히 주머니를 뒤졌다. 태감이 술값이라도 조금 챙기려고 수작을 부린다는 사실을 알았던 것이다. 그러나 공교롭게도 주머니에는 땡전 한 푼도 없었다. 그는 정신없이 말을 달려와서는 엉뚱한 곳에서 시간을 허비하게 된 것이 화가 나는지 급기야 협박을 했다.

"아직 뭘 몰라서 이러는 것 같소. 나는 새로 부임한 병부상서요. 중대한 일을 그르치게 되는 날에는 당신이 감당할 수조차 없는 엄청난 벌이 뒤따른다는 것을 알아야 하오!"

태감은 행여나 하고 바라던 돈을 받지 못하자 부아가 치민 듯 얼굴을 구겼다.

"대인이 아무리 병부상서라고 해도 내가 병부의 사관司官이 아닌 이상 나에게 이래라 저래라 할 수 없는 것 아니에요? 이곳은 병부상서가 아니라 친왕이라 하더라도 지켜야 할 것은 지켜야 하는 곳입니다!"

악이태가 치솟는 분노를 간신히 억누르면서 대책 없이 서성일 때였다.

노란 덮개의 수레가 청범사清梵寺 쪽에서 오는가 싶더니 가까운 곳에 멈춰 섰다. 옹친왕 윤진이 더운 날씨임에도 용포를 단정히 차려 입고 열 개의 동주가 박힌 관을 쓴 채 수레에서 내렸다.

악이태가 마치 구세주라도 만난 듯 황급히 윤진에게 몇 걸음 다가가 인사를 했다.

"넷째마마, 제발 좀 이곳을 통과하게 해주십시오. 이보다 더 중요한 일이 어디 있겠습니까?"

악이태는 울상을 지으면서도 손에 들고 있던 군보軍報를 윤진에게 건네주는 것을 잊지 않았다. 군보를 읽어보던 윤진의 안색이 이내 하얗게 변했다. 급기야 그가 악이태에게 소리를 질렀다.

"아니 이걸⋯⋯! 어서 들어가지 않고 뭘 해?"

태감은 친왕이 와도 안 된다고 못을 박았던 것이 생각나는 듯 윤진이 악이태의 등을 떠미는데도 불구하고 황급히 한쪽 무릎을 꿇으면서 변명을 했다.

"넷째마마, 소인이 일부러 넷째마마를 무시하는 것이 절대 아닙니다. 올 봄부터 상서방에서는 새로운 출입 규정을 만들었습니다. 폐하께서 주무시거나 용선을 하실 때는 그 누구도 들여보내서는 안 된다는 규정입니다. 폐하의 용체가 전 같지 않은 점을 고려한 것입니다. 넷째마마께서도 예외일 수는 없습니다. 잠깐만 기다려 주십시오⋯⋯."

윤진이 태감의 말을 듣고는 기가 막힌다는 표정을 지으면서 다짜고짜 물었다.

"자네, 여기 온 지 며칠 되지 않았지?"

"예!"

"이름은?"

"진구아秦狗兒라고 합니다."

"보정保定 사람이지?"

"예!"

"원래 성이 진씨인가, 아니면 입궁 후에 고친 성인가?"

"원래는 호胡씨였습니다, 넷째마마."

"그러면 왜 입궁 후에 진씨로 성을 바꿨는지 아는가?"

태감이 윤진의 질문에 어리둥절한 표정으로 머리를 저었다.

"잘 모르겠습니다."

태감이 말을 채 마치기도 전이었다. 윤진이 솥뚜껑 같은 커다란 손바닥으로 그의 왼쪽 뺨을 찰싹 소리가 날 정도로 세게 갈겼다! 태감이 비틀거리면서 저만치 날아가 쓰러지는가 싶더니 부랴부랴 엉덩이를 털고 일어났다.

"환관들에게 권력이 집중되는 것을 막기 위해 폐하께서 강희 오십이 년 이후에 입궁하는 태감들은 일제히 진秦, 조趙, 고高 세 가지 성씨로 분류해 관리해오셨어! 한 방 얻어맞고 나니, 이제는 제정신이 들어? 내가 누구인 줄 알고 감히 나까지 막고 나서! 나는 황자일 뿐만 아니라 폐하의 시위야! 바보 같은 놈, 이제 알겠어?"

윤진이 태감을 매섭게 노려보았다. 태감은 윤진에게 얻어맞아 시뻘겋게 부어오른 뺨에 손을 대고 있다 그제야 겁에 질린 얼굴로 털썩 무릎을 꿇으며 머리를 조아렸다.

"벌레보다 못한 놈이 잠깐 정신이 나갔었나 봅니다. 한 번만 용서해주십시오, 넷째마마! 넷째마마의 명에 기꺼이 따르겠습니다!"

"약발이 먹히기는 하는군!"

윤진이 재빨리 마음의 안정을 되찾고는 안에서 나오는 태감 몇 명을 턱짓으로 불러 명령을 내렸다.

"자네들이 악이태 대인을 안으로 모셔. 급한 일이 있어 폐하를 만나

뵈어야 하니까 알아서들 잘하라고. 그리고 상서방의 당직 서는 사람이 누구인지도 알아오고!"

악이태가 태감들을 따라 안으로 들어갔다. 그리자 윤진이 땅에 엎드려 비지땀을 흘리고 있는 진구아에게 다시 한 번 주의를 주었다.

"이제 그만 일어나! 이런 곳에서 일하려면 뭐니 뭐니 해도 눈치가 빨라야 해! 알았어?"

윤진이 말을 마치고는 안주머니에서 50냥짜리 은표를 꺼내 진구아에게 던져줬다. 그리고는 유유히 뒤따라 갔다.

정원은 진구아가 서 있던 바깥과 간발의 차이지만 완전히 딴 세상 같았다. 들어서자마자 서늘하고 습한 기운이 확 안겨왔다. 또 대리석이 깔린 통로에는 우거진 녹음이 햇볕을 완전히 차단시켜주고 있었다. 그 주위에는 태감들 수십 명이 끝 부분에 주머니가 달린 긴 대나무를 든 채 귀찮게 울어대는 매미를 잡고 있었다. 그러니 여름철이면 어디나 할 것 없이 소음을 일으키는 매미들도 이곳에서는 종적을 감출 수밖에 없는 듯했다.

윤진은 이 기이한 현상이 결국 황제의 권위라는 생각을 잠시 하다 말고 바로 서부 전선의 비극을 생각했다. 동시에 열셋째 윤상도 떠올렸다.

'윤상은 병서도 많이 읽고 자질도 뛰어나. 구금당하지만 않았더라도 이번에 병사들을 이끌고 출병할 가능성이 컸을 텐데. 이제 병권이 열넷째의 손에 넘어가게 됐으니, 여덟째에게 힘이 실리겠군. 호랑이에게 날개를 달아준 것이나 다름없어!'

윤진이 그런 생각을 하는 사이 어느덧 담녕거가 눈앞에 나타났다. 붉은 돌계단 앞에 다다르자 이덕전이 황급히 방 안쪽을 향해 나지막이 아뢰었다.

"넷째마마께서 오셨사옵니다, 폐하!"

윤진이 가까이 다가가자 이덕전이 웃음으로 맞아주었다.

"그렇지 않아도 방금 폐하께서 넷째마마를 칭찬하시던 중이었습니다. 어서 안으로 드십시오……."

이덕전은 유별나게 반색을 했다. 지난번에 은 2백 냥을 찔러 넣어준 것이 효과가 있는 모양이었다.

강희는 아직 용선 중이었다. 마제, 방포, 장정옥이 그런 강희를 옆에서 시중들고 있었다. 바닥에는 악이태가 꿋꿋하게 엎드려 있었다.

"일이 이 지경에까지 이르다니! 기덕리는 그렇다 치더라도 전이단과 액로특은 전에 짐을 따라 서정西征 길에 올랐던 장군들 아닌가? 어쩌면 싸움판에 나가 그렇게 졸장부 같은 짓을 한다는 말인가!"

군보를 접었다 폈다 하는 강희는 얼굴에 고민이 가득했다. 그러자 장정옥이 허리를 굽히면서 아뢰었다.

"출전 직전에 폐하께서 미리 양도糧道를 확보해 놓아야 하고, 절대 성급하지 말라고 특별지시를 내리신 것으로 알고 있사옵니다. 그런데 공훈을 세우는 것에만 급급해 폐하의 신신당부를 까마득히 잊어버린 것 같사옵니다. 있을 수 없는 참패를 맛보게 됐으니 실로 괘씸하기 그지없사옵니다. 소인의 어리석은 생각으로는 나라에 치욕을 안겨준 이들 장군들에게 시호諡號를 내리지 않음으로써 그 죄를 묻는 것이 어떨까 하옵니다!"

그러나 마제가 인상을 쓰면서 의견을 달리 했다.

"전쟁터에서 어처구니없이 패배하고 돌아온 패자에게는 죽음을 내려도 뭐라 할 말이 없을 것이옵니다. 하지만 그들은 결코 비굴하게 투항하거나 꼬리 빳빳이 세운 채 도망친 것이 아니옵니다. 판단 착오로 실수를 했사옵니다. 가뜩이나 자괴감에 빠져 있기도 할 것이옵니다. 이런 상황에서 시호까지 내리지 않는 등 너무 기를 죽이는 것은 곤란하다고 생각하옵니다!"

방포 역시 그 의견에 동조했다.

"마제의 말에 공감하옵니다. 사호는 내려야 하옵니다. 저는 전투에 대해서는 잘 모르옵니다. 그러나 그들의 사기를 진작시키는 것이 병사들의 전투력을 향상시키는 효과적인 방법이라고 생각하옵니다."

강희는 의견이 분분하게 엇갈리자 악이태를 쳐다보았다.

"자네 생각은 어떤가? 어디 병부상서인 자네 말을 좀 들어보지."

강희의 질문에 악이태가 머리를 조아리면서 대답했다.

"소인 생각에는 이번 실패의 원인은 한두 가지가 아닌 것 같사옵니다. 무엇보다 녹영병이 실전 경험이 없었던 것이 주된 원인인 것 같사옵니다. 몇 년 동안 군사 훈련을 했다고는 해도 실전 경험이 없으면 곤란하옵니다. 두 번째는 병사들을 인솔하는 장군들이 제 구실을 못했기 때문이옵니다. 그들은 전에 폐하를 따라 서정 길에 올랐을 때 일반 병사에 지나지 않았던 사람들이옵니다. 때문에 통솔력이 부족하지 않았나 싶사옵니다. 또 전체적인 상황 파악에도 미숙해 고전을 겪었던 것 같사옵니다. 게다가 전에는 거의 백전백승에 가까운 전적을 이뤘기 때문에 상대를 만만하게 보기도 한 것 같사옵니다. 따라서 치밀한 사전 준비도 하지 않았다고 볼 수 있사옵니다. 오만함에 빠져 치명적인 실수를 한 것이옵니다. 반대로 아랍포탄은 조정과는 싸우지 않았어도 자기들끼리는 끊임없이 전쟁을 해왔사옵니다. 때문에 모든 준비가 완벽하게 이뤄졌을 것이옵니다. 그것도 이유라면 이유라고 보이옵니다!"

강희가 묵묵히 고개를 끄덕였다. 그가 한참 후 입을 열었다.

"맞는 말이기는 해. 그러면 어떻게 해야 하나? 전투 경험이 풍부한 노장인 도해, 조양동, 주배공 등의 일 세대는 이미 저 세상에 갔어. 아직 살아 있는 낭심과 무단은 나이가 너무 많아 제 몸도 건사하기 힘든 상황이고. 다시 서정西征 장군을 파견해야 한다면 누구를 보내는 게 좋을지 모르겠네. 과연 누가 가볍게 임무를 수행하고 승전보를 울릴 수 있을까?"

강희의 말에 좌중의 사람들은 저마다 생각에 잠겼다. 사실 강희의 말은 하나도 틀림이 없었다. 경험이 풍부하고 실전에 강한 일 세대의 장군들은 모두 이미 이 세상 사람이 아니었다. 게다가 일 세대가 활약한 이후에는 별로 전쟁도 일어나지 않았다. 군사 방면의 인재가 부족할 수밖에 없는 상황이었다.

설사 인재가 많아도 서정은 쉬운 일이 아닐 터였다. 무엇보다 아랍포탄 휘하의 준갈이 부족은 거칠고 거리낌 없는 유목민족이라 결코 호락호락한 상대가 아니었다. 뿐만 아니라 척박한 사막 일색인 서북 지역의 차가운 모래바람은 적응하기가 여간 어렵지 않았다. 좌중의 사람들이 쉽게 입을 열지 못하는 데는 다 이유가 있었다. 이처럼 악재가 많은 싸움터에 내보낼 장군을 자칫 잘못 추천해 참패라도 당하고 돌아오는 날에는 그 책임이 고스란히 추천한 사람에게 돌아올 것이기 때문이었다.

강희는 대신들의 입을 뚫어지게 쳐다보면서 우울한 기색을 감추지 못했다. 자칫 굶어죽을 뻔했던 자신의 친정을 떠올리자 용감무쌍하게 적들을 물리쳤던 영웅들이 새삼 그리워졌다. 동시에 삼군三軍을 거느리고 세 차례 친정을 했던 순간들이 주마등처럼 뇌리를 스쳐지나가고 있었다. 그러나 지금은 쓸 만한 장군감 하나 구하지 못해 골머리를 앓고 있지 않은가. 강희는 그런 현실이 씁쓸했는지 갑자기 주먹을 들어 자신의 무릎을 무겁게 내리치면서 한탄을 했다.

군주의 근심은 곧 신하의 치욕이라고 했다. 대신들은 그런 생각이 들었는지 급기야 땅에 길게 엎드렸다. 역시 방포가 먼저 입을 열었다.

"너무 상심하지 마시옵소서, 폐하! 신은 비록 군사 방면에 대해서는 문외한이오나 병사와 장군 모두 패배를 경험하면서 성장을 거듭한다는 것만은 알고 있사옵니다. 신이 알고 있기로는 정서靖西 장군인 악종기岳鐘麒, 사천 순무로 있는 연갱요年羹堯 등은 모두 용맹한 싸움꾼들이옵니다. 이제 우리에게 필요한 것은 전체를 휘어잡고 통솔할 수 있는 사령관이옵니다. 당장 물망에 올려놓을 인물이 없으시면 황자들 가운데서 고려해 보시는 것이 어떨까 하옵니다!"

"제가 해보겠사옵니다!"

윤진이 무릎걸음으로 한 발자국 앞으로 나섰다. 가슴 속에 토끼 한마리라도 품은 것처럼 세차게 뜀박질하는 가슴을 애써 달래느라 그러는지 그의 얼굴은 유난히 벌겋게 달아올라 있었다. 그가 덧붙였다.

"아들은 군대를 지휘해본 적은 없사옵니다. 그러나 최선을 다해 보겠사옵니다! 서역의 평화시대를 열어 아바마마로 하여금 편안한 노년을 보내게 해드리려는 욕심이 굴뚝 같사옵니다!"

강희가 피곤이 몰려온 듯 눈꺼풀을 길게 늘어뜨리고는 윤진을 오래도록 바라보았다.

"넷째, 짐은 자네를 잘 알지. 어렸을 적에는 감정 기복이 심하고 황자들 중에서 특별한 장점이 돋보이지 않고 그냥 평범한 아이였어. 그런데 커가면서 책을 읽어 정서 함양을 위해 각별히 노력했지. 또 자신의 성격적인 장점인 강한 모습을 두드러지게 나타내기도 했어. 그 이후에 비로소 짐의 눈에 자네가 띄기 시작했지. 근래에 호부, 이부의 일을 도맡아 했으니 자네만큼 민정民政에 밝은 사람도 없을 거야. 한 번도 경험하지 않았던 영역에 뛰어들어보는 것도 나쁘지는 않아. 그러나 이왕이면 자신있는 것을 하는 게 좋을 것 같네. 짐의 아들들 중에서 무예에 능한 사람은 열셋째와 열넷째뿐이지. 열셋째는 구태여 논할 것이 없어. 지금 열넷째가 병부를 맡고 있으니, 군사에 대해 여러모로 잘 알 거야. 짐은 일단 열넷째로 잠정적인 결론을 내렸어!"

윤진이 강희의 말에 말없이 고개를 끄덕였다. 자신의 의사가 받아들여지지는 않았으나 인정은 받았다고 생각하는 눈치였다.

좌중의 대신들도 황자들 중에서 사령관을 뽑는다면 열넷째가 가장 유력하다고 생각했던지 서로를 번갈아 보면서 안도의 숨을 내쉬었다. 그때 예부상서인 우명당이 들어섰다. 강희가 그를 보고 물었다.

"무슨 일이 있는가?"

"폐하께 아뢰옵니다!"

우명당은 호부에서 부침을 거듭하다 윤진 덕분에 겨우 예부상서로 진급한 사람이었다. 윤진에게 깍듯하게 인사를 올려야 했다. 그러나 윤진에게 혹시라도 피해가 가지 않을까 생각했는지 짐짓 눈길을 피하며 아뢰었다.

"올해 추위秋闈(가을에 보는 지방 과거시험)의 주시험관이 결정됐사옵니다. 이제 폐하께서 논술 제목을 정해주시옵소서."

강희가 너털웃음을 지었다.

"허허! 이것 참! 방금 군사 문제를 논의하던 중이었는데, 갑자기 시험문제를 내라고 하니 난감하구먼! 음, 문득 떠오르는 건데 '태갑太甲(상商나라의 4대 왕. 탕왕湯王의 손자)을 동궁桐宮(탕왕의 묘가 있는 곳. 지금은 하남河南성에 있음)에 보내다'로 하지! 오행설에 비춰보면 이 제목은 청룡靑龍의 위상을 가지고 있지. 때문에 서쪽 지역의 사나운 기세를 조금은 중화시켜 줄 것이라고 믿네."

강희는 평소 논술이 그 사람의 독서량을 가장 적나라하게 들춰볼 수 있는 표준이라고 생각했다. 또 인품과 사고방식을 제대로 파악할 수 있다는 생각도 항상 잊지 않았다. 좌중의 사람들은 그런 그가 말한 제목이었으니 만큼 아무도 반대하지 않았다. 그러나 방포만은 달랐다. 무슨 할 얘기가 있는 듯 입가를 실룩거렸다. 하지만 이내 머리를 숙인 채 말이 없었다. 강희가 우명당이 황급히 퇴장하려고 하자 한마디 덧붙였다.

"고사장에서 부정행위를 저지르는 자가 있으면 짐이 윤진을 통해 엄하게 처리할 테니 미리 주의를 주게!"

강희가 우명당을 보내고 난 다음 바로 자리에서 일어났다. 그리고는 기지개를 길게 켰다.

"날씨도 더운데 오늘은 이만 하지! 아직 열넷째에게는 서정 장군으로 파견할 것이라는 얘기는 하지 말게. 짐이 조금 더 생각해봐야 하니까. 윤진, 자네는 내무부까지 떠맡는 것이 좋겠어. 셋째는 책을 만드느라 바빠서 얼굴 볼 새도 없으니 짐 곁에 있는 황자 중에서는 자네가 장자야. 고생스럽더라도 고생이라 생각하지 말고 잘해봐."

강희의 말이 떨어지자 좌중의 사람들은 뿔뿔이 흩어져 자신들이 갈 곳으로 향했다. 그러나 방포는 걸음을 옮기지 않은 채 여전히 뭔가 석연찮은 표정을 짓고 있었다. 강희가 이상하다는 생각이 들었는지 바로 물었다.

"자네, 무슨 할 얘기가 있는 것 같군?"

"폐하! 방금 출제하신 논술 문제의 제목이 좀 이상한 것 같다는 생각이 드옵니다."

방포가 실내에 다른 사람이 없는 것을 확인하고는 비로소 입을 열었다. 방포가 운을 떼자 강희가 물었다.

"사서四書에 나오는 말인데, 뭐가 이상한가?"

"예. 상나라의 왕인 태갑은 왕이 된 지 얼마 안 돼 법도에 어긋나는 일을 저지른 바 있사옵니다. 그 때문에 재상인 이윤伊尹에 의해 할아버지의 묘가 있는 동궁에 유폐당했사옵니다. 그러나 이윤은 삼 년 후에 그가 개과천선했다면서 다시 왕이 되게 했사옵니다. 정말 유명한 고사

아니옵니까? 혹시 폐하께서는 둘째 황자마마를 의식하고 논술 문제를 출제한 것은 아니온지요?"

방포가 작은 실눈을 반짝였다.

"그것은 절대 아니네."

강희가 단호하게 부정했다. 그리고는 용안龍眼(중국 남부의 열대 지방에서 나는 과일)을 방포에게 건네주면서 자신도 하나를 입에 넣고 맛을 음미했다.

"짐이 이미 명령을 내렸네. 윤잉이 잘못을 뉘우쳤으니 복위시켜야 한다고 주장하는 사람이 있으면 누구라도 당장 죽여 버린다고 말이야. 어쨌거나 그다지 쉽지 않은 제목이야. 케케묵은 팔고문八股文이나 베낄 궁리나 하던 거인들은 한바탕 곤욕을 치를 거네. 옥석도 쉽게 가려질 테고."

그러자 방포가 눈을 껌뻑였다.

"하오나 폐하, 이 제목을 보고 소인이 그랬듯 폐하의 생각을 엉뚱하게 넘겨 짚을 것에 대한 우려는 해보지 않으셨사옵니까? 시험을 본 거인들이 소문을 낼 수도 있지 않겠사옵니까?"

방포의 말이 끝나자 강희가 말없이 자리에서 일어났다. 그리고는 실내를 거닐다가 천천히 대답했다.

"방포, 자네는 어쩔 수 없는 선비로군. 속담에 '거센 바람에 풀의 강인함을 알고, 난세에 영웅을 찾아낸다'고 했네. 짐이 일부러 흙탕물을 일으켜 놓은 것은 이 기회에 참된 인재를 얻고 싶어서네! 짐이 이러고 있다고 세상 돌아가는 것을 모르는 줄 알아? 천만에! 짐은 어느 누구보다 명석해!"

방포는 강희의 말에 깜짝 놀라 벌린 입을 다물지 못했다. 강희가 그런 방포를 억지로 눌러 앉히면서 덧붙였다.

"지금 가장 심각한 것은 이치吏治가 엉망이라는 거야. 미관말직이라도 돈을 벌 만한 자리에 있는 놈들 중에 탐관오리가 아닌 것들이 없으니 말이네."

방포는 말없이 수긍의 뜻을 비쳤다.

"둘째는……, 거미줄같이 얽히고설킨 파당과 그들 간의 싸움이 위험 수위를 넘어선 현실이야. 정말 걱정스러워! 그러나 뭐니 뭐니 해도 가장 중요한 것은 이치가 제대로 이뤄지는 거야. 그게 성공하면 백 가지 일이 순조롭게 풀리지 않겠는가?"

강희가 감정이 북받쳐 오르는 듯 흥분했다. 그러자 방포가 의아한 표정으로 물었다.

"폐하께서는 문제점들을 속속들이 알고 계시옵니다. 그런데 어찌하여 용맹하게 칼날을 휘두르면서 폐하의 권위를 떨치시지 않는 것이옵니까?"

방포의 직설적인 질문에 강희가 길게 한숨을 내쉬었다. 이어 천천히 입을 열었다.

"생각은 있으나 실행에 옮길 기운이 다 떨어졌네. 그래서 처음에는 윤잉에게 기대를 걸었어. 그러나 자식도 내 마음대로 되지 않아. 그러니 어떻게 하겠나? 솔직히 홧김에 몇 번 칼을 뽑으려고 했으나 끝까지 버틸 자신이 없었네. 시작만 거창하고 끝맺음이 흐지부지하게 되는 용두사미는 싫거든!"

방포는 군신 사이로 마주하고 있으나 엄연히 같이 늙어가는 강희의 인간적인 고민을 너무나 잘 알 것 같았다. 어느새 그의 눈가에서는 눈물이 그렁그렁 맺혔다. 강희가 그를 힐끗 쳐다보더니 덧붙였다.

"이 나라가 어떻게 이룩한 강산인가? 가능하다면 죽은 뒤에 후세에 떳떳한 선조가 되고 싶네! '태갑'太甲 냄새라도 풍겨야 태자 복위를 걱정하는 황자들의 주의를 그쪽으로 돌릴 것 아닌가. 그러다 보면 합세해서 짐을 공략하려고 해도 기력이 부족해질 것이 아닌가! 자네도 생각해보게. 안으로는 대신들을 거의 매수한 여덟째가 떡하니 버티고 있어. 또 밖으로는 열넷째가 군사를 움켜쥐고 있어. 이 둘이 작심을 하는 날에는 짐이 비참한 최후를 맞지 말란 법도 없지 않은가!"

밖은 초여름이었다. 방포는 그러나 갑자기 뼛속까지 스며드는 매서운 추위를 느꼈다. 결코 엄포가 아닌 현실의 위기를 절절하게 느낀 탓이었다. 방포는 한참 후에야 자리에서 일어나 밖으로 나와 저벅저벅 걸어갔다. 갑자기 가슴이 터지려 했다. 세차게 뛰는 가슴을 도저히 억누를 길이 없었다.

42장

윤진, 7년 만에 윤상을 만나다

윤진은 내무부까지 맡게 되면서부터 뒤늦게 터진 일복에 불철주야 바쁜 나날을 보냈다. 밤낮 따로 없이 몰아붙인 결과 겨우 일의 가닥을 잡을 수 있었다. 윤진은 그제야 윤상을 찾아봐야 하지 않을까 하는 마음의 여유를 가질 수 있었다. 그러나 조상 대대로 내려온 종인부宗人府의 법규에 의하면 특별한 지시가 없는 한 구금당해 있는 사람을 만나는 것은 불가능했다. 비록 자신의 관할권 내에 있으나 윤진 역시 예외는 아니었다. 그는 윤상을 찾아볼 마음이 간절해지자 고민에 고민을 거듭했다. 그러나 답이 나오지 않았다. 결국 그는 궁여지책으로 꾀주머니 오사도를 집으로 불러들였다.

"넷째마마!"

오사도가 자리에 앉더니 찻잔을 한쪽에 밀어놓으면서 단도직입적으로 입을 열었다.

"열셋째마마는 넷째마마에게는 문경지교刎頸之交라는 말이 어울리는 진정한 수족입니다. 폐하께서 넷째마마에게 내무부를 맡기실 때 저희들은 이미 넷째마마께서 조만간 열셋째마마를 찾아가야 한다고 입을 모았습니다."

윤진은 오사도의 말에 고민스런 표정이었다.

"그날 폐하께 말도 꺼내보지 못한 것이 무척 후회스럽네. 허락하실 가능성은 희박하나 적어도 열셋째에 대한 폐하의 의중은 떠볼 수 있었는데 말이야."

"열셋째마마를 찾아가는 것은 위험을 감수해야 하는 일입니다. 그러나 그런 위험쯤은 각오해야 하지 않겠습니까? 지금 각 핵심 부서에는 열셋째마마께서 호부에 계실 때 직접 선발하고 키운 사람들이 주류로 일하고 있는 실정입니다. 공부상서 시세륜 역시 그 중 한 명입니다. 넷째마마와 열셋째마마의 끈끈한 관계를 잘 알고 있는 그들이 자신들의 은인인 열셋째마마를 한 번도 찾아가지 않은 넷째마마를 어떤 시선으로 쳐다보겠습니까? 지금 호랑이는 칠 년째 갇혀 있습니다. 그럼에도 경관京官들은 여전히 그 호랑이를 경외의 대상으로 보고 있습니다. 그 호랑이가 굴레를 벗어나 크게 기지개를 켜면서 으르렁댈 그날을 예견하기 때문이 아닌가 싶습니다! 처음에는 도저히 접근할 수가 없어 찾아가 볼 수가 없었습니다. 그러나 어느 정도 여유가 생긴 지금도 찾아보지 않는다면 열셋째마마도 얼마나 서운하시겠습니까?"

오사도의 말은 구구절절 옳았다. 윤진은 크게 성공하려면 수중에 병권이 없으면 안 된다는 불후의 진리를 생각했다. 그런 점에서 봐도 윤상은 꼭 필요한 우군이라고 할 수 있었다. 그가 오랫동안 생각한 끝에 머리를 번쩍 쳐들었다.

"좋아, 내가 모든 수단과 방법을 다 동원하겠어. 어떻게든 방법을 찾아보지!"

윤진이 말을 마치고 자리에서 일어서려고 할 때였다. 집사인 고복이 들어와 아뢰었다.

"황자마마, 장 군문께서 오셨습니다!"

"장 군문이라니?"

윤진이 고개를 갸웃거렸다. 그때 장오가가 성큼 들어서고 있었다. 윤진이 반색을 했다.

"장오가 자네로군! '장 군문, 장 군문' 하는 바람에 잠깐 어리둥절했었네. 그런데, 어디 숨어 있다가 이제야 나타나는 거야?"

장오가가 윤진을 향해 깍듯이 인사를 올렸다.

"묘족苗族이 사는 변경 지역에 소란이 좀 일어났습니다. 폐하의 명령을 받고 원인 규명과 사후 처리를 하기 위해 다녀왔습니다. 금방 끝날 것 같더니, 반년이나 걸리지 뭡니까……."

장오가가 꼼짝 않고 자리에 앉아 있는 오사도를 힐끗 쳐다봤다. 그리고는 덧붙였다.

"넷째마마께서는 안색이 더 좋아 보이십니다."

윤진이 손짓으로 장오가에게 자리를 권하면서 웃으면서 화답했다.

"자네가 갑자기 들이닥친 것을 보니 틀림없이 무슨 사연이 있는 것 같군. 나에게 무슨 볼일이라도 있는 건가?"

"그건 아니고요, 그냥 잠깐 놀러왔습니다. 넷째마마께서 내무부까지 맡으셨다는 소식을 들었습니다. 명색이 대내의 시위인 제가 축하인사라도 올리는 것은 당연하지 않습니까! 하하하하……."

장오가가 다시 오사도를 쳐다봤다. 윤진도 그제야 눈치를 채고는 소개를 했다.

"……이 분은 오사도라고 하지. 나의 절친한 친구야. 할 말이 있으면 그냥 해도 괜찮아."

장오가 황급히 오사도를 향해 허리를 굽혔다.

"몰라뵈어 죄송합니다. 넷째마마께서는 뜸 들이는 것을 싫어하시는 분이니, 그냥 말씀드리겠습니다. 실은 열셋째마마가 뵙고 싶어서 찾아왔습니다!"

순간 윤진과 오사도의 시선이 잠깐 마주쳤다가 서로 황급히 고개를 돌렸다.

"장오가, 그건 말처럼 쉬운 일이 아니네. 철통 같은 법적 규제 때문에……. 자네는 폐하의 총애를 받는 시위야. 매일 폐하 곁에 있지 않는가. 직접 허락을 받아보지 그랬어? 하기야 워낙 열셋째에 대한 감정의 골이 깊은 폐하이시라 허락하실 리도 없겠지만……. 내가 허락을 해준다고 해도 그렇잖아. 나중에 폐하께서 아시는 날에는 어떻게 하려고 그러는가?"

"저는 하나면 하나, 둘이면 둘밖에 모르는 무식한 인간입니다. 저는 은혜를 입었으면 갚고, 원한이 있으면 풀어야 한다는 것밖에는 모릅니다! 열셋째마마께서 도대체 무슨 죄를 지었기에 칠 년 동안이나 감금 생활을 하셔야 하는지 모르겠습니다. 또 저는 폐하 곁에서 시중든 이래 폐하께서 한 번도 열셋째마마에 대한 불만을 털어놓으시는 것을 들은 적이 없습니다!"

장오가는 단호한 어조였다. 감정이 북받치는 듯 갈수록 흥분하기도 했다. 그는 목이 메는지 잠시 목소리를 가다듬고는 다시 입을 열었다.

"아시다시피 저는 열셋째마마께 크나큰 은혜를 입은 사람입니다. …… 사고가 난 이래 대놓고 괴로워하지도 못하고 남몰래 얼마나 속을 썩였는지 모릅니다! 물론 시세륜 어른에게 부탁해보기도 했죠. 그러나 그분은 저를 위로해주는 것이 고작이었습니다. 그러다 넷째마마께서 내무부를 넘겨받으셨다는 소식을 접하고 구세주라도 만난 것처럼 줄달음질쳐 왔습니다."

"긴 안목으로 본다면 나도 허락할 수는 없어. 또 내가 내무부를 맡은 지도 며칠밖에 되지 않았어. 종인부 쪽에서도 혹시나 하고 눈에 불을 켜고 우리 동향을 살필 텐데, 괜히 돌을 들어 자기 발등을 찍을 게 뭐 있나. 게다가 자네가 지금 열셋째를 만난다고 해도 부둥켜안은 채 울고 불고 하는 수밖에 더 있겠어? 서로에게 실질적인 도움도 못 되면서 불씨를 심을 필요가 뭐 있나. 우리 되도록 그런 무모한 희생은 피해 가자고. 알겠지?"

윤진은 수심에 잠긴 얼굴이었다. 장오가가 묵묵히 윤진의 말을 듣고 있다 긴 한숨을 토해 내더니 윤진을 향해 공수를 했다.

"정 그렇다면 저도 더 이상 넷째마마를 난감하게 해드릴 뜻은 없습니다. 그럼 이만 가보겠습니다!"

"잠깐만! 그대는 넷째마마의 뜻을 오해해서는 안 되오. 사실은 넷째마마 역시 열셋째마마를 지척에 두고도 만날 수 없는 현실에 가슴 아파하고 있는 중이오. 일단 진정하고 넷째마마만 믿고 기다리는 게 좋겠소. 조만간 좋은 소식이 있을지도 모르니까!"

오사도가 그 순간 지팡이 소리를 크게 내면서 장오가에게 다가가더니 양해를 구했다. 장오가가 진심이 가득한 오사도의 얼굴을 일별하면서 윤진을 향해 고개를 끄덕여 보였다. 이어 맥없이 걸어 나갔다.

"썩 괜찮은 놈이군!"

윤진이 멀어져 가는 장오가의 뒷모습을 바라보면서 혼잣말처럼 중얼거렸다.

윤진은 다음 날 황혼 무렵 대내에서 일을 마치고 나온 다음 서화문에서 수레를 타고 바로 십삼패륵부로 향했다.

정문은 여전히 굳게 봉해져 있었다. 원래의 주홍색 대문은 여전히 남아 있었으나 비바람에 군데군데 칠이 떨어져 있었다. 또 세월의 때가 덕지덕지 앉아 을씨년스러웠다. 윤상이 집에 연금 당할 당시 새롭게 쌓았을 법한 분홍색 담장 역시 처량한 주인의 신세만큼이나 쓸쓸해 보였다. 의문儀門 옆에는 한 사람이 겨우 비집고 들어갈 만한 쪽문이 나 있었다. 위로는 담쟁이넝쿨이 빽빽이 드리워져 있었다. 얼마 후 열세 번의 징소리가 울려 퍼졌다. 종인부에서 나온 문지기들은 그 소리를 듣는 순간 왕이나 패륵, 패자 중 한 명이 행차했다는 사실을 바로 알아챘다. 황급히 달려 들어가 책임자를 불러왔다. 윤진이 수레에서 내리자 그가 황급히 다가서면서 머리를 조아렸다.

"소인 대복종戴福宗이 넷째마마께 인사 올립니다."

"자네가 대복종인가?"

윤진은 십삼패륵부에 오기 전에 미리 현장을 지키고 있을 사람들의 신원을 파악한 바 있었다. 다행히 대복종은 자신의 기적旗籍에 속해 있는 사람이었다.

"일어나게. 자네 넷째 당숙인 대탁한테 얘기는 많이 들었네. 언제인가 우리 집 집사 고복이 준화遵化에 있는 농장을 자네 처남에게 빌려줘 관리하도록 하는 것이 어떻겠느냐고 하더라고. 건성으로 대답하고 말았는데, 그 뒤로는 바빠서 어떻게 됐는지 전혀 모르겠네? 그곳에 농사를 지으면 못 돼도 일 년에 만 냥씩은 수입이 생길 거야. 다른 사람에게 빼앗기지 말고 잘해 보라고!"

내무부와 종인부는 각자 독자적인 권한을 가지고 있는 아문이었다. 그러나 종인부의 요직은 대부분 윤진의 기적에 올라 있는 사람들이 차지하고 있었다. 그러나 그들에게 윤진은 멀고도 가까운 존재로 비춰졌다. 그들이 하나같이 윤진을 어려워한 것은 그런 이유가 있었다. 대복종은 그처럼 웃는 모습이라고는 볼 수 없었던 윤진이 뜻밖의 관심을 보이자 황송한 나머지 손발을 어디에 둘지 몰라 전전긍긍했다. 그러나 곧 황급히 몸을 일으키고는 웃어서 실눈이 된 눈을 껌벅거리면서 감사를 표했다.

"존귀하신 넷째마마께서 자질구레한 소인들의 일까지 챙겨주시다니, 정말 높고도 큰 은혜 보답할 길이 없습니다! 고 어른…… 아니 고복이 그러는데, 내년 밀 수확이 끝나는 대로 우리 집 그 애물단지에게 가족을 데리고 오라고 한 것 같았습니다. 고복의 말만 듣고서는 솔직히 조마조마했으나 넷째마마께서 힘을 실어주시니 이제는 두 다리 쭉 뻗고 잘 것 같습니다."

윤진이 말없이 뒷짐을 진 채 입구에서 왔다 갔다 했다.

"그런데 사람 드나드는 문이 이게 뭔가. 너무 좁지 않아? 적어도 수레가 드나들 수 있을 정도는 돼야 하지 않겠어? 안에 있는 열셋째의 가족들이 누구 하나 아파도 그렇고 말이야. 당장 사람을 불러 손을 보도록 하게. 열셋째는 다른 황자들과 달리 폐하께서 특별히 총애하시는 황자야. 이번에 조용히 책을 읽으라고 이런 식으로 시간적 여유를 준 것이니 잘 모셔야 해. 무슨 사고가 생기는 날에는 자네의 인생도 여기에서 종칠 수 있어."

윤진의 말에 대복종이 연신 고개를 주억거렸다.

"명심하겠습니다, 넷째마마! 폐하께서는 연금 조치에 들어간다고 말씀하셨을 뿐 열셋째마마를 괴롭히라는 말씀은 하지 않으셨습니다! 또 여기 있는 사람들은 전부 넷째마마의 기노旗奴입니다. 때문에 넷째마마의 말씀이라면 저희들은 물불을 가리지 않을 겁니다!"

윤진은 현장에 있는 사람들이 모두 정백기正白旗 소속이라는 말을 들자 그나마 큰 위안이 되었다. 이내 얼굴에 웃음을 머금었다.

"책임은 무거운 반면 득 되는 것은 거의 없는 이 자리에서 자네들만 고생시키네! 경비가 부족하다든가 무슨 어려운 점이 있으면 주저하지 말고 나를 찾아오게. 그리고 자네 처남 말인데, 내년까지 기다릴 것 없이 지금 당장 떠나라고 하게. 조금 있다 내가 고복에게 몇 글자 적어줄 테니!"

윤진이 말을 마치고는 곧바로 대문 안으로 들어서면서 본론을 꺼냈다.

"열셋째가 보고 싶어 왔어. 괜찮겠지?"

"걱정하지 마십시오!"

대복종은 하루 전 당숙인 대탁의 편지를 받은 터였다. 따라서 윤진이 이곳을 찾은 이유를 대강 짐작하고 있었다. 당연히 밖에 알려지는 날에는 경을 칠 것이 뻔했다. 그러나 이미 윤진을 따라 끝까지 가기로 마음의 결정을 내린 그로서는 망설일 이유가 없었다.

"넷째마마께서도 의연하신데 소인이 두려울 것이 뭐가 있겠습니까! 하지만 제게 잠깐만 시간을 주십시오. 칠 년도 참아 오셨는데, 몇 분을 더 못 기다리시겠습니까? 이곳에서는 소인의 말이 곧 법이기는 하나 만약에 대비해 교육 좀 시켜야겠습니다."

대복종이 말을 마치고는 곧 윤진을 데리고 문간방으로 들어갔다. 12명의 태감들이 일제히 일어나 윤진을 향해 깍듯이 인사를 했다. 윤진이 미소를 지으면서 머리를 끄덕여 보였다. 그리고는 책상으로 다가가 고복에게 보내는 편지를 썼다. 그사이 대복종이 태감들을 모아놓고 말했다.

"넷째마마께서는 열셋째마마를 찾아 지의(旨意)를 전하라는 폐하의 명령을 받고 오셨다. 비밀에 붙여야 할 사안이라 여러분들이 있는 이 자리에서는 전할 수가 없다. 지의를 전달하러 오셨음에도 우리 모두의 진정한 주인이시자 이번에 내무부 일까지 도맡게 된 넷째마마께서는 열셋째마마를 만나도 되겠느냐고 허락을 구하셨다. 여러분들도 나하고 같은 생각이겠으나 당연히 가능한 것은 두말하면 잔소리다. 설사 어지를 받들지 않고 그냥 오셨다고 해도 우리는 자신의 능력 한계 내에서 넷째마마를 보호하고 위해 드려야 하지 않겠는가! 우리 같은 노예들을 먹여주고 키워주신 은혜를 이럴 때 갚지 않으면 언제 갚겠는가! 게다가 넷째마마께서는 이번에도 여러 형제들에게 몸보신하라면서 은 천 냥을 하사하셨다. 여러분들 중 혹시 이견이 있는 사람은 지금 손들고 말하라. 그렇다고 내가 불이익을 준다면 사람 자식도 아니다. 하지만 입이 근질거려 여기저기 쏘다니면서 나불거렸다가는 뼈도 못 추릴 줄 알아! 여기를 좀 봐!"

대복종이 말을 마치자마자 바짓가랑이를 허벅지까지 걷어올렸다. 구릿빛을 띤 그의 허벅지는 시커먼 털이 숲을 이루고 있었다. 또 좌우 대칭으로 여섯 개의 움푹한 상처 자국이 사람들의 시선을 자극했다. 보는 것만으로 섬뜩한 느낌에 사로잡힌 사람들이 연신 숨을 들이마시고 있을 때 대복종이 헤헤 웃으면서 덧붙였다.

"뒷골목 밥을 얻어 먹어본 사람들은 알 테지! 이게 바로 그 세계에서 형제간의 의리를 다지기 위해 만든 삼도육동三刀六洞이라는 거야! 내 머리에 뿔이 나게 했다가는 쥐도 새도 모르게 토막 난 채로 영정하永定河의 물고기 밥이 될 줄 알라고!"

윤진은 그렇게 점잖기만 한 대탁에게 이런 조카가 있다는 사실에 잠시 놀랐다. 그러나 그가 사람들을 겁주는 모습을 보고서는 속으로 웃음을 금치 못했다.

좌중의 사람들은 대복종의 말에 겁을 집어먹기는 했다. 그러나 돈 천 냥의 위력도 무시하기는 어려웠다. 그들은 겉으로는 내색하지 않았으나 속으로는 연신 쾌재를 불렀다. 대복종의 말이 끝나자 여기저기에서 한 마디씩 떠들어댔다.

"결코 갈라놓을 수 없는 것이 부자간의 정리, 형제간의 의리라고 했습니다. 형이 동생을 보러 왔는데, 어지 없이 그냥은 못 옵니까!"

윤진은 진심이든 가식이든 어쨌든 원하는 대답을 얻어낼 수 있었다. 그가 기분이 좋은지 점잖게 입을 열었다.

"아무튼 나를 믿고 잘 따라주니 고맙네. 오는 것이 있으면 가는 것이 있어. 나는 받은 만큼 돌려줘야 직성이 풀리는 사람이야. 그런 내 성격을 다들 알거라 믿네. 대복종, 오늘 이 자리에 있는 사람들의 명단을 적어서 나에게 주게!"

윤진은 말을 마치자마자 바로 안으로 발걸음을 옮겼다.

윤상의 집 별채는 조금 전 문을 지키고 있던 사람들이 묵는 곳인 듯했다. 그래서일까, 윤상의 시중을 들던 태감들은 그림자도 보이지 않았다. 대신 몇몇 하인들의 모습만 간간이 보였다. 아마도 윤상은 여전히 원래 있던 방에 머물고 있는 모양이었다. 윤진이 모습을 보이자 무료함을 달랠 길 없는 듯 긴 하품을 늘어놓던 집사 가평이 깜짝 놀라면서 달려와 무릎을 꿇었다.

"제가 이곳을 지킨 지 칠 년이 지났어도 밖에서 여기까지 들어온 사람은 넷째마마가 처음입니다! 무슨 일이십니까?"

가평이 눈시울을 붉혔다. 이어 조심스럽게 물었다.

"폐하께서 열셋째마마를 이제 그만 풀어주시는 겁니까? 여기 계속 있다가는 숨이 막혀 죽겠습니다!"

윤진이 가평의 너스레에는 아랑곳하지 않았다.

"그만큼 싸돌아 다녔으면 좀 쉬는 것도 나쁘지는 않아. 돈 뜯어낼 수가 없게 돼서 아쉽겠지만! 그런데 열셋째는 지금 뭘 하고 있는가?"

가평이 윤진의 질문에 안쪽을 향해 두리번거리더니 비굴한 웃음을 지어 보였다.

"방금 전까지는 바둑을 두고 있었습니다. 그런데 지금은 조용한 것을 보니 책을 읽거나 주무시고 계실 겁니다."

윤진은 가평을 내버려 둔 채 혼자 조용히 안방으로 들어갔다. 과연 가평의 말대로 윤상은 두툼한 외투를 어깨에 걸친 채 책을 읽고 있었다. 아란이 등을 두드려 주고 교소천은 차 시중을 들고 있었다. 방 안은 백합 향기로 가득했다. 윤상은 사람이 들어서는 인기척에도 불구하고 고개조차 들지 않은 채 독서삼매경에 빠져 있었다. 발걸음을 멈춘 윤진은 묵묵히 윤상을 지켜봤다. 지척에 있으면서도 7년 만에야 비로소 위험을 무릅쓰고 이뤄지는 만남이었다. 아란과 교소천은 조금 나이 들어 보이는 것 말고는 큰 변화가 없는 듯했다. 그저 바깥출입을 끊으면서 전족纏足을 편안하게 푼 것만이 인상적으로 보일 뿐이었다. 그러나 범상치 않은 세월을 증명하기라도 하듯 윤상의 머리는 희끗희끗했다. 눈가에는 어느덧 쭈글쭈글한 주름도 패여져 있었다. 그때나 지금이나 여전한 것은 예리한 눈빛뿐이었다.

윤상은 오매불망 그리던 넷째 형이 자신을 지켜보고 있다는 사실도 모른 채 한참 동안 책 읽는 것에만 몰두해 있더니 마침내 고개를 쳐들었다. 이어 목덜미가 뻐근한 듯 이리저리 비틀어보다가 그제야 구석에서 자신을 바라보는 윤진을 발견했다.

"넷째 형님!"

윤상은 꿈인지 생시인지 분간 못할 광경에 눈을 크게 뜨고는 마치 우는 것처럼 웃었다. 실성한 사람처럼 책을 손에서 떨어뜨린 채 엉거주춤 일어서더니 허둥지둥 윤진을 향해 읍을 하고는 더듬거렸다.

"형님…… 고마워요. 넷째 형님, 어서 앉으세요. 여기 앉으세요……. 어

떻게 여기를……. 폐하의 지의가 계시는군요. 저…… 저…… 무릎을 꿇
어야겠죠……?"

윤상은 더 이상 말을 잇지 못하고 털썩 무릎을 꿇었다. 윤진은 윤상
이 자주 말을 하지 못해 혀가 굳어져 발음이 신통치 않다는 생각이 들
자 가슴이 더욱 아팠다. 또 얼마나 사람이 그리웠으면 저토록 어찌할
바를 모를까 하는 생각을 했을 때는 콧마루가 찡해졌다. 그예 흘러내린
눈물은 시야를 가리고 있었다. 그가 윤상을 일으켜 세우면서 애써 웃
음을 지으며 말했다.

"일어나! 지의가 계신 건 아니야……. 그래도 내 상상처럼 피골이 상
접한 모습은 아니어서 조금은 위로가 되는구나……. 이런 험악한 상황
에서도 책을 읽으면서 마음을 다스리는 너의 달관한 모습이 참 대견스
럽구나!"

윤상이 잠시 윤진의 말에 귀를 기울이고 있다 담담하게 웃었다.

"제 걱정은 하지 않으셔도 돼요. 아바마마께서 책을 읽을 여유를 주
신 것에 감사하면서 살고 있어요!"

그랬다. 윤상의 말이 맞았다. 한 치 앞도 내다볼 수 없는 혼탁한 시국
에서 누가 진정 누구를 동정하고 가엾게 생각할 수 있다는 말인가? 아
직은 누구도 모를 일 아닌가. 오늘은 내가 위험을 무릅쓰고 윤상을 찾
았으나 내일은 주객이 전도된 채 만나서 오늘의 만남을 거꾸로 재현할
지도 모를 일 아닌가. 윤진은 진짜 그렇게 생각했다.

"그런데 누가 태자가 됐어요? 이변이 없다면 여덟째 형님이 짐을 싸들
고 동궁으로 가셨겠네요?"

한참 침묵이 흐른 뒤에 윤상이 다시 입을 열었다. 윤진이 흉흉한 시선
으로 아란과 교소천을 흘겨보면서 대답했다.

"태자는 더 이상 세우지 않는다는 폐하의 지의가 계셨어."

그러자 윤상이 박수를 치면서 반색을 했다.

"그것 참 잘 됐네요! 이제는 공평하게 겨뤄 실력으로 승부를 거는 용위龍位 쟁탈전만 남았군요!"

윤진이 단박에 핵심을 짚어내는 윤상을 놀란 표정으로 쳐다보다 한숨을 지었다.

"네 말도 맞아. 그런데 그때 가서 사슴을 차지하기 위해 뒤죽박죽이 돼 물고 뜯는 사태가 발생하면 어떻게 해야 할지 그게 은근히 걱정스러워!"

윤상이 윤진의 걱정에 그게 뭐 대수냐는 듯 말했다.

"여덟째 형님만 잘 지키고 있으면 누가 감히 일을 저지르겠어요! 넷째 형님답지 않게 왜 그런 걱정까지 하고 그러세요?"

윤진은 큰 결심을 하고 윤상을 만나러 오기는 했으나 불안했다. 아란과 교소천의 시선이 아무래도 부담이 됐던 것이다. 밀담을 나누러 온 자신의 의중을 헤아리고도 남을 윤상이었건만 아란과 교소천을 내보낼 생각을 하지 않고 있었다. 그는 잠깐 망설인 끝에 할 수 없이 입을 열었다.

"열셋째 아우, 한 가지 의문이 있어. 폐하께서 전에 정 귀인에 대해 언급하시는 것 같더군. 그게 도대체 어떻게 된 일이야?"

"정 귀인이라는 여자는 바로 정춘화잖아요. ……알고 보면 불쌍한 여자예요! 지금은 어디에서 어떻게 살고 있는지 모르겠어요!"

"뭐? 그 여자…… 정춘화…… 아직 안……."

윤진이 화들짝 놀라 펄쩍 뛰었다 윤상이 재빨리 고개를 끄덕였다.

"맞아요. 아직 살아 있어요. 착한 사람을 그런 식으로 죽이는 것이 차마 내키지 않아 손을 못 썼어요……. 언제인가 넷째 형님한테는 말씀드리려고 했어요. 제가 잠시 통주通州에 있는 오뭇 아무개의 화원花園으로 보냈어요. 지금도 거기 있을 거예요. 형님이 능력이 닿으신다면 꼭 더 안전한 곳으로 보내주세요."

방 안에는 한동안 침묵이 흘렀다. 난로 위에 올려놓은 물주전자가 뚜껑을 딸깍거리는 소리만 간간이 들릴 뿐이었다. 모두들 충격을 받은 듯했다. 7년 전 윤당의 명령을 받고 정춘화 사건을 조사한 바 있던 교소천은 더했다. 윤상이 연금당하는 바람에 조사가 흐지부지되기는 했으나 당사자로부터 그녀의 행방에 대해 직접 듣게 됐으니 그럴 만도 했다. 그녀는 아란을 슬쩍 쳐다봤다. 아란 역시 마찬가지였다. 그러나 둘은 바로 서둘러 눈길을 딴 데로 돌렸다. 윤상의 말을 듣고 한참 생각에 잠겨 있던 윤진이 마침내 쥐어 짜내듯 한마디를 던졌다.

"윤잉 형님의 죄질이 나쁘다는 것은 알지만 그래도 우리 입장에서는 형제를 구하고 봐야 하지 않겠어? 네가 도저히 손을 못 대겠다면 나한테 맡겨."

"절대 안 돼요!"

윤상이 용수철이 튕기듯 벌떡 일어서면서 흥분했다. 얼굴도 순식간에 벌겋게 달아올랐다. 또 이마에서는 시퍼런 혈관이 무섭게 푸들거렸다.

"저를 진정으로 아끼신다면 그 여자를 절대 죽여서는 안 돼요! 형도 많은 역경을 딛고 오늘까지 버텨온 사람이니, 지금 저의 마음을 헤아리시고도 남음이 있지 않겠어요? 겉으로는 멀쩡해 보이나 사실은 이천오백팔십 일 동안 우물 안의 개구리 신세로 살아왔어요. 가슴이 갑갑하다 못해 썩어 가는 것 같아요! 그러니 사랑에 눈멀었다 남자에게 버림받은 그 여자는 오죽하겠어요? 그것도 억울한데, 그토록 비참하게 죽여버린다는 것은 우리가 곧 인간이기를 포기한 것과 다름없다고 생각해요. 곧 쓰러질 것 같은 저에게 더 이상 무거운 짐을 지우지 마세요. 사랑에 속고 정에 우는 모습은 그 여자나 나나 닮은꼴이에요. 우리는 동병상련이라고요! 하하하하…….”

윤상은 갑자기 발작 증세를 보이더니 미친 듯 웃어댔다. 그러나 그 웃음은 어느새 울음이 돼버렸다.

윤진은 그 자리에서 굳어버린 듯 꼼짝도 하지 않았다. 마치 정신이 나간 것 같은 동생을 안쓰러운 시선으로 바라봤다. 어느새 그의 손에는 땀이 흥건하게 나 있었다. 안색이 하얗게 질린 아란의 손에서는 찻잔이 맥없이 떨어져 박살이 나고 말았다.

윤상이 한바탕 발작을 하는가 싶더니 잠시 후 기운 없이 고개를 떨어뜨렸다. 그러다 한참 후에야 눈물어린 두 눈을 들어 윤진을 바라보았다.

“……형님, 다시 나를 보러 와줄 거죠?”

윤진이 틈도 주지 않았다.

“바보 같은 소리 하지 말고 건강이나 잘 지켜. 기회가 닿으면 오지 말라고 해도 올 거야. 내가 능력이 닿는 한 너를 포함해서 큰형님, 둘째 형님 모두를 꺼내줄 거야. 무슨 죽을죄를 지었다고 이런 곳에 칠 년이 넘도록 가둬! 멀쩡한 사람도 병이 나겠다.”

윤상이 처연한 웃음을 지었다.

“조금 전에는 내가 실성을 했나 봐요. 사실 여기는 아주 좋아요. 낚시도 할 수 있고 책도 볼 수 있어요. 또 바둑을 두거나 새를 잡는 것도 가능해요……. 아무려나 형님, 여기는 오래 있을 데가 아니에요. 어서 가세요.”

윤진이 윤상에게 떠밀려 자리를 털고 일어났다. 마침 그때 그의 눈에 울고 있는 아란의 모습이 들어왔다.

“자네는 또 왜 그러는가?”

아란이 황급히 눈물을 닦으면서 대답했다.

“열셋째마마를 생각하면 가슴이 아픕니다! 우리 여자들이야 연금을 당하든 당하지 않든 마찬가지예요. 그러나 열셋째마마는 달라요. 칠팔 년 동안이나 이 생활을 했어요. 또 어떻게 몇 년을……."

교소천 역시 울먹였다.

"넷째마마께서 폐하께 말씀 좀 잘 드려주세요. 제발 부탁드립니다……."

윤상은 두 시첩의 말에 콧마루가 찡해지는지 또다시 눈물을 삼켰다. 그리고는 두 시첩을 악의 없이 나무랐다. 이어 둘과 함께 낚싯대를 들고 밖으로 나갔다. 윤진은 하루 종일 열기를 뿜어대던 시뻘건 태양이 혀를 날름거리면서 서산 너머로 살짝 넘어갈 무렵 무거운 마음을 안은 채 윤상의 집을 나섰다.

43장
태자의 친필편지

　태자당의 윤진이 내무부의 업무를 총괄하면서부터 정세는 조금씩 안정을 찾아갔다. 더불어 그도 갈수록 조야^{朝野}의 주목을 받는 인물로 수면 위에 떠올랐다. 게다가 추위 시험의 제목이 '태갑^{太甲}을 동궁^{桐宮}으로 보내다'였기 때문에 입빠른 조정대신들 사이에서는 태자당이 되살아난다는 소문이 한 입 두 입 건너면서 전염병처럼 번지기 시작했다. 자금성은 이로 인해 때아닌 몸살을 앓을 정도로 혼란스러워졌다.

　윤잉은 태자당이 와해된 이후 무려 7년여를 적막한 면벽^{面壁} 생활을 하면서 보냈다. 거처인 함안궁^{咸安宮}도 고즈넉하기 이를 데 없었다. 자금성의 동북쪽에 자리를 잡고 있으면서 서쪽으로 정순문^{貞順門}, 남쪽으로 양성전^{養性殿}과 인접해 있었으나 오고 가는 사람이 드물었다. 당연히 재기를 노리는 마음이 서서히 잿빛으로 변해가고 있었다. 바로 그때 우연히 들은 바깥소식에 귀가 번쩍 뜨였다. 그는 마치 겨울잠에서 깨어난 개구리처럼 기지개를 켜면서 바깥세상으로 나가고 싶은 욕망의 불씨가 빨갛게 되살아나는 것을 어쩌지 못했다. 시중드는 태감으로부터 밀주密奏를 들은 날은 더했다. 초저녁부터 우중충하고 위엄스런 자금성이 멀리 내다보이는 방향에 자리하고 앉아 턱을 괸 채 긴긴 밤을 하얗게 지새웠다.

윤잉은 윤상과 똑같이 7년여라는 세월을 손발이 묶인 채 갇혀 있었다. 그러나 태도에서 거의 히스테리 증세를 보이는 윤상과는 많이 달랐다. 척 보기에 잔잔한 수면처럼 평온해 보였다. 그는 인간 세상에 태어나자마자 본인의 의사와는 상관없이 태자가 되었다. 옹알이를 할 때부터 어멈들이 미리 정해진 법도에 따라 그에게 온갖 정성을 쏟았다. 말귀를 알아듣기 시작할 때부터는 태감들까지 가세했다. 양위자중養威自重(권위를 기르고 자중함)을 해야 한다면서 어린 윤잉을 못 살게 굴었던 것이다. 당시 그들이 천방지축으로 궁전 안팎을 마구 뛰어다니는 윤잉을 겨우 붙들고 가르친 첫 수업은 명덕양성明德養性(덕을 밝히고 성품을 잘 수양하는 것)에 관한 것이었다. 때문에 들어가고 나가는 것 같은 일거수일투족을 질서 있게 해야 한다는 가르침은 가혹할 정도로 심어졌다. 구주만물九州萬物의 주인으로서의 위상에 금이 가서는 안 된다는 철저한 교육 역시 받으면서 차츰 수십 년 동안의 심궁深宮 생활에 길들여졌다. 강희를 따라 몇 번 순유巡遊를 떠난 것을 빼고는 거의 자금성을 벗어나 본 적도 없었다. 그러다 무성한 소문의 진위를 가릴 새도 없이 앉을 자리와 설 자리를 모두 잃고 말았다.

밖의 날씨는 윤잉의 마음에 한 줄기의 햇살이 스며들 듯 어느덧 봄기운이 완연해지고 있었다. 그의 눈은 하늘이 다시 자신에게 추파를 보내고 있는지도 모른다는 생각을 했는지 어둠 속에서도 유난히 빛나고 있었다.

'더도 덜도 말고 예전 같은 자유만 주어진다면 얼마나 좋을까. 왼팔과 오른팔 역할을 해오던 윤진과 윤상, 글재주가 뛰어난 왕섬, 주천보, 진 가유에다 한 주먹 하는 경액, 능보 등 옛 측근들이 시퍼렇게 살아 있는 한 누가 감히 나에게 덤빈단 말인가?'

윤잉은 그런 생각을 하자 갑자기 의기양양해졌다. 그러나 그것도 잠 시였다. 이전 같은 자유가 주어지는 게 그처럼 쉽지만은 않을 것이라는 막연한 두려움이 다시 엄습해 온 것이다. 측근 태감인 고련高連이 전해 온 바깥소식이 사실이라면 왜 황제에게서는 아무런 움직임도 없는 것일 까? 누구보다 좋아하면서 한걸음에 달려왔을 넷째도 왜 모습을 드러내 지 않는 것일까? 생각이 계속 비관적으로 흘러가자 윤잉의 눈빛은 다시 암울하게 변했다. 그가 황급히 고련을 다시 불러 물었다.

"내가 재기할 날이 얼마 남지 않았다고 말한 태감이 과연 누구인지 잘 생각해보게."

고련이 윤잉의 질문에 난감한 표정을 지었다.

"소인 역시 황자마마와 마찬가지로 이곳에서 한 발자국도 못 나가는 처지입니다. 그 태감은 자주 내무부 소식을 전해오고는 합니다. 그러나 이름도 남기지 않은 채 번번이 문 밖에서 돌아갑니다. 때문에 그에 대 해 아는 사람은 없습니다. 아! 태감이 그 얘기를 할 때 여덟째마마 댁의 하주아도 자리에 있었습니다."

윤잉이 고개를 갸웃하고 잠시 생각하더니 물었다.

"하주아? 그 사람한테서는 무슨 말 못 들었고?"

"예, 못 들었습니다."

고련은 한껏 고개를 숙인 채 윤잉이 말머리를 돌리기만 고대하고 있 었다. 얼핏 주위들은 말을 전해주었다가 괜히 곤욕을 치르지 않을까 우 려하는 모양이었다. 윤잉은 성급한 마음에 애꿎은 태감을 난감하게 만든다고 생각했는지 어느새 어두운 밤 고개를 사뿐히 넘어 희뿌옇게 밝아오는 동녘 하늘을 바라보면서 깊은 한숨을 토해냈다.

"주인 한번 잘못 만나 자네도 고생이 많네! 백 년도 못 사는 인생에 칠 년이라는 세월을 불구덩이 속에서 갇혀 있었으니, 참으로 기가 막히는 노릇이 아닐 수 없지! 나는 이제 태자 자리에 대한 미련 같은 것은 없네. 어서 빨리 이곳에서 풀려나가 나를 믿고 따라준 자네들에게 자유로운 생활을 돌려주고 싶은 마음 하나밖에는 없는 사람이야. 그러니 자네들도 바깥소식에 조금만 더 귀 기울이고 눈치 빠르게 움직여줘야 하지 않겠나? 독불장군은 없어. 우리가 합심하면 조만간 희망이 생길 거야!"

고련은 주인의 진심어린 한마디에 그동안 쌓였던 마음속의 앙금이 한꺼번에 씻겨나간 듯 눈물을 하염없이 쏟았다. 이어 죽어라 머리를 조아렸다. 열 살 때부터 윤잉을 시중들면서 살아온 그다웠다.

그러나 윤잉과 고련이 바깥소식에 귀를 기울이기 시작한 그 이튿날부터 더 이상의 말은 들려오지 않았다. 윤잉이 조만간에 재기할 것이 확실하다고 가슴팍을 치면서 장담하던 태감도 통 모습을 드러내지 않았다. 며칠 동안 종적을 감춘 것은 하주아도 마찬가지였다. 윤잉은 마치 포승에 묶인 원숭이처럼 어쩔할 바를 몰라 했다. 일각이 여삼추였던 윤잉은 급기야 궁금증을 견디다 못해 몇 번씩이나 대문을 지키는 태감에게까지 갔다가 보기 좋게 면박을 당하는 이상한 행동을 보이기까지 했다. 그날도 정신 나간 사람처럼 나타난 윤잉을 향해 문지기가 공손하게 입을 열었다.

"바람도 찬데 이렇게 홑옷 차림으로 여기까지 나오셨다가 감기라도 걸리시면 큰일납니다. 둘째마마, 무슨 일이 있으시면 태감들에게 시켜 전달하시면 저희들이 능력껏 보살펴 드리겠습니다."

순간 윤잉의 뇌리에 "감기에 걸리시면 큰일납니다"라는 한마디가 번

개처럼 스치고 지나갔다. 함안궁은 특별한 지의가 없는 한 누구도 마음대로 드나들 수 없는 곳이었다. 그러나 유독 태의에게만은 상대적으로 관대했다. 전에도 감기에 걸리거나 배탈이 났을 때 여러 번 하 태의를 부르지 않았던가. 윤잉은 왜 그동안 하 태의를 써먹을 생각을 하지 못했을까 하고 후회했다. 물론 쥐새끼라도 잡아 밖의 소식을 탐문하고 싶을 정도로 한껏 초조하게 들떠 있었으니 그럴 만도 했다. 칠월 칠석이 지난 때라 신시申時를 넘긴 하늘에는 서서히 어둠이 밀려들고 있었다. 바람도 서늘했다. 몽유병 환자처럼 궁 여기저기를 들락거리던 윤잉이 마침내 고련을 불렀다.

"조용히 가서 찬물 두 통만 길어다 주게. 목욕을 해야겠어."

"황자마마! 조금만 기다리시면 곧 목욕물을 준비해 드리겠습니다. 황자마마께서는 워낙 허약한 체질이라 절대 찬물에 목욕하시면……."

고련이 놀란 기색을 보였다. 윤잉이 그런 잔소리를 들어줄 심적인 여유가 없는지 손사래를 치면서 다그쳤다.

"군소리 말고 어서 가서 떠 와! 차가울수록 좋으니까 우물에서 긷는 즉시 달려와야 해. 알았어?"

윤잉은 말을 마치자마자 집어 뜯듯 웃옷을 벗기 시작했다. 얼마 후 찬물이 도착했다. 윤잉은 속옷 바람으로 궁 뒤편의 사람이 다니지 않는 계단 위에 서서 힘겹게 물통을 어깨 위로 들어 올렸다. 운동 부족으로 앙상한 그의 두 다리는 순간 아슬아슬하게 물을 쏟아 부을 때까지 겨우 지탱하고 있는 듯했다. 조금만 지체하면 마치 쓰러질 것처럼 보였다. 이윽고 쏴! 하는 물소리와 함께 윤잉은 물에 빠진 생쥐 꼴이 되고 말았다. 지켜보는 사람도 닭살이 돋을 정도로 차가워 보였으나 그는 전혀 흔들리지 않았다. 그저 얼굴을 쓱 문지르고는 마치 신들린 것처럼 두 번째 물통을 번쩍 들어 들입다 퍼부었다. 곧이어 안색이 창백하게 질린 채 아래윗니를 딱딱 쪼면서 온몸을 사시나무 떨 듯 떨었다. 연신 재채기도 해대기 시작했다. 그러나 표정은 그렇게 밝아 보일 수가 없었다. 그제야 고련은 윤잉의 진짜 속마음을 점칠 수가 있었다. 그가 부랴부랴 윤잉을 부축해 방 안에 들어가 옷을 입혀주면서 울먹였다.

"꼭 이렇게까지 하셔야겠습니까? 그냥 머리가 어지럽다든지 배가 살살 아프다고 둘러대도 되지 않습니까! 누가 속에 들어갔다 나오지 않은 이상 뭐라 꼬투리 잡을 수도 없고요!"

윤잉은 워낙 약한 체질이었다. 게다가 오랫동안 연금 당해 있으면서 몸이 허약해질 대로 허약해진 터라 뜻대로 드러눕기에는 물 두 통만으로도 충분했다. 그날 저녁부터 식음을 전폐했다. 몸은 불덩이같이 달아올랐다. 고련이 즉각 그 소식을 전했다. 대문을 지키고 있던 태감들은 낮에만 해도 멀쩡한 모습으로 수 차례 들락거리던 사람이 웬일이냐고 머리를 갸웃거렸으나 곧 태의에게 사람을 보냈다.

하늘에 먹장구름이 조금씩 몰려오는가 싶더니 어느새 그 하중을 이기지 못한 채 금세 폭삭 내려앉을 정도로 무겁게 드리워졌다. 간간이 저 멀리에서 굴러오는 천둥소리는 회오리바람과 함께 스산함을 더해주고 있었다. 그러다 어느새 동전 굵기 만한 빗방울이 후드득거리면서 떨어지기 시작했다. 윤잉은 얼굴이 빨갛게 달아오른 채 두꺼운 이불을 덮고 있으면서도 오한에 몸을 떨었다. 그 덕에 온돌방 전체가 그가 어릴 때 탔을 법한 요람 속처럼 마구 흔들거리기도 했다. 어느 순간은 마치 아버지 무릎에 앉아 깔깔거리면서 사랑을 독차지하던 그 시절로 돌아간 것 같기도 했다. 그러나 아버지가 웃는 모습은 아주 잠깐뿐이었다. 그 위로 언제나 웃음 가득하면서도 영원히 종잡을 수 없는 눈빛을 하고 있는 명주의 얼굴이 크게 확대돼 겹쳤다. 윤잉이 그예 참을 수 없는 고열과 목마름으로 시들시들 마른 입술을 힘없이 달싹거리면서 중얼거렸다.

"아바마마, 아바마마……. 사막에서 걷는다는 것이 참 힘이 듭니다! 물 좀……, 물 좀…… 주십시오!"

윤잉이 헛소리를 하는 듯하더니 다급히 옆에 있던 사람의 손목을 낚아챘다. 숨소리도 점점 거칠어졌다.

"둘째마마……."

윤잉이 누군가 부르는 소리에 실눈을 떴다. 다름 아닌 태의 하맹부가 자신의 맥을 짚고 있는 모습이 그의 시선에 들어왔다. 순간 윤잉은 안간힘을 다해 벌떡 자리를 박차고 일어났다. 그러더니 눈이 휘둥그레진 하 태의를 향해 엉거주춤 공수를 했다.

"맹부, 맹부, 나 좀 살려줘!"

"병세가 그 정도는 아니옵니다. 소인이 둘째마마를 시중들면서 언제 거짓말을 한 적이 있사옵니까? 큰 병은 아니옵고 당분간 가벼운 음식을 드시고 땀을 내 열을 내리는 약을 드시면 곧 좋아질 것이옵니다!"

하 태의는 지나친 발열로 정신이 혼미해진 탓에 그러려니 생각했다. 의원답게 재빨리 평상심을 회복하고 있었다. 윤잉이 하 태의의 말을 듣고 나더니 바로 허물어지듯 자리에 드러누웠다. 그리고는 멍하니 천장만 바라보았다. 그러기를 어느 정도 했을까, 윤잉이 다시 입을 열었다.

"……땀이라도 팍팍 흘려 쌓이고 맺힌 것을 다 풀어버렸으면 좋을 텐데……. 하 태의, 요즘 황자들 가운데 누구누구를 만나봤는가?"

하 태의가 아픈 사람의 질문치고는 다소 뜻밖이라는 듯 잠시 놀란 얼굴을 했다. 이어 솔직하게 대답했다.

"다섯째, 일곱째마마밖에 못 뵈었습니다. 어제 장황자마마께서도 편찮으셔서 소인이 잠깐 다녀왔습니다. 다행히 걱정할 정도는 아니었습니다. 밖의 일은 염려하지 마시고 몸조리나 잘하십시오."

윤잉이 장황자 역시 '병들어' 누웠다는 사실에 흠칫 놀란 표정으로 다그쳐 물었다.

"형님은 무슨 병인데?"

하 태의가 금세 목덜미라도 잡을 듯 흥분해 다그치는 윤잉의 모습에 어리둥절하다 애써 담담한 척했다.

"그냥 노심초사하신 탓에 비장脾臟이 조금 무리를 일으켜 입맛이 떨어진 것이 아닌가……. 지금쯤은 털고 일어나셨을 것입니다. 둘째마마, 큰마마 걱정은 마시고 소인이 처방전을 만들어 드릴 테니 열심히 몸조리를 하십시오."

하 태의가 서둘러 일어나더니 책상으로 다가가 붓을 집어 들었다. 그때 윤잉이 갑자기 껄껄 웃음을 터트렸다.

"자나 깨나 나라 걱정이 지나쳤나 보군. 우국우민憂國憂民이 불러온 고매한 병이군. 그렇지?"

그때 꽈르릉 하는 굉음과 함께 눈부신 번개가 냉궁冷宮을 대낮처럼 비추고 지나갔다.

"솔직한 대답을 듣고 싶네. 폐하께서 '태갑을 동궁으로 보내다'라는 논술 제목을 낸 것과 넷째에게 내무부를 맡긴 것이 과연 형님과 무슨 관련이 있는지 말이야. 형님이 병을 핑계로 자네를 부른 것은 틀림없이 뭔가 당부의 말씀이 계시기 때문일 텐데?"

윤잉이 어느새 병든 기색이 깡그리 사라진 얼굴을 한 채 벌떡 자리를 박차고 일어나 앉았다

"아…… 아니…… 그런 것은 아닙니다……."

하 태의가 이상하게 말을 더듬었다. 그러자 윤잉이 궁이 쩌렁쩌렁 메아리치도록 웃어젖혔다. 으스러져 가는 달밤에 홀로 묘지를 지날 때 누군가 입가에 피를 흘리면서 뛰쳐나와 뒷덜미를 확 움켜잡는 것 같은 음산한 웃음이었다. 하 태의는 금세 소름이 끼치는 듯 몸을 부르르 떨었

다. 윤잉이 그런 하 태의를 쏘아보았다.

"어때? 칠 년씩이나 갇혀 있어도 알 것은 다 알지? 나는 내가 곧 재기할 것이라는 사실도 알고 있어! 하늘이 나에게 중임을 내리고자 하는데, 어찌 사악한 소인배들이 가로막을 수가 있을까? 잊지 마. 이곳은 넷째의 손아귀에 있는 곳이라는 사실을 말이야! 예전에 자네가 나에게 몰래 춘약春藥을 지어준 적 있지? 그냥 확 불어버려?"

"둘째마마, 제발……."

하 태의가 기겁을 하고 두 손을 마구 비벼댔다. 순식간에 등골에 땀이 흥건히 배었다.

"겁낼 것은 없네. 내가 그렇게 무지막지하지는 않거든! 나는 그저 형님이 자네에게 무슨 말을 했는지, 무슨 부탁을 했는지 그게 궁금할 뿐이야. 반란의 주동자로 나서라고 한 것도 아닌데, 그리 사색이 될 것은 뭔가?"

윤잉이 신발을 꺾어 신은 채 실내를 서성거렸다. 하 태의가 고개를 떨어뜨린 채 입가를 실룩거리면서 고된 심리전을 치르는 모습을 보이는가 싶더니 드디어 입을 열었다.

"큰마마께서는 이번 서정西征 때 누가 장군으로 발령이 날지를 물으셨습니다. 폐하께서 아직 지의가 안 계셨기에 확실한 것은 모르겠습니다만 풍문에는 열넷째마마가 병사들을 이끌고 출병하실 가능성이 크다고 합니다. 그렇게 말씀드렸습니다. 열셋째마마도 있는데 왜 하필이면 열넷째냐고 하시기에 열셋째마마가 연금 당했다는 말은 차마 못했습니다. 그저 별 볼 일 없는 의원이 어떻게 나라의 대사를 알겠느냐면서 대충 얼버무리고 말았습니다."

윤잉 역시 윤상도 연금 상태라는 것은 금시초문이었다. 그러나 놀라는 기색은 전혀 드러내지 않았다. 그저 냉소를 흘렸다.

"그랬었구나! 아직도 마음은 남아 있어서 꼴값을 떨고 있군!"

하 태의는 갈수록 험악해지는 윤잉의 표정에 기가 질리는 모양이었다. 한시라도 빨리 화약고 같은 이곳을 떠나고 싶어 하는 눈치였다. 그가 윤잉이 잠시 생각에 잠겨 있는 사이 부랴부랴 처방전을 만들어 건네주었다.

"둘째마마, 날씨도 구질구질하고 밤도 으슥해져 가는데, 오늘은 이만 푹 쉬십시오. 처방전대로 약을 드시면 곧 좋아지실 것입니다."

"알았네."

윤잉이 건성으로 대답하고 처방전을 받아 힐끗 훑어보고는 한쪽으로 밀어버렸다. 이어 안방으로 들어가서는 자그마한 약상자에서 명반明礬한 덩어리를 꺼냈다. 그것을 물에 희석시켜 그 용액을 붓끝에 묻혀서 흰 종이에 몇 줄 적고는 조심스레 입김으로 불어서 말렸다. 그런 다음 그 종이를 들고 나와 좌불안석인 하 태의를 향해 말했다.

"이봐 맹부, 좋은 일을 하려면 끝까지 해 주는 것이 원칙 아니야? 나를 대신해 이 종이쪽지를 밖으로 가지고 나가 주게. 사례는 두둑하게 할 테니 걱정하지 말게."

하 태의는 그것이 무엇인지도 모른 채 가슴이 철렁 내려앉는 느낌을 받았는지 공포에 질린 시선으로 애걸하듯 윤잉을 바라봤다. 그러면서 황급히 두 손을 가로저었다.

"이건 큰일이 나는 일입니다! 둘째마마께서도 잘 아시겠지만 이곳에서 먼지 한 점이라도 잘못 묻혀 나가는 날에는 영락없는 죽음입니다!"

"뭘 좀 알기는 아는군! 그러면 사사롭게 흑심을 품은 채 춘약春藥을 만들어 태자에게 접근하는 것은 괜찮고? 저의가 심히 의심스럽구먼. 이 사실이 폐하께 알려지면 그것은 죽음이 아니고?"

윤잉이 갑자기 목젖을 드러낸 채 웃음을 터트렸다.

하 태의는 윤잉의 노골적인 협박에 몹시 당황한 듯했다. 온몸을 사시나무 떨 듯 떨더니 그대로 바닥에 쓰러지고 말았다. 이어 두 손을 싹싹 비비면서 간절하게 용서를 구했다.

"둘째마마, 둘째마마! 제발 살려 주십시오. 이곳은 들고 날 때 몸수색이 심합니다. 이걸 가지고는 한 발자국도 무사히 벗어날 수 없습니다!"

"군말 말고 이것을 나의 내형奶兄(같은 젖을 먹고 자란 형)인 능보에게 건네주라고. 내 말 명심해! 자네는 지금 하늘의 뜻에 따라 움직이는 것뿐이야! 설사 들통이 난다고 해도 이것은 백지장일 뿐이야. 글씨 하나 적지 않았는데, 누가 무슨 근거로 죄를 묻는다는 말인가? 이곳 함안궁에서는 내가 내보내줄게!"

말을 마친 윤잉이 갑자기 휙 돌아서더니 안간힘을 다해 하 태의의 뺨을 후려갈겼다. 실로 번갯불에 콩 볶는 격이었다. 그럼에도 그의 얼굴은 무자비할 만큼 무표정했다.

완전 무방비 상태에서 어리벙벙할 정도로 수난을 당한 하 태의의 왼쪽 뺨은 바로 갓난아이의 엉덩이처럼 벌겋게 부어올랐다. 그러자 윤잉이 느닷없이 욕을 퍼부었다. 그와 동시에 한쪽 눈을 깜빡거렸다.

"빌어먹을 자식! 썩 꺼지지 못해?"

하 태의는 순간적으로 윤잉의 뜻을 알아차렸다. 부랴부랴 밖으로 줄달음질쳤다. 순간 등 뒤에서 윤잉의 이성을 잃은 고함소리가 이어졌다.

"퉤! 더러워서! 깃털 빠진 봉황은 닭보다도 못하다고 하더니, 별 게 다 사람 차별하고 지랄이네! 당삼黨蔘이 몇 푼이나 한다고, 내가 써 달라는 데도 안 써 주는 거야! 내가 이런 몰골을 하고 있어도 엄연한 황실의 자손이란 말이야!"

윤잉이 고래고래 욕설을 퍼붓더니 이어 눈물까지 흘리면서 뒤쫓아 나왔다. 그리고는 빗속에서 하 태의의 목덜미를 움켜쥔 채 연신 뺨을 후려

쳤다. 이어 하 태의를 향해 침을 뱉으면서 다시 욕을 퍼부었다.

"씨가 말라비틀어질 자식 같으니라고! 오줌에 네 꼴을 좀 비춰봐라! 감히 어느 면전이라고 까불어……."

한바탕 소란이 이어지자 놀란 사람들이 하나둘씩 모여들기 시작했다. 대문 어귀에 대기 중이던 고련도 윤잉의 연기에 내심 탄복하면서 일부러 다가가 말리는 척했다.

"둘째마마도 참! 이런 개돼지보다 못한 인간에게 화를 내시다니, 웬일이십니까? 갈대가 바람 따라 물결 따라 흔들리지 않으면 어디 갈대라고 할 수 있겠습니까? 고정하십시오……."

고련이 말을 마친 다음 바로 진흙탕에 넘어진 채 난감한 얼굴을 하고 있는 하 태의의 엉덩이를 힘껏 걷어찼다. 이어 대문 쪽을 향해 소리를 질렀다.

"다들 어디 가 뒈졌어? 어른도 못 알아보는 이런 등신 같은 자식을 끌어내지 않고 뭐해!"

태감들이 넋을 잃고 바라만 보고 있다 그제야 우르르 달려와서는 하 태의를 끌고 나갔다. 그러나 윤잉은 여전히 분이 가라앉지 않은 듯 하 태의의 등 뒤에서 삿대질을 하면서 줄기차게 욕설을 퍼부었다.

"인간 말종 같으니라고! 전에는 개처럼 설설 기어다니면서 구역질 날 정도로 비굴하게 굴던 놈이 지금은 뭐가 어쩌고 어째……?"

하 태의는 한바탕 육체적 고통을 겪고서야 겨우 함안궁을 빠져 나오는데 성공할 수 있었다. 그러나 기분은 좋았다. 가슴이 마치 토끼 한 마리를 품은 듯 팔딱팔딱 뜀박질하고 있었다. 그는 양동이로 퍼붓듯 쏟아지는 폭우를 맞으면서 신발을 벗어 들었다. 그런 다음 지친 몸을 간신히 이끌고 앞으로 나아갔다. 그가 사람들의 이목을 피하기 위해 골목길을 돌고 돌아 동화문에 도착했을 때였다. 갑자기 어둠 속에 숨어 있던 문지기가 큰 소리로 고함을 질렀다.

"거기 누구야?"

"저……"

하 태의가 화들짝 놀라 가까이 다가가서는 문지기를 눈여겨 살펴봤다. 다름 아닌 일등시위 덕릉태였다. 그가 순간 안도의 숨을 내쉬더니 곧바로 웃음을 지어 보였다.

"덕릉태 군문이 아니십니까! 서화문에 계신 줄 알았는데, 여기는 어쩐 일이십니까?"

"이제부터는 둘 다 내가 지키게 됐소. 아니 이 날씨에 누구한테 갔다 온 거요. 우비도 없이 이게 무슨 몰골이오? 아까 서화문으로 들어가는 것을 본 것 같은데, 왜 하필이면 동화문으로 나가려고 하오?"

덕릉태가 하 태의를 알아보고는 지그시 아래위를 훑어보았다. 하 태의가 정신을 가다듬고 씁쓸한 표정을 지으면서 대답했다.

"말도 마세요. 둘째마마 봐드리러 갔다가 한바탕 곤욕을 치르고 왔다는 거 아닙니까……"

하 태의는 미리 짜인 각본대로 함안궁에서 있었던 일을 그럴싸하게 포장해 들려줬다.

"당삼이 뭐 대단한 약재도 아니지 않습니까. 또 제가 돈 주고 산 것도 아니에요. 그런데 내가 그걸 아껴서 뭘 하겠어요. 둘째마마가 열이 많으셔서 지금 드시기에는 적합하지 않다고 말씀드렸더니 그만……. 서화문으로 가면 집이 더 가깝기는 한데 그쪽에는 나무들이 많으니 이 겁쟁이가 어디 얼쩡거리기나 하겠어요. 그래서 이곳 동화문을 택했죠……"

덕릉태는 하 태의의 말을 듣고 나서 아무래도 수상쩍다는 느낌을 떨치지 못했다. 안색이 점점 흐려지더니 고개를 갸웃거렸다.

"하 태의, 잠깐만 기다려줘야겠소. 심궁을 통과하는 관리, 태감, 태의들의 출입규제를 대폭 강화하는 차원에서 몸수색을 하라는 넷째마마의 지시가 계셨소. 미안하지만 옷도 갈아입을 겸 나를 따라 저쪽에 잠시 갔다 와야겠소."

덕릉태는 말을 마치자마자 이미 저만치 앞장서 걸음을 옮기고 있었다. 하 태의는 다시 세차게 콩닥거리는 가슴을 부여잡으면서 따라가는 수밖에 없었다.

바로 그때 윤진이 수레를 동화문 밖에 세워두고 하인의 옷차림을 한 성음 스님을 앞세운 채 걸어오고 있었다. 덕릉태가 윤진과 맞닥뜨리자 황급히 달려가 허리를 굽혀 인사를 했다.

"비가 워낙 많이 내려 넷째마마께서 오늘만큼은 순찰을 건너뛰실 줄 알았습니다!"

"자네를 믿지 못해 순찰 나오는 것이 아니니 개의치 말고 평소대로 하게. 자네가 정말 열심히 일하는 성실한 사람이라는 것은 내가 알지. 둘째 형님이 건강이 안 좋아 하 태의가 들어갔다는 소식을 이제야 들었어. 혹시 나올 때가 안 됐나 궁금해서 나와 봤더니⋯⋯. 벌써 지나갔는가?"

윤진이 미소를 지으면서 물었다. 덕릉태 역시 웃으면서 대답했다.

"마침 잘 오셨습니다. 지금 출궁하려는 것을 검사 받으라고 저쪽에 보냈습니다. 완전히 물에 빠진 생쥐 꼴이 따로 없더군요. 비를 쫄딱 맞은 것이 안쓰러워 마른 옷을 아무거나 가져다 주었습니다."

윤진과 덕릉태가 한참 대화를 더 주고받고 있을 때였다. 하 태의가 두 명의 태감과 함께 모습을 드러냈다. 태감이 보고했다.

"실오라기 하나도 걸치지 않은 상태로 검사해봤습니다. 처방을 적은 종이 한 장 빼고는 아무것도 발견하지 못했습니다."

그러자 덕릉태가 하 태의에게 말했다.

"그래도 장대비가 퍼붓는데 우비쯤은 챙겨 가지고 다녀야지. 그렇지 않소? 어서 집에 가서 푹 쉬시오!"

하 태의는 누군가가 의례적으로 하는 말이 그렇게 고맙기는 처음이었다. 그가 황급히 허리를 굽혀 꾸벅 인사를 했다. 그리고는 바로 돌아섰다. 바로 그때 등 뒤에서 윤진의 목소리가 들려왔다.

"잠깐만! 집에 꿀이 든 항아리라도 파묻어 놓았나? 뭐가 그리 급한가?"

하 태의는 안색이 하얗게 질린 채 흠칫하면서 멈춰섰다. 죄 지은 사람처럼 행동거지도 부자연스러웠다. 윤진이 그런 하 태의의 앞을 서성이더니 칼날같이 예리한 눈빛으로 차마 눈길을 맞추지 못하는 하 태의의 눈을 오래도록 쳐다봤다. 그가 물었다.

"둘째마마는 어디가 안 좋으시던가?"

"예, 마마! 감기로 오한이 심했습니다."

"큰형님도 어제 아파서 자네를 불렀지?"

"예, 넷째마마……"

"큰형님은 어디가 아프지?"

"장황자마마께서는 더위를 먹은 관계로 발열이 심했습니다……"

순간 윤진이 피식 웃었다.

"날씨가 참 대단하군! 어쩌면 하나는 더위, 하나는 추위를 타게 해서 고생하게 만들지? 애꿎은 태의만 잡고 말이야! 오한과 발열은 심장을 다치게 한다고 했지. 그 형님들이 무슨 속병이 있는 것은 아니던가?"

하 태의는 윤진의 날카로운 투시력에 자신도 모르게 흠칫 몸을 떨었다. 이어 윤진을 재빨리 쳐다보면서 고개를 숙인 채 중얼거렸다.

"속병은 없었습니다. 예, 속은 문제없는 것으로 결론……"

"그렇다면 다행이네.《통감》通鑑이라는 책에 '나는 똑똑하지는 않으나 보는 눈은 있다'라는 말이 있지. 그런데 나는 왜 그렇게 그 종이가 궁금하지? 어디 한번 보자고."

"……."

"뭐해?"

윤진의 목소리는 높지 않았다. 그러나 다분히 위압적이었다. 혹시나 하는 생각에 덕룡태마저 흠칫할 정도였다. 하 태의의 이마에 순식간에 식은땀이 송골송골 맺히는가 싶더니 손을 부들부들 떨면서 종이를 꺼내 윤진에게 넘겨줬다.

"뒤가 급해서 들고 나왔는데……, 아무 데서나 볼 수도 없고 해서 아직 가지고 있었던 겁니다."

하 태의가 궁색한 변명을 늘어놓았다.

"내가 인정머리 없이 각박하게 군다는 사람들이 꽤 있지. 그러나 그럴수록 더욱 각박한 표본이 되어야 하지 않을까? 어디 한번!"

윤진이 종이를 등불 가까이 비춰봤다. 역시 겉으로 드러난 모습은 아무런 이상이 없는 흔한 종이였다. 윤진이 자조 섞인 웃음을 내뱉었다.

"폐하께서 나를 믿으시고 집안 살림을 맡기셨는데, 각별히 조심하지 않을 수가 없네. 조금이라도 문제가 생기면 책임이 고스란히 나에게로 돌아올 테니까!"

윤진이 말을 마치고는 종이를 땅에 홱 던져버렸다. 종이는 하 태의가 미처 받을 새도 없이 나풀거리면서 빗물이 흥건한 윤진의 발밑에 떨어졌다.

"세상에! 글씨입니다! 글씨가 있습니다!"

덕룡태가 빗물에 젖자 바로 형체를 드러낸 글씨를 보는 순간 기절할 듯 놀라 소리를 질렀다. 태감들 역시 덕룡태의 기겁하는 목소리에 우르르 몰려들었다가 저마다 그 자리에서 굳어버리고 말았다.

설마 했던 윤진 역시 안색이 파랗게 질렸다. 곧 천천히 쪼그리고 앉아 등불을 종이 가까이에 비추게 했다. 얼마 후 윤진은 물에 젖을수록 더욱 선명하게 보이는 글씨를 천천히 읽어 내려가기 시작했다.

왕섬 스승님과 주천보, 진가유에게 능보 형이 책임지고 전해 주십시오: 이곳에서 손발이 묶인 지도 어언 7년이라는 세월이 흘렀군요. 자유를 잃고 살아온 지난 7년은 피눈물로 얼룩진 나날이었습니다! 지척에서도 만날 수 없는 현실이 개탄스러울 뿐입니다. 우연히 서부 지역으로 출병한다는 소식을 접했습니다. 윤잉으로선 개과천선해 폐하의 신하, 아버지의 아들로 돌아가 양신, 효자로 거듭날 수 있는 절호의 기회라 생각하고 여러분의 도움을 간구하는 바입니다!

– 애신각라 윤잉이 올리는 밀서

윤진이 볼 때 종이의 글씨는 조금 흐트러진 필체이기는 했으나 오래간만에 보는 태자의 친필이 분명했다. 윤잉의 필체에 익숙한 그였으니 모를 리가 없었다.

44장

정체를 숨기고 살아온 정 귀인

태의 하맹부는 머리를 조아린 채 애걸복걸 용서를 구했다. 얼굴은 완전히 사색이 돼 있었다.

"결국에는 성명하신 넷째마마의 눈을…… 피해 갈 수 없게 됐습니다만……, 둘째마마께서 강압적으로 나오시는 바람에…… 부디 한 번만 용서해 주십시오. 넷째마마……."

"음!"

윤진이 뜻이 불분명한 짤막한 대답을 신음처럼 내뱉었다. 이어 편지를 조심스럽게 덕릉태에게 넘겨주면서 지시를 내렸다.

"모닥불에 잘 말리게. 구겨지지 않게 각별히 신경 쓰고."

이어 다시 고개를 돌려 벌벌 떨고 있는 하 태의를 보고는 빙그레 웃으면서 말했다.

"이렇게 엄청난 짓을 저질러 놓고 나한테 어떻게 봐달라는 거야?"

하 태의는 무말랭이처럼 말라붙은 채 정신없이 머리를 조아리더니 드디어 솔직하게 토로하기 시작했다. 윤잉을 만나서 진료를 한 것, 어떻게 편지를 써서 어떤 식으로 자신을 함안궁에서 내보내 주었다는 자초지종을 윤진을 비롯한 사람들에게 그대로 털어놓았다. 확실히 충격적인 일이었다. 일시적 충동에 의해 즉석에서 처리할 문제도 아니었다. 윤진은 사안을 그렇게 무겁게 생각했다.

물론 그대로 하 태의를 관련 부서에 넘겨버리면 공로를 세울 수는 있을 터였다. 그러나 그 경우 자신을 배신자로 손가락질할 태자당의 거센 비난 역시 감수하지 않으면 안 되었다. 그는 또 그 비난이 공로보다 훨씬 크다는 사실도 모르지 않았다. 그러나 그대로 덮어버린다는 것은 곧 종이로 불을 끄는 격이라고 할 수 있었다. 나중에 들통이라도 나는 날에는 엄청난 후폭풍을 초래할 것이었다. 윤진의 고민이 깊어갔다. 하 태의가 사건의 전말을 고백하는 동안 마음의 방향을 결정한 윤진이 결국 깊은 한숨을 토해냈다.

"둘째 형님이 각본 쓰느라 몇 날 며칠 날밤을 꼬박 샜겠네! 그 좋은 머리로 일이나 열심히 했더라면 저 지경에까지 이르지는 않았을 것 아닌가! 그렇지 않은가, 덕릉태?"

짧은 시간 동안 윤진의 생각이 급류를 타고 넘실댔다는 사실을 알 리가 없는 덕릉태가 황급히 대답했다.

"정말 지당하신 말씀입니다! 그런 생각이 있으셨다면 뒤에서 호박씨를 깔 것이 아니라 당당하게 자신의 의사를 드러내는 것이 훨씬 좋았을 텐데 말입니다. 이렇게 체통 구기는 일 없이 말이죠."

"그러게 말이야! 내 속이 속이 아닌 줄 누가 알기나 할까? 사실 부처님의 삼승의 절묘한 뜻이 가르치는 것은 궁극적으로는 '선'善이라는 글자지. 하 태의 사건은 올려 보내는 즉시 능지처참 감이야. 어떻게 하면 좋을까?"

윤진이 탄식하듯 말했다. 이미 마음의 가닥을 잡았으면서도 다른 사람들을 의식해 일부러 고민스런 표정을 짓는 듯했다. 그가 다시 입을 열었다.

"왜 하필이면 하 태의야? 소심하고 맡은 바 일에 충실한 사람을 인생 종치게 만들 것은 뭐람? 궁중 어디든 부르기만 하면 두 주먹 불끈 쥐고 달려가는 사람들이 널려 있는데! 우리 둘째 홍력이 어렸을 적 홍역에 걸렸을 때도 하 태의가 고쳐줬잖아. 그래서 말인데, 나는 개인적으로 아까운 사람 비명에 보내고 싶지는 않네. 물론 여러분들이 원치 않는다면 나로서도 어쩔 수 없는 일이기는 해. 그러나 내 의사에 기꺼이 따라줄 거라면 내 말 좀 들어보게."

사람들은 하 태의를 수색할 때 그렇게 적극적이던 윤진의 태도가 갑자기 변화를 일으킨 것에 대해 크게 놀라는 것 같았다. 몹시 궁금해 하기도 했다. 그럼에도 분위기는 그의 의지대로 흘러갔다. 눈치 빠른 태감 하나가 바로 입을 열었다.

"사람 목숨 하나 살리는 것은 칠층 금전金殿을 쌓는 것보다 더 좋은 일이라고 합니다. 그렇지 않아도 억울한 사람을 비명에 보내고 그 원혼에 시달리고 싶지는 않습니다! 넷째마마의 뜻에 따르겠습니다!"

그러자 윤진이 흡족한 표정을 지었다.

"역시 똑똑한 사람은 뭐가 달라도 다르군! 전에 태황태후마마 곁에서 시중을 들던 시녀 하나도 악귀에 시달려 죽었잖아! 둘째 형님이 칠 년 동안 갇혀 있다 보니 무슨 생각인들 하지 않았겠어? 그러나 다 좋은데, 억울한 희생양을 만들지는 말았어야 했다고 생각해. 물론 윤잉 형님의 정서가 비정상적일지도 모른다는 사실을 감안하면 폐하께서 먼저 아셨더라도 큰 죄는 묻지 않았을 거야. 폐하께서는 분명히 우리 처사를 치하하실 거야. 돈도 좀 주실 거고. 하 태의, 자네가 천 냥 정도 더 보태 목숨 살려준 은인들에게 술이나 거나하게 한잔 사는 것이 어떻겠나?"

태감들은 느닷없는 횡재를 하게 될 것 같자 입이 함지박만큼 커졌다. 하마터면 하 태의를 놓칠 뻔했다는 것 때문에 윤진에게 곤죽이 되도록 곤장을 얻어맞을 각오를 하고 있었던 표정이 전혀 아니었다. 일제히 윤진의 자비로움에 감복했다면서 기꺼이 동참할 의사를 내비쳤다.

"잘 따라줘서 고맙네. 태황태후마마의 자손으로서 중생을 구제하는 것이 최우선이지 않겠어?"

윤진이 얼굴 가득 동정어린 표정을 지어냈다.

"하 태의, 뭘 하나? 여러분들에게 고맙다는 인사 올리지 않고!"

윤진이 말을 마치고 바로 몇 발자국 걸음을 옮겼다. 그러다 문득 멈춰 서더니 고개를 돌리고 수하들에게 지시를 내렸다.

"내가 자금성을 한 바퀴 휙 돌고 올 테니 여기에서 잘 지키고 있으라고. 괜히 사고 치지 말고! 내일 내가 직접 창춘원으로 가서 폐하께 아뢸 거야!"

비는 그새 한층 기세가 꺾여 있었다. 윤진은 수레 안이 갑갑하게 느껴졌는지 장화를 바꿔 신더니 우비를 입고서 성음을 향해 말했다.

"우리 그냥 걸어 다니자고. 그게 좋겠어."

윤진과 성음은 말을 마치자마자 곧 어깨를 나란히 한 채 어둠 속으로 사라졌다.

어느새 비는 뚝 그치고 대신 몽롱한 안개가 어둠 속에서 뽀얗게 피어나기 시작했다. 한창 열을 올렸던 윤진의 얼굴에 소리 없이 내려앉은 안개가 시원해보였다. 윤진이 말없이 걸어가다 갑자기 성음에게 물었다.

"여보게 성음, 자네는 고기라면 사족을 못 쓰면서 어떻게 출가해 스님이 될 생각을 했지?"

"저는 스님이라기보다는 동신童身이라는 표현이 더 어울릴 것 같습니다. 어렸을 적부터 동자공童子功을 연마해왔으니 말입니다."

성음이 웃으면서 대답했다. 윤진이 잠시 침묵하더니 다시 물었다.

"우리 인연이 시작된 것은 내가 지방의 역관에서 자객에게 당할 뻔한 것을 자네가 구해주면서였지. 그 당시 자네는 내가 황자라는 사실을 알고 있었나?"

성음이 지체 없이 대답했다.

"황자마마라는 것은 몰랐습니다. 그러나 막연히 귀하신 분이라는 느낌은 받았습니다. ……어릴 적 어머니가 멀리 팔려가시고 우연히 오차우 선생님을 만났습니다. 그 분을 따라다니면서 많은 것을 배웠죠. 나중에는 이운낭이라는 의리의 협녀에게서 무예를 익히는 행운을 얻었습니다. 그 후에 공사정 넷째 공주와 함께 광서성으로 갔죠. 그때 손연령이 반란을 일으키면서……. 저는 죽은 사람들 틈에서 구사일생으로 살아날 수 있었습니다……."

윤진이 성음의 말을 듣는 순간 뭔가 떠오르는 것이 있었다. 동시에 발걸음을 멈추고는 다그치듯 물었다.

"자네 혹시……? 내가 전에 넷째 공주에게서 들은 얘기가 있어. 자네가…… 그 파란 원숭이인가?"

"그렇습니다, 제가 바로 파란 원숭이입니다. 어릴 때부터 장난이 심하기로 유명했었습니다. 배운 것 없이 막 자랐어도 인복은 기가 막히게 좋은 놈인 것 같습니다. 좋은 분들의 자양분을 먹고 자라 훌륭하신 넷째 마마를 섬기게 됐으니 말입니다!"

성음이 웃음 띤 얼굴로 대답했다. 그러자 윤진이 손을 내저었다.

"아니야, 나 윤진이 인복이 있어서 자네와 같은 속이 꽉 찬 사내를 만난 거지!"

성음이 천천히 그동안 못한 얘기를 늘어놓았다.

"처음에 제가 넷째마마를 찾아뵈러 왔을 때는 다른 목적이 있었습니다. 그건 넷째 공주님 소식이 궁금해서 알아보기 위해서였습니다. 솔직히 그 이상 그 이하도 아니었습니다. 결국 공주님과 이승에서의 인연은 이어지지 않았으나……."

윤진과 성음은 잠시 대화를 중단하고 무거운 침묵을 이어갔다. 말없이 걷기만 했다. 그러기를 얼마나 했을까, 윤진이 물었다.

"그런데 그 후 자네는 어찌해서 우리 집에 머물기로 결정했던 거지?"

"저는 강호를 누비면서 악당들을 제거하고 착한 백성들을 보호하겠다는 거창하다면 거창하고, 소박하다면 소박한 꿈을 가지고 있었습니다. 하지만 태평성세라고는 해도 눈에 거슬리는 나쁜 인간들은 갈수록 많아지는 것 같았습니다. 이쪽 사람을 구하기 위해 다른 쪽의 사람을 죽인다는 것에 대한 회의감이 들기 시작했습니다. 고민 끝에 넷째마마와 같은 정직하고 청렴한 분을 열심히 보필해 고난 속에서 허덕이는 천하의 백성들에게 일말의 위안을 줘야겠다는 생각을 하게 됐습니다. 그뿐입니다."

성음은 평소의 그답지 않게 목소리를 약간 떨고 있었다. 과거를 돌이켜 생각하자 당시의 감정이 되살아나는 모양이었다. 윤진은 평소에도 오사도를 비롯한 문각, 성음 등 측근들의 변함없는 성원에 고마움을 느끼면서 살아온 터였다. 더구나 성음의 말을 듣는 순간에는 그들이 온갖 방법을 다 동원해 자신을 황제로 옹립하려는 진심을 엿볼 수가 있었다. 그는 자신도 모르는 사이에 감동의 물결이 조용히 가슴을 적시기 시작하는 것을 느꼈다. 그때 성음이 물었다.

"넷째마마께서는 고생을 많이 해보셨습니까?"

"해봤지! 춥고 배고픈 육신의 고통은 느껴보지 못했어도 마음고생은 이루 말할 수 없이 한 것 같네. 어릴 때 나는 조용하고 겁 많은 소년이었지. 그런데 이 세상에서 나를 사랑하는 사람들이 하나둘씩 죽어가고, 감방에서 귀신처럼 늙어 가는 것을 두 눈으로 똑똑히 보면서 자라는 사이 내 마음은 어느새 차가운 바위처럼 굳어져 버렸더라고. 내가 다른 황자들처럼 술 퍼마시고 흔들리면서 실수하는 것을 본 적 있나? 담배, 술, 여자…… 내 생활에는 그런 것은 절대로 없어. 어찌 보면 머리만 빡빡 밀지 않았을 뿐이지 고행을 하는 스님과 다를 바 없어. 나는 진짜 그렇게 생각해. 물론 내가 찬바람을 쌩쌩 일으키면서 다니니까 막연한 두려움을 가지는 악인들도 많기는 해. 일부러 인상 쓰고 다닐 것은 없으나 조금 무섭게 보여도 나쁠 것은 없을 것 같아."

윤진이 감개에 젖은 채 대답했다. 성음은 느릿느릿하게 이어지는 윤진의 말에 한결 숙연해졌다.

두 사람은 평소보다 훨씬 속 깊은 얘기를 나누면서 자금성을 한 바퀴 순찰했다. 다행히 밤은 아무 이상 없이 평온하게 흘러가고 있었다. 윤진이 회중시계를 꺼내 시간을 보았다.

"이제는 임무 끝이네! 집에 가서 쉬어야겠어. 하 태의 일에 대해서는 조금만 더 기다려 보자고."

성음이 뭐라고 입을 열려는 순간이었다. 서편문 안에 있는 오씨의 찻집에서 거문고 타는 소리와 더불어 은은한 여자의 노랫소리가 간간이 들려왔다. 비가 그친 뒤 더욱 상쾌하게 느껴지는 저녁 바람과 함께였다. 윤진은 잠깐 귀를 기울이고 들었다. 금세라도 울어버릴 것만 같은 구슬픈 노랫말이 귓전을 절절하게 파고들고 있었다.

초승달 으스러져 가는 차가운 창가에서
서투른 몸짓으로 거문고를 타네.

원한에 찌든 이내 가슴 달랠 길 없는데,

눈가에 눈물 맺힌 저 사람은 누구인가.

집에 돌아가자던 윤진이 바짝 귀를 기울이는 모습을 보고는 성음이 웃음을 지었다.

"돈을 주고 듣고 싶은 생각은 별로 안 드는 목소리에 뭘 그렇게 열중이십니까? 오사도 어른이 기다리고 있을지도 모릅니다. 그만 돌아가시죠!"

윤진이 성음의 권고에도 고개를 갸웃거리면서 중얼거리듯 말했다.

"이상한데? 분명히 어딘가에서 듣던 노랫말이야……."

윤진이 성음의 재촉을 받으면서 발걸음을 돌리려고 할 때였다. 잠시 끊겼던 노래가 다시 이어졌다.

정원의 꽃과 나무에서 봄을 읽었지,

내 인생의 봄은 어디냐고 물으면서.

꽃과 나무가 어우러진 형언할 수 없는 향 같은 삶,

지난 세월이 꿈만 같구나!

"그래, 맞아!"

윤진이 신음하듯 짧게 말을 내뱉었다. 순간적으로 전에 윤잉이 공부하던 공책에서 읽은 기억이 떠오른 것이었다. 그래서일까, 그의 얼굴 근육은 급속히 굳어졌다.

한참 생각에 잠긴 듯하던 윤진이 드디어 마음의 결정을 내렸는지 머리를 번쩍 쳐들면서 성음에게 말했다.

"우리 찻집에 잠깐 들렀다 가자고!"

오씨의 찻집은 서편문 안에서 가장 큰 곳이었다. 원래는 가흥루嘉興樓라는 간판을 내걸고 금릉金陵 지역의 내로라하는 재원이었던 오취고吳翠姑가 물장사를 하던 곳이었다. 그러나 취고가 수은을 삼키고 자살하면서 찻집으로 바뀌었다. 그녀의 먼 친척 조카가 가업을 물려받아 업종을 바꿔 장사를 시작한 것이다.

윤진과 성음이 들어서자 찻집 점원이 특유의 너스레를 떨면서 다가와 인사했다. 그러나 윤진은 안에 들어서기 무섭게 한쪽에서 거문고를 타고 있는 스물일곱 살 정도 돼 보이는 여자만 뚫어져라 쳐다봤다. 안에서는 몇몇 지저분한 행색의 사내들이 침을 질질 흘리면서 여자에게서 눈을 떼지 못하고 있었다. 종종 저속한 말투로 여자에게 말을 건네기도 했다.

윤진은 이맛살을 찌푸리면서 조용한 2층으로 올라갔다. 이어 찻값의 몇 십 배는 될 은전을 찻집 점원에게 주면서 여자를 불러줄 것을 부탁했다.

점원은 예기치 않은 횡재에 입이 완전히 귀에 걸렸다. 곧 주인에게 귀엣말을 하더니 흔쾌히 좋다는 대답을 얻었다. 그가 밑으로 내려가 여자를 불러오려고 했다. 윤진이 그런 그를 제지했다.

"바쁠 것 없네. 먼저 내가 한 가지 묻고 싶은 것이 있어."

"물어보십시오, 어르신."

"노래를 부르는 여자는 이름이 뭔가?"

"어디 사람인지는 모르겠고요, 이름은 문삼낭文三娘입니다. 강희 오십 년에 찻집에 온 이후 꾸준하게 인기를 얻고 있습니다."

윤진은 점원이 내려간 다음 도대체 그녀는 누구일까 하는 생각을 두서없이 하기 시작했다. 그러나 아무리 해도 생각이 나지 않았다. 한참 후 가벼운 발걸음 소리와 함께 문삼낭이라는 여자가 주렴을 걷고 들어섰다. 윤진은 고개를 한껏 숙인 채 몸을 낮춰 인사를 하는 모습을 가까이에서 지켜보면서 그녀가 멀리에서 보던 것처럼 예쁘장한 얼굴은 아니라는 생각을 했다. 눈가에 자리 잡은 잔주름과 누렇게 뜬 얼굴이 무엇보다 그렇게 보였다. 또 스물일곱 살 정도의 나이치고는 얼굴에 고생한 흔적이 역력했다.

문삼낭이 윤진의 노골적인 눈빛에 부자연스러운 몸짓을 하더니 조용히 입을 열었다.

"어르신, 어떤 노래를 들려 드릴까요?"

윤진이 미리 생각해뒀던 말을 말했다.

"실력이 대단하다는 소문을 듣고 일부러 찾아왔소. 친구 하나가 〈남향자〉南鄕子라는 가사를 만들었는데, 그 맛을 제대로 살려내는 사람이 없어서 고민하던 중이었소. 그래서 아가씨 목소리를 한번 빌려보려고 찾아온 거요. 그걸로 불러줬으면 하오."

"불러드릴 수는 있습니다. 그러나 어르신 마음에 드실지에 대해서는 자신이 없네요."

문삼낭이 천천히 말을 하면서 거문고 줄을 뜯었다. 윤진이 그녀에게 시선을 고정시키면서 가사를 읽어줬다.

귀밑머리 백발이 되도록 사랑하자고 다짐했건만
댕기 풀어 일생을 약속한 그 사람 지금은 어디 있나!
하룻밤 순정에 이내 청춘 야위어 가는데, 이별은 왜 이리도 긴가.
아! 정열을 불태웠던 그날은 과연 영원한 꿈속으로 사라지는가!

윤진은 가사를 다 읽고 난 다음 찻잔에 입술을 가져갔다. 그러면서 문삼낭의 미세한 표정 변화를 놓칠세라 뚫어지게 주시했다. 아니나 다를까, 문삼낭은 얼빠진 사람처럼 말이 없었다. 한 손을 거문고 줄에 올려 놓은 채 미동도 않고 마치 그림 속의 여자처럼 앉아 있었다. 이상한 분위기를 느낀 성음이 나섰다.

"이것 봐요, 노래는 언제 부를 거요?"

순간 문삼낭이 갑자기 고개를 쳐들었다. 이어 아련한 눈빛으로 윤진을 바라보면서 나지막하게 물었다.

"어르신은…… 어디 사시는 분이세요? 외람되지만 이 〈남향자〉는 어떤 분이 작사를 하셨는지 물어봐도 되겠습니까?"

문삼낭의 질문이 채 끝나기도 전이었다. 밖에서 약간의 소동이 이는 것 같더니 노인 한 명이 주렴을 걷어 젖히면서 안으로 뛰어들어 왔다. 방금 밑에서 문삼낭에게 박자를 맞춰주던 노인이었다. 그는 다짜고짜 윤진에게 다가가 털썩 무릎을 꿇은 다음 머리를 조아리면서 울음을 터트렸다.

"소인을 모르시겠습니까, 넷째마마?"

"아니, 이게 누군가! 문칠십사잖아!"

윤진은 노인의 말을 듣자 윤상의 집에서 마름으로 있던 문칠십사를 가까스로 기억에 떠올렸다. 그리고는 깜짝 놀라면서 그를 부축해 의자에 앉혔다.

"윤상의 부탁을 받고 자네를 찾았었다고! 그러나 아무리 수소문해도 종적이 묘연하더군. 그래서 고향으로 돌아간 줄 알았어. 여기에서 이 지경까지 몰렸으면서도 왜 나를 찾아오지 않았나?"

문칠십사는 윤진의 말에 밭고랑처럼 깊이 패인 주름 사이에 걸쳐 앉은 혼탁한 눈물을 주르르 흘렸다. 문칠십사는 그러고도 흑흑 흐느끼기만 할 뿐 한동안 말을 잇지 못했다. 그러자 윤진이 먼저 물었다.

"그러면 이 문삼낭 아가씨는 자네 딸인가? 아니면 며느리?"

윤진의 물음에 문칠십사가 눈물이 얼룩진 얼굴을 들어 여전히 넋이 나간 채로 앉아 있는 문삼낭을 쳐다보며 머리를 가로저었다.

"……딸도 며느리도 아닙니다. 말하자면 가슴이 찢어집니다……."

"알겠네. 일전에 통주로 사람을 두 번씩이나 보낸 적이 있었지. 그 곳에 있는 열셋째의 별장이 수색을 당하는 바람에 정씨 성을 가진 여자가 아슬아슬하게 도망을 쳤다는 얘기가 들리더라고. 혹시 그 여자가……?"

윤진의 표정이 순간적으로 많이 어두워졌다. 그의 눈은 정확했다. 문삼낭은 바로 정춘화였던 것이다. 아무려나 상황을 완벽하게 파악한 정춘화는 윤진의 말이 끝나기도 전에 어깨를 심하게 들썩였다. 그러더니 꾹꾹 눌러놓았을 법한 감정이 그대로 묻어나는 울음소리를 짐승의 그것처럼 처량하게 토해 냈다.

윤진은 자신을 이 지경으로 내몬 장본인이 바로 윤잉이라는 사실을 모르고 있을 정춘화의 가여운 모습을 지켜보자 착잡한 감정이 이는 것을 어쩌지 못했다. 굳이 하 태의 사건을 덮어 감출 필요도 없지 않느냐는 생각도 들었다. 그는 정말로 자신에게 모든 것을 바친 여자를 헌신짝처럼 내버린 윤잉에 대해 인간으로서의 낭패감을 느꼈다. 윤진은 이맛살을 찌푸린 채 생각에 잠기기 시작했다. 정춘화를 이대로 내버려 둘 수도 없고, 그렇다고 마땅히 도와줄 방법이 떠오르지도 않아 고민이 됐던 것이다.

얼마 후 정춘화가 눈물을 멈췄다. 이제 모든 것이 밝혀졌을 뿐만 아니라 더 이상 숨길 것도 없다고 생각했는지 드디어 입을 열었다.

"넷째마마, 혹시라도 저 때문에 고민하신다면 그럴 필요는 없습니다. 과거는 들춰봤자 더 이상 의미가 없습니다. 이제 덤으로 사는 저는 어떤 욕심도 없는 사람입니다. 다만 넷째마마께서 내무부 일까지 겸하셨다니 드리는 말씀인데요……."

윤진은 정춘화가 무엇을 말하려는지 알 것 같았다. 그래서 바로 말허리를 잘라버렸다.

"둘째 형님 일이라면 걱정하지 않아도 되네. 내가 알아서 힘이 닿는데까지 도와줄 테니까. 이제 그쪽 걱정은 그만 하고 자네 자신을 챙기는데 열중하도록 하게. 특별히 원하는 것이 있으면 말하고."

정춘화는 윤진의 말에 죽지 못해 사는 자신에게 한번쯤 가져보고 싶은 것이 있다면 과연 무엇일까 하고 실로 오래간만에 진지하게 고민하기 시작했다. 분명히 있기는 했다. 그것은 바로 자신이 죽기 전에 꼭 한 번 보고 싶은 윤잉이 재기하는 모습이었다. 그녀는 그것이 자신이 존재하는 이유라고 생각했다. 사랑 한번 잘못한 죄로 파란만장한 삶을 살아온 정춘화의 상처로 도배된 가슴속에도 깨끗한 구석 자리는 있었던 것이다. 또 그곳에는 바로 윤잉이 살고 있었다.

그러나 그녀는 그런 속마음을 윤진에게 털어놓을 수가 없었다. 급기야는 길게 탄식을 토했다.

"죽어서 제대로 된 귀신 무리에도 못 낄 저같이 천박한 여자가 원하는 것이 뭐가 있겠습니까! 언젠가 그 사람이 잘 되거나, 아니면 인생을 마감하는 날이 바로 저의 제삿날일 것입니다……."

정춘화는 마치 다른 사람의 얘기를 대신하듯 담담하고 침착했다. 윤진이 그녀의 담담함에 흠칫 놀라는 듯하더니 한들거리는 촛불을 뚫어지게 쳐다보면서 말했다.

"다른 길도 많아. 그런데 왜 하필이면 그런 생각을 하나!"

"다른 길이 어디 있겠습니까? 그렇다고 소녀가 입궁해 황비나 비빈이 되겠습니까? 아니면 궁녀가 될까요? 그도 여의치 않다면 완의국의 노예가 되겠습니까? 그게 아니라면 계속 노래를 부르면서 밥을 벌어먹는 길도 있고요!"

정춘화가 설명하기 어려운 복잡한 표정으로 윤진을 바라보았다. 사실 그는 눈앞의 여자를 '동병상련' 정도의 상대로 마냥 가엾게 여기는 윤상과는 달랐다. 나름대로 속셈이 있었다. 그것은 바로 요즘 들어 부쩍 꿈틀대면서 살아 있다는 식으로 존재감을 과시하는 윤잉을 꼼짝 못하게 제압하는 데 비장의 무기로 활용할 수 있지 않겠느냐 하는 생각이었다.

윤진이 잠시 생각을 굴린 다음 다시 입을 열었다.

"오늘 저녁은 일단 다 같이 우리 집에 가서 하룻밤 자는 게 좋겠네. 그런 다음 내일 중으로 우리 집 가까이 있는 자그마한 암자를 깨끗이 치워줄게. 그러나 일단 삭발은 하지 말고 당분간 수행하는 시간을 가지는 것이 좋겠어. 조만간 내가 옥황묘 근처에 쓸 만한 절간을 만들어줄 때까지는. 조용한 곳에서 혼탁한 세상과 담을 쌓고 욕심 없이 살다가 가는 것이 죽는 것보다는 낫지 않을까 싶어서 그러네."

네 사람이 오씨 찻집을 나왔을 때는 자정이 가까운 시각이었다. 비가 그친 하늘은 조금씩 밝은 빛을 되찾아가고 있었다. 갈고리처럼 비스듬히 걸려 있는 초승달이 검은 구름에 가린 채 골목길을 어슴푸레하게 비추고 있었다.

일행은 저마다의 생각에 잠겨 빗물 속을 저벅거리면서 걸어갔다. 얼마 후 그들이 자그마한 아치형 다리를 건너려고 할 때였다. 성음이 갑자기 윤진의 팔을 낚아채면서 다급하게 말했다.

"넷째마마! 미행하는 자들이 있습니다!"

네 사람은 순간 흠칫하면서 발걸음을 멈췄다. 특히 윤진은 누군가가 미리 문칠십사와 정춘화를 미끼로 자신이 걸려들기만을 기다리고 있었을지도 모른다는 뒤늦은 생각을 했다. 그러자 이내 소름이 끼쳤다. 그는 결코 머리 나쁜 축은 아니라고 자부해온 자신이 어쩌다가 이런 실수를 저질렀을까 하는 뒤늦은 후회를 하면서 이마에 송골송골 배어 나온 식은땀을 훔쳤다.

그때 어둠 속에서 거구의 사나이 네 명이 장벽처럼 앞을 가로막고 나섰다. 어둠 속이라 얼굴은 똑똑히 보이지 않았으나 긴 머리채를 목에 칭칭 감은 것이 예사롭지가 않았다.

"여보게, 형씨들! 늦은 시각까지 일하고 오시나 본데, 갈 길이 급해서 그러니 길이나 좀 비켜주십사 하고 부탁하겠습니다!"

사내 중 한 명이 성음의 말에 징그러운 표정을 지었다.

"얼마든지 비켜줄 수는 있지. 은전 오백 냥만 내놓는다면 말이야!"

사내의 말에 성음이 히죽거리면서 웃었다.

"많지 않은 돈이오. 까짓것 술 한잔 시원하게 사 먹은 셈치고 내일 내가 직접 그쪽을 찾아뵙지요."

사내가 자기네 무리를 뒤돌아봤다. 그리고는 더욱 거만하게 우쭐댔다.

"잔머리깨나 굴리게 생겼는걸! 기왕 줄거면 왜 하필 내일 저녁이야? 세 명은 인질로 남겨놓고 당신 혼자 돈 가지러 갔다 와!"

"싫다면? 나는 같은 말을 두 번 해본 적이 없어!"

성음이 조금 전까지 바보처럼 웃고 있던 사람답지 않게 갑자기 날카롭게 돌변했다.

"그렇다면 우리 근질근질한 손바닥을 긁어주는 수밖에. 백 번만 맞아 줄 수 있다면 보내줄게!"

사내는 말을 마치자마자 바로 솥뚜껑 같은 손바닥으로 성음의 가슴팍을 거칠게 밀쳤다. 순간 성음이 비틀거리더니 두어 발자국 뒤로 물러났다.

기세가 등등한 사내들이 낄낄 웃으면서 성음을 둘러쌌다. 그리고는 반격할 생각을 전혀 하지 않고 있는 그에게 주먹세례를 안기기 시작했다. 성음은 가끔씩 신음소리를 내면서도 입으로는 "하나, 둘, ……팔십구,

구십……"하면서 백 번이 되기를 기다렸다. 그러나 백 번째에도 그들은 멈출 기미를 보이지 않았다.

윤진이 다급했는지 외마디 소리를 질렀다.

"성음, 왜 반격을 가하지 않고 얻어맞기만 하는 거야?"

"백 번은 맞아주기로 했으니 약속을 지켰을 뿐입니다!"

성음이 내내 웃음을 잃지 않고 있더니 갑자기 잽싸게 몸을 날렸다. 이어 장벽처럼 버티고 있던 사내 두 명의 가슴팍을 사정없이 걷어찼다. 더불어 쿵! 쿵! 하는 육중한 소리와 함께 거구의 사내 둘이 넝마가 들어 있는 자루처럼 저만치 나가떨어지고 말았다.

나머지 둘은 백 번이 넘도록 꼼짝도 않고 얻어맞던 말라깽이가 순간적으로 괴력의 사내로 돌변하자 반사적으로 동시에 달려들었다.

그러나 성음은 당황하지 않았다. 나머지 사내 둘을 가볍게 한 손에 한 명씩을 움켜잡고는 빗물에 물이 불어 급류가 흐르는 다리 밑의 강물로 쓰레기 집어던지듯 던져버렸다.

처음 두 명의 사내는 성음의 기세에 짓눌렸는지 죽은 척하면서 계속 땅에 엎드려 있었다. 그러자 성음이 손을 툭툭 털면서 말했다.

"재수 없이 별 거지 같은 자식들 때문에 손을 더럽혔네! 넷째마마, 우리 계속 갑시다! 어이, 자네들 나한테 졌다는 생각을 도저히 못하겠다면 이 돌사자를 보라고!"

성음이 계속 길을 가려다 말고 근처의 돌사자 상을 발견하고는 슬쩍 손을 가져다댔다. 일행들은 처음에는 그가 무슨 행동을 하려는지 몰랐으나 찬탄을 토하더니 입을 딱 벌리며 곧 고개를 떨구었다. 돌사자가 힘없이 움직이더니 다리 밑 강물로 떨어진 것이다. 윤진은 놀라지 않을 수 없었다. 옆에서 기겁을 하고 지켜보고 있던 문칠십사가 이상한 생각이 들었는지 조용히 물었다.

"그렇게 대단한 재주가 있으면서도 왜 아예 저놈들을 사로잡지 않은 겁니까?"

성음이 히죽 웃으면서 대답했다.

"사로잡는 것이 어렵겠어요? 그러나 그렇게 하면 오히려 넷째마마께서 난처해지니까 그러잖소!"

45장

조롱에 갇힌 새

태의 하맹부는 그날 저녁 집으로 돌아가지 않고 말을 달려 곧바로 창춘원으로 향했다. 강희가 창춘원에 있었기 때문이었다. 그는 밖에서 초조하게 날이 밝기를 기다린 후 동이 트자마자 바로 만나 뵙기를 청했다. 물론 육품 직급에 불과한 미관말직인 입장에서는 특별한 지시를 받지 않은 한 황제를 만나 뵙기를 청할 수가 없게 돼 있었다. 그러나 그는 윤잉과 관련된 사건인 만큼 다른 사람을 통해 전달할 수는 없다고 생각하고 손이 발이 되도록 빌었다. 그제야 문지기 태감은 전달은 해보겠노라면서 안으로 들어갔다. 한참 후에 장오가가 나오더니 그에게 물었다.

"무슨 일로 새벽같이 폐하를 뵙자는 건가?"

"예, 장 군문! 정말 중대한 사안입니다. 일단 들여 보내주시면 곧바로 어르신께 말씀드리겠습니다! 저 같은 육품관이 사는 것을 포기하지 않은 이상 어찌 감히 사사로운 일로 폐하께 심려를 끼쳐 드릴 수가 있겠습니까?"

하 태의가 얼굴 가득 가련한 웃음을 지어냈다. 장오가는 충분히 일리가 있다고 생각했다.

"나를 따라 들어오게. 광동, 절강, 운남, 복건 등 네 개 성의 해관총독인 위동정이 건강 상태가 안 좋다고 해서 폐하께서 지금 강녕직조사 조 대인을 불러 위동정의 병세를 묻고 계시는 중이네. 잠깐만 기다리게."

하 태의가 다른 사람이 곁에 없는 것을 확인하고는 황급히 장오가의 귓전에 다가가 귀엣말로 전날 저녁에 있었던 사건의 줄거리를 들려줬다. 그리고는 덧붙였다.

"군문, 이렇게 중요한 일을 제가 어찌 한시라도 지체할 수가 있겠습니까?"

"그게 정말인가?"

장오가가 하 태의의 눈빛을 통해 절대 거짓보고일 리가 없다고 확신하면서도 습관처럼 되물었다.

"담녕거 계단 앞에서 기다리게. 조 대인이 나가는 대로 폐하께 말씀드릴 테니."

장오가는 곧바로 궁전 안으로 들어갔다.

"오가, 자네 이게 뭔지 알겠나?"

강희가 조인曹寅과 얘기를 주고받다 말고 장오가가 들어서자 노란 자루 열 몇 개를 가리키면서 말했다. 잠시 어정쩡하게 있던 장오가가 다가가 자루에 손을 넣어 한 움큼 꺼내 보았다. 멥쌀이었다. 장오가가 모양이 길고 방추紡錘(물레에서 실을 감는 가락)처럼 생긴 약간 불그스레한 멥쌀을 펴 보이며 아이처럼 환하게 웃었다.

"폐하, 멥쌀이 아니옵니까!"

"그래 맞네! 바로 멥쌀이지. 그러나 이 쌀이 짐이 손수 재배하고 수확한 것이라는 사실은 자네도 처음 들었을 거야! 강희 팔 년에 북경에서 시험재배에 들어간 것이지. 몇 번 실패 끝에 십칠 년에야 비로소 성공했지. 지금은 강소, 절강, 강서 일대에 쫙 깔렸어. 일 년에 이모작이 가능하다는 것 아닌가! 이 쌀은 올해 첫 수확한 햅쌀이야, 알겠는가."

강희가 흥분한 모습이었다. 장오가가 연신 눈이 휘둥그레지면서 강희의 말을 듣고 나더니 눈을 지그시 감은 채 멥쌀을 코 밑에 가져다 냄새를 맡아봤다. 향긋한 쌀 냄새가 코끝을 간질였다.

"북경에서 시험재배를 했었는데, 밥맛이 너무 좋았어! 좋은 쌀을 천하의 백성들과 더불어 먹고 같이 살찌고 싶어 거의 모든 여가를 투자해 남쪽 지역에도 재배할 수 있도록 개발을 했지! 그러니 짐으로서는 어찌 십 개월 동안 잉태했던 아이를 낳은 느낌이 들지 않겠나? 하하하하!"

강희가 즐겁게 큰 목소리로 웃었다. 장오가는 강희를 따라 움직인 8년 동안 이토록 좋아하는 모습을 본 적이 드물었다. 그러니 더더욱 하태의가 전한 말을 꺼내기가 망설여질 수밖에 없었다. 그가 입가에 맴도는 말을 어떤 식으로 전달해야 할까 고민하고 있을 때 조인이 말했다.

"이런 종류의 쌀을 여러 지역에 널리 보급하는데 일조를 한 위동정이 폐하께서 기뻐하시는 모습을 보면 너무 좋아 어쩔 줄 모를 텐데 말이옵니다!"

강희의 얼굴에서는 '위동정'이라는 이름이 거론되자 거짓말처럼 순식간에 웃음기가 깡그리 사라져 버리고 말았다. 한참 침묵이 흐른 뒤 그가 한숨을 내뱉었다.

"드물게 충효가 구비된 사람이지. 실수하는 것을 너무 두려워하다 보니 성격상 여유가 없는 것이 흠이라면 흠이야. 다 잘하려고 하다 보니 감정을 삭이고 또 삭이고, 생각하고 또 생각하는 것이 결국엔 병이 되는 거지. 짐이 보기에 반은 노환이기도 하나 반은 속병이야. 자네, 돌아갈 때 금계랍을 더 가져다주게. 인삼이라고 해서 아무 때나 무조건 좋은 것이 아니니, 반드시 조심해서 복용하라고 전하게. 국고에 빚이 칠십만 냥 가량 있으나 언제든지 갚으면 되니까 너무 신경 쓰지 말라고 하더라고 짐의 의사를 분명히 전달해주게. 큰아들이 아마 열일곱 살 가까이 됐을 거야. 남경에 직조사를 하나 더 만들어 위동정의 아들을 들여보내게. 빚은 언제든 갚을 수 있으나 건강은 한 번 해치면 그걸로 치명적인 상처를 입는다는 것을 강조하게. 물론 자네도 빚은 좀 있을 테지만 크게 다르지 않아. 요즘 들어 국고로부터 자유로운 사람은 그리 많지 않다는 것을 알아. 너도나도 걸려 있으니 법대로 한 칼에 쓸어 눕힐 수도 없지. 짐도 머리가 아프다 못해 돌아버리겠어. 하지만 고양이가 늙으면 쥐를 피해 다닌다고, 짐도 한계에 부딪친 것이 아닌가 싶네! 자네들도 가능하면 짐이 살아 있을 적에 조금씩 갚아 나가는 것이 좋을 거야. 나중에 누가 후계자가 될지는 모르나 인정머리 없이 각박하기만 한 주인을 만나는 날에는 골치 아픈 정도가 아닐 테니 말이네!"

"명심하겠사옵니다."

조인이 대답했다. 그러자 강희가 갑자기 머리가 복잡한 표정을 짓더니 신발을 신고 내려서서는 실내를 서성이면서 조인에게 편안하게 앉도록 했다.

"폐하! 태의원의 하 태의가 폐하께 드릴 말씀이 있다고 하옵니다."

장오가는 밖에서 이제나저제나 눈 빠지게 기다리고 있을 하 태의를 염두에 두고 초조하게 기회를 엿보고 있다가 한참 후 조인이 나가자마자 용기를 냈다. 강희가 장오가를 힐끗 쳐다보았다.

"하 태의? 왜? 짐이 피곤해서 그러니 마제를 찾아가라고 하게."

강희의 말은 단호했다. 장오가는 더 이상 장황하게 말을 꺼냈다가는 혼날 것 같은 분위기에 짓눌려버렸다. 어쩔 수 없이 대답하고 돌아서서 두어 발자국 걸음을 떼었다. 그러다 안 되겠다고 생각한 듯 다시 돌아서면서 아뢰었다.

"폐하, 둘째마마에 관한 일이라고 하옵니다. 마제를 찾아가더라도 결국에는 폐하께 아뢰어야 할 사안이옵니다."

장오가는 운을 떼자마자 하 태의에게서 들은 내용을 강희에게 아뢰었다. 순간 강희의 얼굴이 무섭게 일그러졌다. 마치 화약고를 품은 듯 아슬아슬한 표정이었다. 얼마 후 실내를 몇 바퀴 돌면서 애써 기분을 가라앉힌 강희가 날카로운 시선을 번뜩인 채 냉소를 터트렸다.

"들여보내. 그리고 자네는 운송헌에 가서 방포와 마제, 장정옥을 불러오도록 하게. 짐의 명령을 전해. 윤잉을 창춘원으로 데려오고, 북경에 있는 황자들을 전부 불러 모으라고 말이야!"

장오가는 강희의 말에 연신 머리를 끄덕이면서 밖으로 나왔다. 그리고는 안색이 하얗게 질려 있는 하 태의를 향해 말했다.

"어서 들어가게. 폐하께서 부르셨네!"

"예!"

하 태의가 화들짝 놀라면서 허겁지겁 안으로 들어갔다. 그는 태의인 만큼 가끔 강희를 만나보기는 했다. 그러나 직접 면담을 신청해 만나는 것은 처음이었다. 기다리는 내내 누가 조금만 건드려도 쓰러질 것처럼 긴장할 수밖에 없었다. 밖에서 이름을 말하고 들어서서 강희를 보는 순간에도 마찬가지였다. 허물어지듯 엎드려 머리를 조아리고는 윤잉이 명반으로 쓴 편지를 시위에게 건네줬다.

강희는 하 태의를 힐끗 쳐다보고는 마루에 앉아 연신 차를 마셨다. 도무지 말이 없었다. 담녕거는 쥐 죽은 듯 고요했다. 한쪽에 기둥처럼 버티고 서 있는 커다란 자명종의 분침 돌아가는 소리가 하 태의의 거칠고 불균형한 숨소리와 더불어 방 안을 돌아다니고 있었다. 시간이 얼마나 흘렀을까, 궁전 밖에서 한바탕 요란스런 발자국 소리가 들려왔다. 그러더니 곧이어 마제를 비롯한 장정옥, 방포, 옹친왕 윤진이 차례로 들어섰다. 방포를 제외한 그들은 차례대로 자신의 이름을 밝히고 무릎을 꿇었다. 그러나 강희는 시선 한 번 주지 않은 채 딱딱하게 굳은 표정으로 하염없이 창밖을 내다볼 뿐이었다. 그들이 심상찮은 분위기를 확실하게 느끼는 것은 고작 몇 초로 충분했다.

사람의 기를 죽이는 침묵은 그렇게 계속되고 있었다. 마침 그때 까치발을 한 이덕전이 들어오더니 강희를 향해 허리를 한껏 굽히면서 아뢰었다.

"여덟째마마께서는 병가 중이시라 못 오셨습니다. 나머지 황자마마들께서는 부름이 안 계시는 한 감히 들어올 수 없다면서 밖에서 무릎 꿇고 대기하고 있다고 형년이 전해왔사옵니다."

"흥! 감히 들어올 수 없다고? 짐에게 언제 그렇게 효성스런 아들들이 있었지? 귀하디귀하신 '귀공자님'들을 얼른 모시거라!"

강희가 차갑게 내뱉었다. 다분히 조소어린 말이었으나 조금 전의 화약고 같은 분위기에 비해서는 그래도 많이 누그러져 있었다. 마제 등도 그런 분위기를 눈치챘는지 조금 숨통이 트인다는 듯 몰래 안도의 숨을 내쉬었다.

이윽고 다섯째 윤기胤祺를 앞세우고 일곱째 윤우胤祐, 아홉째 윤당, 열째 윤아, 열둘째 윤도, 열넷째 윤제, 열다섯째 윤우胤禑, 열여섯째 윤록, 열일곱째 윤례, 스물째 윤위胤禕, 스물첫째 윤희胤禧, 스물둘째 윤호胤祜, 스물셋째 윤기胤祁 등 열세 명의 황자들이 어두운 표정을 지은 채 들어왔다. 그리고는 일일이 인사를 마치고 차례로 무릎을 꿇었다. 다들 고개를 숙이고 있었으나 유독 열째 윤아와 열넷째 윤제만은 수시로 강희를 힐끗힐끗 쳐다보았다. 강희가 윤기에게 물었다.

"짐이 기억하기로는 오늘 학당에 모여 공부하는 날인 것 같은데, 웅사리도 죽고 탕빈도 늙었으니 이제는 아주 살맛 났다고 마음대로 빼먹고 마음대로 들락거리겠지? 말해봐, 오늘 무슨 공부를 했는지!"

윤기가 무슨 일로 불렀을까 잔뜩 긴장하고 있다가 강희가 공부한 내용에 대해 묻자 일순 긴장을 풀었다.

"아바마마, 지난번에 아바마마의 지의가 계신 뒤로 특별한 일이 아닌 이상 사사롭게 학업에 빠지는 황자들은 없사옵니다. 오늘은 저희들이 전직 대학사였던 이광지를 불러 사서四書에 대해 공부했사옵니다……."

"사서? 좋은 책이지. 이광지 같은 유명한 학자가 뭘 잘못 가르치는 일은 없을 것이고. 어디 한번 들어보지. 강의 시간에 뭘 들었는지 윤당부터 말해봐. 사서가 지향하는 바가 뭐야?"

강희의 물음에 윤당은 잠시 골머리를 앓는 것 같은 눈치였다. 강희가 원하는 답을 콕 집어내기가 여간 어려운 것이 아니라는 생각이 든 모양이었다. 또 강희가 그렇게 뭉뚱그리면서 처음으로 물어오는 바람에 당황하기도 했을 터였다. 그가 한참 후 겨우 입을 열었다.

"사서는 입덕수신立德修身의 교본이옵니다. 그 깊이가 실로 대단하다고 생각하옵니다. 그러나 궁극적으로 강조하는 것은 인서지도仁恕之道(어짊과 용서의 도리)를 말하는 것이옵니다."

대답을 들은 강희가 히죽 웃었다.

"짐이 두루뭉술하게 물었더니, 대답은 더 두루뭉술하구먼! 도대체 인이라는 것이 무엇인가? 자신을 극복하고 예의에 진정으로 보답할 줄 아는 것이 바로 인이야. 또 그 측은해 하는 마음은 천성에서 비롯된 거지. 그러나 진정으로 자신의 마음을 혼란에 빠뜨리지 않게 하려면 처신을 바르게 하고 예의를 지켜야 한다는 것을 명심해."

윤당이 알겠다면서 황급히 머리를 끄덕였다. 강희가 이번에는 열째 윤아에게 물었다.

"윤아, 너는 사서를 어떻게 배웠느냐?"

똑같은 질문을 받은 윤아는 바로 대답을 했다.

"아바마마의 성훈이 방금 계셨듯이 사서가 지향하는 것은 극기복례克己復禮(자신을 극복하고 예로 돌아감)라고 생각하옵니다."

"맞는 말이기는 하지. 하지만 말은 누구보다 잘하는 사람들이 자신을 극복하지 못하는 것은 왜일까?"

강희가 갑자기 장정옥에게 시선을 던지면서 물었다. 장정옥이 황급히 읍을 하고는 대답했다.

"자신을 극복하지 못하는 것은 물욕에 너무 집착한 나머지 시야가 흐려져 자기 자신에 대해 정확히 알지 못하기 때문이라고 생각하옵니다. 자기를 모르니 상대를 제대로 알 리가 없사옵니다. 따라서 내 안의 '나'가 나아갈 방향을 잃게 되는 것이옵니다. 때문에 자신을 극복하려면 먼저 사물의 이치를 궁구窮究하고 깨달음에 이르는 뼈를 깎는 노력이 우선시 돼야 한다고 생각하옵니다!"

강희가 차를 한 모금 마셨다.

"윤아, 너 귀는 있으니까 잘 들었겠지? 네가 앓고 있는 병에 대한 최고의 처방전이라는 생각이 들지 않느냐? 목소리만 크면 영웅인 줄 알고 깝죽대는데, 짐이 보기에는 그것은 천박하고 무식함의 극치야!"

강희가 이번에는 열넷째를 향해 물었다.

"너는 사서를 어떻게 배웠느냐?"

윤제는 어떤 식으로 답해도 욕을 얻어먹는 윤아를 보면서 대충 생각나는 대로 말하기로 했다.

"아들의 우견으로는 《대학》,《중용》,《논어》,《맹자》의 사서는 모두 최고의 지혜를 가르치는 학문인 것 같사옵니다. 아들은 성주聖主를 더욱 잘 보좌해 후세에 길이길이 추앙받는 영주英主로 영원히 남으시게 하기 위해 사서를 공부하옵니다. 아들 생각에 사서는 치국평천하治國平天下라는 최고의 진리를 가르치는 것 같사옵니다."

"음, 상당히 괜찮은 말이군! 일단 꿈은 야무져 보이네. 윤진, 자네와 윤제는 같은 어머니 뱃속에서 나온 형제간인데, 방금 윤제가 한 말을 어떻게 들었나?"

윤진에게 묻는 강희는 웃는 표정이었다. 윤진 역시 황급히 대답했다.

"아들은 유교를 숭상할 뿐만 아니라 불교도 중요하게 생각하고 있다는 것을 아바마마께서는 알고 계실 줄로 믿사옵니다. 방금 아우들의 얘기는 나름대로 다 일리가 있는 것 같사옵니다. 아들의 생각에는 어떤 학문이든지 마음을 똑바로 세우는 일이 근본으로 밑바탕에 깔려 있어야 한다고 생각하옵니다. 불학佛學적인 뜻에서 보면 마음은 곧 영산靈山이옵니다. 또 유학儒學적 측면에서 봤을 때 아무리 건실한 과일나무라도 물과 거름을 주지 않으면 치국평천하라는 열매를 맺을 수 없사옵니다. 따라서 개인적인 수신修身도 좋사옵니다만 치국평천하治國平天下 역시 좋사옵니다. 그러나 뭔가를 제대로 이룩하려면 성의誠意가 가장 중요하다고 생각하옵니다. 성의가 없으면 정심正心(마음을 바르게 함)할 수가 없사옵니다. 정심이 돼 있지 않으면 사물의 이치를 궁구할 수 없사옵니다. 따라서 깨달음의 경지에 이르지도 못할 뿐더러 치국평천하를 논하기에는 너무나 빈약한 이론이 될 수밖에 없사옵니다. 종국에는 허무맹랑한 소리만 연발하게 되는 것이 아닌가 생각하옵니다! 그냥 평소에 생각했던 대로 말씀드렸사옵니다. 아바마마의 날카로운 지도편달을 부탁드리옵니다!"

강희가 얼굴에 겸손과 진지함이 가득한 윤진을 흡족한 표정으로 바라봤다. 그리고는 잠시 생각한 끝에 입을 열었다.

"귀가 번쩍 뜨이는 얘기는 아닌 것 같아. 방 선생, 뭐라고 말을 좀 해 보지. 왜 말이 없어?"

사실 방포는 그들 부자간의 대화를 쭉 들으면서 감정이 굉장히 복잡했다. 강희의 경우 사람을 대함에 있어 늘 외신外臣보다 내신內臣, 내신보다 시위侍衛, 시위보다 외척外戚, 외척보다 아들에 대한 기대 수준이 높았다. 또 엄격했다. 방포는 강희의 그런 성격을 너무나 잘 알고 있었다. 그러나 때로는 아들들에게 너무나 가혹한 강희가 이해가 가지 않을 때가 많았다. 그럼에도 학문에 대한 질문을 빌려 아들들에게 저마다의 체질에 꼭 맞는 처방전을 내리는 모습을 지켜보면 환갑을 넘긴 성군聖君의 남다른 자식 사랑도 엿볼 수 있었다. 방포가 넷째 윤진의 대답에 가장 만족스러워 하는 강희의 모습을 떠올리면서 질문에 대답했다.

"황자마마들께서 하나같이 개성 있는 답변을 하셨사옵니다. 특히 넷째마마의 말씀에 더욱 수긍이 갑니다. 신의 생각으로는 사람이 무엇을 하든지 가장 중요한 것은 '신독愼獨'인 것 같사옵니다. 매사에 임할 때, 특히 물욕의 유혹 앞에서는 먼저 자신의 내면을 확실히 들여다보고 나서 행하는 것이 중요하다고 생각하옵니다."

강희가 방포의 말에 흡족한 미소를 지으면서 뭐라고 입을 열려고 했다. 그러다 갑자기 안색이 싸늘하게 변했다. 형년을 따라 담넝거 계단 위까지 올라온 윤잉을 발견한 것이다. 강희가 차가운 눈빛으로 황자들을 힐끗 훑어보면서 말했다.

"잘 이해가 가지 않는 부분은 윤잉이 온몸으로 가르쳐 줄 거야."

강희는 그에 이어 곧장 궁전 밖을 향해 소리쳤다.

"왔으면 들어와야지, 뭘 해!"

윤잉이 잿빛 비단 두루마기 차림을 한 채 형년을 따라 안으로 들어왔다. 아직 열이 내리지 않은 듯 몸을 부들부들 떨면서 고통스런 표정을 하고 있었다. 이어 허물어지듯 강희의 면전에 털썩 무릎을 꿇었다. 동시에 떨리는 목소리로 울먹였다.

"죄신……, 못난 아들 윤잉이 아바마마의 안녕을 비옵니다……."

좌중 사람들의 시선은 일제히 7년 만에 초췌한 모습으로 나타난 그 옛날의 태자에게 꽂혔다. 그러나 윤잉은 일인지하 만인지상의 위치에서 안하무인격으로 조정의 신하들에게 위압감을 주던 그 사람이 아니었다. 너무나도 초라한 몰골이었다. 그 모습을 지켜봐야 하는 좌중의 사람들은 말로는 설명하기 어려운 감정에 휩싸이고 말았다.

"윤잉! 짐이 왜 불렀는지 아는가?"

강희의 시선은 진짜 병이 들어 골골대는 윤잉의 모습에 일말의 연민을 느끼는 듯했다. 그러나 곧 쌀쌀맞게 변했다. 강희의 물음에 윤잉이 긴장한 나머지 흠칫 떨면서 머리를 조아렸다.

"잘 모르겠사옵니다, 아바마마!"

잠시 동안의 침묵이 이어졌다. 강희가 다시 입을 열었다.

"몇 년 동안 갇혀 있다 보니 바깥세상 돌아가는 것에는 당연히 어두울 테지. 그래서 하는 얘기인데, 지금 현재 아랍포탄이 청해성을 공격했어. 준갈이가 서장의 라싸를 점령하고 있는 실정이라고! 네가 재위 중일 때는 전이단과 기덕리를 아이태 지역, 액로특을 서안西安에 파견해 그곳을 수비하도록 했지. 짐은 솔직히 그곳은 일말의 걱정도 하지 않고 있었어. 그런데 철석같이 믿고 있던 바로 그곳에서 육만 군사가 전멸했어. 치욕스런 실패를 맛보았다고! 아주 깡그리 망해버렸어!"

강희의 어조는 처음과는 달리 그다지 쌀쌀맞지만은 않았다. 윤잉에게 책임을 묻는 것 같으면서도 조언을 구하는 느낌도 없지 않았다. 윤잉은 순간 과연 소문대로 대신들이 일찌감치 자신을 위해 탄원서를 올리고 다시 태자로 복귀시키자는 움직임을 발 빠르게 전개하고 있는 것이 아닌가 하는 생각을 했다. 황급히 머리를 조아리면서 일부러 자신감 넘치는 어조로 아뢰었다.

"아들이 그 옛날 그들을 서북 변경에 파견한 것은 그들이 비양고를 따라 준갈이에 출병한 경험이 많기 때문이었사옵니다. 그쪽의 전반적인 상황에 대해 누구보다 익숙할 것으로 믿었사옵니다. 사실 전이단은 빈 깡통이 요란한 격으로 거품을 걷어내면 별 볼 일 없는 인간이옵니다. 액로특 역시 거칠고 투박하기만 했지 장군감은 못 되옵니다. 그 당시로서는 그나마 그들보다 믿을 만한 사람도 없었을 뿐만 아니라 시간 또한 촉박한 탓에 각자의 약점을 뻔히 알면서도 보낼 수밖에 없었사옵니다. 오늘날 수만 명의 병사들을 죽음으로 몰아넣고 군주를 욕되게 한 치욕은 곧 아들의 실책으로 인한 결과라는 사실을 잘 아옵니다. 아바마마께서 무거운 죄를 내려주시기를 바라마지 않사옵니다. 아울러 죗값을 치르기 위한 기회를 주셨으면 하옵니다. 못난 아들이나 아바마마께서 마지막으로 한 번만 더 믿어주시어 대죄입공을 하도록 기회를 주시옵소서. 군사를 이끌고 서정으로 가서 목숨 걸고 싸우고 싶사옵니다."

"잘못을 흔쾌히 인정하고 책임을 떠안으려는 용기는 가상하네. 그러나 결과부터 말하자면 다른 사람은 다 보내도 자네만은 보낼 수 없어. 사람이 근본이 돼 있지 않아!"

강희가 단호하게 못을 박았다. 윤잉은 순간적으로 가슴이 덜컥 내려앉는 기분을 느꼈다. 그러나 설마 하는 생각으로 다시 한 번 매달리듯 간청했다.

"칠 년 동안 독서와 참회로 자성의 시간을 가졌사옵니다. 그것 또한 폐하께서 베풀어주신 크나큰 은혜라 생각하옵니다. 그래서 평생토록 면벽하면서 잘못을 뉘우치는 것으로 죄 많은 여생을 마감하려고 했었사옵니다. 하지만 불안한 나라 정세가 아들의 등을 떠밀었사옵니다. 주인이 다치는 것은 곧 신하된 자의 굴욕이라고 했사옵니다. 아무리 못 생긴 나무토막이라도 훌륭한 목공은 그것을 버리지 않는다고 하옵니다. 아바마마께서 부디 지난날의 잘못으로 평생 아들을 미워하시지 않았으면 좋겠사옵니다……."

윤잉이 스스로 감정을 못 이겨 설움이 북받치는지 말을 잇지 못하고 눈물을 펑펑 쏟았다. 그러나 강희는 여전히 냉랭했다. 뱉어내는 말에도 여전히 냉기가 흘렀다.

"너는 너무 똑똑한 것이 탈이야. 다른 사람은 다 바보 취급하고 나 홀로 잘난 체하잖아. 연극도 곧잘 하던데? 혼자서 북 치고 장구 치고 말이야! 별 볼 일 없는 주제에 솔직하지도 못하니 어느 짝에 써 먹겠어, 써 먹기는!"

강희가 자리에서 벌떡 일어서더니 탁자 위에 놓여 있던 종이를 와락 움켜잡았다. 이어 윤잉의 얼굴을 향해 냅다 집어던지면서 큰 소리로 질책을 했다.

"상서방 대신과 너의 아우들이 모두 이 자리에 있어. 뭐라고 변명이라도 해봐. 이게 뭐지?"

윤잉은 종이를 보는 순간 얼굴이 하얗게 질렸다. 모든 것이 끝장났다고 생각하지 않을 수 없었다. 거의 기절할 듯 땅바닥에 널브러지듯 쓰러졌다. 그리고는 다리에 화살을 맞고 생포된 사슴처럼 공포에 질려 애처롭게 떨었다. 그의 얼굴에서 이내 콩알만 한 식은땀이 비 오듯 흘렀다. 강희의 질문에 대한 변명은 당연히 포기한 듯했다.

"반수礬水로 비밀 편지를 쓴 것도 그렇고, 편지를 밖으로 빼돌리는 수법 또한 대단하더군! 여기 있는 어느 누가 그렇듯 비상한 두뇌를 가졌을까? 신발 벗고 맨발로 죽어라 쫓아가도 너를 따라갈 사람은 없다는 것을 아느냐?"

강희가 표독스런 시선으로 황자들을 휙 쓸어보았다.

"아바마마! 입이 백 개라도 할 말은 없사옵니다. 하지만 이렇게 할 수밖에는 없었사옵니다……."

윤잉이 신음에 가까운 목소리로 하소연을 했다.

"개소리 하지 마!"

강희가 윤잉을 향해 욕을 하고는 그것도 모자랐는지 "퉤!" 하고 침까지 뱉었다.

"숨 쉬는 것 빼고는 진실이라고는 하나도 없는 놈! 네 일거수일투족은 어느 것 하나 짐의 통제하에 있지 않은 것이 없어! 상주할 내용이 있으면 내무부에 보내 대신 전하도록 하라고 했잖아? 그런 머리로 짐과 겨루겠다고? 감히 내 자리를 노려?"

윤잉이 빗방울 하나에도 맞아 죽을 것처럼 사색이 된 얼굴을 한 채연신 머리를 조아리며 중얼거리듯 변명했다.

"맹세코 그런 뜻은 아니옵니다. 절대 아니옵니다……."

"아니! 너는 충분히 그러고도 남을 사람이야. 이미 행동으로 그런 가능성을 내비쳤어! 너는 평범하기 이를 데 없는 인간이야. 그러나 그 주제에 간덩이는 결코 작지 않았어. 그게 치명적인 흠이야!"

강희가 윤잉의 간절한 부인에도 아랑곳하지 않고 혹독하게 꾸짖었다. 좀처럼 분노를 가라앉힐 기미조차 보이지 않았다. 궁전은 가벼운 지진이 일어난 듯 흔들거리는 듯했다. 좌중의 사람들은 한껏 숨을 죽일 수밖에 없었다. 강희의 포효는 계속 이어졌다.

"짐이 분명히 말하겠어. 어느 누구든 짐이 나이 먹었다고 우습게 보면 목숨이 붙어 있다는 사실을 괴로워하게 만들어 줄 거야! 생강은 묵은 것이 맵다고 했어!"

강희가 거친 숨을 몰아쉬면서 찻잔을 들었다. 분노를 삭이려는 눈치였다. 방포는 원래 웬만한 일 가지고는 놀라지 않는 강심장이었다. 그러나 오늘 이 자리에서만은 긴장을 늦출 수가 없었다. 그럼에도 강희가 차를 마시면서 진정을 취하는 사이 황급히 그 틈을 비집고 들어갔다.

"폐하, 둘째마마도 이제는 조롱에 갇힌 새 신세가 되지 않았사옵니까? 지나치게 화를 내시면 간을 다치게 되니 그만 고정하시옵소서. 따끔한 충고 몇 마디 하시고 돌려보내는 것이 어떨까 하옵니다."

그러자 마제도 한마디 거들었다.

"부디 용체를 살피시옵소서, 폐하!"

윤진을 비롯한 황자들도 분위기를 보고는 저마다 머리를 조아리면서 윤잉을 그만 용서해줄 것을 빌었다. 강희가 말없이 찻잔을 들여다보고 있더니 한참 후에야 입을 열었다.

"방포 말이 맞아. 윤잉, 너는 조롱 속에 갇힌 한 마리 새에 불과해."

강희가 말을 마치고는 모골이 송연한 표정으로 자신을 훔쳐보는 사람들을 일별했다. 순간 그의 얼굴에는 쌀쌀한 웃음기가 비쳤다. 이어 다시 덧붙였다.

"다만 그게 금으로 도배된 새 조롱이어서 너로 하여금 아직 환각 상태에 있게 하는 것 같아. 짐이 실은 오늘을 너의 제삿날로 정해주고 싶었어. 그런데 호랑이가 아무리 포악해도 자기 새끼는 잡아먹지 않는다고 했어. 짐은 금수보다도 못한 인간이라는 오명을 남기기 싫어서 참았을 뿐이야. 죽을죄는 면했으나 살아 있는 한은 죗값을 치러야겠어. 함안궁이 네 마음을 안정시키지 못하는 것 같으니, 이제부터는 상사원上駟院으로 옮기도록 해! 형년, 어디 있는가?"

"예, 폐하!"

"데리고 나가!"

윤잉에 이어 나머지 황자와 대신들도 물러가라는 명령을 받고 자리를 떴다. 그러나 강희는 방포만은 남게 하고는 조용히 물었다.

"오늘 짐이 일을 잘 처리한 것 같은가?"

"당나귀를 때려 말을 겁주시려는 폐하의 속마음을 읽을 수 있었사옵니다. 다만 폐하의 의도대로 말들이 겁을 먹을지는 신이 감히 단언할 수는 없사옵니다."

강희는 단 한마디 말로 모든 상황을 정리하는 방포의 말을 듣고 다시 뭔가를 한참 생각하더니 가볍게 도리질을 쳤다.

"이 일은 나중에 더 얘기하지. 내일 장정옥과 함께 들어오게. 자네들에게 전할 밀유가 있네."

"둘째 황자마마의 건강 상태가 별로 좋지 않은 것 같았사옵니다. 너무 무거운 처벌은 삼가시는 것이 어떨까 하옵니다."

"괜찮을 거야. 상사원이 생각처럼 그리 나쁜 곳은 아니네. 함안궁은 아무래도 '궁宮'이라는 글자가 붙어 있는 곳이니까 아이가 자신의 주제를 망각하게 돼. 현실도 직시하지 못하는 것 같기도 하고. 그래서 옮기도록 한 것이야. 자식이 아니라 다른 사람이라도 그렇게 했을 거야. 짐을 호락호락하게 못 보도록 겁을 줄 뿐. 비인간적으로 괴롭히는 일은 없을 거야."

46장

강희, 후계자를 논의하다

방포는 밀유密論가 있을 것이라던 강희의 말에 새벽같이 일어났다. 이어 곧바로 창춘원으로 향했다. 창춘원 앞에는 이미 장정옥이 나와 기다리고 있었다. 방포가 아직도 눈망울이 총총한 별무리들을 바라보더니하얀 입김을 한가득 토해 내면서 인사를 했다.

"오늘은 내가 이길 줄 알았는데, 또 졌네요."

방포와 장정옥은 아직 한참 이른 시간이라 문 앞에서 이런저런 얘기를 주고받았다. 바로 그때 안에서 등불이 반짝이면서 누군가가 나오고있었다. 둘이 눈을 씻고 보니 바로 시위인 장오가였다. 장정옥이 황급히 다가가면서 물었다.

"오가, 당직인가 보오? 폐하께서 나하고 방 선생을 부르신 것을 알고있소?"

"그럼요! 그리고 저는 지금 당직이 아닙니다. 명령을 받고 두 분을 기다리고 있던 중이었습니다. 저를 따라 들어오세요!"

장오가가 사람 좋아 보이는 얼굴을 한 채 말했다. 방포와 장정옥은 곧바로 장오가를 따라 들어갔다. 저 멀리 담녕거가 우중충하게 모습을 드러내고 있었다. 그러나 장오가는 담녕거 방향으로 가지 않았다. 궁전 동쪽에 있는 석란교石欄橋를 따라 북쪽으로 가고 있었다. 두 사람은 고개를 갸웃거리면서도 감히 물을 엄두를 내지 못한 채 꼬불꼬불 골목길로 따라 들어갔다.

"다 왔습니다. 바로 이곳입니다. 여기는 궁 안의 궁이자 정원 속의 정원입니다. 그래서 저도 더 이상은 들어갈 수 없습니다. 저쪽에 보이는 곳이 무단 어른이 지키고 계시는 어원御苑입니다."

장오가가 발걸음을 멈췄다. 그리고는 바로 되돌아갔다. 방포와 장정옥은 놀란 얼굴을 한 채 서로를 마주보면서 잠시 할 말을 잃었다. 영시위내대신 직을 겸하고 있는 장정옥 역시 궁전 안에 이런 금지禁地가 있다는 사실을 몰랐으니 그럴 만도 했다.

곧 주위가 어슴푸레하게 밝아왔다. 그러나 두 사람은 여전히 마치 꿈을 꾸는 듯했다. 주위에는 낮고 작은 초가집들이 옹기종기 모여 있었다. 또 울창한 송백과 소나무 숲이 그윽한 향을 발산하면서 거대한 두 팔로 그 집들을 감싸고 있었다.

둘은 마치 약속이나 한 듯 머리를 들어 두리번거렸다. 하얀 편액에 '궁려'窮廬라고 쓴 검은 글자가 두 눈 가득 들어왔다. 어느 곳에선가 거문고 소리가 은은하게 들려오고 있었다. 때마침 태감 두 명이 황급히 달려 나와 둘을 안내했다.

"폐하께서 나오셨나?"

장정옥이 물었다. 그러나 두 태감은 말없이 걷기만 했다. 그리고는 어떤 계단 앞에 멈춰 서더니 허리 굽혀 인사하고는 묵묵히 돌아서서 가버렸다. 방포가 이상한 느낌을 받았는지 주위를 둘러봤다. 지나가는 태감들 역시 발소리를 한껏 죽인 채 까치발을 하고 다니고 있었다. 그도 아니면 손짓으로 의사를 교환하는 것 같았다. 두 사람은 의아할 수밖에 없었다.

그때 안채에서 거문고 소리가 천천히 울려 퍼졌다. 이어 누군가가 나지막이 시를 읊조리는 소리가 들려왔다.

차는 식고 불은 사라져 강연講筵(황제에게 경전을 강의하는 것이나 장소를 이름)이 슬프니,
정자는 적막하고 두렁의 풀은 시들었구나.
외로운 새의 깃털이 빠지니 머리를 들어 하늘에 묻노라!
뒤돌아보면 슬프기만 한데 유수 같은 세월 언제 여기까지 흘러 왔는가?
시름 깊은 이내 마음 어둡기만 한데 천고의 영웅이라는 것이 도대체 무엇이더냐.
석양을 보면서 흘린 눈물 서풍에 마르는데 오갈 데 없는 나는 어디로 가야 하나!

방포와 장정옥은 처음에는 목소리의 주인공이 누구인지 잘 알아듣지 못했다. 그러나 시를 읊는 감정이 고조되면서부터는 알 수 있을 것 같았다. 그것은 강희 특유의 음성이었다.

방포의 눈에서는 어느새 눈물이 그렁그렁 맺히기 시작했다. 그러나 그는 애써 약한 모습을 보이지 않기 위해 노력하고 있었다. 그때 장정옥의 흐느끼는 목소리가 울려 퍼졌다.

"자고로 폐하처럼 가볍지 않은 춘추에 이토록 장수하신 천자는 열 손가락으로 꼽을 필요조차 없사옵니다. 그런데 폐하께서는 어찌하여 이

새벽에 때아닌 감상에 젖어 계시옵니까?"

"자네들 왔는가? 어서 들어오게!"

강희가 거문고 줄에서 손을 떼면서 가벼운 한숨을 내쉬었다. 강희는 은은한 향이 감도는 가운데 거문고를 안은 채 앉아 있었다. 두 눈은 숨 막힐 만큼 우울한 빛을 띠고 있었으나 슬픔 같은 감정은 어려 있지 않았다. 강희가 행여 두 사람이 무릎을 꿇어 인사할세라 황급히 말렸다.

"음악이라는 것은 원래 슬픔과 즐거움이 따로 없는 법이지. 느끼기에 따라 슬프기도 하고 우울하기도 하지. 짐은 슬프지 않아. 자네 두 사람이 오히려 마음이 무거워서 그렇게 들렸나 본데, 짐은 괜찮아."

"너무 일찍 기상하셨사옵니다. 잠이 오지 않으시더라도 눈을 지그시 감고 명상에 잠겨 있는 것이 좋을 듯하옵니다."

방포의 말에 강희가 담담하게 웃으면서 화답했다.

"그렇지 않아도 요즘 들어 부쩍 죽음이 두려워지네. 자식놈들도 하나같이 불효자들인데, 내 스스로라도 건강을 챙겨야지. 아니면 죽을 때 너무 서글퍼질 것 같은 느낌이 자주 들어."

장정옥이 어제의 일 때문에 강희가 아직 심기가 불편하다고 생각하고는 입을 열었다.

"신이 보기에 황자마마들은 어느 누구도 반역을 일삼아 황위를 찬탈하려는 흑심은 가지고 있지 않은 것 같사옵니다. 둘째마마도 너무 오래 갇혀 있다 보니 바깥 세상에 대한 충동을 잠깐 느꼈을 따름인 것 같사옵니다. 그러니 폐하께서도 그만 화를 푸셨으면 하옵니다."

"화가 나는 게 아니라 속수무책이라는 사실이 답답해서 그러네. 옹친왕이 늘 짐에게 하는 말이 있어. 맏이, 둘째, 열셋째를 그만 용서할 때도 되지 않았느냐고 말이야. 짐도 한때 맘이 동했었지. 그런데 이것들이 하고 다니는 짓거리들 좀 보라고. 짐이 마음 놓고 풀어줄 수 있겠나! 넷째, 여덟째, 열넷째뿐만 아니라 아홉째, 열째도 이번 기회에 병권을 거 머쥐지 못해 안달이야. 불과 이십 년 전만 같아도 짐은 너무 좋아 덩실 덩실 춤을 췄겠지! 그런데 지금은 그 속셈이 두려워. 전혀 반갑지가 않 다고! 저것들이 짐을 어떻게 해코지할까 두려운 것이 아니야. 조상 대 대로 애써 이룩한 강산을 말아먹을까 봐 그게 두려운 거지. 아랍포탄 이 지금 깝죽대고 죽지 못해 안달인데, 그까짓 자식은 열이 덤벼도 무 서울 것 하나 없어. 몽고의 토사도 대길大吉이 혼자서도 얼마든지 감당 해낼 수 있으니까."

강희의 목소리는 마치 산 너머 먼 곳에서 들려오는 듯했다. 그러나 또 렷했다. 장정옥이 다시 입을 열었다.

"폐하께서 아랍포탄의 부팔성富八城(서부 변경의 부유한 여덟 지역) 절반 을 토사도 대길에게 나눠주시기로 하신 것은 심모원려가 돋보이는 현명 한 결정이 아닐 수 없사옵니다."

"반드시 그렇지도 않아. 짐이 알아듣게 잘 얘기를 해줬어. 하는 것을 봐서 더 잘해줄 수도 있고, 없던 것으로 해버릴 수도 있다고 말이네. 짐 이 보기에 토사도 대길이 의리는 있는 것 같아. 따지고 보면 윤상에게 는 외사촌 동생뻘이잖아."

강희가 거문고를 한쪽으로 밀쳐 놓고 기지개를 켰다. 방포가 기회가 왔다고 생각하고는 재빨리 나섰다.

"그렇다면 배푸시는 김에 이 기회에 열셋째마마를 사면하는 것이 어 떨까 하옵니다. 큰 죄를 지은 것도 아니니까 말이옵니다!"

"자네는 윤상을 잘 몰라서 그러네. 그 아이는 다른 사람과 달라. 다섯 째 같았으면 진작 풀어줬어! 윤상은 열넷째 윤제와 좀 비슷해. 고집이 세고 간이 크고 남을 무조건 이기고자 하는 마음이 굴뚝 같은 아이야. 대권을 계승할 복이 없는 한 안에 조용히 있으면서 모난 성격이 둥글둥

글하게 깎이는 피나는 노력을 해야 한다고. 지금은 어느 정도 불장난을 해도 아비가 꺼줄 수 있어. 그러나 나중에 짐이 없으면 성난 소처럼 마구 치받을 거라고. 그 성격을 누가 곱게 봐주겠어. 아무리 형제라고 하더라도 몰매 맞아 죽기 십상이지."

강희가 윤상의 성격을 완벽하게 파악하고 있다는 식으로 말했다. 방포가 깜짝 놀라는 눈빛으로 강희를 바라보았다.

"신의 우매함을 용서하시옵소서. 폐하께서 열셋째마마를 연금하신 것은 죄를 묻기 위해서가 아니라 폐하 부재 시의 앞날을 염려하신 크나큰 사랑의 발로라는 것을 이제야 알게 됐사옵니다. 그러나 신이 아직도 궁금한 것이 있사옵니다. 폐하께서는 열넷째마마도 비슷한 장단점을 갖고 계신다고 하셨사옵니다. 그런데 어찌해서 열셋째마마와 똑같은 대우를 하시지 않으셨사옵니까!"

"예리한 질문이군. 짐은 그 친구 둘이 '조금 비슷하다'라고 했을 뿐. 똑같다고는 하지 않았네. 객이객몽고는 윤상의 외갓집이야. 이번에 서부 지역의 출병을 앞두고 둘 중 누구에게 군사를 줘서 보낼까 잠깐 고민을 해보지 않은 것은 아니야. 그러나 윤상은 그 때문에 서슴없이 제외했어. 저울질해보니, 아무래도 열넷째를 보내는 것이 조금 더 안전할 것 같았어!"

강희가 방포의 질문에 솔직하게 자신의 생각을 밝혔다. 얼굴에서는 노인 특유의 교활한 웃음기 역시 슬쩍 스쳐 지나가고 있었다.

방포는 그제야 윤상을 연금에서 풀어주지 않는 강희의 정확한 의중을 읽을 수 있었다. 윤상이 객이객몽고에 있는 외가와 합세해 병권을 탈취할지 모른다는 걱정을 하고 있었던 것이다. 만에 하나 그렇게 되면 상황은 예측을 불허하게 될 것이었다. 가뜩이나 황자들의 움직임이 예사롭지 않으니 북경이 금세 수많은 파벌 간의 베고 베이는 피바다가 될 수도 있었다.

방포는 그렇게 잠시 생각해보는 것만으로도 심장이 튀어나올 것만 같았다. 금세 안색이 파랗게 질렸다. 그는 일반인들의 생각과는 비교가 안 될 정도로 민감한 제왕의 마음 씀씀이에 경외감을 느끼면서 몸을 부르르 떨 수밖에 없었다.

장정옥은 그런 방포와는 달랐다. 그저 멍하니 무슨 생각인가에 잠겨 있었다. 강희가 그런 장정옥을 힐끗 쳐다보면서 차가운 어조로 입을 열었다.

"비밀이 보장되는 장소에서 자네 둘을 마주 대하니까 짐이 이런 얘기도 하는 거야. 절대 하기 쉬운 얘기는 아니지. 짐의 고통도 어느 정도 이해를 할 것이라고 믿네. 그러나 오늘 들었던 얘기는 이 사람 저 사람에게 들려줘 봐야 득될 것이 하나도 없어. 알아서들 하게. 짐은 사실 아직 본론에 들어가지 않았어. 짐이 자네들을 부른 것은 짐의 아들들에 대한 솔직한 견해가 듣고 싶어서야. 하는 말이 마음에 안 들어도 절대 죄를 묻지 않을 테니, 어디 한번 솔직히 털어놔 봐. 이제 유조 작성 준비를 슬슬 해놓으려고 그래."

방포와 장정옥은 유조遺詔를 운운하는 강희의 말에 크게 놀라 바로 사색이 됐다. 약속이나 한 듯 털썩 무릎을 꿇고 길게 엎드렸다. 방포의 안면 근육이 경련을 일으키듯 푸들거렸다. 그가 머리를 조아린 채 아뢰었다.

"폐하, 절대 아니 되옵니다. 어찌 그런 말씀을 하시옵니까!"

장정옥 역시 연신 머리를 조아렸다.

"폐하께서는 이제 막 이순耳順(60세)을 넘기셨사옵니다. 누구보다 건강하신 폐하의 만수무강은 온 백성이 염원하고 기도하는 일이옵니다. 그런데 어찌 벌써 그런 말씀을 하시옵니까!"

"자네들마저 왜 이러나! 역대 제왕들은 평범한 군주였든 영명한 군주였든 다들 자신이 죽음과는 전혀 무관한 듯 기겁하면서 회피하고 애써 외면해 왔지. 정신이 제대로 박혀 있을 때는 한사코 피했어. 그러다 임종이 다가와서야 대충 유조라고 몇 글자 적어 놓았지. 그러니 국정에 차질을 빚을 수밖에! 자네들은 배울 만큼 배운 사람들이야. 그러니 짐이 더 길게 말하지 않아도 이쯤 하면 알 것이네."

강희가 담담하게 말했다. 방포와 장정옥은 강희의 말대로 준비 되지 않은 후계자 선발이 낭패를 보는 경우가 역사적으로 허다했다는 사실을 모르지 않았다. 두 사람은 잠시 할 말을 잃었다. 강희가 한숨을 지으면서 말을 이었다.

"더 이상 태자를 세우지 않기로 결정한 이상 이제는 '사후'死後를 생각하지 않을 수 없어. 두 번씩이나 태자를 폐위시키면서 짐은 건강에 치명타를 입었다고 해도 과언이 아니야. 신하들은 감히 말을 못하겠으나 짐은 스스로의 건강 상태를 너무 잘 알아. 요즘은 조금만 오래 앉아 있어도 머리가 어지러워. 손도 떨려. 난청이 오고 눈이 침침한 것은 약과이네."

강희는 마치 다른 사람 얘기를 하듯 담담했다. 그러나 장정옥과 방포의 눈에는 어느덧 눈물이 그렁그렁했다. 강희는 그에 아랑곳하지 않고 말을 이었다.

"구체적으로 유조를 두 부분으로 나눠 써야겠어. 일단은 후계자를 정해놓고 그 다음에 짐이 평생 동안 살아오면서 체험하고 느낀 것들을 숨김없이 후세들에게 들려줄까 하네. 귀를 씻고 열심히 경청한 자에게는 모두 피가 되고 살이 되는 자양분이 될 거야. 결코 적은 분량은 아닐 테니 사지를 움직일 수 있을 때 써 놓아야 걱정을 덜 수 있지!"

장정옥이 끝내 눈물을 주르르 흘렸다.

"폐하께서 이다지도 신을 믿어주시는데, 두려워서 못할 말이 어디 있겠사옵니까! 신이 쭉 지켜본 바로는 재주나 덕망이 폐하를 따라갈 사람은 황자들 중에서 셋째마마와 여덟째마마가 가장 돋보이는 것 같사옵니다. 셋째마마는 아직 경험이 부족하고 다스리는 요령이 미숙한 점이 좀 아쉽기는 하옵니다. 또 여덟째마마는 타협에 관대한 약점이 엿보이나 큰 결점은 아닌 것 같사옵니다."

"자네 생각은 어떤가?"

강희가 방포를 향해 고개를 돌렸다.

"학문에 있어서는 황자마마들 모두 승부를 가리기 힘들 정도로 뛰어난 것 같사옵니다. 하지만 중요한 것은 당나라의 명황明皇(현종玄宗 이융기李隆基)과 명나라의 가정嘉靖이 폐정弊政의 굴레에서 벗어날 수 없었던 것은 결코 그들의 학문이 뛰어나지 않아서가 아니라는 것이옵니다. 대권에 도전하려면 학문뿐만 아니라 사물을 제대로 꿰뚫어 보는 혜안과 길이 아니라는 생각이 들 때 미련 없이 되돌아 설 줄도 아는 용기와 결단성이 더 중요하다고 생각하옵니다. 지금 같아서는 여덟째마마께서 대권을 잡을 경우 조정의 인심이 가장 빨리 안정될 것이옵니다. 집권 초기의 불협화음도 그다지 없이 일사불란하게 일이 전개될 것이라고 생각하옵니다. 하오나 여덟째마마께서는 폐하의 외적인 풍채와 뛰어난 지혜를 닮는 데는 성공한 것 같으나 군주로서의 자질은 장담할 수 없지 않나 하는 우려를 떨칠 수 없사옵니다. 궁극적으로 신은 셋째, 여덟째마마 모두에게 지지표를 보낼 수 없사옵니다."

방포가 행여 실수라도 할세라 조심스럽게 아뢰었다.

"숨김없이 시원스럽게 얘기해주니 참 고맙네. 계속 말해보게."

강희가 다시 장정옥에게 고개를 돌렸다. 장정옥 역시 조심스럽게 입을 열었다.

"폐하의 뜻을 제대로 점쳤는지는 모르겠사오나……, 이번에 폐하께서는 열넷째마마를 장군으로 파견하시기로 결정하신 것 같사옵니다. 하지만 열넷째마마는 여덟째마마와 친분이 두텁사옵니다. 또 용감하고 지혜로운 반면 너무 물불 안 가리는 저돌적인 면이 두드러지옵니다. 그것들이 악재로 작용하지 않을지 우려스럽사옵니다."

"짐의 뜻을 점치려 들지 말게. 짐에게는 점까지 칠 정도로 감춰진 속뜻은 없으니 말이네. 하고 싶은 말을 마음껏 해보게."

강희가 미소를 지으면서 말했다. 그러자 장정옥이 한 입 가득 고인 침을 꿀꺽 삼키면서 다시 말을 이었다.

"예, 폐하! 아무래도 열넷째마마는 아닌 것 같사옵니다. 열넷째마마와 비교해보면 오히려 열셋째마마가 일처리는 더 깔끔하게 잘 하실 것 같사옵니다. 다만 열셋째마마는 훌륭한 신하로서는 높은 점수를 받겠으나 더 큰 재목은 아니라고 생각하옵니다."

장정옥이 주춤하는 사이 방포가 다시 나섰다.

"신은 넷째마마를 물망에 올려놓고 싶사옵니다. 성실하고 효심이 지극하실 뿐만 아니라 황자마마들 중에서는 독자적으로 일을 맡아서 해온 경력이 제일 풍부하다고 생각하옵니다. 크고 작은 일 따로 없이 열심히 임하는 자세가 보기 좋사옵니다. 더구나 자립심이 강해 다른 사람에게 빌붙고 아쉬운 소리를 하지 않는다는 것도 장점이옵니다. 옥에 티라면 매사에 너무 열심이다 보니 여유 없이 각박하기만 하다는 혹평이 있다는 사실이옵니다."

방포와 장정옥은 계속해서 윤당과 윤아를 포함한 여러 황자들에 대해 평가했다. 그러자 어느덧 강희가 조선무밥을 먹을 시간이 다 되었다. 강희는 당연하다는 듯 두 사람에게 함께 아침을 먹자고 권유했다. 아침상을 물리고 난 강희가 숨을 길게 내쉬면서 말했다.

"반나절이나 저울질해 봤으니, 이제 슬슬 마무리 지을 때가 되지 않았나?"

장정옥이 아침까지 같이 하면서 솔직하기를 바라마지 않는 강희의 기분을 헤아렸는지 거침없이 자신의 생각을 밝혔다.

"신은 열넷째마마와 넷째마마로 생각을 좁혔사옵니다."

"그래?"

강희가 떡 하나를 집어 입안에 넣고 맛을 음미하면서 웃는 얼굴로 덧붙였다.

"하필이면 동복同腹 형제끼리 싸움을 붙일 것은 뭔가! 짐은 여덟째가 어떨까 싶은데!"

방포가 강희의 말에 일순 긴장한 표정을 지었다.

"신의 직언을 용서해주시옵소서. 방금 얘기가 오갔듯 여덟째마마가 황자들 중에서 여러 면에서 돋보이는 것은 사실이옵니다. 외국의 사신들마저 여덟째마마를 기인奇人이라고 평가한다고 들었사옵니다. 사람들이 구름같이 여덟째마마의 주변에 몰려드는 것도 같은 이유일 것이옵니다. 하지만 이십 년 동안 창검이 녹이 슬 정도로 태평성세를 살아온 우리 대청제국에 산적해있는 부정부패를 척결하고 연결고리를 차단시키는 데는 현실적으로 적합하지 않다고 생각하옵니다. 뿌리 깊게 만연돼 있는 부패의 온상을 뒤집어엎어 버리기에 여덟째마마는 역부족이라 생각하옵니다."

"소인도 공감하옵니다! 대권 계승자는 반드시 현실을 직시하고 이치吏治의 중요성을 절감하는 용기와 배짱이 두둑한 사람이어야 하옵니다. 신이 객관적으로 지켜봤을 때 폐하께서는 결코 여덟째마마를 선택하시지 않을 것 같사옵니다!"

장정옥이 방포의 의견에 맞장구를 쳤다. 강희가 장정옥의 말이 끝나기도 전에 흥분을 주체하지 못하겠다는 듯 자리에서 벌떡 일어섰다. 이어 발걸음 소리를 크게 내면서 부지런히 방 안을 거닐었다. 그러기를 얼마나 했을까, 강희가 드디어 고개를 한껏 젖히면서 한숨을 토해냈다.

"핵심을 제대로 짚어냈군. 여기저기 썩어 문드러지는 환부를 도려내 새 살이 돋게 하고, 나아가 이 나라의 원기를 회복시키는데 대장 역할을 할 사람으로 어찌 여덟째 같은 용주庸主(용렬한 군주)를 택하겠는가! 짐에게 효자가 따로 있겠나? 몇 세대에 걸쳐 목숨 걸고 이룩해 온 이 강산을 제대로 지켜내는 사람이 곧 효자지! 지나온 세월을 돌이켜 볼 때 짐은 어떤 면에서는 너무 관대하고 약한 모습을 보였다고 생각해. 그런데 여덟째는 한 술 더 떠. 그래서는 큰일이 나게 마련이야! 적어도 짐이 여덟째처럼 젊었을 때는 스스로의 판단을 믿고 파죽지세로 밀어붙이는 배짱이 있었어. 지금의 여덟째 같지는 않았다고! 아무리 부모자식 사이라도 훌륭한 아들은 부모에게 손을 내밀지 않는 법이야!"

"성명하시옵니다, 폐하! 신은 넷째마마와 열넷째마마 사이에서 판가름이 난다고 감히 단언하옵니다!"

방포가 마침내 자신의 속내를 드러냈다. 강희가 그의 말에 일순 눈빛을 반짝이더니 짐짓 아무렇지도 않은 것처럼 미소를 지었다.

"하늘에는 태양이 두 개 있을 수 없지. 백성들에게는 군주가 두 명 있을 수 없고! 한 명으로 결정해야지?"

강희는 넷째와 열넷째 사이에서 판가름이 난다는 방포의 말에 확실하게 무게를 실어줬다. 아슬아슬한 선택의 순간이 다가온 것이다. 그러나 방포와 장정옥은 갑자기 결정을 망설였다. 자신들의 속내를 너무 많이 드러내 보인 것 같아 두려웠던 것이다. 답변이 궁해 식은땀을 흘리고 있던 장정옥에 앞서 방포가 먼저 입을 열었다.

"폐하께서 신의 말에 귀를 기울여 주시는 재미에 멋모르고 너무 까불어낸 것 같사옵니다. 이제 마지막 결정은 폐하께서 내리셔야 하옵니다. 다만 폐하께서 정말 양 손에 떡을 쥔 격으로 판단이 어려워지실 경우에는 신에게 한 가지 생각이 있사옵니다!"

"그게 뭔가?"

강희의 눈빛이 예리하게 빛났다.

"황손皇孫을 보는 것이옵니다! 훌륭한 황손 한 사람이면 대청의 삼대三代는 반드시 성세盛世를 이어갈 것이옵니다!"

방포가 시원스럽게 말했다. 순간 강희의 머릿속에는 열하에서 사냥할 때 만났던 윤진의 둘째 아들 홍력이 번개처럼 떠올랐다. 강희는 방포의 예리한 통찰력을 치하하고 싶었다. 그러나 곧 생각을 바꾼 것처럼 껄껄 너털웃음을 터트렸다.

"방포, 자네가 방금 황금 만 냥에 해당하는 얘기를 했다는 것을 알겠는가? 대단하군! 그러나 이런 얘기 들어봤나? 지혜가 성인을 능가하면 장수할 수 없다는 말이 있네. 또 물고기 노니는 물속을 너무 속속들이 들여다보는 것도 좋지는 않다는 말도 있어. 방포, 자네 조심해야겠어! 짐의 생각인데, 자네는 이제부터는 상서방의 일을 보지 말고 매일 이곳으로 나오는 것이 좋겠네. 자네가 좋아하는 진판밀적珍版密籍(희귀한 판본의 서적)도 많으니까 심심치는 않을 거네. 가끔씩 짐이 부르면 이곳에서 짐의 유조나 그럴듯하게 다듬게. 한 가지 각별히 조심할 것은 제삼자에게는 절대 비밀로 해야 한다는 것이지. 만약 발설했을 경우에는 자네를 아끼는 마음이 아무리 크다 하더라도 짐으로서는 보호해줄 수 없을 거네."

"폐하!"

방포가 비명에 가까운 소리를 질렀다. 강희가 너무나도 중요한 비밀스런 임무를 자신에게 맡겼다는 사실에 당황한 것이다. 그가 기겁한 표정으로 황급히 말을 이었다.

"신이 어찌 그런 중임을 맡을 수 있겠사옵니까? 부디 재고하시기를 부탁드리옵니다!"

순간 장정옥은 속으로 안도의 한숨을 길게 내쉬면서 생각에 잠겼다.

'하마터면 저 이글거리는 불덩어리를 껴안고 죽을 뻔했군. 아이고, 내 가슴이야!'

강희가 말없이 창가로 다가갔다. 그리고는 가을을 이기지 못하고 한 잎 두 잎 떨어져 내리는 낙엽을 바라봤다. 이어 다시 제자리로 돌아오 더니 깊은 눈매로 겁에 질린 방포와 장정옥을 주시했다.

"장정옥, 자네 임무는 더 중요하네! 방포가 짐을 도와 유조를 작성해 놓으면 자네는 물샐틈없이 잘 보관해야 하니까. 구족九族의 운명이 달린 문제이니 만큼 각별히 조심해야겠어. 알겠나?"

"명심하겠사옵니다, 폐하! 소인은 별다른 재주는 없사오나 근면과 충 성만은 자신할 수 있사옵니다. 목숨 걸고 사수하겠사옵니다!"

장정옥이 안색이 파랗게 질린 채 미끄러지듯 무릎을 꿇고 머리를 조 아렸다. 강희가 바로 일어나라는 손짓을 했다. 그리고는 살얼음이 낀 듯 한 차가운 얼굴로 말했다.

"짐의 명령을 충실히 수행하는 것이 이 나라를 지키는 길이라는 것을 명심하게! 짐 역시 오늘부터는 자네 둘의 안전 문제에 각별히 신경을 쓸 거네. 부득이한 경우에는 비상조치를 취할 수도 있어. 물을 필요는 없 고, 그런 것이 있다는 것만 알고 있게."

"예, 폐하!"

방포와 장정옥의 얼굴은 조금 전과는 완전히 달라져 있었다. 당황스러 운 기색은 감쪽같이 사라져버리고 오로지 결연한 의지만이 비치고 있었 다. 그럼에도 두 사람의 속옷은 이미 흠뻑 젖은 상태였다. 강희가 몇 마디 당부의 말을 더 한 다음 덧붙였다.

"자네 둘은 여기에서 조금 더 상의하게. 누락한 부분이 있으면 나중에 밀주를 올려 보내도록 하게."

강희는 말을 마치자마자 두 사람을 남겨두고 홀로 궁려를 나와 담녕거로 향했다. 유철성이 당직을 서고 있었다. 또 이덕전과 형년은 월동문月洞門 앞에서 대기하고 있었다. 그 옆에는 하주아가 서 있었다. 강희가 대뜸 물었다.

"하주아, 자네가 여기는 웬일인가?"

하주아가 격식을 갖춰 인사를 마친 다음 조심스럽게 입을 열었다.

"여덟째마마께서 발열이 심하옵니다. 어제 저녁부터 지금까지 물 한 방울도 넘기지 못한 채 엉뚱한 소리만 되풀이하고 있사옵니다……. 복진福晉께서 여덟째마마에게 불행한 일이 발생할 것을 대비해 폐하께서 한 번쯤 다녀가 주셨으면 하고 소인을 보냈사옵니다. 의식이 희미한 가운데서도 내내 폐하를 부르는 여덟째마마가 너무 가엾어 보였사옵니다……."

강희가 머리를 뒤로 젖히고 잠시 생각하더니 다시 물었다.

"태의는 뭐라고 했나?"

"학질이라고 하옵니다. 팔복진八福晉(팔황자의 정실부인)께서는……."

하주아가 연신 "복진, 복진!" 하는 여자는 다른 사람이 아니었다. 몽고 과이심 왕의 무남독녀이자 태황태후의 외손녀 뻘이었다. 그러나 출신 성분은 좋았음에도 성격이 포악하기 이를 데 없었다. 강희는 여덟째가 병이 난 틈을 타 자신의 의중을 떠보려는 그녀의 속셈을 간파하고는 냉소를 흘렸다.

"자네의 그 대단한 복진한테 가서 전하게. 며칠 후에는 꼭 한 번 들른다고 말이야. 짐도 요즘 건강이 안 좋아. 열 손가락 깨물어 아프지 않은 손가락이 어디 있겠나! 짐이 염두에 두고 있으니 걱정하지 말고 몸조리 잘하라고 하게. 형년, 약방에 가서 금계랍을 가져다 염친왕에게 전해 주고 오게."

강희는 말을 마치자마자 곧 이덕전과 형년 일행을 데리고 자리를 떴다. 하주아는 강희를 호위하고 멀어져가는 이덕전과 형년의 뒷모습을 물끄러미 지켜봤다. 가슴속에서는 부러움과 질투, 후회 등의 감정이 솟아나 가슴을 터지게 만들고 있었다.

47장
출정하는 대장군왕 윤제

여덟째 윤사는 음력 9월 9일 중양절重陽節이 지나자 드디어 병석에서 털고 일어났다. 오랫동안 병석에 누워 있었기에 얼굴은 여전히 창백했다. 몸도 많이 야위어 보였다. 강희는 아들을 위한 성의는 잊지 않았다. 며칠에 한 번 꼴로 약과 음식을 보내줬다. 그러나 단 한 번도 찾아가지는 않았다. 여덟째는 특별히 위중한 경우가 아니고는 황제가 신하의 병 문안을 올 리가 없다는 사실을 너무나 잘 알고 있었다. 그러나 극성을 떠는 복진을 일부러 막지는 않았다. 신하로 생각해서 찾아주지는 않더라도 부자간의 정을 봐서 한 번쯤은 와 주지 않을까 하는 기대를 버리지 않았다. 아플 때 강희가 병문안을 와 준다면 조신朝臣들은 대뜸 여덟째가 '황제의 총애'를 한 몸에 받는다면서 호들갑을 떨 것이라고 생각한 것이다. 그는 또 강희가 끝내 모습을 드러내지 않는다고 해도 밑질 것은 없다고 판단했다. 그것은 강희 자신이 스스로 인정머리 없는 매정한 아버지로 각인되기를 원하는 것일 뿐 자신의 대외적인 위상은 손상될 것이 없었기 때문이었다.

그는 전날 내무부의 조씨로부터 상서방 대신인 마제와 장정옥이 예부의 사람들을 불러 밤새도록 뭔가를 의논했다는 사실도 전해 들어서 알고 있었다. 물론 내용을 정확히 알 수는 없었다. 그러나 열넷째가 청해성으로 출병하는 것에 관한 공식적인 지의가 곧 내려지지 않겠느냐는 추측 정도는 할 수 있었다.

여덟째는 그 소식을 접한 이후에는 더 이상 침대에 누워 있을 수 없었다. 급기야 옷을 두툼하게 챙겨 입고 밖으로 나왔다. 그리고는 서쪽 화원에 있는 작은 연못인 반월지半月池 주변을 천천히 거닐었다. 때는 늦가을이었다. 서풍이 휩쓸고 지나가는 곳곳마다에는 낙엽들이 진저리를 치고 있었다. 여덟째는 바람에 주름처럼 밀려가는 연못의 물결을 들여다보면서 나지막하게 한숨을 내쉬었다.

"여덟째마마!"

그때 여덟째의 등 뒤에서 누군가의 나지막한 목소리가 들려왔다. 그가 고개를 돌려보니 왕홍서와 아령아였다. 또 시위 복장을 한 사람도 눈에 들어왔다. 바로 오랜만에 북경에 돌아온 악륜대鄂倫岱였다. 여덟째가 놀란 목소리로 물었다.

"자네 술직述職(본인의 임무에 대한 보고)하러 왔나?"

악륜대는 오랜만에 나타났음에도 귀밑머리가 희끗희끗해진 것 이외에는 별다른 변화는 없어 보였다. 그가 한쪽 무릎을 꿇으면서 대답했다.

"명을 받고 북경에 오기는 했으나 아직 폐하를 뵙지는 못했습니다. 무슨 일로 부르셨는지는 모르겠습니다."

여덟째가 머리를 끄덕여 보였다. 이어 왔던 길로 다시 돌아가면서 물었다.

"봉천에서는 잘 지냈는가?"

"천만에요! 에이, 더러워서! 장옥상張玉祥 그 인간 밑에서 잘 지냈으면 얼마나 잘 지냈겠습니까? 자기가 그래 봤자 오란포통烏蘭布通에서 한 번 이긴 것밖에 더 있습니까? 툭하면 그걸 우려먹으면서 마치 개국원로라도 되는 양 으스대는 꼴을 봐줄 수가 없었습니다. 한인들은 어느 것 하나 제대로 된 놈이 없으니!"

악륜대가 땅바닥에 침을 내뱉으며 뇌까렸다. 그러다 등 뒤의 왕홍서를 의식했는지 순간적으로 어색하게 웃으면서 황급히 덧붙였다.

"……왕 어른만 빼고 말입니다!"

여덟째를 포함한 좌중의 사람들은 크게 웃으면서 난감한 분위기를 피해갔다. 왕홍서가 악륜대의 말에는 아랑곳하지 않고 윤사의 건강을 걱정했다.

"아직 완전히 쾌차하신 것도 아닌데, 이렇게 찬바람을 맞고 계시면 어떻게 합니까!"

여덟째가 대답했다.

"밖에 나와 자연을 마주 하고 서 있으니 모든 것이 부질없어 보여……."

아령아도 한숨을 내쉬면서 공감을 표했다.

"그러게 말입니다! 너 나 없이 실리와 이익을 추구하며 아등바등 싸웠지만 상대를 다 때려눕히고 홀로 독차지했을 때는 그렇게 허무하고 덧없게 느껴질 수가 없다고 합니다. 그런 충만한 상실감에 허덕일 것이라면 아예 자연과 벗하면서 완전한 자유인으로 돌아가 사는 것도 좋겠다는 생각이 듭니다. 쪽빛 하늘과 들꽃의 순정에 보답하면서 말입니다."

"장자莊子가 그랬지. 재주 많은 사람은 일복이 많고, 머리 좋은 사람은 걱정해야 할 일이 많다고 말이야. 꿈이 없는 사람은 욕심도 없기 때문에 산나물이나 뜯어먹으면서 정처 없는 나룻배처럼 물같이 구름같이 어디

론가 흘러가며 살아간다고 했어. 그런 경지가 참 부러워!"

여덟째가 느닷없이 감상에 젖어들었다. 그러다가 갑자기 좌중을 향해 물었다.

"그런데 자네들은 어디에서 어떻게 만나 같이 들어왔나?"

아령아가 대답했다.

"저희들뿐만이 아닙니다. 아홉째, 열째, 열넷째 마마께서도 저쪽 정원에서 기다리고 계십니다!"

여덟째가 대뜸 놀라는 기색을 보이면서 다그쳐 물었다.

"무슨 일이 있는가?"

"열넷째마마께서 곧 출정하실 모양입니다. 성지聖旨를 받고 나면 마음 놓고 움직일 수가 없으니 아홉째, 열째마마와 함께 인사차 찾아오신 것 같습니다."

"음! 무슨 직함인가?"

여덟째의 가느다란 눈이 반짝였다.

"대장군왕大將軍王입니다!"

아령아가 흥분을 감추지 못한 채 대답했다.

"대장군왕이라……, 그런 직함도 있었구나. 정말 금시초문이야! 열넷째가 몇 년 동안 고생고생해서 이뤄 놓은 것이 얼마나 많은가. 그런데 넷째 형님보다 못하다는 말인가? 통병친왕統兵親王을 대장군으로 보내는 것이 더 어울리는 것 아니야? 하필이면 그 흉흉한 전쟁터에 애꿎은 열넷째를 내몰 것은 뭔가!"

여덟째가 발걸음을 잠시 멈추고 멀어져 가는 구름 떼를 오래도록 바라보다 갑자기 피식 실소를 터트렸다. 이어 앞으로 걸어가다 한참 후에 다시 입을 열었다.

"폐하께서도 참 대단하신 분이야. 악륜대, 폐하께서 자네를 북경으로 부르신 이유를 이제야 알겠네.”

“이유가 뭡니까?

악륜대가 궁금하다는 표정으로 물었다.

“출정하여 종군하라고!”

“저는 가지 않겠습니다!”

“가야 해! 반드시 가야 할 뿐만 아니라 즐거운 마음으로 가야 해!”

여덟째가 갑자기 휙 돌아서더니 악륜대를 뚫어져라 쳐다보면서 힘주어 말했다. 악륜대가 다시 자신의 생각을 밝혔다.

“이번에 폐하를 만나 뵈면 하소연을 좀 하려고 합니다. 장오가 따위를 한 번 잘못 건드렸다가 여태 곤욕을 치렀는데, 아직도 용서 못하시겠냐고 여쭤볼 겁니다.”

여덟째가 악륜대의 말에 냉소를 터트렸다.

“그런 하소연은 하나마나야! 내가 자네라면 봉천에서 썩은 세월이 아까워서라도 출정을 자처할 거야. 굽힐 때는 굽히고, 펼 때는 펼 줄 아는 사람이 진짜 사내야! 나무는 옮겨 심으면 죽지만 오히려 사람은 움직여야 살 수 있는 거야. 북경에 있어봐야 눈꼴이 시어서 어떻게 살려고 그래. 장오가, 덕릉태, 유철성 모두가 이제는 일등시위들인데, 그 밑에서 일해야 하잖아. 어디 그뿐인가? 구닥다리 무단 영감이 그것들의 뒤를 받쳐주는 한 자네는 평생 기도 못 펴고 살다 간다니까! 설상가상으로 내무부 역시 윤진 형님의 손아귀에 있잖아. 아무리 생각해봐도 여기는 자네가 설 땅이 한 치도 없는 것 같아. 그러니 창검을 들고 나가 힘껏 싸워. 그러다 보면 봉강대리 자리라도 하나 얻어걸릴지 누가 알아? 운이 좋으면 말이야. 우리 몇몇이 북경에서 버티고 있을 테니 잘 싸우기만 해. 그러면 공로를 가로채이는 일은 없도록 해줄게. 어떤가?”

여덟째는 장황하고 구수한 말로 악륜대의 등을 떠밀었다. 그러면서도 열넷째 윤제에 대해서는 함구했다. 왕홍서는 눈치 빠르기로 유명한 사람답게 여덟째의 의중을 모르지 않았다. 바로 뒤질세라 맞장구를 쳤다.

"악륜대, 생각하고 자시고 할 것도 없소. 닭 모가지 하나 비틀어 본 적이 없는 나도 다 마음이 동하오. 그런데 그대 같은 사람이 왜 가지 않으려고 하오! 열넷째마마의 부하로 있으면서 만여 명이나 되는 병사들을 거느린다면 좀 좋겠소?"

여덟째 역시 진지한 어조로 덧붙였다.

"악륜대! 자네가 나보다 몇 살 위이기는 하나 우리는 같이 자랐잖아. 아포란阿布蘭, 능보, 그리고 우리 둘은 겉으로는 군신 사이이나 실은 정이 남다른 죽마고우야. 안 그런가? 그런데 내가 설마 자네더러 섶을 지고 불 속에 뛰어들라고 하겠어? 내 말 잘 들어서 낭패 볼 것은 없을 거야. 가서 열심히 싸워. 그리고 공을 세우고 열넷째 아우도 잘 챙겨주라고. 욱하는 성격이 화를 불러올 수도 있으니 같이 상의도 하고 서로 의지하고 있으면 나도 마음이 한결 편할 것 같아. 아포란도 같이 가니 심심하지도 않을 테고……."

악륜대로서는 더 이상 거부할 명분이 없었다. 결국에는 머리를 끄덕이며 수긍을 했다.

"여덟째마마께서 제 입장을 이렇게 잘 헤아려 주시는데, 어찌 마마의 말씀에 귀를 기울이지 않을 수 있겠습니까? 가겠습니다! 가서 힘껏 싸워 여덟째마마의 은혜에 보답하겠습니다!"

여덟째는 한바탕 입씨름을 벌인 끝에 무난하게 열넷째 윤제의 옆에 말뚝 하나를 박는 데 성공했다. 왕홍서는 자신도 모르게 여덟째에게 감탄의 시선을 보냈다. 그러나 얼른 시선을 돌리며 모르는 척했다. 반면 왕홍서처럼 머리를 잘 굴리지 못하는 아령아는 생각나는 대로 말했다.

"그래, 잘 생각했네! 그곳에는 여덟째마마의 기적旗籍에 속해 있는 병사들이 태반이야. 자네까지 가 있으면 여덟째마마가 친히 그곳에 가 계시는 것과 별반 다를 게 없는 거지."

여덟째는 아령아의 속없는 말에 순간적으로 이맛살을 찌푸렸다. 아령아가 머리는 좋지 않으면서도 자신을 너무 속속들이 알고 있는 것이 불쾌했던 것이다.

네 사람은 연못을 돌아 자갈이 깔린 길을 말없이 걸었다. 그때 멀지 않은 서쪽 별채에서 윤당의 목소리가 들려왔다.

"대장군왕이라……! 비록 가짜 왕이기는 하나 그래도 명색이 왕이잖아. 너의 형들 가운데는 그런 왕도 못해 본 형들도 몇몇 있어, 왜 그래! 아무튼 폐하께 감사드려야 할 일이야……."

한쪽에서 앵무새를 가지고 놀던 윤아가 여덟째 일행을 발견하고는 박수를 치면서 반색했다.

"여덟째 형님! 얼마 전까지만 해도 곧 죽을 것처럼 신음소리를 내더니 이제는 멀쩡해 보이네요!"

열넷째 역시 달려와 읍을 했다.

"오랜만이에요! 조금 바쁘게 보내다 보니 자주 못 와 봐서 죄송해요. 가기 전에 형님이 건강한 모습을 뵈니 저도 안심하고 떠날 수 있을 것 같아요."

"걱정해줘서 고맙다."

여덟째가 사람들을 안채로 안내하고는 주인 자리에 앉았다.

"몇몇 작자들은 내가 얼른 죽었으면 하고 학수고대했을 거야. 그러나 염라대왕이 아직은 오지 말라고 하니, 난들 무슨 수가 있겠나!"

여덟째가 말을 마치고는 부드러운 눈빛으로 열넷째를 주시하면서 물었다.

"출병 지의는 받았는가?"

윤제가 대답했다.

"폐하께서 저를 우창서방雨窓書房으로 부르셔서 말씀하셨어요. 나라의 중대사인 만큼 예부에서 정식으로 수인식授印式을 준비하고 있는 것으로 알고 있어요. 일단 내일 넷째 형님이 폐하를 대신해 천지신명께 제를 지내고 봉선전奉先殿에 고할 겁니다. 그런 다음 저를 천안문 밖으로 바래다주게 됩니다."

윤당이 궁금하다는 듯 윤제에게 물었다.

"폐하께서 단독으로 부르셨을 때 어떤 전술을 펴라고 한 수 가르쳐 주지는 않았어?

윤제가 한동안 멍하니 앉아 있다 대답했다.

"그저 저에게 서녕西寧에 들어가자마자 열병식을 단행해 우리 군의 위엄을 남김없이 보여주라고 하시더군요. 그런 다음에 아랍포탄의 반응을 봐서 때리든지 달래든지 결정하라고 하셨어요."

"그게 뭐야? 애들 장난도 아니고! 아랍포탄이 얼마나 악질인데, 멀리 서녕에서 발을 구르고 위협한다고 해서 겁을 내고 도망가겠어? 그게 어디 도둑고양이 쫓아내듯 그리 쉬운 일인가?"

열째가 비아냥거렸다. 여덟째가 열째의 말에 모르는 소리 하지 말라는 듯 고개를 흔들었다.

"그건 아바마마의 속마음을 몰라서 하는 소리야! 그곳은 다름 아닌 폐하께서 세 번씩이나 친정을 다녀오신 곳이라는 것을 잊지 마. 삼군이 폐하의 지휘하에 대거 출동했었음에도 아직 이 모양인데, 우리 황자들이 나선다고 무슨 수로 깡그리 뒤집어엎겠어! 뿌리를 못 뽑을 바에는 알아듣게 얘기해서 달래보자는 거지. 서북은 지역 특성상 쫓기다 급하면 러시아로 기어 들어갈 수 있다는 것이 문제야. 나는 병법에 대해서는 잘 모르나 폐하의 전략이 맞다는 생각이 들어. 열넷째, 절대 젊은 기분에 폐하의 명을 어기고 경거망동하지 말게!"

여덟째는 말을 제법 일리있게 했다. 또 자신은 전혀 욕심이 없다는 뜻도 내비쳤다. 그의 말에 사람들은 약속이나 한 듯 숙연해졌다. 왕홍서가 습관처럼 한숨을 내쉬었다.

"폐하께서는 정말 대단하신 분입니다. 황자마마들에 대해서도 그렇듯 성명하게 하신다면 더 이상 바랄 것이 없겠는데 말입니다!"

왕홍서의 말은 곧 강희가 황자들에 대해서는 성명하지 못하다고 말한 것과 크게 다를 바 없었다. 윤제가 귀에 거슬리는지 바로 쏘아붙였다.

"그 말은 뭔가 잘못됐다고 봐. 지금 여덟째 형님이 시련을 좀 겪고 있기로서니 폐하의 은총을 못 받는다고 할 수는 없잖아!"

그러자 열째 윤아가 몸을 앞으로 기울이면서 화제를 돌렸다.

"열넷째, 요즘 무슨 천서天書라도 읽고 있는 것은 아니지? 나는 통 무슨 말인지 모르겠네?"

윤아의 말에 윤제가 좌중을 둘러본 다음 대답했다.

"그냥 해본 소리가 아니에요. 큰형님, 둘째 형님이 사고가 나서 저러고 있어요. 그러니 셋째 형님과 넷째 형님이 친왕으로 봉해진 것은 이상할 것도 없는 일이에요. 그러나 다섯째, 일곱째를 건너뛰어 여덟째 형님이 친왕으로 봉해졌다는 것은 뭔가 이상하지 않아요? 이건 제가 늘 궁금하게 생각해오던 것인데요, 폐하께서는 여덟째 형님을 혼내실 때면 항상 우렛소리만 요란했지 비는 두어 방울밖에 내리지 않으셨어요. 악에 받쳐 발길로 차 죽일 것처럼 화를 내시면서도 차는 시늉만 하셨어요! 그러나 열셋째 형님은 작은 잘못을 저질렀음에도 칠 년째 갇혀 있잖아요! 만약 그렇게 공평한 잣대를 들이대면 여덟째 형님은 십팔층 지옥에 떨어지고도 남음이 있지 않겠어요? 저하고 여덟째 형님이 같은 당파인 줄 아시면서도 하필이면 저에게 병부를 맡기시고, 급기야는 대장군왕으로 봉해 출병시키는 것을 보세요. 여덟째 형님에 대한 폐하의 관심이 대단하다는 반증이에요. 우리가 처음부터 폐하를 오해하고 있었는지도 몰라요!"

윤제의 말은 충분히 설득력이 있었다. 윤당과 윤아는 그의 말에 불안스레 마주보다가 약속이나 한 듯 여덟째에게 시선을 돌렸다. 그들은 순간적으로 여덟째가 공연히 열넷째를 의심하는 것이 아닌가 하는 의구심을 떨칠 수 없었다. 여덟째가 윤제의 말을 들으면서 잠시 황제 자리에 대한 환상의 불꽃을 되살리는 듯하더니 갑자기 안색을 바꾸었다.

"열넷째, 다시는 그런 말 꺼내지 마. 듣는 것만으로도 나는 무서워! 내가 보기에는 차기 황제 후보는 너밖에 없어!"

여덟째가 말을 마치고 바로 몸을 일으키더니 열넷째를 향해 읍을 했다. 그러자 윤제가 화들짝 놀라면서 자리에서 일어섰다.

"가죽이 없는데 털이 어떻게 붙어 있어요! 저는 학문이나 재주, 성격 어느 것 하나 여덟째 형님보다 나은 것이 없어요. 저는 지금으로 만족해요. 제가 여기에서 더 큰 욕심을 부린다면 하늘도 용서하지 않을 거예요. 폐하께서 진심으로 저를 큰 재목으로 아끼신다면 피 흘리면서 싸우는 위험천만한 전쟁터에 보내시겠어요?"

여덟째의 태도는 요지부동이었다. 급기야 다시 한 번 윤제를 향해 읍을 하면서 말했다.

"오래 전부터 하고 싶은 말이 있었어. 네가 멀리 떠난다니 지금에야 용기를 내서 말하는 건데, 이제부터는 내가 털이야. 네가 가죽이고. 나는 너한테 붙는 수밖에 없어. 그러니 우리를 위해서라도 열심히 싸워야 해!"

아령아가 여덟째의 말에 숙연한 표정으로 끼어들었다.

"여덟째마마의 말씀은 진심이십니다! 그 말은 재작년에도 이미 직접

들은 바가 있습니다. 열넷째가 있는 한 나는 다만 현명한 왕으로, 나라의 주춧돌로 남겠노라고 말입니다."

윤아는 여덟째가 윤제를 떠보고 있다는 사실을 모르는 듯 가슴팍을 치면서 나섰다.

"우리는 누가 대권을 잡든 신하로서의 충성을 다하기로 맹세했어요! 그런데 우리 성의를 무시하는 것도 아니고 가장 유력한 두 사람이 서로 양보하면 어떻게 해요? 셋째, 넷째라도 양보하실 건가요?"

"내가 보기에는 폐하께서 이미 열넷째 쪽으로 생각을 굳히신 것 같아. 대권을 노린 집안싸움이 만만치는 않을 거라는 예상하에 윤제를 밖으로 내보내 보호하려는 것이 틀림없어. 시기가 성숙되면 조서를 발표하고 윤제를 다시 불러들이면 되거든. 싸움에 열을 올리다 온 사람을 누가 감히 건드릴 수 있겠어?"

아홉째가 여유만만하게 차를 마시면서 말했다. 그의 느릿느릿한 말은 마치 하늘에서 들려오는 것 같았다. 방 안은 삽시간에 쥐 죽은 듯 조용해졌다. 윤제는 갑자기 숨이 가빠지기 시작했다. 자신을 향한 시선을 의식하면서 뭐라고 반박할지도 미리 생각하고 있었다. 그때 하주아가 들어오더니 윤제를 향해 한쪽 무릎을 꿇은 채 아뢰었다.

"열넷째마마, 예부의 우명당 어른이 마마 댁에서 남원南苑으로 출병식을 하러 같이 가자며 기다리고 계신다고 합니다. 악륜대 군문도 같이 오시라고 하셨습니다!"

"시간이 별로 없네요. 아무튼 저는 여덟째 형님을 깍듯이 모실 것입니다. 결코 여덟째 형님의 얼굴에 먹칠하는 일이 없도록 열심히 싸울 거예요! 이제 가면 언제 다시 만날지 기약할 수 없겠죠? 부디 건강하시고 무슨 일이 있으면 편지 주세요!"

자리에서 일어선 윤제의 눈동자는 어느새 빨갛게 변해 있었다.

"술을 가져오너라! 열넷째 아우의 개선을 위해 건배를 하자! 하주아, 폐하께서 나에게 하사하신 금띠 두른 소가죽 갑옷을 열넷째마마 댁에 가져다주고 오게!"

여덟째가 벌떡 일어나자 좌중의 사람들도 일제히 따라 일어섰다.

그 다음 날 대장군왕 윤제는 즉각 인새印璽를 받고 출정하라는 명령을 받았다. 여덟째가 윤제를 바래다주려고 예복을 차려입고는 부랴부랴 나서다 멋진 관복 차림에 열 개의 동주가 박힌 모자를 쓰고 기분 좋게 웃으면서 나타난 아홉째와 맞닥뜨렸다. 누구의 눈에 띌까봐 여덟째가 황급히 말했다.

"여기는 왜 왔어? 괜히 구설수에 오르려고."

"아직은 괜찮아요! 또 제가 나타나지 않는다고 사람들이 우리 둘을 한솥밥 먹는 사이가 아니라고 하겠어요? 우리 둘은 조금 있다 줄 설 때도 나란히 서야 할 걸요? 하나는 여덟째고, 하나는 아홉째니까요."

아홉째가 장난기 다분하게 너스레를 떨었다. 여덟째가 어쩔 수 없다는 표정을 지었다.

"그러면 우리 말을 타고 같이 가자. 그런데 오늘 기분이 굉장히 좋아 보이는군?"

윤당이 머리를 끄덕이면서 여덟째를 따라 나섰다. 둘은 앞서거니 뒤서거니 하면서 동직문을 통해 성 안으로 들어갔다. 그때 윤당이 조용히 입을 열었다.

"형님, 전에 추치평鄒治平 그 자식이 넷째 형님과 내통한 사실이 발각돼 형님이 멀리 쫓아냈잖아요. 넷째 형님의 집은 새 한 마리도 마음대로 드나들지 못하는 철옹성인 줄 알았더니, 그렇지만도 않더라고요. 거기도 돈 때문에 주인 팔아먹는 놈들이 있다니까요! 정확한 소식통에 의하면 넷째 형님이 내무부를 맡자마자 곧바로 윤상을 보러 갔었다고 하네요. 또 몰래 장오가를 시켜 가보라고도 했다는데요! 몰랐어요?"

여덟째가 아홉째의 말에 가볍게 웃었다. 이어 주위에 사람이 많은 것을 의식한 듯 거두절미하고 대답했다.

"알았어. 콩 심은 데 콩 나고 팥 심은 데 팥 나는 법이야! 그러나 우리 둘은 절대로 섣불리 그 소식통을 만나서는 안 돼. 열째를 시켜. 상은 두둑하게 주되, 그 앞에서 넷째 형님의 흉은 절대 보면 안 돼! 알겠어?"

윤당이 저 멀리에 시선을 두고 목소리를 낮춰 대답했다.

"당연하죠. 저는 갈수록 자신감이 생겨요. 열넷째가 어떻게 생각하든 북경에는 절대 돌발사태가 일어나지 않을 거예요. 만반의 준비는 끝났어요. 이제 희소식을 전해줄 동풍東風만 기다리면 돼요."

누가 들으면 윤당의 말은 뭐가 뭔지 도통 알 수 없는 얘기였다. 그러나 두 사람은 서로 알고도 남았다. 열넷째가 서북으로 떠나가면 원래 그의 수중에 있던 병부의 사람들은 당분간 여덟째의 휘하로 들어오게 돼 있었다. 당연히 열넷째가 자신의 입으로 맹세를 다진 것처럼 여덟째에 대한 충성을 다한다면 문제될 것은 없다. 그러나 혹시 딴마음을 품을 경우는 문제가 될 수 있다. 때문에 여덟째는 그에 대비해 윤제의 양옆에 아란포와 악륜대를 심었다. 또 병사들의 절반 이상은 그의 휘하에 있는 정람기正藍旗 소속이었다. 당연히 가족들의 생존권을 거머쥐고 있는 여덟째를 의식해서라도 감히 열넷째를 도와 반란을 일으키지는 않을 터였다. 바로 그런 얘기라고 할 수 있었다. 말하자면 열넷째가 허황된 황제의 꿈에서 깨어났을 때 북경은 이미 대세가 기운 뒤라는 것이 그 둘의 생각이었다.

두 사람이 말 위에서 이런저런 얘기를 나누다 보니 어느덧 정양문을 지나고 있었다. 관복을 깔끔하게 차려 입은 문무백관들이 기러기 떼처럼 금수교金水橋 양측에 자리하고 있는 모습이 보였다. 장안가長安街 동쪽에는 출발을 앞두고 있는 3000 철갑군鐵甲軍이 위풍당당하게 서 있었다. 80개의 용기龍旗는 바람에 신나게 나부끼면서 대군의 위용을 더해주고 있었다. 두 형제는 정양문 안에서 말에서 내려 미리 대기하고 있던 예부 사관의 안내를 받으면서 금수교로 향했다.

천안문 정문은 사시 정각에 활짝 열렸다. 이덕전이 손에 노란 비단으로 감싼 조서를 받쳐들고 태감 수십 명의 호위를 받으면서 걸어 나오고 있었다. 곧 맨 앞에 선 태감이 폭죽을 세 번 터뜨렸다. 그러자 북소리가 일제히 울려 퍼지기 시작했다. 곧이어 예포 소리가 하늘을 향해 위엄을 토해냈다. 동시에 노란 용기를 치켜든 수백 명의 태감들이 밀물처럼 밀려나왔다. 어림군御林軍 통령인 융과다가 의장대를 지휘하고 있었다……. 잠시 후 성대한 의식이 거행되고 있는 한가운데로 열넷째 윤제가 말을 타고 성을 빠져 나왔다. 그 뒤로 한 손에 대령기大令旗를 들고, 다른 한 손에 금빛 찬란한 사각형의 대장군왕인大將軍王印을 든 악륜대가 바짝 뒤따르고 있었다.

이어 온통 노란색으로 단장한 강희의 수레가 열두 개의 대기大旗 물결 속에서 금수교에 모습을 드러냈다. 강희가 천천히 수레에서 내려서자 천안문 앞은 하늘땅이 떠나갈 듯한 "만세!" 소리로 뒤덮였다. 산하가 뒤흔들릴 정도였다.

"폐하!"

윤제가 만반의 출발 준비를 갖춘 채 강희를 향해 삼궤구고의 대례를 올렸다. 이어 아뢰었다.

"이제 그만 들어가시옵소서, 아바마마. 더 하시면 아들이 부담스러워지옵니다. 아들이 가서 열심히 싸워 아바마마에게 편안한 잠자리를 돌려드리겠사옵니다. 좋은 소식을 기다려 주시옵소서!"

윤제의 목소리는 흥분해서인지 불안해서인지 가늘게 떨렸다. 강희는 바람에 흰 머리카락을 날리기만 한 채 말이 없었다. 윤제는 하루가 다르게 늙어가는 아버지를 바라보자 마음이 아팠다. 출발을 재촉하는 분위기는 완전히 무르익어갔다. 떠나야 할 시간도 다가오고 있었다. 강희가 마침내 입을 열었다.

"할 말은 다 했으니 이제 가서 잘하는 것만 남았네. 알아서 잘할 것이라고 믿는다. 군정軍情 대사인 만큼 무슨 일이 있으면 지체하지 말고 긴급으로 짐에게 소식을 전해주게. 짐 걱정은 하지 마, 잘 있을 테니!"

윤제는 엎드린 채 명령을 받은 다음 바로 일어섰다. 얼굴이 눈물로 가득했다. 윤제는 재빨리 눈물을 닦고 난 다음 바로 악륜대의 손에서 영기令旗를 받아들고 남쪽으로 몇 발자국 걸어가더니 천천히 흔들었다. 그러자 군중軍中에서 대포소리가 진동했다. 삼군三軍 병사들의 우렁찬 노랫소리도 높게 울려 퍼졌다.

곧이어 대장군왕의 근위병들이 천천히 움직이기 시작했다. 그 순간 윤당은 멍하니 서 있는 셋째 윤지와 넷째 윤진의 표정을 주시하느라 여념이 없었다. 고개를 돌리려던 순간 윤당은 갑자기 아홉 마리 맹수 무늬가 현란한 관복을 위엄스럽게 차려입고 서 있던 연갱요와 시선이 부딪쳤다. 그는 황급히 눈길을 딴 곳으로 돌렸다.

48장
넷째와 열넷째, 동복同腹형제의 운명

　윤제의 십만 대군이 서북으로 떠난 이후 조용하던 조정의 육부六部는
서서히 바빠지기 시작했다. 오랫동안 전쟁이 없는 태평성세를 살아오면
서 나름대로 편안한 생활을 영위해오던 육부의 관리들이 출정군을 뒷
바라지할 준비에 돌입한 탓이었다. 그러자 평소에는 전혀 드러나지 않
았던 문제들이 하나둘씩 수면 위로 떠오르기 시작했다.

　섬서성에 도착한 열넷째는 곧 조정에 600리 긴급서찰을 보내왔다. 서
부 변경은 기온이 낮아 이미 살얼음이 끼고 된서리가 내렸으니, 10만
벌의 겨울옷을 긴급 운송해 달라고 호부에 간청하는 내용이었다. 윤진
은 긴급서찰을 받자마자 황급히 창고로 달려갔다. 놀랍게도 겨울옷을
만들 수 있는 솜과 원단들이 그야말로 산더미처럼 쌓여 있었다. 하지만
다행이라 생각하면서 손으로 직접 만져보는 순간 그만 깜짝 놀라고 말
았다. 솜뭉치가 곧바로 가루가 돼 사방에 흩어져버린 것이다. 원단 역

시 손을 대기 무섭게 구멍이 숭숭 뚫렸다. 관리 부재가 불러온 막대한 손실이었다.

다급해진 윤진은 황급히 병부의 무기고로 달려갔다. 그곳의 사정 역시 마찬가지로 심각했다. 무엇보다 상자에 담겨 있던 화약들이 습기가 차 못 쓰게 됐다. 병기들도 크게 다르지는 않았다. 기름을 칠해 둔 탓에 흉측하지는 않으나 총과 칼에 버섯이 자라지 않은 것이 이상하리만치 곰팡이가 두껍게 덮여 있었다.

섬서성과 감숙성의 각 아문에서 잇따라 날아온 전보戰報가 전해주는 상황은 더욱 끔찍했다. 그들은 자기들이 보낸 백만 섬의 군량미를 윤제가 그대로 되돌려 보냈다고 주장했다. 상서방 대신들과 윤진은 영문을 몰라 발을 동동 구를 수밖에 없었다.

그때 다시 윤제의 600리 긴급서찰이 날아왔다. 섬서성 총독이 관리 소홀로 썩어버린 쌀로 대군을 농락했다는 것이었다. 또 말들에게 먹일 풀도 마찬가지였다고 주장했다. 때문에 그는 현지에서 바로 총독의 정자頂子를 벗겨버렸다고도 했다. 긴급서찰에는 그 외에 식량과 사료가 부족해 서행을 계속할 수 없게 됐으니 빠른 시일 내에 보내달라는 내용도 있었다. 그러나 그무렵 설상가상으로 조정의 국고는 바닥을 드러내고 있는 상황이었다. 호부에서 대신들에게 빌려준 돈을 제때에 회수하지 못한 탓이었다.

갈수록 태산이라고, 이번에는 내무부에서 직예, 봉천 지역에서 보내온 전보를 들고 달려왔다. 역시 급히 돈이 필요하다는 내용이었다. 서북에 출전한 병사들의 가족에게 한 가구당 은 다섯 냥씩 보조금을 주기로 철석같이 약속했으나 약속을 지키지 못할 지경에 이르렀다는 것이었다. 전보에는 가족들이 집에서 굶주림과 추위에 떠는 사실을 알면 병사들이 어떻게 안심하고 적을 무찌르는데 전념할 수 있겠느냐는 토까지 달려 있었다.

"모두 자기들 사정 얘기만 하는군. 어떻게 된 거야. 도대체 되는 일이 없어! 이제 와서 하나같이 닦달을 하면 나보고 어떻게 하라는 말이야!"

병부에서 거의 한 달 동안 노심초사한 탓에 피곤한 기색이 역력한 윤진이 급기야 벌컥 화를 냈다. 마제와 시세륜, 우명당 등은 옆에서 듣고 있다가 윤진의 분노가 폭발하고 있다는 사실을 알았으나 달리 방법이 없었다. 마땅히 건넬 위로의 말을 찾지 못했다. 그저 속수무책으로 좌불안석할 수밖에 없었다. 그래도 가만히 있을 수는 없었던지 마제가 한마디를 했다.

"전쟁이 일어나면 전방에서는 후방의 어려움을 결코 알 리가 없습니다. 후방으로서는 죽을 둥 살 둥 뒷바라지 해줘도 욕만 얻어먹지 않으면 다행입니다."

사실 처음부터 윤진의 뜻대로 국고의 빚을 끝까지 회수했더라면 이 정도로 곤궁하지는 않을 수 있었다. 하지만 이제 와서 그럴 수도 없는 일이었다. 좌중의 사람들은 그저 수염 다듬을 새도 없어 비죽비죽 튀어나오도록 내버려둔 윤진의 턱수염을 보면서 연민의 시선을 보내기만 했다. 그때 마제가 애써 웃으면서 다시 입을 열었다.

"겨울옷은 이미 직예에 부탁해 만들어 보내기로 했습니다. 병기도 서둘러 수리하고 있습니다. 전사戰事에 차질만 빚지 않으면 됩니다. 군량미는 더더욱 걱정할 것이 없습니다. 비축해둔 것은 많습니다. 일시적으로 운반이 늦어서 그런 것뿐입니다. 지금 가장 시급한 것은 돈이 부족하다는 사실이 아닌가 싶습니다. 다행히 어제 광동성에서 일백이십만 냥을 보냈다는 전표가 왔습니다. 제 생각으로는 그 돈을 전부 북경까지 가져올 필요가 없습니다. 중도에서 병부 사관에게 얼마를 떼어내 열넷째마마에게 전달하라고 하는 것이 좋을 듯합니다."

마제의 말을 듣고 있던 윤진의 미간이 점차 펴졌다. 그러더니 어느새 평상심을 회복했다. 물론 그를 진짜 짜증나게 하는 것은 따로 있었다. 그것은 바로 일선에서 열심히 바삐 움직이는 자신과는 달리 여덟째는 얼굴조차 내밀지 않은 채 어부지리만 노리고 있다는 사실이었다.

시세륜은 마제와는 달리 계속 말없이 앉아 있기만 했다. 속으로는 뭔가 이상하다는 생각도 했다. 윤진이 열넷째를 보내고 나서 군량미 조달에 따른 어려움으로 인해 숱한 골머리를 앓으면서도 강희를 만난 자리에서는 언제나 별 어려움 없이 잘 풀리고 있다고 얘기했기 때문이었다. 불이 발등에 떨어졌는데도 황제에게 어려움을 호소하지 않는 것은 왜일까? 그러나 시세륜은 그런 의문은 일단 접어두고 담배를 두어 모금 길게 빨고서 자신의 생각을 윤진에게 말했다.

"여러분들의 얘기가 다 일리는 있습니다. 하지만 이번 전쟁이 언제 끝날지는 누구도 모릅니다. 끝날 때 끝나더라도 긴 안목으로 계획을 세우는 것이 좋을 것 같습니다. 저의 어리석은 생각은 이렇습니다. 전쟁을 겪지 않고 수십 년 동안 여유 있게 살아오면서 비축해 뒀던 식량과 돈을 각 성에서 한 달에 얼마씩 정기적으로 군부대에 보내도록 하는 것입니다. 말을 듣지 않는 자는 군법에 따라 일벌백계해 버리고 말입니다! 조정과 백성 개개인은 순망치한脣亡齒寒의 관계에 있다는 것을 충분히 인식시켜 나라가 어려울 때 자기 돈주머니만 차고앉아 있는 것이 능사는 아니라는 사실을 깨우쳐 주는 것이 어떨까 합니다. 고통은 다같이 분담해야 합니다. 우리가 일선에서 힘들어 죽어도 그 작자들은 아무것도 모릅니다."

"맞는 말이야. 나도 거기까지 생각해보지 않은 것은 아니야. 그러나 멀리 있는 우물은 당장의 해갈에는 도움이 안 돼. 그런 생각이 들기 때문에 이다지도 조급해 하는 거지."

윤진이 잠깐 말을 끊었다가 다시 느릿느릿 덧붙였다.

"그리고 더 중요한 것은 이런 문제는 반드시 폐하의 윤허가 계셔야 한다는 것이지. 나중에 아셔서 놀라시면 안 돼. 몸도 편치 않으신데. 솔직히 위에서 강압적으로 밀어붙이면 울며 겨자 먹는 것처럼 따르기는 하겠지. 하지만 돌아앉아서는 눈이 빠져라 흘겨볼 거야. 또 가벼워진 자기의 주머니를 만지면서 우리를 미워할 것이 아닌가. 나는 워낙 인정머리 없고 각박한 인간으로 낙인이 찍혔기 때문에 겁날 것은 없어. 그러나 아홉 번 잘해주신 폐하께서 단 한 번 때문에 좋은 소리 못 듣고 질타를 받아서는 안 되지 않을까? 또 병사들의 가족들에게 주는 보조금 사십만 냥은 무슨 수를 써서라도 제 때에 지급해야 하네. 자기가 한 말에 책임을 지는 자세를 보여줘야 백성들도 우리를 믿어줄 것이 아닌가!"

시세륜은 윤진의 말을 듣고 비로소 그의 생각을 알 것 같았다. 강희에게 어려움을 호소하지 않는 진정한 이유가 아버지의 건강에 대한 염려에 있었던 것이다. 시세륜 등과 몇몇 유학儒學의 종신宗臣들은 윤진의 깊고 곧은 심지에 감복하지 않을 수 없었다. 존경어린 시선을 보내기도 했다. 특히 우명당은 감명을 받은 나머지 눈물이 핑 돌았다. 그가 몸을 앞으로 숙이며 아뢰었다.

"넷째마마, 마마는 정말 본받을 점이 많으신 훌륭한 분이십니다……. 돈 문제와 관련해서는 저에게 한 가지 방법이 있습니다. 그러나 넷째마마 자신과 관련이 있는 문제인 탓에 여태 말씀드리지 않았습니다."

"자네답지 않게 왜 나하고 숨바꼭질을 하려고 그러나? 괜찮으니까 어디 한번 들어보자고."

윤진이 일어나서 나가려다 멈추었다. 우명당이 시세륜을 힐끗 쳐다보면서 입을 열었다.

"연갱요 장군은 넷째마마의 문하門下이지 않습니까? 그분이 대장으로 있는 섬서성 서안의 군중軍中에 돈과 식량이 충분하게 있는 것으로 알고 있습니다. 먼저 그런 돈을 빌려서라도 발등에 떨어진 불부터 끄는 것이 좋을 듯해서 말씀드리는 겁니다. 연 장군께서 지금 북경에 계시니 수유手論 한 장이면 별 어려움 없이 해결할 수 있을 것입니다."

윤진의 눈빛은 연갱요가 북경에 있다는 말을 듣는 순간 바로 놀라움으로 가득했다. 윤진이 찻잔을 들어 한 모금 마시고 다그치듯 물었다.

"북경에는 언제 왔지? 나는 왜 여태 모르고 있었던 거야? 지난번 열넷째 아우를 데리러 북경에 왔다간 지 한 달밖에 되지 않았는데 또 왔다는 말이지?"

윤진의 말에서는 북경에 와 있으면서도 자신을 찾아오지 않은 것에 대한 서운함이 묻어나고 있었다. 그러자 시세륜이 불안한 눈빛으로 마제를 쳐다보았다.

"북경에 온 지 이제 나흘밖에 되지 않은 것으로 알고 있습니다. 어제 넷째마마를 만나러 왔습니다. 그러나 넷째마마께서는 폐하가 계신 창춘원에 가시고 안 계셨습니다. 잠깐 기다리라고 했더니, 급한 볼일이 있다면서 돌아갔습니다. 넷째마마께서 궁금하시면 사람을 보내 금방 찾아올 수 있을 겁니다."

"내버려 둬! 부하가 지방에서 북경으로 왔으면 주인부터 찾아야 되는 게 먼저 아닌가. 도대체 어디를 쏘다니는 거야! 자네들, 그 사람을 만나면 내가 방금 했던 말을 그대로 들려주게!"

윤진이 인상을 찡그린 채 잠시 생각하더니 차갑게 내뱉었다. 그리고는 화를 주체할 수 없는지 찻잔을 무겁게 내려놓으면서 밖을 향해 고함을 질렀다.

"창춘원으로 갈 테니 가마를 대령하라!"

하늘은 그새 많이 변해 있었다. 잿빛 겨울 구름이 삭풍에 밀려 서서히 움직이면서 거대한 성벽을 무겁게 껴안고 있었다. 가마꾼들은 동토凍土에 단조로운 발자국 소리를 남기면서 절도 있게 계속 앞으로 달렸다. 윤진은 피곤이 엄습해오는 것을 느꼈다. 그러나 졸음은 쏟아지지 않았다. 그는 가마의 창밖으로 홀랑 벗겨진 겨울 풍경을 내다보면서 깊은 사색에 잠겼다. 며칠 전 인사차 갔을 때 강희가 했던 말도 새삼스레 머릿속에 떠올랐다.

"자네, 비록 내무부에 몸을 담고 있기는 하나 다른 황자들은 보러 다니지 말게. 하는 일이 많다 보면 본의 아니게 질시와 미움의 대상이 되는 경우가 있으니, 자네 스스로 각별히 주의해야 하네."

윤진은 그 당시에는 강희의 말을 별로 개의치 않았다. 그러나 시간이 흐를수록 아버지의 의중이 궁금해졌다.

'혹시 윤상을 만나고 온 사실을 누군가가 벌써 여덟째에게 일러바친 것은 아닐까? 그렇지 않다면 윤상의 집 문지기들이 왜 전부 낯선 얼굴들로 바뀌었을까? 전에 둘째와 장황자를 그만 용서하는 것이 어떻겠냐고 여러 번 얘기했었기에 망정이지 그렇지 않았다면 폐하께서는 나를 어떻게 생각하셨을까?'

윤진의 마음은 생각이 많아질수록 더욱 무거워졌다. 그럼에도 그는 다시 최근의 상황을 정리하기 시작했다.

'겉보기에는 열넷째가 순탄한 길을 달리고 있는 듯해. 그러나 숨겨진 실력자는 열넷째라는 배의 방향키를 잡고 있는 여덟째라는 사실은 공공연한 비밀이지. 때문에 사람들이 구름같이 몰려가 아부를 떨지 않는가? 충분히 이해가 돼. 그러나 연갱요가 북경을 집 앞 다니듯 하면서도 뭔가 석연치 않게 구는 것은 이상해. 왜 그럴까? 대탁이 창주彰州에서 보낸 편지를 통해 만일의 경우에 대비해 대만臺灣에 퇴로를 만들고 싶다고 했을 때만 해도 유치하다고 나는 웃었어. 그러나 복잡한 정세에 불

필요한 것은 없지 않을까.'

윤진의 생각은 끝없이 이어졌다. 급기야 그는 갑자기 찾아온 심한 두통에 머리를 가로저었다.

"도착했습니다!"

윤진을 현실로 불러낸 것은 가마꾼들이었다. 그는 몸을 낮춰 가마에서 밖으로 나왔다. 그리고는 얼굴로 불어닥치는 찬바람을 맞고 몸을 오싹 떨면서 옷깃을 여몄다. 이어 대문을 지키고 서 있는 장오가를 향해 걸어갔다.

그때 저 멀리서 자신을 향해 걸어오는 연갱요가 눈에 들어왔다. 그러나 그는 고개를 더욱더 장오가 쪽으로 돌려버렸다. 아무렇지도 않다는 듯 그의 차가운 손을 잡아주면서 자상하게 말했다.

"추운 날씨에 고생이 많군. 여봐라!"

"예!"

가마를 따라 수행한 병사 한 명이 황급히 다가왔다.

"가마 안에 있는 나의 천마天馬 가죽 외투를 오가에게 가져다줘라. 또 구리 손난로도 가져와!"

장오가가 환한 표정을 지었다.

"넷째마마께서 하사하시는 것을 군이 거절할 이유는 없습니다. 그러나 무관인 주제에 그런 옷을 입으면 전혀 어울릴 것 같지 않습니다."

"바보같은 소리! 괜찮아, 훔친 것도 아닌데 누가 뭐라고 하겠어!"

장오가가 얼른 윤진을 안내했다.

"추우신데 어서 들어가십시오. 방금 왕섬 어른이 넷째마마가 어디 계신지 물어왔습니다. 아마 만나 뵙고 싶은 모양입니다."

연갱요는 마치 따돌림을 당한 아이처럼 한쪽에 우두커니 서 있었다. 그러다 잠시 동안의 침묵을 비집고 들어와 머리를 조아렸다

"노재奴才 연갱요가 넷째마마께 인사를 올립니다!"

윤진이 일부러 낯선 사람 쳐다보듯 산호 정자를 드리운 연갱요를 무심히 쳐다봤다. 이어 한참 후에야 껄껄 웃음을 터뜨렸다.

"아니 이게 누구신가? 그 이름도 유명한 연 군문 아니십니까? 어서 일어나십시오. 제가 어찌 감히 이런 인사를 받을 수 있겠습니까!"

"북경에 온 지 오늘로 닷새째입니다. 넷째마마께서 댁에도 안 계시고, 아문에도 모습을 드러내지 않으시기에……."

연갱요는 나름 변명을 했다. 그러나 얼음 가루가 떨어지는 윤진의 말투에 이미 그 자리에 얼어붙고 말았다. 윤진이 연갱요의 말허리를 잘라버리면서 쌀쌀한 웃음을 지었다.

"충성심이 지극하군! 그런데 어쩌나? 나는 아직도 며칠은 더 바쁠 텐데! 나는 당분간 시간이 없으니 먼저 다른 황자들이나 만나 보게. 며칠 후에 부탁할 일이 있으면 내가 직접 찾아가지!"

윤진은 말을 마치고는 눈이 휘둥그레진 장오가 옆을 지나 횡하니 자리를 떴다.

연갱요는 윤진이 사라진 지 한참만에야 기가 죽은 모습으로 땅에서 일어났다. 이어 멀어져 가는 그의 뒷모습을 보면서 깊은 한숨을 토해냈다. 그리고는 말을 타고 다시 어디론가 사라졌다.

담녕거에 도착한 윤진은 방포를 바래다주기 위해 밖으로 나온 장정옥과 마주쳤다. 방포는 겨드랑이에 두툼한 책들을 끼고 있었다. 방포가 윤진을 발견하더니 황급히 발걸음을 멈추고 인사를 했다.

"넷째마마 오셨습니까?"

윤진은 언제인가부터 상서방을 떠났음에도 여전히 강희의 주변을 맴돌고 있는 늙은 선비에게 분명 무슨 비밀이 감춰져 있을 것이라는 생각을 본능적으로 하고 있던 차였다. 그러나 무작정 물어볼 수도 없었다. 그가 머릿속의 의문을 뒤로 한 채 입을 열었다.

"방 선생은 나이가 들수록 정정해지는 것 같소. 걸음걸이가 얼마나 쌩쌩한지 바람이 일 정도요! 얼마 전 몇몇 문객들과 한담을 나눈 적이 있었소. 그때 그 사람들이 한결같이 방 선생의《옥중잡기》獄中雜記라는 책을 거론했소. 이치吏治의 어두운 면을 통렬하게 비판했다고 방 선생을 존경하는 눈치였소. 그런데 유감스럽게도 나는 아직 시간이 없어 못 읽었소! 다들 책을 읽고 나니 작가가 보고 싶어진다고 하기에 내가 데려올 수 있다고 장담했소. 시간 날 때 내 체면 좀 살려줄 수 있겠소?"

윤진이 말을 마치고는 방포의 대답도 듣지 않은 채 바로 돌계단 쪽을 향해 걸어갔다. 안에서 강희의 목소리가 들려왔다.

"넷째 왔나? 날씨도 추운데 어서 들게!"

"감사하옵니다, 아바마마! 잡다한 일에 발목이 잡혀 이제야 폐하를 뵈러 왔사옵니다. 아바마마의 건강이 썩 좋아 보여 다행이라고 생각하옵니다. 오늘은 드릴 말씀도 있을 뿐만 아니라 자문을 구할 일도 있사옵니다."

윤진은 뜻밖의 다정다감한 환영의 말에 감동을 받은 듯 안으로 들어가자마자 격식을 갖춰 머리를 조아렸다.

"음! 실내가 너무 더우니 겉옷을 벗지. 땀이 나면 조금 있다 밖에 나가 감기 들기 십상이니 말이네. 무슨 얘기인지 들어보지. 정옥, 자네도 앉게."

강희가 반쯤 베개에 기대 있다 일어나 앉았다. 윤진은 장정옥이 자리에 앉기를 기다렸다 윤제가 떠나간 후에 있었던 군무와 정무에 관련한 일들을 상세하게 아뢰었다. 이어 덧붙였다.

"……모자라는 은 사십칠만 냥은 연말 이전에 제가 알아서 처리하겠사옵니다. 아바마마께서는 절대 걱정하지 마시옵소서. 아직 구상 중에 있는 것이 있사옵니다. 각 성마다 일정액의 부담금을 내는 사안에 대해서는 수시로 아바마마께 보고를 드리겠사옵니다."

강희가 차를 마시면서 윤진의 말에 귀를 기울였다. 그리고는 불쑥 엉뚱한 화제를 꺼냈다.

"어느 해인가 승덕에서 사냥할 때였지. 그 당시 짐을 따라다니던 손자 녀석이 올해 몇 살이나 됐지?"

"열다섯 살이옵니다."

느닷없는 강희의 질문에 윤진이 어정쩡한 표정을 한 채 황급히 대답했다. 강희가 밝은 미소를 지었다.

"다른 뜻이 있어 그런 것이 아니야. 짐이 그 아이를 참 잘 봤어. 아주 똑똑하고 영리해 보였어. 그래서 짐이 이곳으로 데려다 공부나 시켜볼까 하네. 요즘 들어 부쩍 건망증이 심해 혹시 잊어버릴 것 같아 미리 말해두는 것이니 차질이 없도록 하게."

윤진이 몸 둘 바를 몰라 했다.

"예! 알겠사옵니다, 아바마마!"

강희가 한참 생각에 잠겨 있는 듯하더니 다시 입을 열었다.

"짐이 자네가 방금 얘기했던 일들을 다 처리해 놓았네. 식량은 사천성에 있는 오십만 섬을 벌써 보내줬어. 지금쯤 아마 윤제의 수중에 들어갔을 거야. 아직 도착하지 않았다면 윤제가 그 성격에 자네를 가만 놔두지 않았을 거야. 받았기 때문에 잠잠하겠지? 병기에 관해서도 섬서성 현지의 무기고에서 해결하라는 문서를 발송했다고 장정옥에게 들었네……."

강희의 말은 먼 옛날의 얘기를 들려주듯 담담하게 이어졌다. 윤진으로서는 연신 입이 벌어질 수밖에 없었다. 아버지가 '쉬고' 있었던 것이 아니라 아들을 도와 더 바쁘게 움직였다는 것을 알게 된 탓이었다. 윤진의 가슴에서는 순간 감동의 물결이 일렁거렸다. 그때 강희가 웃으면서 덧붙였다.

"병사의 가족들에게 줘야 할 보조금에 대해서는 짐도 생각해봤어. 이렇게 하는 것이 좋겠어. 내후년이 짐이 즉위한 지 육십 년이 되는 해야. 경축 잔치를 준비하기 위해 대내에서 모아둔 돈이 칠십만 냥 가량 있는 것으로 알고 있네. 이 돈을 먼저 내려 보내 따뜻한 설 명절을 지내도록 하는 것이 최선이라고 생각해."

강희의 말에 윤진이 황급히 무릎을 꿇은 채 머리를 조아렸다.

"아바마마! 그 돈은 절대 손댈 수가 없사옵니다! 병사 가족들에게 줄 돈은 아신이 황자들을 동원해 모금하면 어떻게든 되지 않겠사옵니까? 아들부터 몇 년 동안 허리띠 졸라맬 각오로 일단 사재 십만 냥을 내놓을 생각이옵니다! 아바마마께서 즉위하신 지 육십 주년이 되는 해에 대대적인 경축잔치를 벌일 때 쓸 돈은 절대 손댈 수 없사옵니다!"

강희는 대수롭지 않다는 표정이었다.

"그것도 다 조정의 돈이야. 어디에다 쓴들 조정을 위해 쓴다면 무슨 상관이 있겠어. 짐은 형식적인 잔치 같은 것은 하지 않아도 좋다고 생각하네."

장정옥이 가만히 있을 수 없다는 듯 상체를 숙이면서 아뢰었다.

"폐하, 이번만은 넷째마마의 의사에 따르는 것이 좋을 듯하옵니다. 넷째마마께서 더 깊은 말씀은 하시지 않은 것 같은데, 솔직히 그 돈에 손을 대면 유언비어가 횡행할 것이옵니다. 헛소문을 날조하기 좋아하는 사람들이 곧바로 조정의 국고가 바닥이 났다고 할 것이옵니다. 또 이 나라가 불안하다면서 온갖 악성 소문을 뿌리고 다닐 것이옵니다. 그러면 민심은 불안에 떨 수밖에 없사옵니다! 황자마마들께서 조금씩 정성을 표한다면 온 천하에 황실 혈육의 끈끈한 정을 과시할 수도 있사옵니다. 뿐만 아니라 황자들에게 이 나라와 더불어 영욕을 같이 한다는 책임감을 심어주는 효과도 볼 수 있사옵니다. 그야말로 일석이조가 아닐까 생각하옵니다!"

"듣고 보니 그렇군! 그러면 그렇게 하지. 그런데 윤진 자네는 이번에 또 본의 아니게 사람들에게 잘난 척을 한다는 비난을 받게 생겼어. 짐으로서는 가슴이 아프네……."

강희가 한숨을 토해냈다. 얼굴에는 수심도 가득했다. 윤진은 자신의 처지를 진심으로 걱정하는 강희의 말에 감동을 받았다. 눈물이 걷잡을 수 없이 고였다. 그가 눈물을 떨구지 않으려고 애써 눈을 깜빡이면서 축 젖은 목소리로 말했다.

"아바마마께서만 이 아들의 진심을 이해해주신다면 저는 맞아죽어도 여한이 없사옵니다! 세월이 흐르면 진실은 드러나기 마련이옵니다. 아우들도 언젠가는 저를 이해하고 고쳐 생각해주리라 믿어마지 않사옵니다!"

강희가 윤진의 말을 듣고 나더니 묵묵히 실내를 거닐었다. 이어 그의 앞으로 다가가 다정스런 눈길로 바라보았다.

"일어나게. 요즘 많이 힘들었지? 짐은 평생 병사를 지휘하면서 살아온 사람이야. 척하면 모든 것을 다 알지. 자네 고충을 너무나 잘 알아. 준갈이와 싸우는 것은 전방보다 후방이 더 힘들다는 것을 왜 모르겠어? 그래서 짐은 자네가 더없이 고마운 거야! 짐이 아직은 튼튼한 배경이 돼줄 수 있으니 잘해 보게! 정옥, 넷째를 바래다주게!"

윤진은 강희에게 감사를 표한 다음 밖으로 나왔다. 월동문에 이르러서는 억지로 장정옥을 돌려보냈다. 이상하게 주체할 수 없는 흥분이 몰려오고 있었다. 또 강희의 말이 그렇게 고마울 수가 없었다. 그의 얼굴은 곧 약간의 불안감이 고개를 쳐들고 있음에도 불구하고 술을 마신

듯 발그레하게 달아올랐다.

사실 그는 그동안 힘들고 피로운 시간들을 인내하며 헤쳐 왔다고 할수 있었다. 그러나 오사도의 예견대로 강희의 신임을 한 몸에 받기 시작하고 있었다. 윤진은 그 사실에 큰 의미를 부여하는 것만으로도 가슴이 벅찼다.

"넷째 형님, 안녕하세요!"

갑자기 등 뒤에서 누군가의 목소리가 들려왔다. 열일곱째 윤례였다. 윤진은 다섯째 윤기처럼 마냥 어린애같이 속없어 보이는 열일곱째를 보는 순간 일전에 열째와 함께 곤장을 얻어맞던 광경을 떠올렸다. 그가 피식 웃으면서 말했다.

"깜짝 놀랐네! 또 한 번 얻어맞고 싶은가!"

윤례가 윤진의 말에 언제 헤헤 웃고만 있었는가 싶게 순식간에 웃음기를 거둬들였다.

"열째 형님이 같이 맞아준다면 기꺼이 맞죠."

윤례는 윤진이 농담을 하는 줄 뻔히 알면서도 정색을 한 채 열째 얘기부터 꺼냈다. 윤진은 이상한 낌새를 챘다. 웃으면서 슬쩍 윤례를 떠보았다.

"맞으면 혼자 맞지 왜 애꿎은 열째는 물고 늘어져?"

윤례는 더 이상 대답이 없었다. 그러나 눈에서는 뭔가 섬뜩한 빛이 번득였다. 윤진이 깜짝 놀라 다그쳐 물었다.

"왜 그래? 무슨 일 있어?"

"여기에서는 말씀드릴 수 없어요. 제가 형님을 만나러온 것은 그 때문은 아니에요. 왕섬 어른이 형을 보자고 하십니다. 형이 그쪽으로 가시겠어요, 아니면 그 사람을 형님의 집으로 부를까요? 안 만나셔도 상관은 없어요."

뭔가 심상찮은 예감이 윤진을 긴장시키고 있었다. 윤진이 잠시 생각에 잠겨 있는가 싶더니 이내 마음을 굳혔다.

"우리 둘이 가마를 타고 같이 가지!"

49장
넷째 황자의 참모들

　윤진은 머릿속이 검불처럼 헝클어진 상태에서 윤례를 따라 가마에 올랐다. 산질대신散秩大臣인 왕섬이 갑자기 무슨 일로 보자는 것일까? 윤진은 궁금하고 초조하기 이를 데 없었다. 더구나 마냥 속없는 철부지 같던 윤례의 표정이 내내 굳어 있는 것이 아닌가. 그뿐이 아니었다. 윤례의 싸늘한 눈빛에는 이따금씩 비애 같은 감정도 비치고 있었다. 윤진은 분명 좋지 않은 일이 생겼을 것이라고 생각했다. 가마가 동사가東四街 입구에 이르렀을 즈음이었다. 윤례가 발을 굴러 가마를 멈추게 했다. 그리고는 무작정 윤진을 잡아당겨 내리더니 가마꾼들에게 지시했다.

　"안정문安定門에 있는 넷째마마 댁에 가 있게. 넷째마마는 내가 모시고 갈 테니."

　말을 마친 윤례가 작은 골목 하나를 가로질러 가더니 다시 눈에 잘 띄지 않을 정도로 작은 대문 하나를 가리켰다.

"넷째 형님, 여기가 왕 어른 댁이에요. 어서 들어가세요!"

"넷째마마 오셨습니까!"

일찌감치 문 앞에 대기하고 있던 왕섬이 연신 침침한 눈을 비비면서 윤진이라는 사실을 확인하고는 황급히 무릎을 꿇으려 했다. 윤진이 황급히 다가가 그를 일으켜 세웠다.

"어르신은 우리 황자들의 스승님이세요. 설사 천자라도 스승을 존중하는 예는 지켜야 합니다. 이러시면 저희가 부담스러워 안 됩니다."

왕섬이 윤진과 윤례 형제를 안으로 안내했다. 그리고는 각자 주인과 손님 자리에 앉았다. 왕섬이 먼저 입을 열었다.

"이렇게 누추한 곳에 넷째마마를 모시다니 황송합니다. 노신이 긴히 드릴 말씀이 있어서 어쩔 수가 없었습니다. 넷째마마께서 혹시 못 오시면 제가 조금 무리를 해서라도 찾아뵈려고 했습니다."

윤진이 대답했다.

"스승님께서 이렇게 어렵게 사시는 줄은 몰랐네요. 진작 신경을 썼어야 하는 건데. 저희 집 대문은 스승님께는 항상 활짝 열려 있습니다. 자주 놀러 오시지 그랬습니까? 무슨 어려운 점이 있으시면 주저하지 말고 말씀하세요!"

왕섬은 어디서부터 말문을 열어야 할지 몰라 마른기침을 했다. 이어 잠시 망설이더니 천천히 입을 열었다.

"저 개인적으로는 어려운 사정이 없습니다. 두 군데서나 녹봉을 타먹고 여러분들의 분에 넘치는 대접을 받고 있습니다. 집에 오면 아들자식들이 반겨주는데, 제가 더 이상 바랄 것이 뭐가 있겠습니까? 단지 좀 충격적인 얘기가 귀에 들려오기에……. 여덟째마마께서 넷째마마 댁에 정춘화라는 여자가 숨어 있다는 사실을 알아냈다고 하던데……."

윤진의 가슴은 왕섬의 말이 채 끝나기도 전에 덜컹 내려앉고 말았다.

순식간에 안색이 백지장처럼 하얗게 질렸다. 윤진이 한참 후에야 가까스로 정신을 차리고는 다그쳐 물었다.

"스승님, 그 얘기는 누구한테서 들으셨어요?"

옆에 있던 윤례가 즉각 대답했다.

"저요. 저희 집의 태감 하나가 양비良妃를 시중드는 태감과 고종사촌 사이에요. 그런데 이번에 두 사람이 우연찮게 만나 술을 마셨어요. 그러던 중 양비의 태감이 취중에 불쑥 '넷째마마는 대나무같이 올곧은 성인군자인 줄 알았어. 그런데 별로 그렇지만은 않은가 봐? 집에 흠명요범欽命要犯(황제의 명령으로 수배한 강력범)부터 강호江湖 바닥의 쓰레기, 별의별 소문이 다 돌던 정 귀인 그 여자까지 숨겨놓고 있다고 하더군!'이라고 말했다는 거예요. 생각해보세요. 양비라면 여덟째 형님의 어머니인데, 소문이 멀어서 못 갔겠어요? 이제 알 만한 사람은 다 알죠. 여덟째 형님이 분명히 전해 들었을 거예요. 그럼에도 까밝히지 않고 잠자코 있는 것은 왜일까요?"

순간 윤진은 자신도 모르게 몸을 흠칫 떨었다. 태감이 말한 '흠명요범'은 바로 오사도일 터였다. 또 자신이 얼마 전 데리고 온 무이산武夷山의 몇몇 사람들은 곧 '강호 바닥의 쓰레기'일 것이었다. 그러나 다행히 윤진은 이 부분에 대해서는 이미 강희에게 보고를 한 상태였다. 겁날 것이 없었다. 그러나 태자와 사통한 죄를 지은 정 귀인을 집에 숨겨줬다는 사실은 확실히 문제가 있었다. 여덟째에게 자신이 태자 자리를 노린다는 치명적인 약점을 잡히고도 남을 일이었다. 의자 손잡이를 꽉 움켜잡은 윤진의 긴 손가락은 눈에 거슬릴 정도로 심하게 떨리고 있었다. 윤진은 경황없는 와중에도 잠시 뭔가를 생각하고는 다시 입을 열었다.

"솔직한 사람 앞에서 거짓말을 할 이유가 없겠죠. 우리 집에는 흠명요범과 강호의 도둑은 없습니다. 하지만 정춘화가 있는 것은 사실입니다!"

윤진은 곧 정춘화가 자신의 집에 오게 된 자초지종을 들려주고 나서 덧붙였다.

"……제가 독실한 불교신자라는 사실을 모르는 사람은 없을 겁니다. 개미 한 마리도 짓밟아 죽이지 못하는 제가 오갈 곳이 없는 약한 여자를 매정하게 물리치지 못하고 가엾게 여겨 집에 데려다 놓은 것도 죄가 됩니까?"

왕섬과 윤례는 윤진으로부터 정춘화의 비참한 처지를 전해 듣고는 충격을 금하지 못했다. 길고 긴 침묵이 흘렀다. 왕섬이 처량한 한숨을 토해냈다.

"도학파인 제가 태자의 호색과 음란한 끼를 발견한 것은 오래 전이었습니다. 물론 그 당시 그야말로 입술이 닳아 터지도록 천리天理와 인욕人慾에 대해 예를 들어가면서 설명도 했었습니다. 하지만 결국에는 자신을 해치고 남의 신세까지 망쳐버렸군요! 이걸 어쩌면 좋단 말입니까!"

왕섬은 속이 몹시 상한 듯 그야말로 한탄을 했다. 눈에는 눈물도 고였다. 그가 다시 말을 이었다.

"제가 공치사를 하는 게 아니라 둘째 황자마마에게 쏟아 부은 심혈은 정말 얼마나 엄청난지 모릅니다! 재산 욕심도 버리고 처첩 욕심도 없이 오로지 훌륭한 후계자를 키워내려는 일념만으로 살아왔는데……, 그게 모두 물거품이 됐으니……. 하늘도 무심하시지…… 내 정성을 헤아려서라도 이럴 수는 없는데! 복도 지지리도 없는 제가 더 이상 살아서 뭘 하겠습니까……."

왕섬은 신세타령을 하듯 참았던 울분을 화산처럼 폭발시켰다. 두 손으로 얼굴을 감싸 쥐고 소리 내어 울고 말았다. 손가락 사이로 흐르는 눈물은 눈물이라기보다는 갈기갈기 찢어진 가슴에서 용솟음치는 피눈물 같았다. 윤진과 윤례는 그 광경을 지켜보면서 찢어지는 고통을 함께 느꼈다.

"스승님……, 그만 고정하세요. 어쩌겠습니까, 다 지나간 일인데……."

윤례가 왕섬을 위로했다. 왕섬이 그러자 얼마 후 슬픈 기운을 눈물로 거의 쏟아낸 듯 콧물을 닦아내면서 말했다.

"실은 둘째마마에 대한 기대를 버린 지도 오래 됐습니다. 쌓이고 쌓인 것이 너무 많아 울화병을 앓았었는데, 이렇게 울고 나니 조금 후련해지는 것 같습니다. 성명하신 폐하께 이런 아들이 생겼으니 참으로 통탄스러울 따름입니다!"

윤진은 왕섬의 말을 듣고서야 비로소 그가 서둘러 자신을 만나고 싶어한 이유를 알 것 같았다.

"저희 형제들 중에서 스승님의 가르침을 받지 않고 큰 사람이 어디 있나요? 부디 건강하게 오래 사셔야 다른 황자에게서라도 희망을 찾죠. 하나같이 윤잉 형님과 같을 리는 없지 않겠습니까?"

그 말에 왕섬이 다시 입을 열었다.

"자기 이익을 위해서라면 형제간의 우애나 의리도 헌신짝처럼 차버리는 황자가 있었습니다. 그런가 하면 자신의 모비母妃를 죽음으로 내몬 한 술 더 뜨는 분도 없지 않았습니다. 심지어 폐하를 해치려고 마수를 뻗치려고까지 했습니다. 이러니 황위에 눈독을 들인 황자들 중 심성이 올바른 사람이 몇이나 된다고 할 수 있겠습니까? 지금 윤상마마는 손발이 묶여 있습니다. 또 윤제마마는 전선으로 떠나갔습니다. 어디 그뿐입니까. 진정으로 이 나라를 걱정하고 제대로 된 일을 하는 황자는 자나 깨나 나쁜 생각만 품고 있는 사악한 무리들 때문에 갈수록 설 곳을 잃어가고 있습니다. 그러니 이걸 어쩌면 좋습니까!"

윤진은 왕섬의 말을 한마디씩 곱씹었다. 모비를 죽음으로 내몬 황자는 다름 아닌 열째 윤아일 것이라는 생각이 바로 들었다. 윤진은 눈물이 그렁그렁한 채 얼굴이 빨갛게 상기돼 있는 윤례를 힐끗 쳐다보면서 자신의 생각을 더욱 굳혔다.

"그 얘기는 이제 그만 하시죠. 그건 그렇고 넷째마마, 그 일은 앞으로 어떻게 처리하실 생각입니까?"

왕섬이 거의 평온을 되찾은 듯 침착한 어조로 물었다.

윤진은 다시 화제가 자신의 문제로 돌아오자 잔뜩 긴장하기 시작했다. 두 손이 식은땀으로 흥건해졌다. 윤진이 두 사람의 시선의 무게를 이길 수 없어 잠시 고민하는 듯하더니 드디어 입을 열었다.

"지은 죄가 없는데, 아닌 밤중에 봉창을 두드려 댄들 두려울 것이 뭐가 있겠어요? 창춘원으로 가서 아바마마께 자초지종을 말씀 올리고 지시하시는 대로 따를 겁니다."

"언제나 당당하게 정면으로 부딪치는 넷째마마에게 실로 탄복해마지 않습니다. 하지만 넷째마마의 인간성을 확실히 아는 사람 빼고는 누가 믿으려 하겠습니까? 폐하께서도 벌써 육십육 세입니다. 자신의 판단을 믿고 밀어붙이는 젊은 날의 패기가 날로 쇠잔해가고 있는 연세입니다. 넷째마마께서 폐하의 은총을 한 몸에 받고 계시니 당장은 괜찮을 것입니다. 그러나 소인배들이 옆에서 곰방대에 불을 붙여주고 아부하면서 부채질을 해대는 날에는 폐하께서도 생각이 바뀌실지 모르는 일입니다!"

왕섬이 뭔가 생각한 것이 있다는 듯 말했다. 윤례 역시 그의 의견에 동조했다.

"이 일에 대해서는 저와 스승님이 사전에 오래도록 머리를 맞대고 고민해 봤어요. 솔직히 조석으로 변하는 것이 사람 마음입니다. 오얏나무 아래에서 갓끈 고쳐 매다 괜한 곤욕을 치를까 걱정이 되네요. 폐하를 먼저 찾아가서 말씀 올릴 것까지는 없을 것 같아요."

윤진은 윤례와 왕섬의 말에도 일리가 있다고 생각했다. 그러나 당장은 더 이상의 뾰족한 수가 떠오르지 않았다. 급기야 불안한 마음에 자리에서 일어나 방 안을 서성거렸다. 얼마 후 왕섬이 의자 등받이에 몸을 기댄 채 말했다.

"그 여자가 여덟째마마의 손에 들어가는 날에는 큰일이 납니다. 물증을 확보한 여덟째마마로서는 유언비어와 낭설로 사람들을 미혹시키고 넷째마마를 손쉽게 사지로 몰아넣을 겁니다. 유언비어는 사람을 죽이고도 남을 위력이 있으니까요!"

윤진이 왕섬의 말을 듣다 말고 갑자기 휙 돌아서면서 물었다.

"그러면 어떻게 하는 것이 좋겠습니까?"

"사람이 죽는 것은 촛불이 꺼지는 것처럼 순식간입니다. 여자는 일부종사를 해야 합니다. 여자로서 정조를 잃는다는 것은 굶어 죽는 것보다 더 큰일입니다. 정씨는 죽어 마땅합니다."

왕섬의 두 눈에 시퍼렇게 칼날이 섰다.

"그건 안 됩니다. 없애버릴 생각이었으면 진작 그랬죠. 그럴 수는 없습니다."

윤진이 즉각 머리를 가로저었다. 그러자 왕섬이 윤진을 뚫어져라 쳐다보았다.

"저 역시 사람 죽이는 것을 재미로 여기는 마귀가 절대 아닙니다. 하지만 넷째마마와 그 여자를 선택할 수밖에 없는 기로에 있다면 누구를 택하겠습니까? 이 나라와 만백성은 넷째마마가 없으면 안 됩니다! 넷째마마께서는 정이 너무 많으셔서 상대방의 표적이 되기 십상입니다. 그자들은 지금 넷째마마께서 폭탄 같은 저 여자를 언제까지 껴안고 있나 눈여겨 주시하고 있을 겁니다!"

윤진은 실눈을 뜬 채 어느덧 눈이 내리기 시작하는 창밖을 바라봤다.

커다란 함박눈이 시커먼 땅을 하얗게 물들이고 있었다……. 한참 후 윤진이 입을 열었다.

"다른 곳으로 옮길 수는 없을까요? 윤례가 책임지고 어디 안전한 곳으로 피신시키는 것이 어떨까요? 잘 보살펴주라고 윤상이 거듭 부탁한 일인데, 어찌 여기까지 와서 손을 놓아버릴 수 있겠습니까?"

"넷째 형님! 형님은 지금 집안에 혹시 있을지 모를 첩자를 색출해 내는 것이 급선무예요! 집안사람 관리에 엄격하기로 소문난 넷째 형님의 집에서 소문이 어떻게 새어 나갔는지 궁금하지 않으세요? 그 여자를 다른 곳으로 옮기는 것은 어려울 게 없어요. 돈이 들어봤자 얼마나 들겠어요? 하지만 형님도 간수하기 어려운 마당에 제가 데리고 나와서 어떻게 하겠어요?"

윤례가 시커먼 눈썹을 한 곳에 모았다. 윤진은 그의 말에 흠칫 놀랐다. 자신의 생각과 너무나 일치하는 말이었기 때문이다. 순간 그의 눈빛은 찾는 이 없는 무덤더미처럼 음침하게 변해갔다. 오래도록 고민에 빠져들었다. 그러다 마침내 마음의 가닥을 잡은 듯 실소를 흘렸다.

"스승님, 이제 어떻게 해야 할지 알 것 같네요. 사람은 절대 죽이지 않을 겁니다. 여덟째 쪽이 아직 아무런 움직임이 없다는 것은 아직 사람이 우리 집에 있다는 심증만 있지 물증은 못 잡았다는 얘기예요. 요즘 들어 밖에 일이 바빠 집안을 소홀히 했더니, 곧바로 뒤통수치는 일이 발생하는군요. 집안관리 하나 제대로 못하면서 나라를 다스린다는 것은 한낱 어불성설에 지나지 않는 것 같습니다! 아무튼 오늘 이 자리를 영원히 잊지 않을 겁니다. 스승님과 동생의 정과 의리에 꼭 보답할 것을 약속드립니다. 그러면 안녕히 계십시오!"

윤진이 말을 마치고는 바로 두 손을 들어 읍을 했다. 그리고는 눈밭에 발자국을 선명하게 남기면서 성큼성큼 걸음을 옮겼다.

집에 돌아온 윤진은 곧바로 성음과 문각, 오사도를 불러 밤새도록 대책 마련에 들어갔다. 난롯불을 에워싸고 앉은 네 사람은 약속이나 한 듯 깊은 고민의 나락으로 빠져들었다.

"넷째마마! 마마께서 뵙기에 폐하께서는 건강 상태가 어떠신 것 같습니까? 매일 식사는 정량으로 하시는지요? 걸음새는 예전처럼 힘이 있으신가요? 앉았다 일어나실 때 누구의 부축이 꼭 필요하신지 눈여겨보셨습니까?"

쇠갈고리로 화롯불을 뒤지면서 오사도가 먼저 입을 열었다. 윤진이 그의 질문에 약간 어리둥절한 표정을 지었다. 그러나 결코 쓸데없는 것을 물을 오사도가 아니었으므로 턱을 약간 쳐들고 생각에 잠겼다.

"요즘 들어서는 부쩍 피곤해 하시는 것 같았어. 식사도 맛깔스럽게 드시지 못하는 것 같았고. 생각이 너무 많으셔서 그런가? 작년 가을께부터는 거동이 불편해 양 옆에서 부축해 드려야 했어. 이제는 상주할 시간에도 한 시간을 넘어가면 바로 손이 떨리고 머리가 절로 흔들리더라고. 그러나 외신들 앞에서는 끝까지 흐트러진 모습을 보이지 않아. 기운이 떨어져 다음날 다시 부르는 한이 있더라도 그 자리에서만은 절대 약한 모습을 보이지 않으신다니까! 아마 우리 앞에서는 편하시니까 그런 모양이야."

오사도가 또 물었다.

"외람된 질문이나 내정內廷에 폐하의 건강 장수 식품을 전문적으로 만드는 곳이 있습니까?"

윤진이 머리를 저었다.

"아바마마께서는 그런 것을 제일 혐오스러워 하시네. 언제인가 폐하께서 남순하실 때였던 것 같네. 강남 총독인 갈례가 장수불로초 만드는 비법이니 뭐니 하면서 밀서를 보냈어. 그러나 심하게 혼만 났지. 올 여름에는 명주 아들 규서가 천년 묵은 거북이로 만든 정력 강장제라면서 올려 보냈어. 그러나 칭찬을 받기는커녕 벽에 똥칠할 때까지 사는 꼴을 보고 싶어 그러느냐면서 면박을 맞기도 했어."

"죽음에 초연한 사람이 아니고서는 그렇게 의연할 수가 없죠!"

오사도가 생각에 잠긴 채 혼잣말처럼 중얼거렸다. 좌중의 사람들은 그런 그의 입을 뚫어지게 쳐다보고 있었다. 느닷없이 황제의 건강 상태를 물어 도대체 얘기를 여기까지 끌고 온 이유가 뭘까 하고 궁금해하는 듯했다. 그가 마침내 말머리를 돌렸다.

"여덟째마마는 만사에 욕심이 없다는 듯 여유만만하게 굴고 있습니다. 그러나 사실은 태자를 두 번씩 폐위시킬 당시보다 더 엄청난 힘으로 움직이고 있다는 것을 아셔야 합니다. 아홉째, 열째 마마가 밤낮없이 집에서 손님 맞느라 눈코 뜰 새 없이 바쁘게 보낸다는 것을 모르시죠? 내신, 외신부터 시작해 크게는 봉강대리들, 작게는 현령과 현승들까지 닥치는 대로 꿰어 옆구리에 차느라 여념이 없습니다. 열넷째마마께서 병사들을 거느리고 밖에 나가 있으니 여덟째마마로서는 지금이 승부수를 띄울 적기라고 생각할 법도 합니다. 그 분이 넷째마마의 약점을 틀어쥐고도 점잖게 앉아 있는 이유는 뭘까요? 상식을 벗어나는 짓을 한다는 건 뭔가 다른 꿍꿍이가 있다는 증거입니다. 각별히 조심해야겠습니다!"

좌중의 사람들도 여덟째의 행동거지가 수상하다는 생각은 했다. 하지만 정확한 이유는 모르는 것 같았다. 당장 끄집어내는 것도 불가능해 보였다. 한참 후 문각이 조심스럽게 입을 열었다.

"혹시……."

"당연하죠. 바로 그거요!"

오사도가 문각이 운을 떼자마자 난롯불에 달궈져 더욱 붉어진 얼굴로 말했다. 마치 문각이 무슨 말을 할지 점치기라도 한 것 같았다. 그가 덧붙였다.

"당연히 그 분은 폐하의 그날을 고대하는 겁니다! 그날이 오면 밖에 있는 열넷째의 십만 대군과 안에 있는 융과다의 구성九城 금위군禁衛軍이 안팎으로 협공한다는 계산을 하고 있는 겁니다. 그러면 싸움은 붙어 볼 것도 없이 그냥 끝나버립니다. 요즘 사람 사냥을 하다 못해 넷째마마의 문객인 연갱요에게까지 마수를 뻗친 것을 보면 꽤나 볼만한 연극을 꾸미는 것 같기도 하고요!"

"그게……"

성음이 도대체 무슨 얘기를 하는지 모르겠다는 표정을 한 채 물었다.

"한 글자 한 글자씩 뜻풀이를 해줘야 알아듣겠소? 제 말은 여덟째마마가 아직 폐하의 속마음을 읽어내지 못했기 때문에 열넷째마마에 대해서도 완전히 믿지는 못하는 눈치라는 겁니다! 아니면 왜 위험을 무릅쓰고 연갱요를 끌어들이느라 안간힘을 쓰겠어요?"

오사도의 눈빛은 마치 귀신불처럼 반짝거렸다. 윤진은 그제야 연갱요가 주둔하고 있는 서안이 바로 열넷째 윤제가 병사들을 이끌고 돌아올 때 반드시 경유해야 하는 지역이라는 사실을 머리에 떠올렸다. 또 여덟째가 연갱요를 끌어들이는 것이 여의치 않을 경우 열넷째를 서안에서 없애버리려는 악랄한 음모를 꾸미고 있다고 판단했다. 그가 다른 사람들의 생각을 더 들어보려는 듯 물었다.

"그들 몇몇은 생사를 같이 하는 일심동체 아닌가. 설마 열넷째를 어떻게 하기야 할까?"

오사도가 그런 윤진을 오래도록 쳐다보더니 천천히 입을 열었다.

"겉으로 일체처럼 보이는 것은 쉬울 수 있습니다. 하지만 진정한 문경지교는 흔치 않습니다! 멀리로 소진蘇秦과 장의張儀, 장이張耳와 진여陳餘를 보십시오. 가까이로는 진몽뢰와 이광지만 봐도 알 수 있습니다. 한데 붙어 죽고 못 살 것처럼 하다가도 이해득실의 상황이 닥치면 수박 쪼개지듯 딱 갈라서지 않습니까! 넷째마마와 군신의 의리를 굳건히 다지고 사적으로는 형제간이나 다름없는 연갱요가 왜 여덟째에게 다가가겠습니까?"

오사도가 가볍게 냉소를 흘리면서 덧붙였다.

"그들은 벌써 한 덩어리가 돼 있을지도 모릅니다. 둘이 만나서 무슨 얘기를 나눴을지도 짐작할 수 있죠. 연갱요에게 윤제가 북경으로 돌아오지 못하도록 길을 차단시켜 버리라는 뭐 대충 그런 내용 아니겠습니까? 열넷째마마가 황제의 꿈을 버리지 않는 한 충분히 그럴 수 있습니다."

좌중의 사람들은 일리가 있는 오사도의 말에 열심히 귀를 기울이며 속으로는 그의 통찰력에 탄복했다.

"그대의 말대로라면……, 나는 속수무책으로 앉아 죽여주기만을 기다리는 수밖엔 없겠군?"

윤진이 오사도의 말에 모골이 송연해졌는지 꿀꺽 침을 삼켰다. 오사도가 윤진의 말에 목젖을 들썩이면서 크게 웃었다.

"넷째마마께서는 황제 자리에 앉을 분이십니다. 무슨 그런 걱정에 빠져 계십니까!"

"나는 황제가 되고 싶은 마음도 없으나…… 그들에게 짓밟힐 수는 더더욱 없지!"

윤진도 이를 악물었다. 윤진이 정색을 하자 오사도가 웃음기를 거두면서 다시 말을 이었다.

"방금 우리는 최악의 경우를 논의했던 것입니다. 가장 중요한 것은 차기 황제 선택권이 지금의 폐하께 있다는 겁니다! 여덟째마마가 물 샐틈없이 치밀하게 준비했다고는 하나 치명적인 구멍이 뚫렸다는 사실을 모를 겁니다. 여덟째마마가 열넷째마마의 발목을 잡고 있으면 넷째마마로서는 외환을 덜어낸 것이나 다름이 없습니다. 비록 연금당해 있다고는 하나 전위조서傳位詔書(황제 자리를 물려준다는 내용을 적은 조서)를 받을 넷째마마께서 그 옛날의 위력이 여전한 열셋째마마를 풀어주시면 두 분의 괴력을 당해낼 사람은 결코 없을 겁니다! 모두들 신하를 자칭할 겁니다."

윤진은 강희가 분명히 자신에게 황제 자리를 물려줄 것이라고 단언하는 오사도의 말에 웃음을 터트렸다. 이어 한마디 했다.

"그렇다고 해도 셋째 형님 역시 호락호락하지는 않을 걸? 또 최종 결론은 뚜껑을 열어봐야 알아. 그러니까 섣부른 장담은 하지 말았으면 하네."

"설사 셋째마마께서 황제 자리를 물려받더라도 우리는 마마를 섬겨 주공周公으로 만들겠습니다. 아주 훌륭한 왕으로 말입니다. 그것도 즐거운 일 아닐까요?"

오사도가 이내 침을 한 모금 삼키고 나서 덧붙였다.

"걱정하지 마십시오. 셋째마마는 장황자마마와 사이가 좋지 않습니다. 이를 바드득 바드득 갈고 있을 겁니다. 그런데 장황자마마와 여덟째마마는 같은 파당입니다. 당연히 셋째마마께서 황위에 오른다면 여덟째마마를 없애달라면서 넷째마마를 찾아오실 겁니다. 그러나 셋째마마일 가능성은 극히 희박합니다. 말하자면 그렇다는 말씀입니다! 그건 그렇고, 정춘화는 어떻게 할 겁니까? 아무리 생각해 봐도 곁에 둬서 득이 될 것은 없는데 말입니다. 일단 급선무는 집 안에 있는 첩자를 색출하는 것입니다. 지금부터 그쪽으로 전력을 기울여야겠습니다. 자칫하면 우리 모두 한가마에 들어가 쪄죽는 비운을 겪을 수도 있다는 사실을 명심하십시오!"

윤진이 머리를 끄덕이면서 공감을 표했다. 이어 자리에서 일어서면서 냉소를 흘렸다.

"어떤 놈이 감히 내 뒤통수를 치겠다는 거야? 어림없지! 부처님이 자비롭다고 해도 십팔층 지옥을 만드셨는데……. 지켜보게, 내가 어떻게 하는지를!"

윤진은 말을 마치자마자 바로 횡하니 밖으로 나갔다. 그때 성음이 빙긋 웃으면서 오사도를 향해 말했다.

"여보게, 제갈공명 어른! 도대체 간이 배 밖에 나온 첩자가 누구요? 어디 짚이는 데가 없소?"

"뛰어봤자 벼룩이지 그 몇몇밖에 더 있겠소?"

오사도가 홀가분한 표정을 지은 채 대답했다. 이어 자신감 넘치는 어조로 확신하듯 덧붙였다.

"걱정하지 마시오. 넷째마마가 어떤 분이신데! 치밀하고 예리하기로 치면 지금의 폐하 못지않으시잖소!"

윤진이 오사도 등과 밀담을 나누던 풍만정楓晚亭을 나섰을 때는 자정이 훨씬 넘은 야심한 시각이었다. 눈보라가 휘몰아치는 가운데 멀리서 등불 하나가 가까이 다가오고 있었다. 윤진의 서재에서 시중을 들고 있는 채영蔡英이라는 하인이었다. 윤진이 물었다.

"여기서 나를 기다리고 있었나? 무슨 일 있어?"

채영은 추위에 이빨을 덜덜 떨면서 콧물까지 훌쩍거렸다.

"연갱요 어른이 서재에서 넷째마마를 기다리고 있습니다. 내일 다시 오라고 해도 오늘 꼭 뵈어야겠다면서 벌써 몇 시간째 저러고 앉아 있습니다……."

"무슨 일 때문에 그런다는 말은 없고?"

"넷째마마께서 뭔가 오해하고 계신 것 같다고 하더군요. 오늘 중에 만나 뵙고 오해를 풀지 못하면 잠도 못 잘 것이라고 했습니다."

"오해라고? 도대체 내가 무슨 오해를 하고 있는지 가서 알아보지."

연갱요는 만복당 서쪽에 있는 작은 서재에서 무려 네 시간째 초조하게 기다리고 있었다. 물론 그는 성의를 표한 만큼 그대로 가버릴 수도 있었다. 그러나 감히 그러지를 못했다. 윤진의 작은 부인이 된 여동생을 만나러 가지도 않았을 뿐만 아니라 문각 등을 찾아 한담을 나누지도 않았다. 어렸을 때부터 문무를 겸비한 그는 누구에게도 아쉬운 소리를 해본 적이 없었다. 전쟁터에서는 악랄하기 이를 데 없는 장군이기도 했다. 그 때문에 군중軍中에서는 공공연하게 도살자, 즉 '도부'屠夫라는 별명으로 불렸다. 한마디로 천하에 무서운 구석이 없었다. 그러나 그런 그도 유독 윤진만은 두려워했다. 불교에 귀의한 탓에 파리 한 마리도 때려죽이지 않는 윤진이기는 했으나 은연중 드러나는 서슬 푸른 눈빛은 소리 없이 사람을 오그라들게 만드는 위력이 있었던 것이다.

창춘원 문 앞에서 윤진에게 한 소리를 들었을 때 그는 당연히 기분이 좋지 않았다. 홧김에 윤진을 보지 않고 그냥 서안으로 돌아가 버릴까 하는 생각도 잠깐 해보았다. 하지만 두 다리가 저절로 옹친왕부로 향하는 것은 어쩌지 못했다.

몇 시간째 기약 없는 기다림에 초조할 대로 초조해진 연갱요의 인내심이 거의 바닥날 무렵이었다. 집으로 돌아와서도 오사도 등을 먼저 만난 후에야 채영을 앞세운 윤진이 그가 오래도록 기다리고 있는 서재로 들어섰다. 그는 황급히 바닥에 납작 엎드려 머리를 조아렸다.

"노재 연갱요가 인사 올립니다!"

그러나 윤진은 곁눈질도 하지 않은 채 자리에 앉았다. 이어 채영에게 우유를 데워오라고 명령했다. 윤진이 더운 물에 담근 발을 맞비비면서 천천히 음미하듯 우유를 마시다 한참 후에야 느릿느릿 입을 열었다.

"여덟째는 만나봤어?"

"만…… 만나지 않았습니다. 병부아문 앞에서 만난 아홉째마마가 억지로 끌어당기는 바람에 잠깐 앉았다 나온 것 외에는……."

연갱요가 떨리는 목소리로 대답했다.

"일일이 보고할 것은 없어. 여덟째, 아홉째 모두 내 아우들이야. 또 열넷째도 나하고 친한 사이지. 일어나게. 그런데, 내가 그렇게 속 좁고 옹졸한 사람 같은가?"

윤진이 갑자기 웃음을 지으며 물었다. 윤진의 얼굴 표정은 극과 극으로 오락가락했다. 마치 휘장을 걷어 올렸다 내렸다 하듯 변했다. 연갱요는 그의 그런 성향을 모르지 않았다. 당연히 속마음을 가늠하는 것이 하늘의 별 따기라는 사실을 너무나 잘 알고 있었다. 그가 곧 조심스럽게 일어나더니 안타까운 표정을 지으면서 대답했다.

"소인은 넷째마마를 수 년 동안 모시면서 바다같이 넓고 깊은 아량에 감복한 적이 한두 번이 아닙니다!"

윤진이 머리를 흔들었다.

"자네가 그렇게 말하는 것은 뭔가 잘못 알고 있는 것이네. 나라는 사람은 사실 눈에는 눈, 이에는 이라는 원칙을 신봉하는 옹졸한 인간이야. 여덟째에 비하면 아량이라고 할 것도 없이 협소하지."

채영은 윤진이 말하고 있는 사이에도 부지런히 발을 닦아준 다음 양말과 신발도 신겨줬다. 윤진이 한결 가뿐하게 걸음을 내딛더니 이맛살을 찌푸렸다.

"일반 민간의 인연으로 따지면 자네는 내게 큰처남이야. 말할 나위도 없이 친밀한 관계지. 하지만 자네가 나의 기노旗奴인 것도 엄연한 현실이야. 그러니 내가 따질 수밖에. 그래서 아까 장오가 앞에서 자네 체면을 무시한 채 한소리 했던 거야. 알겠어?"

"예, 알겠습니다!"

"알기는 뭘 알아! 그걸 아는 사람이라면 북경에 왔으면 제일 먼저 폐하를 찾아 뵙고, 그 다음에 나에게 인사를 해야지. 다른 사람 만나는 것은 나중이고. 그게 예의이고 순서 아닌가!"

윤진이 단칼에 연갱요의 말을 잘라버렸다.

"넷째마마께서 너무 눈코 뜰 새 없이 바쁘셔서……."

"입 닥쳐! 부처님이 어디 계시는가? 바로 우리 마음속에 계셔! 내가 오늘은 바쁘지 않은가? 그래도 오래도록 기다려 결국에는 만났잖아!"

윤진이 버럭 소리를 질렀다. 연갱요가 다급했는지 마른침을 꿀꺽 삼켰다.

"잘못을 시원스럽게 인정합니다. 하지만 다른 사람을 만났어도 넷째마마는 항상 제 마음속 주인으로 자리하고 계십니다. 아홉째마마와도 '날씨가 참 좋네' 하는 정도로 가벼운 얘기밖에는 나누지 않았습니다. 넷째마마께서는 제가 다른 사람을 먼저 만난 것 때문에 심기가 불편한 것이 아니라 마음속에 넷째마마 아닌 다른 누구를 담고 있지 않을까 염려하시는 줄 저는 잘 알고 있습니다! 긴 말은 필요 없을 듯합니다. 제가 있는 섬서성 바로 옆에 열넷째마마가 있습니다. 넷째마마를 향한 마음을 저의 진심으로 느끼도록 보여 드리겠습니다. 부디 지켜봐 주십시오!"

연갱요의 진심은 거짓이 아닌 듯했다. 그러나 극도로 심기가 불편한 상태인 윤진에게는 오히려 역효과를 일으켰다. 윤진이 가만히 듣다 말고 얼굴에 냉소를 머금은 채 쏘아붙였다.

"잘 알고 있다더니, 이제 보니 아는 척을 했을 뿐이구면! 자네가 진심으로 나를 위한다면 방금 했던 말 따위는 아예 염두에도 두지 말아야 해! 그런 말을 한다는 것은 자네가 적어도 생각이 그쪽으로 돌아갔었다는 증거야! 자네는 밖에 나가 있는 내 문하의 관리들 중에서는 단연 제일가는 실력자야. 자기의 본분을 망각하지 않는 것이 폐하께 충성을 다하는 것이야. 그게 자네 주인인 나의 체면도 살려주는 길이고. 그걸 왜 몰라? 내가 다른 황자들처럼 대권에 눈이 멀어서 정신 못 차리는 별 볼 일 없는 인간인 줄 알아? 자네는 나를 잘못 봤어. 자네의 순결한 충성도 고쳐 생각해야겠어!"

연갱요는 윤진이 화풀이를 할 뿐 속에 있는 말을 하는 것은 아니라는 사실을 모르지 않았다. 그는 연신 머리를 주억거리면서 용서를 구했다.

"맞는 말씀입니다! 정말 지당하신 훈계입니다! 다시는 감히 허튼 생각을 하지 않겠습니다……."

"이미 허튼 생각을 하고 있으면서도 '감히 않겠다'라고? 자네나 대탁이나 너무 주제파악을 못하는 것이 병이야! 자네, 지난번에 편지에서 뭐라고 그랬어? '오늘날 넷째마마께 충성하는 것이 훗날 폐하께 충성하는 것입니다!'라고 하지 않았나? 그래, 안 그래? 연갱요, 정신 바짝 차려! 다른 것은 제쳐 두고라도 '훗날'이라는 두 글자만으로도 자네 일가족은 연기처럼 사라질 수도 있어!"

윤진이 얼음장같이 차가운 얼굴로 연갱요를 꾸짖었다. 연갱요의 이마에서는 식은땀이 송골송골 배어 나오고 있었다. 얼마 전부터 자신이 황당무계한 생각을 한 것이 사실이라고 속으로 인정하는 순간이었다.

그는 자신 일가족의 생명이 윤진의 손에 완전히 들어가 있다는 사실을 다시 한 번 느끼지 않을 수 없었다. 또 자신과 윤진이 오래 전부터 도저히 뗄 수 없는 공동운명체라는 사실 역시 다시 한 번 확인했다. 그로서는 힘껏 마음의 고삐를 잡아당겨 제자리로 돌려놓는 수밖에는 없었다.

얼굴이 잔뜩 굳어진 윤진이 다시 뭐라고 입을 열려고 할 때였다. 채영이 새파랗게 질린 얼굴을 하고는 허겁지겁 달려 들어와 아뢰었다.

"넷째마마! 북원北院의 작은 불당에 계시던 정鄭…… 마님께서 목을 매 자살했사옵니다!"

윤진은 순간 용수철처럼 튕기듯 자리에서 일어났다. 그리고는 불꽃이 뿜어져 나오는 눈빛으로 연갱요를 바라보면서 말했다.

"나하고 같이 가지!"

50장
넷째 황자의 위엄

　밖에는 함박눈이 펑펑 쏟아지고 있었다. 또 땅에는 어느새 발목이 덮일 정도로 눈이 쌓여 있었다. 고복이 몇몇 하인들을 데리고 밖에서 윤진을 기다리고 있었다. 그리고는 등불을 밝힌 채 말없이 불당으로 걸어가는 윤진을 따랐다.

　연갱요 또한 윤진을 따라가면서 계속 안도의 숨을 내쉬었다. 가슴이 벌렁거릴 정도로 윤진에게 한바탕 혼이 났으나 같이 가자는 말을 듣는 순간, 이제는 살았구나 하는 생각이 들었던 것이다. 그는 군량미를 타러 북경에 왔다가 여덟째 황자가 후계자로 확실시 된다는 소문을 들었다. 의아스러울 수밖에 없었다. 그러던 중 아홉째를 우연히 만나 잠시 앉아 얘기를 나누었다. 그때만 해도 그것이 화근이 될 줄은 그로서는 전혀 알 턱이 없었다. 그는 장화에 발밑의 눈이 짓이겨지는 소리를 즐기듯 아무 일도 없는 것처럼 여유롭게 걸어가는 윤진을 힐끗 쳐다봤다. 속으로 신세타령 아닌 신세타령이 터져 나오고 있었다.

'어쩌다 달걀 속에서 뼈를 찾는 저런 엉뚱한 주인을 만나 이 고생인가! 그건 그렇고 '정 마님'은 또 누구야? 금시초문인데? 궁금하군!'

연갱요는 두서없이 이런저런 생각을 하면서 계속 윤진의 뒤를 따라갔다. 얼마 후 고복 일행이 걸음을 멈추었다.

"도착했습니다, 넷째마마! 군문, 어서 들어가십시오. 저희는 밖에서 대기하고 있겠습니다."

"집에서는 다 똑같은 신분이니, 군문이라고 부를 것 없네. 갱요, 자네는 나를 따라 들어오게."

윤진은 하인이 우비를 벗길 수 있도록 몸을 맡긴 다음 발을 굴러 눈을 털더니 턱을 한껏 쳐든 채 말했다. 이어 먼저 안으로 들어갔다. 그곳의 정원과 안채, 별채에는 어디나 할 것 없이 하녀와 어멈들로 가득했다. 몇몇 시중들던 어멈들은 눈물을 닦으면서 그녀의 죽음을 불쌍히 여기는 말을 넋두리처럼 해대고 있었다.

"오후까지만 해도 멀쩡하더니 어쩌면 저렇게 갈 수가 있어그래! 아이고, 가엾기도 하지!"

"그러게요! 좋은 분인데……."

"마가 낀 것이 아닐까?"

연신 쯧쯧 혀를 차면서 넋두리를 늘어놓던 아낙들은 윤진과 연갱요가 들어서자 바로 입을 다물었다. 그리고는 겁에 질린 듯 한데 엉켜 서서 윤진의 눈치를 살폈다.

"문칠십사는 어디 갔는가?"

윤진이 물었다.

"소인 여기 있사옵니다!"

안에서 눈물을 짓고 있던 문칠십사가 황급히 달려 나왔다. 그를 보고 윤진이 한숨을 지으면서 물었다.

"오늘 오후에 뭐라고 하는 것 못 들었어?"

문칠십사가 얼른 대답했다.

"그림을 그리고 싶은데 종이가 다 떨어졌다면서 좀 사다 줄 수 있겠느냐고 하셨습니다. 그래서 소인이 금방 달려가 사다 드렸습니다. 그때만 해도 기분이 참 좋아보였사옵니다……."

윤진이 다시 물었다.

"도화지 받고 뭘 물어본 것은 없고?"

"요즘 꽃시장에는 어떤 꽃이 예쁘더냐고 물어오셨고……, 아는 사람 만났었느냐고도 물었습니다. 또 밖에서 무슨 소문 못 들었느냐고 하더군요. 그리고 열셋째마마가 석방됐느냐고 물으시면서 궁금해 하시고……. 그게 전부이옵니다."

"그래서 뭐라고 대답했나?"

윤진이 집요하게 물었다.

"제가 '날씨가 추워 도화지만 사고, 배가 고파 순두부 한 그릇 먹었습니다. 굉장히 비쌌어요. 그래서 장사꾼에게 물었더니, 서정 길에 오르신 열넷째마마 쪽으로 콩을 수확하는 대로 가져다 바치는 바람에 부족해져서 순두부가 비싸졌다고 하더군요……' 그런 식으로 말씀드렸습니다."

윤진은 문칠십사의 말을 듣고 나자 순간적으로 짚이는 데가 있었다. 정춘화가 하루하루를 지탱하면서 살아올 수 있었던 것은 행여나 윤잉이 풀려나 군대를 이끌고 서정 길에 오르지는 않을까 하는 기대에 힘입은 바가 컸다. 그런데 그 희망의 끈이 허망하게 끊어져버린 것이다. 그 말을 듣는 순간 정춘화로서는 더 이상 삶의 희망을 가지지 못할 수밖에 없었을 것이다.

윤진이 다시 물었다.

"제일 마지막에 얼굴을 본 사람이 누구지?"

"소녀이옵니다. 저녁 식사 후에 잠깐 뵈었을 때 난롯불 옆에서 종이를 태운 듯한 가루가 수북하게 쌓여 있었사옵니다. 소녀가 묻지도 않았는데, 그것은 전에 신발 문양을 새겼던 종이들이라고 하시더군요. 귀찮아서 그냥 태워버렸다고 하셨사옵니다……."

하녀 하나가 겁에 질린 눈빛으로 윤진을 힐끗 쳐다보면서 아뢰었다. 윤진은 하녀의 말이 채 끝나기도 전에 방 안으로 성큼 들어섰다. 연갱요도 뒤따라 들어갔다.

정춘화는 방 한가운데에 반듯하게 누워 있었다. 머리맡에 켜놓은 장명등長明燈 하나가 가볍게 진저리치면서 정춘화가 머물던 방을 희미하게 비추고 있었다. 윤진이 다가가 정춘화의 얼굴에 덮여 있던 종이를 벗긴 다음 마지막 가는 얼굴을 바라봤다. 이어 다시 한 발자국 물러나 두 손바닥을 맞대고 합장하면서 혼잣말처럼 중얼거렸다.

"살아갈 길이 많기도 한데, 왜 하필이면 이 길을 택했소? 기왕 택한 길이라면 부디 가서 잘 지내시오."

윤진은 망연자실한 눈빛으로 방 안을 둘러보다 구석의 탁자 위에 놓여 있는 종이 한 장을 발견했다. 서둘러 연갱요에게 지시했다.

"뭔지 좀 갖고 와 보게."

"시입니다!"

연갱요가 종이를 윤진에게 건네줬다. 둘째와 넷째에게 보낸 두 편의 시였다.

육경궁의 옛 주인에게:
밤마다 꿈속에서 울면서 당신을 찾아다녔어요,
그러나 한스럽게도 당신은 흘러간 물처럼 어디에도 없었지요.

고목이 시들어가는 걸 보고 있노라니, 내 마음 또한 따라 죽어가요.

서풍西風이 내 꿈을 날려버렸으니, 누구를 원망할까요?

원명거사圓明居士(윤진의 호)에게:

정을 잊지 못해 돌아오지 못할 길을 가나 후회는 없어요.

한漢나라 초선貂蟬의 눈물이 정말 이럴까요?

모질게 살라고 그렇게 당부하셨지만 그만 갑니다.

못난 여자라고 비웃지는 말아 주십시오.

－떠돌이 정씨 절필

윤진은 몇 줄밖에 되지 않는 시가 적혀 있는 종이를 오래도록 들여다봤다. 어느새 얼굴이 무서울 정도로 창백하게 변해 있었다. 조사해 볼 것도 없이 편지는 정춘화의 친필이 틀림없었다. 윤잉의 재기가 불가능하다는 것을 비관해 자살한 것이 분명했다. 자신은 삶에 미련이 있어 사는 것이 아니라고 정춘화가 말했던 것을 보면 정말 그렇다고 할 수 있었다. 더구나 그녀는 윤잉이라는 '고목'古木에 봄이 오는 것을 보고 죽으면 여한이 없겠노라고 하지 않았는가.

사실 정춘화에게 애증이라고는 딱히 없었던 윤진은 처음 그녀의 부음을 접했을 때부터 별로 슬프지 않았다. 아니 오히려 해방감까지 느꼈다고 해도 좋았다. 그러나 절필絶筆 편지를 읽고 나자 기분이 묘하게 달라졌다. 순정적인 여자이자 똑똑한 친구를 잃은 것 같은 슬픔이 뒤늦게 찾아온 것이다.

그가 한참 넋을 잃고 서 있는가 싶더니 종이에 불을 붙였다. 연갱요가 하얗게 재로 변한 종이를 들여다보는 윤진에게 물었다.

"뭐라고 썼습니까?"

"아무것도 아니네."

윤진은 다시 빠르게 무표정한 얼굴로 돌아왔다. 이어 문 밖으로 나가면서 명령을 내렸다.

"갱요, 자네는 그만 돌아가게. 내일 오후 호부에 와서 나하고 같이 집에 오자고. 고복, 서재에서 시중드는 채영을 비롯한 몇몇을 풍만정에 모이라고 하게. 오사도 선생에게는 알릴 것 없어!"

다음날 아침 연갱요는 일찍 일어났다. 그리고는 눈을 맞으면서 호부로 가서는 시세륜의 서재에서 명령을 대기했다. 미리 가서 기다리다가 부를 때 금방 달려가지 않고, 만약 조금이라도 지체하는 날에는 가뜩이나 심기가 불편한 넷째한테 꼬투리를 잡힐까 걱정스러웠던 것이다.

그러나 윤진은 점심때가 다 되도록 모습을 드러내지 않았다. 심문실에서는 우명당과 시세륜이 외관外官을 접견하고 있었다. 뭐라고 물을 수도 없는 노릇이었다. 그때 넷째 윤진의 마름인 채영이 들어섰다. 이어 연갱요를 향해 고개를 끄덕여 보이고는 심문실에 앉아 있는 우명당과 시세륜을 향해 말했다.

"넷째마마께서 어제 창춘원에서 밤새도록 상주를 올리고 이제야 나오셨습니다. 저녁에 들를 테니 어제 상의한 내용을 문서로 작성해 놓으라고 하셨습니다……."

채영이 지시 사항을 전달하고 난 다음에야 연갱요에게 말했다.

"연 어른, 넷째마마께서 밖에 계십니다. 어서 가십시다!"

"이런 심부름은 고복이 다니는 것 아니었던가?"

연갱요가 걸어가면서 이상하다는 듯 물었다. 그러자 채영이 시무룩한 얼굴로 대답했다.

"고복, 그 양심 없는 자식이 환장했는지 넷째마마를 배신했습니다. 어

214 강희대제 12권

제 저녁 덜미를 잡혔습니다……."

채영이 신나게 말을 하다 말고 갑자기 말문을 닫았다. 마침 주변에 사람이 지나가고 있었던 것이다. 연갱요 역시 더 이상 물을 엄두를 내지 못했다. 호부아문을 나서자마자 윤진의 수레가 보였다. 연갱요는 곧 말을 타고 윤진의 수레 뒤를 따라 옹친왕부에 도착했다. 윤진이 수레에서 내리더니 지칠 줄 모르고 눈가루를 흩뿌리는 하늘을 바라보면서 차갑게 말했다.

"연갱요, 오늘 내로 좋은 구경 하나 시켜주지!"

연갱요가 눈을 동그랗게 뜨며 관심을 보였다.

"눈 주위가 까맣게 변했습니다. 밤잠을 제대로 주무시지 못한 것 같은데, 무슨 일이라도 있는 겁니까?"

윤진이 말없이 머리를 한 번 끄덕여 보였다. 그리고는 성큼 대문 안으로 들어섰다.

연갱요도 윤진을 뒤따랐다. 곧 놀라운 광경이 그의 눈앞에 펼쳐졌다. 200여 명의 하인들이 무릎께까지 오는 눈밭에 눈사람처럼 꼿꼿이 서 있었던 것이다. 순간 그는 깜짝 놀라 숨을 한껏 들이마셨다. 홍시와 홍력 두 아들은 미리 기다리고 있었는지 윤진에게 다가가 양 옆에서 팔을 부축한 채 처마 밑으로 들어갔다. 사람들은 일제히 눈밭에 무릎을 꿇으면서 우레 같은 소리로 외쳤다.

"황자마마 강녕하십시오!"

윤진이 얼음장처럼 차가운 얼굴에 갑자기 소름 끼치는 표정을 지었다. 이어 일어나라는 말도 하지 않고 한참 서 있다 천천히 입을 열었다.

"요즘 들어 바깥일에 눈코 뜰 새 없이 바쁜 나를 대신해 집안 살림을 하느라 여러분들의 수고가 많았다. 음!"

윤진이 뭔가를 잠시 생각하는 듯하더니 이어 다시 말을 이어나갔다.

"사람은 충과 효를 지킬 줄 알아야 하는 것이다. 내가 폐하를 위해 열심히 일하는 것은 신하된 충성을 다하는 것이다. 또 자네들이 나의 노재로서 집안일을 물샐틈없이 하는 것도 충성을 다하는 거라고 할 수 있겠지. 폐하께서 논공행상 차원에서 나를 친왕으로 봉해주셨다면 나 역시 자네들에게 상을 내리는 것을 잊을 수는 없다. 여봐라!"

윤진의 말에 집사들이 동시에 우렁차게 대답했다.

"예, 대령했습니다!"

"흑산장黑山莊 쪽에서 올해는 설 경비로 얼마나 보내 왔던가?"

"예, 마마! 총 이만 사천일백열여덟 냥입니다."

옹친왕부의 살림을 책임진 늙은 집사가 대답했다. 윤진이 빙긋 웃으면서 지시했다.

"나는 끝의 자투리 가지고도 충분히 생활할 수 있으니까 즉시 이만 냥을 가지고 와!"

"예!"

곧바로 하인들 스물 몇 명이 열 개도 더 되는 철제상자를 힘겹게 들고 왔다. 그리고는 일제히 열어젖혔다. 눈부신 은전이 눈밭에서 더욱 하얗게 빛났다.

"은 좋지! 이것만 있으면 부모도 모실 수 있고, 처자식 배 곯는 일도 없게 되지. 사돈의 팔촌에게까지 인심을 쓸 수도 있고……. 하지만 나는 지금부터 이 은전을 자네들에게 전부 나눠주려고 해! 하나도 남기지 않고 몽땅 말이네!"

윤진이 은전이 가득 든 상자들을 힐끗 쳐다보더니 대수롭지 않은 듯 웃음을 흘렸다. 순간 사람들 속에서 함성이 터져 나왔다. 곧 살림을 책임지고 있는 집사 노인이 도수 높은 안경 너머로 장부를 들여다보면서 큰 소리로 외쳤다.

"상, 중, 하 세 등급으로 나눠 상을 내리겠다. 상급에 속하는 사람은 모두 열두 명으로, 일인당 일백예순 냥씩 타갈 것이다. 또 중급은 일백일흔 명으로, 일인당 백 냥씩 타게 된다. 하급에 속하는 사람은 모두 마흔 세 명으로, 일인당 일흔 냥씩을 상으로 내린다. 이 등급은 서재에 있는 몇몇 사람들이 고민한 끝에 매긴 것이다. 넷째마마께서 최종 결정한 사안이라는 것도 밝히는 바이다."

좌중의 사람들은 저마다 싱글벙글 웃는 얼굴을 한 채 은전을 받았다. 그리고는 제자리로 돌아가 다시 무릎을 꿇었다.

"마흔세 명이 조금 적게 타갔군."

윤진이 은을 다 나눠주고 나서 두루마기 자락을 툭툭 털었다. 그리고는 왜 등급을 나눴는지에 대한 설명을 덧붙였다.

"적게 가졌다고 누구를 원망할 것은 없네. 원망하는 마음이 생기는 사람들은 충忠, 근勤, 신愼 세 글자를 떠올리고 곰곰이 자신을 비춰보라고! 왜 다른 사람은 일백예순 냥씩 탔는데, 나는 고작 일흔 냥만 가질 수밖에 없는가 하고 말이야. 원인을 찾아 고치고 열심히 노력하면 내년에는 일흔 냥 받던 사람도 충분히 일백, 일백예순 냥을 탈 수 있어! 채영은 자네들과 비교도 안 될 정도로 많이 탔어. 자그마치 천 냥이야. 다섯 명의 이품 경관京官의 월급에 해당하는 돈이지! 어디 그뿐인가? 내년에는 지방의 현령으로 내보낼 생각이야! 다들 알다시피 이 연갱요는 집에서는 신분이 자네들과 똑같으나 밖에 나가면 어엿한 섬서성의 제독이야. 알지?"

사람들이 휘둥그레진 눈으로 윤진을 바라봤다. 도대체 무슨 말이 나올 것인지 궁금했던 것이다. 그들은 저마다 귀를 쫑긋 세운 채 윤진의 다음 말을 기다렸다.

"어떤 사람은 의문을 제기할 거야. 왜 채영에게만 큰 상을 내리느냐고 말이야."

윤진이 갑자기 목소리를 높였다. 그리고는 많은 상금을 내린 이유를 설명했다.

"왜냐고? 채영은 나를 위해 집안의 도둑을 잡아냈거든! 바로 내가 신뢰와 믿음을 줬던 고복이야! 설마 내가 고복에게 발뒤꿈치를 물릴 줄은 꿈에도 몰랐어. 끌어내!"

사람들이 윤진의 고함 소리에 화들짝 놀라 고개를 쳐들었다. 네 명의 하인들이 고복을 질질 끌고 나왔다. 하인들은 정원 한가운데에 이르자 거칠게 고복의 무릎 관절을 걷어찼다. 고복이 힘없이 쓰러졌다. 홍시가 겁에 잔뜩 질린 얼굴을 한 채 아우인 홍력을 바라봤다. 그러나 홍력은 미소를 지은 채 고복을 바라볼 뿐 말이 없었다.

"자네들 중산랑中山狼에 관한 전설 들어봤지? 동곽東郭 선생이라는 사람이 굶주린 채 얼어 죽기 직전인 늑대 한 마리를 품에 꺼안아 녹여준 다음 자기가 먹으려던 음식을 꺼내 먹였어. 그런데 그 동곽 선생의 품속에서 정신을 차린 늑대는 자신을 구해준 그를 깡그리 배 속에 집어넣고 말았어. 누구나 한 번쯤은 그 얘기를 들은 적이 있을 거야. 문제는 그게 결코 남의 얘기만은 아니었다는 사실이야. 고복이 그 주인공이야. 나는 오갈 데 없는 이 술주정뱅이를 가엾게 여겨 거둬 줬어. 그랬더니 은혜를 갚는 것은 고사하고 주인의 발뒤꿈치를 물었어. 이게 말이 되는 가? 그래도 나는 내년쯤에는 연갱요나 대탁처럼 노예奴隷의 기적旗籍을 면하게 해주려고 생각하고 있었어. 그런데 고작 팔천 냥짜리 집 한 채 와 걸레 같은 계집 하나 때문에 밖의 사람과 결탁을 해? 자기 주인 뒷조사나 하고 다니고! 꼴좋다! 내가 더더욱 분개하는 것은 이자가 나의 기노旗奴인 대복종을 해코지해 잡혀가게 만들었기 때문이야! 지금 그는 생사조차도 불분명해! 고복, 말해봐! 내가 잘못 말했는가? 억울한 것 있어, 없어?"

윤진이 하얀 이빨을 드러내 보이면서 차갑게 물었다. 얼굴이 사색이 된 고복은 수북하게 쌓인 눈 속에 연신 머리를 처박으면서 더듬거렸다.

"……돈에 눈이 어두워 나쁜 짓을 저지른 것은 사실입니다. 하지만 협박에 못 이겨 어쩔 수 없이……."

"협박에 못 이겨서 그랬다고? 감히 나를 팔천 냥에 팔아먹었다 이거지! 이 개돼지보다 못한 자식아! 여봐라!"

윤진이 허탈한 웃음을 흘리면서 자리에서 벌떡 일어섰다.

"예!"

윤진의 호통에 대기 중이던 호위들이 일제히 대답했다.

"눈을 모아 눈 산을 만들어!"

"예!"

사람들은 느닷없이 눈을 끌어 모으라는 윤진의 말에 어리둥절해졌다. 그러나 하인들은 지체하지 않고 바로 삽과 빗자루를 동원해 신속하게 움직였다. 커다란 눈 산은 불과 몇 분 만에 만들어졌다. 긴장된 분위기는 삽시간에 정점에 이르렀다. 정원에는 순간 마치 피폐한 절처럼 정적이 감돌았다. 겁에 질린 사람들의 시선은 일제히 윤진에게 집중됐다. 삭풍이 째지는 듯한 비명을 지르면서 을씨년스러운 분위기를 더했다. 윤진이 뒷짐을 지고 천천히 눈 산을 둘러보더니 만족스러운 듯 고개를 끄덕였다.

"깨끗한 눈이 아깝구나. 고복, 마지막으로 할 말이 있으면 해봐."

고복은 윤진의 행동에서 자신의 죽음이 임박했다는 사실을 분명히 감지한 듯했다. 허둥지둥 무릎걸음으로 윤진에게 다가가서는 도살장에 끌려가는 짐승처럼 애처로운 소리로 울먹이면서 용서를 빌었다.

"넷째마마……, 주인님……, 황자마마……, 부처님……. 불쌍한 우리 어머니를 봐서라도…… 제발 목숨만은 살려 주십시오. 마마! 저 아직…… 힘도 있고…… 늙지도 않았습니다……."

고복의 말은 어느덧 귀신이 울부짖는 것 같은 괴성으로 변하고 있었다. 사람들은 차마 그 광경을 볼 수가 없었던지 시선을 돌려버리기도 했다.

"그래도 어머니 불쌍한 줄은 아는군. 아미타불! 그건 걱정하지 마! 너같은 놈 키워준 것만 해도 가여운데. 네가 더 이상 괴롭힐 수는 없잖아. 너의 어머니는 채영이 잘 보살필 거야!"

윤진이 고개를 젖혀 하늘을 올려다 보았다. 이어 턱짓으로 채영에게 명령을 내렸다.

"눈 속에 처넣어!"

윤진의 명령이 떨어지기 무섭게 네 명의 건장한 사내들이 우악스럽게 달려들었다. 그리고는 마치 병아리를 채가는 독수리처럼 고복을 번쩍 들어올리더니 눈 더미 속으로 던져버렸다. 고복의 상체는 눈 속에 거꾸로 처박혀 보이지도 않았다.

"덮어버려. 그런 다음 눈을 꽁꽁 밟아서 더 덮어줘. 또 그 위에 찬물도 갖다 부어. 동태가 돼 버리게!"

윤진이 처마 밑으로 돌아와 의자에 털썩 주저앉으면서 담담하게 말했다. 하인들은 주저 없이 명령에 따라 움직였다. 땅 속에 감자나 무를 파묻듯 눈을 한 삽 덮은 뒤 발로 있는 힘껏 다지고는 그 위에 양동이로 물을 가져다 연신 부었다. 그렇게 몇 번을 반복했다. 밖으로 비죽 나온 고복의 두 다리는 고통스레 뒤틀리더니 이내 뻣뻣하게 굳어져갔다. 하녀들 중 일부는 현장과 창밖을 통해 그 광경을 내다보다 기절해 쓰러지기까지 했다.

연갱요는 도살자라는 별명답게 사람을 수도 없이 죽인 사람이었다. 또 웬만한 일에는 가슴이 떨린 적이 없었다. 그러나 그런 그도 숨을 거두는 고복의 최후의 발짓을 보는 순간 그 광경을 외면하지 않을 수 없었다. 한 번도 느껴본 적 없는 공포가 그의 뇌리를 스치고 지나갔다.

"잔인한 것 같긴 하지만 너희들도 두 눈으로 똑똑히 봐 두는 것이 좋을 거야. 죽음의 공포를 모르는 사람은 살아 있다는 것의 고마움도 몰라. 때문에 어쩔 수 없어. 이런 식으로라도 가르쳐주는 수밖에! 내가 이렇게 하지 않으면 다른 사람이 나를 이런 식으로 매장해 버린다고. 그러니 어쩌겠어!"

윤진은 안색이 파랗게 질린 두 아들을 쳐다보면서 냉소를 터트렸다. 그리고는 가득 모인 사람들을 향해 준엄하게 소리를 질렀다.

"이 중에는 고복과 한 패거리가 셋이나 있는 것으로 알고 있어. 알아서 나와!"

좌중의 가노들은 끔찍한 광경이 연속으로 이어지자 놀란 가슴을 부둥켜안은 채 의혹어린 눈빛으로 서로를 쳐다봤다. 그러나 어느 누구 하나 스스로 고백할 엄두는 내지 못했다.

"시간 없어! 내가 셋 셀 때까지 나와!"

윤진의 매서운 눈초리가 가노들을 휩쓸고 지나갔다.

"하나, 둘, 셋!"

윤진의 말이 끝나기 바쁘게 가노들 중에서 세 사람이 기어 나왔다. 그들은 저마다의 이름을 말하고는 죽어라 머리를 조아리면서 살려만 달라고 애원했다.

"끌어내기 전에 나온 것으로 됐어! 이들에게 일인당 열 냥씩 성용誠勇상을 내려라!"

윤진이 손사래를 치면서 지시했다. 더불어 홀가분한 웃음을 지으면서 세 사람에게 덧붙였다.

"설 명절 잘 지내고 산뜻한 마음으로 새해를 맞이하자고. 고복은 이 정도면 복 받은 거야. 시체나마 건지게 됐으니까! 어느 누구든 죽고 싶으면 말해. 더 멋있게 죽여줄 테니! 그리고 배은망덕한 자를 제보하는 사람에 대해서는 무조건 은 삼천 냥을 상으로 내릴 것이다! 알겠나?"

"예!"

"그만 일어나 가봐. 그리고 채영, 고복 저놈에게 거지처럼 옷을 입혀 화장터에 가져다 태워버려. 타는 것을 꼭 보고 오도록 해. 길가의 얼어 죽은 시체를 주워왔다고 하고."

윤진이 치밀하게 지시를 내렸다. 이어 하품을 하면서 연갱요에게 말했다.

"서재로 함께 가지."

51장
강희의 천수연天叟宴

　열넷째 윤제는 출발 초기 약간의 불리함을 극복한 다음 강희 59년에
드디어 서녕西寧에 도착했다. 그리고는 강희의 유지諭旨에 따랐다. 청해에
서 몽고족, 회족, 장족의 병사들을 불러 모아 대대적인 군사훈련을 실시
했다. 그러자 아랍포탄은 소문을 듣고 겁에 질렸는지 라싸에 있는 병마
들을 거느리고 꼬리를 내리고 서쪽으로 도주했다.

　윤제는 내친김에 추격에 나서 퇴로를 막고 부팔성에서 라싸에 이르는
식량운반도로를 차단해 버리려고 계획했다. 또 그 구간에서 아랍포탄의
부대를 일망타진하려는 계획을 세웠지만 곧 생각을 달리 했다.

　'1년 후 봄이면 아바마마 즉위 60년이 돼. 대대적인 경축 행사가 있
을 거야. 당연히 지방마다 조정을 향해 희소식을 전하느라 지금부터 여
념이 없을 거야. 나도 그렇게 된다면 좋겠지. 그러나 아랍포탄을 추격
했다가 만에 하나 실패라도 하는 날에는 내가 2년 동안 고생해 이룩한

것이 헛수고가 될지도 몰라. 그러면 괜히 찬물을 끼얹게 될 수도 있어.'

윤제는 서두르다가 실패할 수 있다는 생각이 들자 아랍포탄을 추격하려던 생각을 바로 접었다. 게다가 여덟째가 편지에서 '절대 성급하게 움직이지 말라'고 신신당부를 하지 않았던가. 윤제는 곧 큰 공을 세우려다 가진 것까지 잃어서는 안 된다는 생각으로 '라싸대첩'이라는 표表를 만들어 악륜대에게 들려 북경으로 보내고자 했다. 그리고는 몰래 지시를 내렸다.

"아바마마에게 인사를 올려. 또 여덟째, 넷째 마마가 뭘 하고 있는지도 보고 오게."

악륜대가 명을 받고 밤낮으로 말을 달려 북경에 도착했을 때는 이미 강희 60년 정월 초닷새가 돼 있었다. 북경은 아직 설 명절의 분위기에 들떠 있었다. 그는 창춘원으로 가서 강희에게 인사를 올리고 나온 다음 집에도 들르지 않고 여덟째를 만나기 위해 곧바로 조양문에 위치한 염친왕부로 향했다.

"폐하를 찾아뵈었는가? 이번에 자네가 고생을 아주 무섭게 하는구먼."

여덟째가 '병문안'을 온 관리들을 돌려보내고 악륜대의 보고를 대충 듣고 나더니 말했다. 그의 얼굴은 몇 년 동안 아프다는 핑계로 집에서 두문불출해서 그런지 많이 좋아 보였다. 안면에 불그스레하게 홍조도 돌 정도였다. 그가 희색이 만면한 얼굴로 덧붙였다.

"폐하한테서 덕담 많이 들었겠군?"

악륜대는 여덟째가 특별히 대접하는 인삼탕을 마셨다.

"폐하께서는 설 명절 기간에 별로 무리한 것도 없는데 많이 피곤하다고 하셨습니다. 또 전방에 별다른 일이 없으면 봄에 따뜻해지면 떠나라고 저에게 권하셨습니다. 지의 같은 것은 병부에 시켜 전하라고 하면 된다고 하셨습니다. 열넷째마마가 밖에 나가 심신을 단련하더니 써서 보낸 상주문부터 달라졌다면서 치하도 하셨습니다.”

“피곤하다는 아바마마의 말씀은 맞아. 내가 옆에서 지켜볼 때도 굉장히 피곤하실 것 같거든! 최근 어디에 풍작이 들었네 어쩌네 하는 관리들의 사탕발림 말이 있었어. 그런데 그걸 믿으시고 열넷째를 물질적인 면에서 궁핍하게 만들어서는 안 된다면서 각 성에 매달 얼마씩 군량미를 보내라고 명령했잖아. 명색은 ‘낙수’樂輸(즐거운 마음으로 바침)라고 하지만 자신들이 스스로 원해서 내는 거라야 낙수가 아니겠나. 못 내서 자살까지 하는데, 그게 뭐가 낙수야! 폐하는 연세가 드셔서 그렇다 쳐도 넷째 형님은 또 뭘 알고나 맞장구를 치고 그러는지 원!”

악륜대는 춥고 건조한 사막에서 꽃향기 그윽한 북경으로 오랜만에 돌아와서 기분이 무척이나 좋은 상태였다. 그러나 여덟째의 일장 연설을 듣자 왠지 모를 혐오감이 고개를 쳐드는 것을 어쩌지 못했다. 그러나 그는 실수로 행여 내색이라도 할세라 황급히 정신을 가다듬었다.

“말 위에서 살다시피 하다가 북경에 와서 걸으려니 그렇게 어색할 수가 없습니다. 방금 폐하께서 그러시는데, 예부에서는 지금 폐하의 천수연天叟宴(궁중 최대 규모의 어선御膳 상차림) 잔치 준비에 정신없이 바쁘다고 하셨습니다. 결코 흔치 않은 잔치라 기다렸다가 보고 가고 싶다고 말씀드렸더니, 그렇게 하라고 하셨습니다.”

여덟째가 안락의자에서 몸을 일으켰다.

“그건 안 돼! 자네는 빨리 돌아가야 해. 아직은 자네가 이 구경 저 구경을 하고 다닐 때가 아니야. 열넷째 옆에는 자네가 없어서는 안 돼. 떠날 때 내가 했던 부탁을 벌써 잊었어?”

악륜대가 대답했다.

“그쪽은 별문제 없습니다. 제가 아니라도 붙어 다니다시피 하는 사람들이 많은 걸요. 사실 열넷째마마는 듣기 좋아 대장군왕이지 병사들 빼고는 어느 것 하나 마음대로 할 수 있는 것이 없는 것 같습니다. 식량이나 말 사료 사용에 관한 권한마저도 연갱요가 움켜쥐고 있으니 말입니다. 열넷째마마께서 만에 하나 다른 생각을 품으신다고 해도 혼자서는 아무것도 움직일 수가 없습니다."

여덟째가 악륜대의 말에 흠칫 놀랐다. 연갱요에 대한 얘기는 금시초문이었던 것이다.

'그자는 근래에 2년 동안 나에게 가까이 다가올 듯하면서 멀어지고 종잡을 수 없이 굴었어. 도대체 무슨 속셈이 있는 것일까? 설마 윤진 형님이 황제가 될 꿈을 꾸고 있는 것은 아니겠지? 아니야! 윤진 형님은 극히 제한된 범위의 사람만 사귀고 있어. 또 병권 하나 없는데, 무슨 황제? 아바마마가 가끔 은연중에 윤진 형님이 일을 잘 처리하는 재주가 있다고 칭찬하고는 했었으나 그런 재주는 재상에게는 필요하나 황제에게는……'

여덟째는 조금 불안한 생각이 들자 자신도 모르게 머리를 절레절레 흔들었다. 어쨌든 연갱요가 강희의 명령을 받고 윤제를 견제하고 있는 것이 틀림없다는 결론을 내렸다. 그렇게 생각하니 그는 더욱 머릿속이 복잡해지는 것을 어쩌지 못했다. 고복이 실종되고 나서 옹친왕부에 숨어 있다던 정춘화가 죽었다는 소식 외에는 아무런 정보를 캐내지 못했으니 그럴 만도 했다. 그가 한참 생각에 잠겨 있더니 천천히 입을 열었다.

"자네가 혹시 내 말 뜻을 오해한 것 같아 한마디 해야겠군. 나는 지금 병들어 있다고. 이런 마당에 주제 넘는 생각은 절대 할 수가 없지. 나는 열넷째 아우가 잘 돼서 나중에 큰 인물이 되기를 바라마지 않는 사람이야. 자네는 예전에 연갱요의 목숨을 구해준 적이 있는 것으로 아네.

그러니 자네가 열넷째 곁에 있어주면 혹시라도 연갱요가 열넷째에게 더 잘 해줄지 누가 아는가? 조석으로 변하는 것이 세상살이야. 큰 변화를 앞두고 무슨 일이든 일어나지 말라는 법은 없지 않겠어?"

"지당하신 말씀입니다. 무슨 뜻인지도 잘 알겠습니다. 모레쯤 떠나겠습니다. 다른 황자마마 댁에도 인사를 다녀야 하니 그만 일어나 보겠습니다."

악륜대는 가식으로 일관된 여덟째의 말에 속으로 코웃음을 쳤다. 이어 여덟째가 자기를 더 이상 붙잡아 두려는 의사가 없다는 사실을 확인하고는 바로 인사를 올리고 나와 윤진의 집으로 향했다.

윤진은 집에 없었다. 집사인 채영이 말했다.

"대내에서 일을 보고 있겠다고 하셨습니다. 중요한 손님이 오면 태화전太和殿 체인각體仁閣으로 보내라고 하셨습니다."

악륜대는 윤진의 집을 나와 곧 어렵지 않게 대내로 들어갈 수 있었다. 강희가 자금성에 없어 통행이 전보다는 자유로워졌던 것이다. 아니나 다를까, 윤진은 일단의 태감들을 거느리고 돗자리로 천막을 치는 일을 지시하고 있었다.

"악륜대, 자네가 웬일인가! 얼굴이 왜 그렇게 탔어? 까마귀가 친구 하자고 하겠군! 오느라 고생이 많았을 텐데, 내일 저녁 시간 내서 우리 편하게 만나자고!"

윤진이 지휘만 하는데도 먼지를 가득 뒤집어 쓴 얼굴로 반색을 했다. 악륜대는 황급히 격식을 차려 인사를 올렸다.

"지금 막 도착했습니다. 먼저 폐하를 뵙고 여덟째마마에게 들렀다 오는 길입니다. 출발 직전 열넷째마마께서 가자마자 어머니 덕德 귀비마마를 꼭 찾아뵈라고 신신당부하셨습니다. 넷째마마 역시 북경에 같이 있을 때는 몰랐는데, 헤어져 있고 보니 너무 그립다면서 눈시울을 적셨습니다!"

윤진이 악륜대의 어깨를 감싸 안았다.

"고맙다고 전해주게. 밖에 나가면 고생인데…… 어떻게 지내는지 모르 겠군. 전방에 별다른 군정軍情이 없으니 온 김에 자네라도 푹 쉬고 가게. 필요한 물건이 있으면 나에게 말하고."

악륜대는 윤진의 정감어린 말을 듣자 형언할 수 없는 감동이 물밀 듯 밀려왔다. 하나만 놓고 볼 때는 모르나 둘을 놓고 비교하면 그 우열이 금방 가려지게 되는 법이다. 여덟째는 무작정 빨리 가라고 닦달을 해댔 으나 넷째는 쉬었다 가라고 진심으로 권하지 않는가. 그가 고개를 숙인 채 한참 생각하고는 입을 열었다.

"폐하께서도 쉬었다가 내년 봄쯤에 떠나라고 하셨습니다. 그런데 여 덟째마마께서 빨리 떠났으면 하시니, 문하인 주제에 어찌 주인의 명을 거역할 수가 있겠습니까?"

"자네답지 않게 왜 그러나! 폐하께서도 허락하셨는데, 망설일 것이 뭐 있어?"

윤진과 악륜대는 서로 마주보면서 웃었다. 이어 악륜대는 윤진이 너 무 바빠 정신이 없자 다음에 만날 것을 약속한 다음 윤진과 윤제의 어 머니인 덕비를 만나기 위해 대내로 들어갔다.

예부의 사관들은 정월 초하루부터 대보름까지 천수연 잔치 준비에 전력투구했다. 그러나 준비는 3월까지 꾸준히 매진해서야 겨우 마무리 돼 갔다. 즉위 60년을 경축하는 잔치에서는 강희의 특별한 의지가 반영 될 예정이었다. 강희는 해마다 설, 정월보름, 팔월대보름 때면 항상 변함 없이 천단天壇에 제를 지냈다. 또 태묘太廟에 고하고 천지제天地祭를 거행 했다. 그리고는 그 식상한 행사들에서 백관들의 기계적인 조하朝賀 역시 받았다. 만수무강의 노래는 귀가 따분해져 졸릴 정도로 들었다. 결국 강희는 자신의 큰 잔치를 즈음해 뭔가 색다른 모임을 구상하게 됐다. 그것은 바로 이순耳順이 지나도록 태평시대를 살게 도와준 그 옛날의 원로들을 포함한 나이 비슷한 연배의 대소 관리들을 불러 옛날 얘기를 하면서 즐거운 한때를 보내는 것이었다. 강희는 그렇게 속으로 결정을 내리자 바로 명령을 내렸다.

"북경에 있는 육십 세 이상의 원로들은 짐이 직접 접견한다. 그러나 같은 날 지방 곳곳에서는 최고 지방관들이 그 지역의 육십 세 이상 원로들을 위로하도록 하라."

드디어 강희가 대청제국의 황제로 즉위한 지 60년이 되는 3월 18일의 해가 밝았다. 강희는 새벽같이 일어나 장정옥과 마제의 안내를 받으면서 창춘원을 나와 자금성으로 향했다. 그리고는 우선 봉선전, 대고전, 수황전을 찾아 인사를 하고는 흠안전에 들러 향을 피우고 절을 올렸다. 마지막에는 종수궁에서 효장태후의 유상遺像을 마주하고 오래도록 서 있었다. 그가 발걸음이 떨어지지 않는 듯 느릿느릿 걸어 나올 때였다. 예부상서인 우명당이 다가와 조심스럽게 여쭈었다.

"폐하, 백관들이 천가天街에서 대기하고 있사옵니다. 건청궁과 양심전 두 곳 중에서 조하를 받으실 장소를 선정할 수 있도록 명령을 내려 주시옵소서."

"건청궁에서 하지. 양심전은 너무 비좁아! 직급 순으로 들어와서는 입에 발린 소리만 하고 갈 것이라면 아예 건청궁에서 간단한 인사만 받는 것이 훨씬 좋아. 노인네들은 멀리 올 것 없이 태화전 근방에서 기다리고 있으라고 하게."

강희가 말을 마칠 무렵 한쪽에 서 있는 무단을 발견하고는 반색을 하면서 가까이 오라고 손짓을 했다.

"이 늙수그레한 영감님은 언제 왔나? 어서 짐을 따라나서게!"

아니나 다를까, 강희는 무단을 데리고 다시 종수궁을 찾았다. 호위들 수십 명은 모두 수화문 밖에서 대기했다.

강희는 숙연한 표정을 한 채 정전에 들어섰다. 무단은 정중앙에 모셔져 있는 효장태후의 유상을 향해 두 번 무릎을 꿇고 여섯 번 머리를 조아리는 이궤육고二跪六叩의 인사를 올렸다. 이어 일어나서는 다시 한 번 상체를 깊숙이 숙였다.

"폐하! 태황태후마마께서는 저 하늘나라에서 폐하께서 이룩하신 혁혁한 업적을 굽어보시면서 너무나 즐거워하시지 않을까 싶습니다! 태황태후마마께 드리고 싶은 말씀도 많으시고 오래오래 같이 있고 싶으시겠으나 오늘은 폐하의 좋은 날인 만큼 이제 그만 나가보시는 것이 좋을 듯하옵니다. 밖에서 기다리는 사람들을 위해서라도 그러셔야 하옵니다. 얼마 후 태황태후마마의 기일 때 다시 찾아와 마음껏 우시는 것이 나을 것 같사옵니다. 그때 소인이 폐하를 모시겠사옵니다."

희비가 교차되는 강희의 표정을 지켜보고 있던 무단이 종수궁에 오래 있어봐야 좋을 것이 없다는 판단을 내렸는지 간언을 올렸다. 강희가 머리를 끄덕이면서 돌아섰다. 이어 궁전을 둘러보고는 천천히 발걸음을 옮겨 밖으로 나왔다.

강희가 무단과 함께 나란히 걸어가면서 물었다.

"위동정은 조금 미리 도착하도록 하라고 명령을 내렸었네. 도착했는가?"

무단은 순간 가슴이 미어터지듯 아팠다. 강희는 몰랐지만 그는 위동정이 숙환으로 세상을 떠났다는 사실을 윤진에게 들어 알고 있었던 것이다. 강희가 자신의 좋은 날에 가장 험난한 시기를 같이 했던 위동정을 제일 먼저 찾는 것은 이상할 것이 없었다. 그러나……, 무단은 사실을 애기해야 하나 말아야 하나를 두고 잠시 망설이다 입을 열었다.

"워낙 건강이 좋지 않은 사람이라 시간 맞춰 오지 않았으면 아마 못 오는 모양이옵니다."

강희가 무단의 말에 한숨을 쉬면서 혼잣말처럼 중얼거렸다.

"사람이라면 결코 생로병사의 운명을 피해갈 수는 없겠지. 그래, 기어다닐 기운만 있었어도 왔겠지. 우리 세대들은 갈수록 줄어드는구먼. 갈수록 줄어들어……."

마제와 장정옥이 미리 대기하고 있다 강희를 부축해 조심스럽게 수레에 태웠다. 그때 강희가 먼발치에 서 있는 왕섬을 발견하고는 손짓을 해 불렀다.

"태화전에서 기다리지 않고 여기는 웬일인가?"

"폐하의 대희大囍 날에 미리 상주 올릴 말씀이 있어서 기다리고 있었사옵니다. 이것은 천하에서 제일 중요한 일이옵니다. 폐하께서 부디 참고하셨으면 하옵니다!"

왕섬이 말을 마치고는 상주문을 내밀었다.

"그래? 천하에서 제일 중요한 일이라?"

강희가 웃으면서 상주문을 받았다. 해서체로 정갈하게 쓴 상주문에는 "넷째마마 윤진을 태자로 무릎 꿇어 천거하옵니다……"라는 내용이 있었다. 한눈에 바로 들어올 정도였다. 강희는 때와 장소를 가리지 않고 눈치 없이 설치는 왕섬 때문에 속으로 크게 놀랐다. 그러나 잠시 의외라는 반응만 보였을 뿐 이내 상주문을 덮고 모르는 척하면서 물었다.

"자네 건강이 많이 좋아진 것 같군. 짐이 하사한 약은 먹고 있나?"

강희가 언급한 약 이름은 속칭 '속단'續斷이었다. 왕섬이 이질을 앓자 하사한 것이다. 때문에 왕섬은 강희가 자신을 값진 존재로 생각해주고 있다고 지나친 자신감을 가지게 됐다. 그래서 너무 나섰던 것이다. 엄청난 실수라고 할 수 있었다. 그러나 왕섬은 강희가 내색을 하지 않은 탓에 실수에 대해 아차! 하는 생각마저도 하지 못했다. 그저 일반적인 대답만 하고 말았다.

"폐하께서 약을 하사해주신 덕분에 노신은 다시 털고 일어났사옵니다. 성은이 망극하옵니다!"

자신의 속마음은 전혀 모른 채 본인이 올린 상주문에 대해 뭔가 답변을 듣고 싶어 하는 왕섬을 향해 강희가 의미심장한 어조로 말했다.

"짐이 자네에게 하사한 약은 이질을 치료하는 데는 그만인 약이야. 《본초강목》本草綱目에 용법이나 그밖에 자네가 궁금한 사항이 상세하게 나와 있네. 그 약은 먹고 나서도 천천히 참을성 있게 기다려야 하는 거야. 모든 것은 다 때가 있는 법이니, 걱정하지 말고 들어가 봐."

강희는 피곤한 표정을 지으면서 던지듯 내뱉고는 바로 건청궁으로 향했다. 조하를 그곳에서 받기로 했던 것이다.

잔치에 초대받아 참석한 원로들은 모두 997명이었다. 날도 밝기 전에 한껏 들뜬 마음으로 대내에 들어온 그들은 태화전의 월대에서 대기하라는 명령을 받았다. 70세 이상의 노인들은 체인각과 보화전, 나머지는 밖에 있는 천막 속에 자리 배치를 받았다. 그들은 모두 북경 인근인 경기 지역의 노인들로, 소풍 가는 아이들처럼 들뜬 기분에 전날 저녁도 제대로 챙겨 먹지 않은 듯했다. 모두들 새벽부터 찾아온 시장기에 몹시 허기진 모습을 하고 있었다. 그러나 하나같이 흥분을 감추지 못한 채 삼삼오오 무리를 지어 커다란 월대에 올라 장엄한 궁궐을 가리키면서 좋아서 어쩔 줄을 몰라 했다. 그 옛날 조정에서 미관말직이라도 했던 사람들은 그동안 연락두절로 죽은 줄로만 알았던 동료가 백발노인이 되어 나타나자 부둥켜안고 눈물까지 흘리면서 반가워하기도 했다.

그때 이덕전과 형년 등 집사 태감들이 삼대전三大殿(자금성의 중심인 태화전, 중화전, 보화전) 북쪽에서 모습을 드러냈다. 창음각의 시녀와 태감들도 월대 서쪽 방향을 향해 자리에 앉았다. 이윽고 용기龍旗가 나부끼는 가운데 문무백관들이 보기에도 어마어마한 금빛 찬란한 노란 덮개의 큰 수레를 호위하고 저 멀리 모퉁이에서 모습을 드러냈다. 그러자 이덕전과 형년이 폭죽을 터뜨리면서 소리 높여 외쳤다.

"강희폐하 만세! 부처님께서 납시었다!"

"만세!"

노인들 역시 하나같이 만세를 연호하면서 길게 엎드렸다. 그에 맞춰 북소리가 하늘땅이 떠나갈 듯 울렸다. 만주족 복장을 한 64명의 궁녀들은 구름을 타고 노니는 선녀들처럼 사뿐사뿐 춤을 추면서 강희를 칭송하는 노래를 불렀다.

오늘의 성세와 안녕은 그 누가 주셨나. 귀 기울여 들어보라, 저 멀리 강물이 우리 폐하의 거대한 업적을 칭송하는 노랫소리를. 눈 씻고 보아라, 산천초목이 우리 폐하 으뜸이라면서 엄지 치켜세우는 모습을……. 하늘땅에 메아리치는 파도 같은 만세소리, 찬란한 저 태양과 더불어 영원하리라. 오늘의 이 기상 부디 금구일통만년청金甌一統萬年淸(나라가 통일돼 만년 동안 맑다는 뜻)과 같아라!

강희는 궁녀들과 원로들의 노랫소리가 우렁차게 울려 퍼지는 가운데 천천히 수레에서 내렸다. 이어 태화전 처마 밑에서 남쪽을 마주하고 선 채 노랫소리에 귀를 기울였다. '일통만년청'이라는 노랫말을 듣고는 갑자기 고사기를 떠올렸는지 고개를 돌려 장정옥에게 물었다.

"고사기는 왜 보이지 않지?"

"저쪽을 보시옵소서. 세 번째 줄에 앉아 있사옵니다. 그 옆에는 셋째마마 댁의 진몽뢰이옵니다."

장정옥이 웃으면서 나지막이 대답했다. 과연 고사기는 장정옥이 말한 그곳에 있었다. 강희는 눈에 익은 얼굴들이 시야에 하나둘씩 들어올 때마다 어린애처럼 즐거워했다. 그러나 애써 표현은 자제했다. 그는 다시 노인들을 천천히 일별했다. 우선 방포, 이광지가 눈에 들어왔다. 또 당무례와 살목합도 보였다. 삼번의 난이 극성을 부릴 때 목숨을 걸고 광주에서 빠져나와 중요한 정보를 전해준 사람들이었다. 강희는 잠깐 과거로 돌아가 감개에 젖으며 한숨을 토해냈다. 잠시 후 노랫소리가 멎었다. 그러나 강희는 멍하니 노인들이 자리한 곳만 쳐다보고 있었다. 그러자 마제가 황급히 다가와 여쭈었다.

"폐하, 잔치를 시작하는 것이 어떻겠사옵니까?"

"오, 그래! 짐은 아침을 먹은 상태라 남의 배고픈 사정을 몰랐구면. 어서 연회를 시작하지!"

그제야 제정신이 든 강희가 황급히 웃으면서 머리를 끄덕였다. 잠시 숙연하던 장내는 연회가 시작됐다는 소리와 함께 다시 들끓었다. 태감들 수백 명이 부지런하게 어선방御膳房에서 음식을 가져왔다. 곧 평소에는 눈요기도 못해 봤을 법한 산해진미가 순식간에 상다리가 부러지게 차려졌다. 셋째 윤지를 비롯한 열일곱 명의 황자들은 저마다 술 주전자를 들고 있었다. 그들은 먼저 태화전 밑의 가장 높은 자리에 앉은 강희에게 정중히 장수를 기원하는 인사를 올렸다. 강희가 셋째 윤지에게 물었다.

"넷째와 여덟째는 안 보이네?"

"아바마마! 넷째는 어차방에서 손수 찻물을 준비하고 있사옵니다. 곧 올 것이옵니다. 여덟째 아우는……, 병이 아직 가시지 않아 폐하의 희기喜氣에 방해가 되지 않을까 우려돼 못 오겠다고 전해 왔사옵니다."

얼굴에 웃음이 가득한 윤지가 상체를 숙이면서 대답했다. 강희의 얼굴은 윤지의 말이 채 끝나기도 전에 굳어져 버렸다. 억제할 수 없는 불쾌한 기분이 얼굴에 그대로 드러났다. 강희가 여러 가지 모양을 낸 음식 가운데 두 마리의 용이 빨간 거위 알 하나를 서로 빼앗으려고 다투고 있는 음식에 눈길을 주면서 말했다.

"그렇지 않아도 요즘 고생이 이만저만이 아닐 텐데, 윤진에게 이제 그만 들어오라고 해. 또 이 음식은 윤진에게 상으로 내리네!"

강희가 명령을 내리고 나서 다시금 웃음을 머금었다.

"이 노인들은 모두 짐의 손님이야. 자네들은 물론 집안사람들 사돈의 팔촌까지 모두 동원해 음식상마다 돌아다니면서 술을 따라 드리도록 하게. 다만 너무 무리하게는 하지 말고. 술의 향이 입에 안 맞는다고 하는 노인들에게는 머루주를 드리도록 하게. 다 좋은데 좀 유감스러운 것은 짐과 함께 격변의 시대를 헤쳐 온 원로들이 생각보다 너무 적다는 거야."

"공감하옵니다! 정말 유감이 아닐 수 없사옵니다. 어제 들은 바로는 위동정 어른도 돌아가셨다고 하옵니다. 한 다리 건넌 저도 괴로워서 잠을 설쳤는데, 아바마마는……."

열째 윤아가 정중하게 강희에게 머루주를 따라주면서 말했다. 술을 반쯤 마신 강희가 깜짝 놀라는 표정을 지었다. 그러더니 이내 탁! 하고 술잔을 도로 내려 놓았다. 얼굴에서는 삽시간에 처량함이 가득 배어 나왔다. 가슴이 너무 아픈지 말없이 고개를 숙였다. 윤지는 하필이면 이럴 때 위동정의 부음을 전하는 윤아의 검은 속셈을 알 것 같았다. 순간 윤지는 열째의 등 뒤에 있던 윤당이 강희를 쳐다보는 시선이 예사롭지 않다는 것을 느끼고는 자신도 모르게 몸을 흠칫 떨었다.

강희도 윤아의 속셈을 모를 리가 없었다. 오늘 이 자리에서 혹시 자신의 건강이 여의치 않은 틈새를 노리는 아들이 있을지도 모른다는 생각을 한 것이다. 물론 그는 미리 마음을 다잡기는 했다. 때문에 자신을 추스르는데 그다지 긴 시간이 필요치 않았다. 강희는 아들들이 돌아다니면서 술을 권하는 사이 뒷좌석 네 번째 탁자에 앉아 말없이 술잔을 비우는 두 사람에게 시선을 고정시켰다. 낯익은 얼굴들이었다. 그가 잠시 눈을 감고 생각을 더듬다 화들짝 놀라 고함치듯 이름을 불렀다.

"자네들은 봉지인封志仁과 팽학인彭學仁 맞지!"

봉지인과 팽학인은 강희에게 거명당한 것이 황송했는지 용수철 튕기듯 자리에서 일어섰다.

"예, 폐하! 폐하께서 옥체 만강하셔서 소인들을 알아봐 주시니 실로 성은이 망극하옵니다!"

강희가 환한 웃음으로 화답했다.

"짐이 자네들을 어떻게 잊을 수가 있겠나! 황하의 물길을 잡은 유명한 인재들인데! 자, 짐이 자네들과 한 잔 비우고 싶네."

강희가 술잔을 들어 건배를 하고는 단숨에 비웠다. 이어 봉지인과 팽학인의 어깨를 다독거려주었다. 또 이광지를 비롯한 여러 안면 있는 원로들에게도 다가가 위로와 격려의 말을 아끼지 않았다.

강희는 마지막으로 고사기 옆에 왔으나 갑자기 두 다리가 마치 구름 위를 걷는 듯 기운이 풀리는 느낌을 받았다. 순간 그는 당황했다.

고사기 역시 백발이 성성한 노인이 되어 나타났으나 혈색은 좋아보였다. 어딘가 모르게 연륜이 묻어나는 노련함도 엿보였다. 하지만 그 옛날의 멋스러움과 재치는 사라져버린 것 같았다. 강희는 무엇보다 그게 아쉬웠다. 당연히 겉모습만 중요하게 생각하는 사람들은 이 노인이 바로 명주, 색액도와 함께 강희 시대의 4대 중신重臣이었다는 사실을 알 턱이 없었다. 강희가 다가가자 고사기가 황급히 일어서면서 특유의 웃음을 지으며 인사를 올렸다.

"폐하, 소인이 국사관國史館에서 책을 만들면서 그나마 폐하의 용안을 가끔씩은 뵐 수 있어 크나큰 행운으로 생각하옵니다. 폐하께서 술을 하사하신다면 소인이야 얼마든지 마실 수 있사오나 폐하께서는 드시지 않는 것이 좋을 듯하옵니다……."

"왜? 짐의 주량이 자네보다 못하다고 깔보는 것인가?"

강희가 웃으면서 말했다. 그러자 고사기가 황급히 머리를 조아렸다.

"감히 그럴 수가 있겠사옵니까! 폐하께서도 아시다시피 소인이 이래 보여도 의술에는 조금 일가견이 있지 않사옵니까! 술은 몸을 상하게 하는 음식이라 적게 마시는 것이 좋다는 말씀이옵니다! 소인이 폐하의 잔까지 마저 비워 드리겠사옵니다."

고사기가 말을 마치기 무섭게 자신의 잔을 비웠다. 이어 강희의 술잔을 빼앗다시피 한 다음 순식간에 마셔버렸다. 강희가 그 모습을 보며 한숨을 내쉬었다.

"자네가 의술에 일가견이 있다고 하나 짐도 문외한은 아니네. 짐의 건강은 짐이 잘 알지."

말을 마친 강희는 곧 자리로 되돌아갔다. 그러나 어좌에 앉아 있어도 사지가 다시 주체할 수 없이 떨려오는 것은 어쩔 수 없었다. 그는 적잖이 당황했다.

마제는 아까부터 강희의 거동이 약간 이상하다고 느껴온 터였다. 그런데 이번에는 안색마저 너무 나빠 보였기에 강희를 바라보다 말고 황급히 장정옥의 옷자락을 잡아당겨 귀엣말을 했다.

"폐하께서 뭔가 안 좋으신 것 같지 않소?"

장정옥 역시 걱정하고 있었다는 듯 고개를 무겁게 끄덕였다.

"신시申時에 연회가 끝나기로 돼 있소. 제발 그때까지만이라도 견뎌주시기를 빌어야 할 것 같소. 아니면 또 온갖 소문이 난무할 텐데……."

마제가 회중시계를 꺼내 시간을 봤다. 아직 한 시간 정도나 남아 있었다. 그가 다급해졌다.

"시간이 됐다고 해버리면 안 될까?"

"그게 낫겠소!"

장정옥이 바늘방석에 앉은 듯 조마조마해 하다 흔쾌히 동의하고 나섰다. 이어 집사 태감에게 귀엣말을 건넸다. 집사 태감은 즉각 강희에게 가서 아뢰었다.

"폐하, 신시가 다 됐사옵니다. 각 궁전의 내인內人들이 안에서 기다리고 계시옵니다. 연회를 파하고 들어가시는 것이 어떨까 하옵니다……."

강희가 태감의 말에 두말없이 자리에서 일어섰다. 월대 위에 있던 사람들이 일제히 자리에서 일어나 한 걸음 앞으로 나와 무릎을 꿇고 머리를 조아렸다.

"성은이 망극하옵니다!"

강희는 가슴이 세차게 뛰고 귀가 윙윙거리는 것을 분명히 느꼈다. 그래서인지 주위의 말이 한마디도 귀에 들어오지 않았다. 그러나 그는 애써 정신을 가다듬고는 명랑한 표정을 지어 보였다.

"나이가 나이이니 만큼 언제 다시 만날지 기약하기 어려운 자리이니 더 오래 앉아 있었으면 좋겠지. 그러나 언제고 만나면 이별이 있는 법이니, 짐은 그만 일어나겠네. 많이 먹고 건강하게 살아주게들! 조만간에 다시 부를 테니까!"

"만세!"

강희가 미소를 머금고 머리를 끄덕였다. 곧이어 이덕전과 형년의 부축을 받으면서 중화전에 도착했다. 그가 지방에서 하례賀禮로 올려 보낸 눈부신 금은보화들 사이에서 반들반들하고 새카만 돌 하나를 집어

들며 물었다.

"이게 뭐지?"

"열넷째마마께서 보내오신 수례壽禮이옵니다. 하늘에서 떨어진 운석이라고 하는 것 같았사옵니다. 그 위에 글씨도 있사옵니다……."

형년이 대답했다. 강희는 돋보기를 끼고 운석隕石을 자세히 들여다봤다. 검정색에 가까운 군청색의 찻잔 크기만 한 돌이었다. 뒷면에 '백년장운'百年長運 네 글자가 힘줄처럼 뻗어 있었다. 강희는 순간적으로 예언서인 《소병가》燒餠歌에 나오는 주원장의 말을 떠올렸다. 오랑캐 왕조는 100년을 못 버틴다는 의미의 "자고로 오랑캐들은 백년의 운이 없다"는 말을. 강희는 순간 손을 흠칫 떨면서 운석덩어리를 땅에 떨어뜨리고 말았다. 다시금 가슴이 옥죄어왔다. 눈앞에는 불꽃들도 무섭게 날아다녔다. 강희는 곧 두 다리의 기운이 풀리는 듯하더니 바로 주저앉았다. 순간 안색이 하얗게 질린 장정옥과 마제, 이덕전과 형년이 황급히 달려가 부축을 했다. 다급해진 장정옥은 고함을 질렀다.

"폐하……!"

"다들 진정하고 어서 태의를 불러오게! 조용히. 알았지?"

강희가 애써 눈꺼풀을 치켜 올리면서 힘겹게 말했다. 이어 몇 마디를 덧붙였다.

"그…… 그리고……, 고…… 고사기도…… 데려오게. 짐의 맥은…… 고사기가 봐야 해!"

52장
측근에 대한 강희의 배려

강희는 머리에 노란 수건을 두르고 뜨거운 온돌방에 모로 누웠다. 안색은 그새 거의 정상으로 돌아와 있었다. 그러나 몸 왼쪽으로는 마비 증세가 있었다. 입 역시 왼쪽으로 조금 비뚤어져 있었다. 강희는 고사기가 들어서는 모습을 보고는 바로 다른 사람들은 다 나가라고 명령을 내렸다.

"자네는 워낙 의술이 대단한 사람이 아닌가. 상서방을 떠나 있는 동안에는 의학에만 전념했고. 듣자하니 그 결과 병세를 보고도 사람의 생사까지 단정할 수 있는 지경에 이르렀다고 하더군. 의술의 영험하기가 신기에 가까울 것이라는 얘기겠지. 그 얘기를 듣던 당시에는 그냥 웃고 넘어갔어. 그러나 지금은 달라. 아무래도 짐의 건강에 적신호가 켜진 것 같아. 이제 얼마나 더 살 수 있는지 자네 얘기를 듣고 싶네. 두려워하지 말고 되도록 짧게 말해주게. 자네가 예고한 것보다 더 길게 살 수만 있다면 그건 덤으로 사는 셈이 될 테니까."

"폐하……, 어찌하여 그런 상서롭지 않은 말씀을 하시옵니까? 소인의 마음은 갈기갈기 찢기는 듯 아프옵니다! 소인이 보기에는 요 며칠이 관건이옵니다. 위험한 고비만 무사히 넘기시면 성수聖壽는 한량없을 것으로 여겨지옵니다! 목숨이 위태로울 정도는 아니니, 절대 그런 말씀은 하지 마시옵소서!"

고사기가 혈색이라고는 하나도 없는 창백한 얼굴로 목이 메어 아뢰었다. 강희가 오른손을 내밀어 고사기에게 일어나라는 손짓을 보냈다. 그리고는 미소를 지었다.

"지혜로운 자는 다른 사람의 생사에 대해 언급하는 것을 삼가지. 당연히 자네 역시 마찬가지 아니겠나? 짐이 자네 마음을 이해는 하네. 하지만 짐은 처리하고 가야 할 일이 아직 너무 많은 사람이네. 미리 알려주면 짐이 준비하는데 도움이 될 것 같아서 그러네. 그것도 이 나라와 온 백성을 위한 일이라고 생각하고 솔직하게 말해주게!"

고사기가 인생을 달관한 듯한 강희의 말에 머리를 깊이 떨어뜨렸다. 한참 후 비로소 고개를 슬며시 쳐든 그의 두 눈에서는 어느새 눈물이 그렁했다. 그가 이상하리만치 밝은 강희의 눈빛을 굳이 외면하지 않은 채 천천히 손가락 하나를 펴들었다.

"일 년?"

고사기가 머리를 가로저었다.

"한 달?"

이번에도 역시 고개를 저었다.

"그러면……, 열흘?"

강희의 얼굴이 점점 창백해졌다. 고사기가 한참 생각을 가다듬더니 천천히 말했다.

"올 한 해만 무사히 넘기시면 여전히 십 년 정도의 성수는 문제가 전혀 없사옵니다. 더 이상은 신도 장담할 수 없사옵니다……."

"그렇군……!"

강희가 말끝을 흐렸다. 그러나 고사기의 말에 다소 위안을 느낀 듯 고사기를 뚫어지게 쳐다보더니 입을 열었다.

"자네 올해 나이가 몇인가?"

고사기가 황급히 대답했다.

"소인은 견치犬齒(하찮음을 의미함) 육십 하고도 둘이옵니다."

"짐의 곁에 있는 노인들 중에는 그래도 자네가 가장 젊군. 짐이 자네에게 상서방에 돌아와 일하라고 하면 할 의향은 있나?"

고사기는 살얼음판 같은 정국을 들여다볼 때마다 국사관의 일마저 때려치우고 싶다는 생각을 하고는 했다. 당연히 그 흙탕물에 다시 뛰어들 수는 없었다. 그가 대답했다.

"소인은 더 이상 지난날의 고사기가 아니옵니다. 무릎 위에 손자 녀석 올려놓고 재롱부리는 모습을 보는 것이 무엇보다 행복한 평범하기 그지없는 노인에 불과하옵니다. 벌레가 먹어도 열두 번은 먹었을 이 머리로 어찌 감히 정국을 논할 수 있겠사옵니까? 폐하의 대사에 해를 끼칠까 심히 두렵사옵니다. 진심어린 소인의 폐부지언肺腑之言을 믿어주시기 바라마지 않사옵니다, 폐하!"

"알았네, 그만 가 보게."

강희가 불에 덴 듯 화들짝 놀라면서 한사코 마다하는 고사기를 슬쩍 쳐다봤다. 과연 그 옛날의 패기는 도저히 찾아볼 수가 없었다. 강희는 그런 생각이 들자 한숨을 내쉬면서 덧붙였다.

"자네도 나름대로 어려운 점이 있겠지. 전에는 동국유가 자네를 괴롭혔어. 이제 동국유는 없으나 상황은 별로 나아진 것이 없는 것 같네. 원래 상서방이라는 곳은 인사人事의 부침에 따라 들썩거리는 곳이지. 짐이 성하면 따라 성하고, 짐이 쇠하면 따라 쇠하는 곳이 아니겠나? 짐도 거울처럼 빤히 들여다보고 있네. 돌아가서 맡은 바 일에 충실하고 짐이 보고 싶으면 언제든지 찾아오게."

강희의 말이 떨어지기 무섭게 고사기가 자리를 털고 일어났다. 강희는 고사기의 멀어져가는 뒷모습을 바라보면서 새삼 주체할 수 없는 삶의 무게를 느꼈다. 더 이상 그 옛날의 고사기가 아닌 등이 휜 동네 할아버지가 돼 욕심 없이 현실에 안주하려는 그가 안쓰러웠던 것이다.

그로부터 며칠이 지난 어느 날이었다. 마제가 들어와 아뢰었다.

"폐하, 여덟째마마께서 오셨사옵니다."

"보지 않을 거야! 짐이 죽네 사네 할 때는 코빼기도 내밀지 않더니, 이제 좀 정신차릴 만하니까 와? 부르지도 않았는데, 왜 온 거야!"

강희가 갑자기 분노에 치를 떨었다. 그러나 마제가 황급히 되돌아나가려고 하자 생각이 달라진 듯 한숨을 내쉬면서 덧붙였다.

"후유……, 들여보내게."

여덟째는 마제가 나가고 한참 후에야 비로소 들어왔다. 일부러 늑장을 부린 것이 아니라 강희의 병문안을 온 대신들이 역시 '병들어' 있었던 그에게 한마디씩 인사를 하는 바람에 늦어진 듯했다. 여덟째가 양심전에 들어섰을 때 장정옥은 한쪽에 무릎을 꿇고 있었다. 또 형년 등의 태감들은 강희를 부축하고 있었다. 한쪽 무릎을 꿇고 앉은 윤진은 강희에게 약을 한 숟가락씩 떠 넣어주고 있었다. 여덟째 역시 한쪽 무릎을 꿇은 채 윤진이 나가기를 기다렸다가 강희에게 인사를 올렸다.

"아신이 삼가 폐하의 안녕을 비옵니다!"

"일어나……. 자네도 건강이 좋지 않다고 들었어. 지금은 괜찮은가?"

강희가 피곤한 기색이 역력한 얼굴을 한 채 혼신의 기운을 두 눈에 모은 듯 깊고 예리한 눈빛으로 여덟째를 뚫어지게 쳐다보았다. 여덟째가 어색한 웃음을 지어내면서 대답했다.

"별것 아닌 아들의 건강에 감히 성심을 피곤하게 할 수는 없사옵니다. 거의 나았다가 아바마마께서 편찮으시다는 말을 전해 듣는 순간 기절했다가 오늘 조금 원기를 회복했사옵니다……."

강희가 머리를 끄덕이고는 한참 후에야 입을 열었다.

"우리는 진짜 부자지간인가 봐! 아파도 같이 아프고 나아도 같이 나으니까 말이야. 작년에 짐이 하사한 약은 몸에 안 맞는다고 했지? 때문에 이번에는 자네의 병세가 어떤지도 모르고 해서 감히 보낼 수가 없었네."

여덟째는 강희의 어투가 이상하다고 느꼈다. 속으로는 흠칫 놀랐다. 그가 한참 후에야 덧붙여 아뢰었다.

"아바마마께서는 군주이시기 전에 엄연히 아들의 아버지십니다! 그런데 '감히'라는 말씀은 웬 말씀이옵니까?"

강희가 말없이 오래도록 생각에 잠겨 있더니 히죽 웃으면서 입을 열었다.

"다들 넷째가 깐깐하다고 하는데, 짐이 보기에는 자네보다는 덜한 것 같아. 그건 그렇고, 모든 걸 떠나서 자네는 짐의 아들이야. 자네도 방금 얘기했듯 말이야. 짐도 자네처럼 똑똑하고 착한 아들이 아프다니 속이 편치는 않네. 아플 때는 잡생각 집어치우고 푹 쉬는 것이 제일이야. 필요한 것이 있으면 하주아를 짐에게 보내라고."

여덟째가 더 이상 할 말이 궁해진 듯 머리를 조아렸다.

"방 안이 너무 더워 견딜 수 없사옵니다. 아바마마께서는 부디 몸조리 잘 하시옵소서. 아들은 오늘부터 시간을 내 종종 시중들러 오겠사옵니다."

여덟째가 돌아서자 강희가 바로 불러 세웠다.

"집으로 돌아갈 건가?"

"어머니께 인사 올리고 가려고 하옵니다. 달리 분부가 계시옵니까, 아바마마?"

그러나 강희는 말없이 머리를 저었다.

'아무리 봐도 가슴속에 수많은 함정을 품고 있는 아이야! 이렇게 정의를 내릴 수밖에 없어. 고사기의 말대로 아직 10년이라는 세월을 향유할 수 있다면 저 아이쯤 기진맥진하도록 데리고 노는 것은 문제가 안 되겠지. 그러나 만약 최악의 경우 1년도 남지 않았다면……'

강희는 마음이 자꾸 약해지는 쪽으로 기울자 몹시 불안했다. 1년이라는 숫자가 악마처럼 집요하게 그에게 달라붙어 떨어지지 않고 있었다. 그가 잠시 동안 멍하니 앉아 있다 명령을 내렸다.

"돌아가겠다……, 창춘원으로. 수레를 준비하라!"

수레꾼의 채찍 소리와 함께 여덟 필의 건장한 노새들은 병색이 완연한 강희를 싣고 곧 자금성을 떠났다. 강희는 수레 안의 간이침대에 누운 채 영영 다시 못 올 길을 가고 있을지도 모른다는 생각을 하고 있었다. 마음이 서글퍼졌다. 양 옆에 시립하고 있는 장정옥과 마제 역시 겉으로는 담담해 보였으나 마찬가지로 이름 모를 불안함에 휩싸여 있었다. 둘 모두 어의御醫들이 감히 뭐라고 하지는 않았으나 시선을 둘 곳 없어 하는 그들의 표정과 애매모호한 말투에서 시간이 얼마 남지 않았다는 사실을 깨달은 것이다.

둘은 아직 후계자 문제도 매듭을 못 지은 상태에서 자칫 제나라 환공의 꼴이라도 나는 날에는 강희가 60여 년 동안에 이룩한 치적이 커다란 손상을 입을 것이 분명하다는 사실 역시 모르지 않았다. 더구나 강희가 이제는 그 옛날의 풍채 늠름하던 군주에서 한 줄기 연기처럼 약해져 있지 않은가. 마제와 장정옥은 그런 강희를 바라보면서 너그러운 인덕의

자양분을 먹고 살아온 세월을 못내 그리워했다. 목이 메었다.

"잠깐만 멈춰봐……."

강희가 갑자기 명령했다.

"폐하! 아직 창춘원에 도착하지 않았사옵니다!"

마제가 장정옥과 동시에 사색에서 깨어나서는 강희에게 황급히 다가갔다. 장정옥도 황급히 손수건으로 강희의 입가에 흘러내린 침을 닦아주었다.

"잠시만 견뎌 주시옵소서. 맑고 깨끗한 창춘원에서 자연과 더불어 생활하시면서 열심히 몸조리하실 경우 곧 좋아지실 것이옵니다."

강희가 창백한 얼굴에 애써 웃음을 지어 보였다.

"……지금 어디까지 왔나?"

장정옥이 대답했다.

"이제 막 서편문을 벗어났사옵니다."

장정옥의 말에 강희가 일어나 앉으려는 움직임을 보였다.

"짐을 좀 앉혀주게……."

강희는 일어나 앉자마자 창밖을 내다봤다. 아지랑이가 가물거리는 가운데 어느새 봄이 유채꽃과 더불어 노랗게 무르익고 있었다. 길옆의 버드나무에서는 신록이 움트는 모습이 보였다. 철새들의 지저귀는 소리도 정겨웠다. 농사 채비에 나선 저 멀리 농부들의 몸놀림은 무척이나 바빠 보였다. 새로운 한 해가 기지개를 켜는 한 폭의 수채화 같은 봄날이었다.

얼마 후 아직은 완전히 우거지지 않은 나무숲 사이로 백운관이 강희 일행의 시야에 들어왔다. 남쪽으로 조금 더 나아가자 유년의 강희가 책을 읽던 곳도 나타났다. 그러나 나무에 가려 아무것도 볼 수 없었다. 강희가 애써 뭔가를 찾으려다 포기하더니 맥없이 몸을 뒤로 젖히면서 눕고 싶어 했다. 이어 기운 없이 누워 천장만 뚫어지게 쳐다보고 있다가 갑자기 입을 열었다.

"왕섬……, 자네들 요새 왕섬을 본 적이 있나?"

마제가 황급히 아뢰었다.

"폐하, 그날 왕섬이 많이 울었다고 하옵니다. 상심한 나머지 건강을 해칠 정도였다고 하옵니다."

강희의 입가가 알 듯 말 듯 미세하게 떨렸다. 뭔가 중요한 얘기를 하려는 것 같았다. 드디어 강희가 장정옥에게 물었다.

"그날 왕섬이 짐에게 보여줬던 그 상주문을 자네가 가지고 있나?"

"예, 폐하! 어람하시겠사옵니까?"

"그런데…… 머리가 너무 어지러워…… 볼 수가 없군. 자네가 그걸 태워버리게……."

강희가 스르르 눈을 감으면서 지시했다. 마제가 강희의 말에 깜짝 놀라서 즉각 반문했다.

"폐하, 그건 조금 곤란하옵니다. 상주문은 사관史館 안에 보관해야 하옵니다. 만약 태워버리면 어떻게 변명을 할 수 있겠사옵니까?"

장정옥은 마제와는 달리 별일 아니라는 투로 말했다.

"자네가 있으니 증거가 되잖소. 폐하의 특별지시이니 태워버리는 것이 좋겠소!"

장정옥이 말을 마치자마자 바로 소매에서 상주문을 꺼내 즉각 불에 태워버렸다. 강희가 애써 눈을 뜬 채 종이가 타서 재가 되는 것을 지켜보더니 그제야 얼굴을 폈다.

"자네가 참으로 좋은 일을 했네. 왕섬은 명색이 나라의 대신이라는 사람이 자리만 차지하고 앉아 아무 하는 일이 없었어. 그저 윤잉에게 매달려 정신을 못 차렸으니! 이 나라에 더 이상 보탬이 안 될 사람이라면 짐이 자살을 권유할 생각이네. 어찌 생각하나?"

"폐하!"

마제가 깜짝 놀란 어조로 외마디 소리를 질렀다. 강희가 정신을 놓은 줄 아는 듯했다. 하지만 장정옥은 의외로 담담한 반응을 보였다.

"신하는 신하로서의 직분을 다해야 하옵니다. 죽음을 당하는 것도 신하의 본분이라고 할 수 있사옵니다. 하지만 나름대로 열심히 일해 온 공로를 감안해 멀리 추방하는 것이 어떨까 하옵니다."

강희가 한참이나 생각하더니 한숨을 뱉었다.

"나이 일흔이 넘은 사람을 추방시키는 것은 죽음을 내리는 것과 다를 바가 없지 않은가? 그러면 관직에서 파면시키고 북경에 남겨두고 지켜보도록 하지. 대신 자손들 중에서 한 사람을 골라 추방시키게!"

마제와 장정옥이 뭐라고 입을 열려고 할 때였다. 갑자기 수레가 크게 흔들리면서 급정거를 했다. 강희는 무슨 일인가 하고 밖을 내다봤다. 너무 울어 눈이 퉁퉁 부은 방포의 모습이 보였다. 그가 연신 머리를 조아리면서 외쳤다.

"폐하, 신 방포가 성가를 맞이하러 나왔사옵니다! 신이 폐하를 시중들러 창춘원으로 올 필요가 없다는 폐하의 특지가 계셨다고 들었사옵니다."

방포가 다시 흐느꼈다. 급기야는 대성통곡까지 했다.

"짐이 이제 좀 정신이 들 만한데 너무 그러지 말게. 짐이 궁려에 들어가 혼자 조용히 할 일이 많아서 그랬네. 그곳을 침궁寢宮으로 쓸 참이야. 그러나 자네들이 필요할 때는 부를 거야. 꼭 부를 거니까 걱정하지 말게!"

강희가 상심이 극도에 이른 듯한 방포를 위로했다. 이어 그를 수레에 태웠다.

얼마 후 강희 일행이 탄 수레는 담녕거의 월동문을 지났다. 수레가 다니기에는 노면 상태가 그다지 좋지 않은 곳이었다. 그러자 마제와 장정옥은 강희를 다른 수레로 옮겨 태우고 다시 움직였다. 조금만 더 가면 바로 무단이 지휘하는 선박영의 우림군과 벙어리 태감이 시중드는 '궁려'가 나올 터였다.

마제는 너무나 신비스럽기만 한 궁려에 언제인가는 한 번 들어가 봤으면 하는 생각을 늘 하고는 했다. 그러나 그의 소원은 이번에도 이뤄지지 않았다. 울타리 근처에서 강희가 그만 돌아가라고 말한 것이다.

"짐을 이렇게 멀리 바래다줘서 고맙군. 그러나 오늘은 여기서 헤어져야겠네. 만남이 있으면 이별이 있는 법이야. 마제와 장정옥, 자네들은 그만 가서 일 보게. 무슨 일이든 성급하게 해결하려고 하지 말고 물 흐르듯 순리에 따르는 것이 좋다는 사실을 명심하게."

두 사람은 물러나는 수밖에는 어쩔 도리가 없었다.

창춘원으로 돌아온 강희는 마음이 한결 편해 보였다. 그러나 아직도 슬픈 감정이 가시지 않은 듯했다. 그가 방포를 가까이 불렀다.

"자네도 어째 그렇게 속물처럼 구는가? 생사유명生死有命이고, 부귀재천富貴在天이라고 했네. 성현들은 이런 말을 후세들에게 읽고 생각하라는 뜻에서 글로 남겼지. 그러니 죽음 앞에서 너무 비굴할 것은 없어. 짐은 짐의 병세에 대해 손금 보듯 훤히 알고 있네. 일단 위험한 고비는 넘겼지. 이제 얼마 안 남은 두 번째 고비를 제대로 넘기면 몇 년 동안은 더 살 수 있을 거야!"

방포가 강희의 말에 처연한 음성으로 아뢰었다.

"신은 요즘 조급하고 불안할 뿐만 아니라 초조하기도 하옵니다. 어떻게 살아왔는지 모르겠사옵니다. 폐하의 말씀을 기록한 문서를 가지고 있으면서 만에 하나 불행한 일이 생기면 어떻게 해야 할지 자나 깨나 걱정도 태산 같사옵니다. 아직 후계자가 결정되지도 않은 상태이니까요!"

강희가 묵묵히 고개를 끄덕였다.

"그래서 오늘은 자네와 그 일을 상의하려던 참이었네. 자네 그 물건을…… 꺼내 놓게……."

'물건'은 바로 자명종 옆에 있는 금칠을 한 큰 궤짝에 들어 있었다. 방포는 마치 갓난아이 다루듯 조심스럽게 서류뭉치를 꺼냈다. 그의 두 손은 보기에도 안쓰럽게 떨렸다. 다리 역시 후들거리고 있었다.

"이렇게 많은가……?"

서류들은 정치, 천문, 지리, 운하 정비, 정변靖邊 분야 등에 관한 것들이었다. 항목에 따라 깔끔하게 분류된 채 정리돼 있었다. 강희는 눈앞에 두툼하게 쌓인 문서들을 보는 순간 실로 어마어마한 분량에 놀라지 않을 수 없었다. 평소 강희가 여유를 가지고 얘기한 내용을 방포가 정리한 것들이었다. 일단 정리를 하면 강희가 한 번 훑어 본 다음 조금 기억이 희미한 부분은 방포가 자료를 찾아 자세히 보태기도 했다. 그리고는 한 단락이 끝날 때마다 '체원주인'體元主人이라는 강희의 옥새를 박아 문서의 신빙성을 강조했다. 강희가 무척이나 만족스러운 표정을 지었다.

"유조遺詔(황제의 유서)를 작성할 때는 이 자료들을 기초로 하게. 되도록 좀 길게 약 이만 자 정도 되도록 작성하게. 하지만 짐이 매번 사냥 때 호랑이 몇 마리 때려잡고 늑대 몇 마리 찔러 죽였다는 등등의 내용은 유조에 포함시키지 말게. 너무 조잡스러워질 테니까."

방포가 알겠노라고 머리를 숙였다.

"이 서류는 폐하의 휘황찬란한 일대기를 적은 책이 될 것이옵니다. 후세에 널리 전해 폐하를 제대로 알리고 우리 시대의 격변의 역사를 생생하게 증언하는 책으로도 길이 남을 것이옵니다. 신은 이제 남은 정열과 심혈을 다 바쳐 정성껏 책을 만들 것이옵니다. 폐하께서 이 책에 이름을 지어 주시옵소서!"

강희가 흐뭇한 표정을 지으면서 오래도록 생각을 거듭하더니 고개를 돌려 물었다.

"자네 생각은 어떤가?"

방포가 얼른대답했다.

"《성문신무기》聖文神武記가 어떨까 하옵니다."

"그냥 성무聖武라고 하는 것이 낫겠네. 평가는 책 읽는 사람들이 할 텐데, 스스로 자신을 '신'으로 운운하는 것은 너무 웃기지 않은가?"

그러자 방포가 원고를 도로 챙기면서 여쭈었다.

"그리고 유조에 폐하께서 지금 생각하시는 후계자의 이름을 적어 넣어야 하는지 모르겠사옵니다."

강희가 방포의 질문은 회피한 채 말머리를 돌렸다.

"자네 상서방을 떠나 이곳 창춘원에 온 지 얼마나 됐지?"

"팔 년째이옵니다. 그러고 보니 신은 이미 팔 년째 이곳을 떠나지 않았사옵니다."

방포의 대답에 강희가 생각에 잠겼다.

"벌써 그렇게 됐군! 그렇지, 열셋째가 구금되고 나서 곧바로 왔으니까. 일대의 뛰어난 유학자를 이런 곳에 붙잡아 두는 것이 불합리하다는 생각이 드는군! 자네 혹시 지방에 내려가 관직에 있을 생각은 없나?"

"전혀 없사옵니다! 폐하의 말씀을 들어보니, 폐하께서는 이제 신을 싫어하시는 것 같사옵니다! 폐하……, 낙마호에서 해후한 이후 폐하께서는 신을 친구 대하듯 편하게 대해 주셨사옵니다. 신 역시 그게 싫지 않았사옵니다……. 신은 죽는 그날까지 성주聖主를 위해 충성을 다하고 싶사옵니다. 군주가 위태롭고 나라가 어려운 지금의 비상시기가 바로 신이 이 한 몸 던져 충성을 다할 때가 아닌가 생각하옵니다. 제발 신을 다른 곳으로 보내지 말아주시옵소서……."

방포는 몸을 흠칫 떨더니 금방이라도 울음을 터뜨릴 것만 같았다.

"군주가 위태로운 것은 틀리지 않을 수도 있으나 나라가 위태롭지는 않다고 보네. 지금 당장 자네를 보낸다는 것은 아니네. 짐의 신하들은 수 년 동안 백년 후에 짐이 자손들에게 자칫 왜곡되게 비춰지지 않을까 전전긍긍하면서 짐을 보좌해 왔지. 충분히 그럴 법도 해. 천자와 신하는 종이 한 장 차이니까! 짐이 위동정에게 되도록 나라 빚을 일찍 갚으라고 당부한 것은 다 이유가 있었어. 짐이 먼저 갈 경우 누군가 그것을 빌미로 위동정을 괴롭힐 수 있다는 사실이 걱정이 됐던 것이지! 그런데 위동정이 먼저 갔으니, 그 걱정은 덜었어. 짐이 여덟째를 후계자로 택하지 않은 것은 그 아이를 둘러싼 사악한 무리가 너무 많기 때문이야. 물론 그 중에는 이광지 같은 성인군자들도 없지는 않아. 무리가 너무 많으면 서로 이익을 좇을 수밖에 없어. 그러면 변란이 발생할 수밖에 없고. 그렇다면 짐이 어찌 편안하게 가겠는가? 만약 그 아이가 자리를 이어받으면 주위의 온갖 인간들이 구름처럼 몰려들 거야. 그러면 어떻게 일을 올바로 할 수 있겠는가?"

강희가 나지막하지만 분명하게 자신의 의지를 밝혔다. 여덟째를 후계자에서 제외한다는 말이었다. 그것은 바로 넷째 윤진을 세우겠다는 뜻이기도 했다. 방포가 강희의 그런 의중을 모를 리가 없었다. 그때 강희가 다시 말을 이었다.

"지금 관리들의 부정부패는 너무 심해. 이대로 계속 방치하기에는 위험한 수위에 이르렀지! 이대로는 절대 안 돼! 모든 부정부패의 온상을 갈아엎어 버릴 수 있는 그 누군가가 필요한 세상이야……."

강희가 말을 마치고는 깊은 한숨을 토해냈다. 이어 느릿느릿한 목소리로 태감을 불렀다.

"거기 누구 없는가?"

이덕전과 형년 등이 황급히 달려 들어왔다. 강희가 싸늘한 어투로 지시를 내렸다.

"오늘부터 짐의 침궁은 이곳으로 하기로 결정했네. 평소보다 갑절로 경계를 강화하여야겠네. 무단이 나이는 들었어도 그 옛날의 살인마왕이라는 사실을 잊지 말게. 짐이 무슨 말을 하든지 한마디도 밖으로 새어 나가서는 안 돼. 그런 날에는 수십 년 동안 시중들어온 정분 같은 것은 짐이 신경 쓸 새도 없어. 무단이 바로 알아서 처리해버릴 거야. 알겠는가?"

"예, 폐하! 죽었다 깨어나도 그런 배짱은 없사옵니다!"

두 사람이 동시에 대답했다.

"음!"

강희가 짤막하게 신음을 토하고는 다시 말을 이었다.

"짐의 명령을 전해. 왕섬은 짐이 즉위 육십 년을 크게 경축하는 날에 감히 엉뚱한 소리를 했어. 짐의 마음을 대단히 불쾌하게 만들었다고. 그 속셈이 불순해. 때문에 그의 문화전文華殿 대학사의 직무를 박탈해 흑룡강으로 유배를 보낸다. 아, 잠깐! 본인이 나이가 많은 점을 측은하게 생각해야겠다. 아들을 대신 보내도록 하라. 당사자는 북경에서 자숙의 시간을 충분히 가지도록 하라고 전하라!"

"예, 폐하!"

강희는 다소 우울한 기색을 보이면서 덧붙였다.

"그리고……, 지방에서 백성 이천 명이 모여 소동을 벌인 사건이 벌어진 바 있어. 그런데도 상서방 대신인 마제는 상황파악도 제대로 하지 않고 무차별 진압을 하라는 문서를 함부로 내려 보냈어. 그로 인해 정책을 잘 이해하지 못해 잠시 떠들었던 무고한 백성 팔십여 명이 죽는 사고가 발생했어. 마제의 실수도 결코 용서할 수 없어. 오늘 부로 마제의 영시위내대신, 태자태보, 문연각 대학사의 직무를 박탈한다. 나머지는 육부의 회의에 넘겨 처리하도록 하라!"

"예, 폐하!"

강희는 썩 중대한 사안이 아님에도 필요 이상으로 민감하게 반응하면서 수십 년 동안 자신을 보좌해온 두 명의 대신을 눈 하나 깜빡 하지 않고 해직시켜버렸다. 황제의 권위를 마음껏 과시했다고 할 수 있었다. 방포는 그 사실에 충격을 받았는지 안색이 하얗게 질리고 말았다.

"또 하나……, 상서방 대신인 장정옥은 짐을 섬기는 수 년 동안 한 번도 선정善政에 대한 건설적인 생각을 내놓지 못했어. 작년에 짐이 기대를 걸고 조언을 구했을 때도 그냥 두루뭉술하게 얼버무리고 말았어. 그 태도가 너무 무성의했어. 군주를 대하는 정성도 부족했어! 일벌백계를 가하는 차원에서 엄벌에 처해야 마땅하나 지금껏 큰 착오가 없었던 사실을 감안한다. 직급을 두 등급 낮추고 잠시 상서방에 두고 관찰할 예정이다!"

강희가 무표정한 얼굴을 한 채 장정옥에 대한 처벌 수위에 대해서도 결정을 내렸다.

"예, 폐하! 알겠사옵니다! 명심하겠사옵니다!"

형년과 이덕전의 이마에서는 식은땀이 줄줄 흘러내리고 있었다.

"폐하……, 혹시 너무?"

이덕전과 형년이 부랴부랴 지의를 전달하러 떠나자 방포가 역시 식은땀을 흘리며 입을 열었다. 그러나 바로 말끝을 흐렸다.

강희가 오금이 저린 사람처럼 다급한 표정을 짓고 있는 방포를 바라보면서 피식 웃었다. 그리고는 물었다.

"진주 한 알이 있다고 쳐 보자고. 다른 사람 눈에 띄지 않게 하려면 어디에 숨겨야겠는가?"

"물고기 눈 속입니다!"

"나무토막 하나가 사람들 눈에 안 띄게 하려면 어디에 놓아둬야겠어?"

"숲속입니다!"

방포는 강희의 말에 계속 대답하다 비로소 그의 깊은 뜻을 알아차렸다. 멋쩍게 뒤통수를 긁적이면서 미소를 지었다.

강희가 오른손으로 찻잔을 잡은 채 덧붙였다.

"짐을 위해 평생을 바쳐온 노인네들을 짐 나름대로 보호하는 방법일세. 방금 짐이 마제에게 '만남이 있으면 이별이 있다'라고 말한 것도 이런 의미에서 했던 얘기네. 자네 일은 나중에 생각해보자고. 자네는 먼저 여러 황자들과 대신들의 집에 놀러 다니면서 짐을 위해 만든 《어제악률》御製樂律이라는 책이 탈고됐다고 입소문을 내놓게. 열일곱째 윤례에게 얘기해서 자네에게 집 한 채 장만해주라고 할 테니, 거기에 가 있게. 심심하면 짐을 찾아오도록 하고. 그러면 됐네, 그만 가 보게. 오늘은 짐이 많이 피곤하네. 그만 쉬어야겠어."

53장
죽음에 대비하는 강희

왕섬은 유배를 당했다. 또 마제는 구금을 당했다. 장정옥 역시 무사하지 못했다. 직급이 강등됐다. 결과적으로 강희 8년에 세워진 상서방上書房은 순식간에 유명무실해지고 말았다. 조야는 기름솥에 물방울을 떨어뜨린 것처럼 들끓었다.

하지만 충격은 그것으로 끝이 아니었다. 5월 단오절이 지나서는 다시 우명당과 시세륜이 연이어 자리에서 쫓겨난 다음 옥신묘에 갇히는 사건이 터졌다. 사람들은 종잡을 수 없는 불안감에 휩싸이지 않을 수 없었다. 바로 그때 산동 포정사인 전문경田文境과 병환으로 오랫동안 집안에서 두문불출하면서 조용히 지내온 동국유佟國維까지 예외 없이 감옥에 갇히고 말았다.

강희는 과거 그런 일을 처리할 때는 여러 사람들의 의견을 수렴하는 것을 원칙으로 했다. 또 오랫동안 고민하기도 했다. 그러나 이번에는 전혀 그렇게 하지 않았다. 아무런 예고도 없이 순식간에 뒤통수를 쳐버렸다. 마른하늘에 날벼락이라는 것이 아마도 그런 상황을 두고 하는 것이 아니었을까? 사람들은 전례 없는 사정司正의 폭풍우 속에서 저마다 겁에 질려 덜덜 떨었다.

강희는 무차별적으로 칼을 휘두르는 것 같았다. 그러나 한 가지 특징만은 있었다. 불운을 겪은 사람들이 특별히 어느 당黨에 속해 있지 않았다는 사실이었다. 한마디로 다양한 사람들이 칼을 맞은 것이다. 또 하나같이 평소에 덕망이 높고 능력 있는 관리들이라는 것도 특징이라면 특징이었다. 어리둥절하기는 황자들도 크게 다르지 않았다. 항간에서 강희가 노망이 든 것이 아니냐는 억측까지 나돈 것은 그 때문이었다. 정국은 완전히 안개 속에 휩싸였다.

북경의 날씨는 음력으로 칠월 칠석이 지나자 아침저녁으로 바람 끝이 차가워지기 시작했다. 윤진은 전보다 많이 한가해졌으나 하루는 지의를 받고 전격 소환됐다가 날벼락 같은 소리를 들었다. 내무부의 일에서 손을 뗄 뿐만 아니라, 형부와 호부의 업무에도 더 이상 개입하지 말라는 명령이었다. 윤진으로서는 맛있게 먹고 있던 밥그릇을 느닷없이 빼앗긴 기분이 들지 않을 수 없었다. 아무려나 윤진은 달리 잘못한 것도 없이 밀려나는 현실이 서글프고 두려웠다.

그러나 윤진은 애써 진정하고 침착하게 인사를 마친 후에 밖으로 나왔다. 그리고는 천 근 만 근 되는 것 같은 다리를 끌고 힘없이 집으로 돌아왔다.

집에는 마침 대탁을 비롯한 측근들이 기다리고 있었다. 그들이 앉아 있는 만복당萬福堂의 처마 밑에는 아직 개봉하지 않은 복주福州의 명품인 술 항아리들이 여러 개 놓여 있었다. 커다란 귤 바구니 역시 수십 개나 쌓여 있었다. 대탁은 문각 선사와 바둑을 두고 있었다. 성음과 오사도는 옆에서 관전을 하고 있었다.

오사도를 제외한 몇 사람은 윤진이 들어서자 저마다 자리에서 일어나 맞이했다. 대탁이 황급히 앞으로 나서면서 무릎을 꿇고 머리를 조아렸다.

"노재 대탁, 넷째마마를 고견합니다!"

"자네 왔는가? 언제 도착했지?"

윤진이 밖에 있는 선물들을 힐끗 쳐다보더니 담담하게 물었다. 동시에 자리에 앉으라는 손짓을 하고는 차 한 모금으로 목을 축였다.

대탁은 몇 년 동안 살도 찌고 살결도 거뭇거뭇해져 있었다. 한결 남자다운 기운이 느껴졌다. 밖에서 무슨 일을 겪었는지 그다지 밝지만은 않은 윤진의 얼굴을 쳐다보면서 대탁이 조심스럽게 대답했다.

"어제 도착했습니다. 넷째마마께서 편지에서 지시하신 대로 움직이다보니 먼저 찾아뵙지 못했습니다. 우선 창춘원에 가서 폐하께 인사를 올린 다음 오늘 아침에 들어왔더니, 넷째 마마께서 계시지 않았습니다……."

대탁이 말을 마치고는 바로 선물 명세표를 윤진에게 건넸다. 윤진이 명세표를 받아들고 대충 훑어보더니 한쪽에 던지듯 내려놓으면서 퉁명스럽게 내뱉었다.

"천하에 얄팍한 인간들 같으니라고! 대탁, 자네 두 형제는 도대체 어떻게 된 일인가! 선물을 가져올 때 언제 한번이라도 제대로 성의를 보인 적이 없어. 편지에는 매일 우는 소리나 하고 찾아올 때는 대충 아무거나 집어가지고 오면서 말이야! 자네 정말 그렇게 가난해? 내가 쳐다보기도 싫어하는 술에다 익을 때까지 기다리려면 애 둘은 더 낳을 것 같은 시퍼런 귤 조각이나 들고 와서 뭘 어떻게 하라는 거야? 당장 시장에 내다 팔아! 돌아가는 여비 걱정은 안 해도 될 것 같으니까!"

대탁은 끽소리도 못하고 머리를 숙인 채 윤진의 훈계를 들었다. 오사도와 문각이 마주보면서 웃더니 거의 동시에 말했다.

"넷째마마, 오늘은 갑자기 왜 그러십니까? 내무부와 각 부部의 일이 제대로 안 풀리시기라도 하는 겁니까?"

그러자 윤진은 한숨을 푹 내쉬더니 의자에 벌렁 드러누워 버렸다.

"이제부터는…… 완전 실업자 신세가 됐어. 어떻게 보면 잘 됐는지도 모르지. 이 꼴 저 꼴 안 보고 속 편하지 뭐! 눈 깜짝할 사이에 쓸 만한 사람들 다 잡아가고 마땅히 할 일도 없는데, 잘 됐어! 폐하께서 도대체 무슨 생각을 하고 계신지 모르겠어, 정말!"

윤진의 불평을 들은 문각이 부지런히 염주를 돌리면서 중얼거리듯 말했다.

"너무 성급하게 생각하시지 말고 일단 기다려 보십시오. 대탁도 할 말이 있는 것 같던데요? 먼저 들어보는 것이 어떻겠습니까?"

문각의 말도 틀리지 않다고 생각했는지 윤진이 몸을 반쯤 일으키며 대탁을 향해 말했다.

"성질 더러운 주인 만났다고 생각하고 마음 풀게."

"괜찮습니다! 제가 폐하께 인사 올리러 갔을 때였습니다. 차례를 기다리던 중 우연히 이광지 어른을 만났습니다. 황자들에 대한 얘기가 오가자 제가 물어 봤습니다. 어떤 황자가 괜찮아 보이느냐고 말입니다. 그랬더니 다들 장단점이 있기는 한데 여덟째마마가 그래도 괜찮다고 하셨습니다."

대탁이 상체를 숙이면서 말했다. 그러자 윤진이 얼굴 가득 냉소를 흘린 채 입을 열었다.

"누가 가재는 게 편이 아니랄까봐! 왜 그렇게 생각하느냐고 물어보지는 않았어?"

"감히 물어보지 못했습니다. 그래서 제가 알만한 사람들은 다 여덟째 마마는 관계官界에 덕망이 높으신 반면 넷째마마는 백성들에게 덕망 높은 황자로 비춰지고 있다는 사실을 알고 있다고 말씀드렸습니다. 지방에 유행하는 민요 가사에 '밀가루 반죽이 잘 안 되면 여덟째를 찾아가고, 억울한 사연이 있으면 윤진을 찾아가라'라는 대목이 있다면서, 이게 바로 민심의 동향을 말해주는 명백한 증거라고도 했습니다!"

윤진이 대탁의 말에 버럭 짜증을 냈다.

"그런 말은 왜 했는가? 소 귀에 경 읽는 격이지! 이광지가 언제 백성들의 원성에 귀 기울이는 것을 봤나? 괜히 폐하께 꼬치꼬치 일러바치는 날에는 폐하의 의심을 살 수도 있어!"

"그런 걱정은 하지 마십시오. 이광지는 친구를 배신해서 공을 가로채고, 첩과 자식도 외면한 사람입니다. 부모님 상중에 계집질이나 한 과거가 찬란합니다. 그런데 폐하께서 그런 사람 말을 들으시겠습니까?"

오사도의 말이었다. 그제야 윤진은 이광지의 학문이 결코 다른 사람에게 뒤지지 않음에도 불구하고 상서방의 문턱을 넘어서지 못한 이유를 알 것 같았다. 강희는 철저하게 이광지를 불신해서 상서방으로 부르지 않은 것이다. 윤진이 한참 생각에 잠겨 있는가 싶더니 혼잣말처럼 내뱉었다.

"사람 팔자라는 것은 참 알다가도 모를 일이야! 이광지나 진몽뢰는 두 다리 쭉 뻗고 잘 살고 있어. 반면 무지무지하게 고생을 한 시세륜이나 우명당 같은 능신能臣들은 전부 비운을 겪고 있어. 이게 말이 되는가 말이야!"

윤진의 말에 오사도가 갑자기 고개를 뒤로 젖히면서 웃음을 터트렸다.

"넷째마마는 의외로 바보스러울 정도로 순진한 면이 있다니까요! 폐하께서 그런 능신들이 진짜로 미워서 볼기를 때려 주신 줄 아십니까? 천만에요!"

"그게 무슨……?"

"넷째마마! 마마께서는 폐하의 제왕술帝王術을 더 열심히 따라 배우셔야 합니다!"

오사도가 눈빛을 반짝이면서 말했다. 이어 지팡이 소리를 크게 내면서 창가로 다가가더니 다시 입을 열었다.

"폐하께서는 본인의 용체龍體가 완전히 원기를 회복하지 못할 줄 잘 알고 계십니다. 그만큼 선견지명이 있으시다는 말씀입니다! 지금 황자들은 중원中原에 풀어놓은 사슴을 잡기 위해 저마다 온갖 수단과 방법을 다 동원해 움직이고 있지 않습니까? 이럴 때 아끼는 능신들일수록 손발을 붙들어 매서 보호해줘야 합니다. 그렇지 않으면 그들은 자신도 모르게 끝이 보이지 않는 얽히고설킨 파당 간 전쟁의 소용돌이 속에 빠져들 위험이 큽니다. 더구나 비상한 머리가 나쁜 일에 쓰이면 엄청난 재앙을 불러오게 돼 있습니다! 그런 능신들을 붙들어 매는데 가장 안전한 곳은 상서방도 아니고 육부도 아닙니다. 바로…… 옥신묘입니다. 기가 막히죠? 폐하의 지혜가 대단하시다는 사실을 말해주는 것은 또 있습니다. 바로 앞에서도 언급한 바 있는 섬뜩한 선견지명과 바로 연결이 됩니다. 나중에 새로운 군주가 즉위하면 과거에 뼈대가 굵어진 능신들은 원로를 자처할 수 있습니다. 자칫 새로운 황제에게 심적인 부담을 안겨줄 수 있는 것이죠. 그래서 지금 미리 '죄를 짓고' 갇혀 있게 한 다음에 새로운 군주로 하여금 풀어주도록 하려는 겁니다. 그러면 평생 동안 우려먹고도 남을 인심을 미리 챙길 수 있습니다. 바로 그런 계산이 깔려 있었던 겁니다!"

윤진은 오사도의 기막힌 분석에 놀란 나머지 할 말을 잃었다. 한참 후에야 겨우 혼잣말하듯 중얼거렸다.

"와! 이거…… 너무…… 충격적이군! 그런데 노인네들이 견뎌내지 못하고 쓰러져 버리면 어떻게 하지?"

"몇 사람이 죽는다고 조정의 수레바퀴가 돌아가는데 크게 무리야 있겠습니까?"

오사도의 말은 더 이어질 듯했다. 그러나 밖에서 종종걸음으로 들이닥친 채영 때문에 끊어지고 말았다.

"넷째마마, 방포 선생께서 방문하셨습니다!"

윤진이 정신이 번쩍 든 표정을 짓더니 좌중의 사람들을 향해 바로 손짓을 했다.

"다들 피해 있게. 내가 직접 마중을 나갈 테니!"

하지만 오사도는 턱수염을 만지작거리면서 자신의 생각을 밝혔다.

"저 사람들은 피해 있으라고 하고, 저와 넷째마마는 아까 두다 만 바둑을 계속 두시죠! 제 발로 들어오면 되지 마중은 왜 나가시려는 겁니까! 귀에 딱지가 앉도록 들은 거물의 풍채를 한번 구경이나 합시다."

곧 평상복 차림의 방포가 하인의 안내를 받으며 들어섰다. 이어 소탈하게 웃으면서 인사를 했다.

"무턱대고 찾아와서 죄송합니다! 진작 찾아뵈었어야 하는데, 뭐가 그리 바쁜지……."

윤진이 손에 집었던 바둑알을 내려 놓으면서 방포를 향해 읍을 했다.

"방 선생, 어쩐 일이세요? 어서 오세요!"

방포가 허허 웃으면서 자리에 앉았다.

"방금 전 마제 대인과 시세륜을 찾아가 만났습니다. 그리고 오는 길에 한번 들러봤습니다. 외람되지만 이 분은……?"

방포가 하인이 들고 온 찻잔을 받아 입가에 가져가다 말고 오사도를 힐끗 쳐다보면서 물었다. 오사도가 방포의 말에 바둑알이 담겨 있는 통에 손을 넣으면서 잘 나가는 '포의'布衣의 권력자를 슬쩍 쳐다봤다. 그리고는 약간 상체를 앞으로 숙인 채 인사를 했다.

"소생은 오사도라고 합니다. 선생의 존함을 물어도 실례가 안 되겠습니까?"

방포는 남위 과거시험 당시 고사장을 아수라장으로 만들어 놓은 것으로 유명한 오사도를 모르지 않았다. 그러나 장애인이라는 사실은 모르는 듯했다. 그가 깜짝 놀라면서 상체를 숙였다.

"잘 부탁드립니다. 방포라고 합니다. 자는 영고靈皐입니다."

방포가 말을 마치기 무섭게 명함 한 장을 내밀었다. 오사도가 대수롭지 않다는 듯 명함을 받은 다음 그저 힐끗 쳐다봤다.

방포는 순간 이름 모를 굴욕감에 휩싸였다. 치솟는 화를 가까스로 참았다.

'그 옛날 남순 길에 폐하께서 나를 포의 측근으로 삼은 이후 위로 친왕과 패륵, 아래로 부部와 원院의 상서에 이르기까지 어느 누구 하나 나를 공손하게 예우하지 않은 이가 없지 않았던가. 그런데 별 볼 일 없는 절름발이가 내 이름을 듣고도 아무런 반응이 없어?'

오사도는 방포가 자신을 그렇게 괘씸하게 생각하거나 말거나 아무 관심도 없는 듯했다. 그저 나름대로 방포의 인간성을 떠 보고 싶은 생각에 머리만 열심히 굴리고 있었다. 이어 조금 전 명함에서 '동방포'桐方苞라는 세 글자를 본 기억을 떠올리고는 그다지 겸손하지 않은 말투로 한마디 했다.

"방금 명함에서 얼핏 '동방포'라는 세 글자를 봤습니다. 그게 무슨 뜻인지 가르쳐 주실 수 있겠습니까? '동'桐이라는 글자가 들어가는 지명은 온 천하를 통틀어 다섯 곳밖에 없습니다. 그런데 도대체 동방포라는 게 무슨 뜻인지 궁금해서 말입니다!"

방포가 너무나 무례하고 당돌한 질문에 잠시 흠칫 하더니 냉소를 머금었다.

"그대도 먹물깨나 먹은 사람으로 알고 있습니다. 내 분명히 말하는데, 독서라는 것은 정서함양을 위한 것이지 결코 혓바닥을 살찌우려고 하는 것이 아닙니다! 나는 본명을 감추고 은둔하면서 새롭게 살고 싶어 이름을 고쳤습니다. 그게 그대의 눈에 그렇게도 거슬렸다는 말입니까? 그렇다면 나도 궁금한 것이 있습니다. '사도'思道라는 그대의 이름은 도대체 무슨 도道를 생각思한다는 것인지 알고 싶군요!"

오사도가 무표정하게 굳은 얼굴을 한 채 반박했다.

"선생! 말이 되는 소리를 하십시오. 은둔하면서 살고 싶다는 분이 제왕의 주위에서 얼쩡거리십니까? 또 내가 이름값을 하는지 못하는지 궁금하신 것 같군요. 무슨 도를 생각하느냐고 물으신다면 나는 물처럼 담백하고 청산처럼 꿋꿋한 진정으로 명철한 삶을 구현하기 위한 '도'를 생각하고, 닦고 있는 중이라고 말하겠습니다. 옹친왕마마에게 들으니, 선생이 여러 차례 황자마마들에게 사서四書에 대해 잘 가르치셨다고 하더군요. 그래서 한번 뵙고 싶었습니다. 하지만 진정한 학자라면 신독愼獨을 지킬 줄 알아야 한다고 생각합니다. 선생께서는 결국 본인의 바람과는 달리 은둔에는 실패했습니다. 바깥세상으로 나왔습니다. 그것도 황실에서 큰 학문을 가르치고 있습니다. 그것은 진정 용암처럼 분출하는 학문에 대한 열의 때문입니까, 아니면 명예와 실리를 노린 '매명'買名 행위입니까? 주희朱熹의 말을 인용해 오늘날의 뿌리 깊은 부정부패를 통렬하게 비판했다는데, 듣기에는 통쾌할 수 있습니다. 그것은 과연 정의의 칼을 뽑아 들고 새 나라를 건설하려는 의지의 표출입니까, 아니면 한몫 단단히 챙긴 자들에 대한 시기 때문입니까? 말이 조금 지나쳤다면 용서

하십시오. 아무튼 대단히 궁금합니다."

거침없이 정곡을 찌르는 오사도의 말에 윤진은 말할 것도 없고 방포 역시 깜짝 놀랐다. 오사도를 다시 바라보게 됐다. 심지어 방포는 화를 내기는커녕 마냥 놀라운 시선으로 오사도를 쳐다봤다. 잠시 침묵이 흐른 다음 오사도가 다시 입을 열었다.

"과거 저는 비슷한 나이 또래의 지기知己들이 그랬듯 선생의 글을 읽을 때마다 통쾌하다는 생각을 했습니다. 또 슬퍼하기도 했고 즐거워하기도 했습니다. 그런데 근래에는 선생의 글이 전혀 보이지를 않았습니다. 그것은 또 왜 그렇습니까? 견물생심이라는 말이 있습니다. 이런 복잡한 판국에 몸을 담고 있으니, 마음은 있어도 좋은 글이 써질 리가 없는 겁니까? 저는 원래 보고 듣고 배운 것 없이 자라서 하는 말과 행동이 거칩니다. 그래도 말이 직설적으로 나가듯 마음 역시 올곧다고 자부합니다. 잘못된 부분이 있으면 지적해 주시기를 바랍니다!"

오사도는 말을 마치더니 곧바로 시선을 다시 바둑판에 고정시켰다.

"천만에요!"

방포는 오사도가 다소 무례하다는 생각은 했다. 그러나 그의 말을 진심으로 받아들였다. 관리의 길에 물들지 말고 진정한 학자의 길을 가라는 관심어린 채찍으로 받아들였다. 그가 크게 감동한 듯 윤진과 오사도를 향해 상체를 약간 굽혔다.

"피가 되고 살이 되는 훌륭한 충고에 감사드립니다. 넷째마마, 이렇게 훌륭하신 분이 문하에 계시는 것은 마마의 큰 복이 아닐 수 없습니다. 오 선생, 좋은 계절에 시간을 내서 내 고향 동성桐城으로 모시겠습니다. 이 자리에서 나누지 못한 얘기는 그날 술잔을 기울이면서 계속 했으면 합니다. 그러면 오늘은 이만 가보겠습니다!"

윤진이 방포를 문 앞까지 바래다주고 들어와서는 박수를 치면서 혼자 좋아하는 오사도에게 말했다.

"멀쩡한 사람을 왜 건드리는가?"

오사도가 대답했다.

"그 사람이 거인 시험에 합격했을 때 이광지는 시험을 출제한 사람이었습니다. 그런 인연으로 두 사람 사이는 꽤 가까운 것으로 알고 있습니다. 지금 이광지는 여덟째마마의 문하로 있습니다. 어떻게 하면 여덟째마마를 황제 자리에 올려놓을까 고민하며 안간힘을 쓰고 있죠. 그러던 중 폐하를 찾아가 말을 꺼냈다고 하더군요. 물론 면박을 맞았다고 합니다. 이광지는 지금이 승패의 갈림길이니 만큼 방포를 다시 찾아갈 가능성이 큽니다. 아쉽게도 방포는 쉽게 그 계략에 넘어갈 위인입니다. 때문에 먹힐지 안 먹힐지는 모르나 이런 식으로 겁을 줄 수밖에는 없었던 겁니다."

윤진은 다시 한 번 오사도의 너무나도 예리한 통찰력에 놀라움을 금치 못했다. 그가 간만에 환한 표정을 지었다.

"그 사람에게 고향으로 돌아가 은거하라고 권유하는 것이 더 낫겠어. 시시비비를 떠나서 살라고 말일세. 그게 바로 보살의 마음이 아니겠나!"

오사도가 윤진의 말에 정색을 한 채 대답했다.

"우리는 우리가 할 일을 다 하고 천명을 기다리면 됩니다!"

언제부터인지 밖은 이미 어두워져 있었다. 갑자기 차가운 비구름을 동반한 바람이 창문을 때리고 있었다. 윤진과 오사도는 자신들도 모르게 몸을 움찔했다.

다시 시간이 조금 흘렀다. 놀랍게도 오사도의 말대로 거짓말 같은 일이 일어났다. 방포가 모든 것을 접고 고향으로 내려간 것이다. 그리고 그가 북경을 떠난 후 보름 만에 녹색 관교官轎 하나가 창춘원으로 들어섰다. 궁려의 침궁 앞에서 멈춰 섰다. 장정옥이 먼저 가마에서 내려서더니 가마 안에 있는 사람을 향해 말했다.

"여기에서 명령을 기다리게."

장정옥은 이어 곧바로 형년을 가까이 불러 모든 어의와 태감, 궁녀들을 밖으로 나가게 하라는 명령을 내렸다. 이어 사람들이 멀리 모습을 감추고 안팎이 조용해지자 안으로 들어가 나지막하게 아뢰었다.

"폐하, 융과다가 대령했사옵니다."

강희는 옷을 입은 채로 베개에 반쯤 기대고 있었다. 힘이 드는지 눈을 지그시 감고 있었다. 안색 역시 어둡고 침침해 보였다. 칼로 조각한 듯 깊게 패인 주름은 그가 완연하게 늙었다는 사실을 분명하게 말해주고 있었다. 그러나 그는 융과다가 도착했다는 말을 듣는 순간 눈을 번쩍 떴다.

"들어오라고 하게!"

융과다가 잠시 후 가볍지 않은 장화 소리를 내면서 들어왔다. 이어 모자를 벗어 한쪽에 놓고 무릎을 꿇은 채 머리를 조아렸다.

"노재 융과다, 삼가 폐하의 안녕을 비옵니다!"

강희는 일어나라는 말도 없이 장정옥에게 지시했다.

"지의를 읽어 주게!"

"예, 폐하!"

장정옥이 강희의 머리맡에 있는 금으로 도배된 작은 상자에서 두 개의 조서를 꺼냈다.

"융과다, 성지^{聖旨}를 받고 유조^{遺詔}를 낭독할 것이다!"

순간 융과다는 기절할 듯 놀랐다. 유조라면 유서였으니, 그럴 만도 했다. 하지만 그는 이내 정신을 차리고는 정중한 몸가짐을 하고 서 있는 장정옥을 향해 깊이 머리를 숙였다. 그때 장정옥의 무거운 목소리가 방 안에 퍼졌다.

"융과다는 황자들에게 빌붙어 정무를 방해했다. 또 백성들에게 피해를 입힌 사실이 조사 결과 드러났다. 그러므로 죽음을 내린다!"

융과다는 밀조密詔를 보내 자신을 궁으로 불러들인 이유가 죽음을 내리기 위한 것인 줄은 정말 꿈에도 생각하지 못했다. 그의 이마에서는 어느덧 식은땀이 방울처럼 흘러내렸다. 연이은 충격이 너무나 컸는지 몸이 사시나무 떨 듯 파르르 떨렸다. 융과다가 입가를 크게 실룩거리면서 사색이 돼 있다 한참 후에야 머리를 깊숙이 조아렸다.

"죄신, 죄를 인정하옵니다. 명에 흔쾌히 따르겠사옵니다!"

"아무 생각 없는가? 억울한 점이 있으면 말해보게."

강희가 차가운 시선으로 융과다를 노려보면서 물었다. 융과다는 강희의 말에 놀라움과 분노를 애써 참는 듯 머리를 조아린 채 떨리는 목소리로 대답했다.

"죄신은 우렛소리든 단비든 모두 성은이라고 생각하면서 살아왔사옵니다. 폐하께서 기회를 주신다니 한 말씀만 드리겠사옵니다. 동씨 가문은 확실히 여덟째마마와 왕래가 잦은 편이옵니다. 그러나 소인은 조실부모하고 성격이 괴팍해서 저도 모르는 사이에 집안의 어른인 동국유에게 용서받지 못할 짓을 많이 해왔사옵니다……. 죄신은 또 폐하께서 서정 길에 오르셨을 때 수행을 한 적이 있사옵니다. 그때 위험에 처한 폐하를 등에 업고 죽기 살기로 뛰쳐나왔던 기억도 있사옵니다……. 소인은 나름대로 폐하께 충성을 다하느라 노력은 했사옵니다. 그러나 본의 아니게 실수도 꽤나 저질렀사옵니다……."

융과다는 한참을 얘기하다 말고 눈물을 주르르 흘렸다. 강희 역시 과거 고난의 행군길을 떠올리자 가슴이 저렸다.

한참 후 그가 말했다.

"자네에 대해서는 짐이 누구보다 잘 알지. 방금 읽었던 조서는 자네가 하기에 따라 휴지조각이 될 수도 있어. 잠시 장정옥이 보관하고 있다가 필요할 때 날짜만 써 넣으면 즉시 효력을 발휘할 수 있으니 그리 알게. 장정옥, 이번에는 다른 밀조를 읽어 보게!"

장정옥이 말없이 고개를 끄덕이더니 곧바로 두 번째 조서를 읽기 시작했다.

"융과다에게 태자태보, 영시위내대신, 상서방대신 등 직함을 수여한다. 또 여전히 경사보군통령京師步軍統領의 직책을 겸하도록 한다. 강희 육십년 음력 시월 삼일."

"이건? 폐하……, 이건?"

융과다가 깜짝 놀라면서 눈을 휘둥그렇게 떴다. 한참 후에 다시 입을 열었으나 제대로 말을 하지 못했다.

"짐은 죽음의 비애와 삶의 즐거움을 자네에게 한꺼번에 하사한 셈이지."

강희의 목소리는 나지막하지만 또렷했다. 그가 장정옥에게 자신을 부축해 일으켜 줄 것을 명령한 다음 몇 번 크게 기침을 하고 나서 덧붙였다.

"이쯤 되면 무슨 뜻인지 잘 알겠지? 하지만 짐이 이렇게 할 수밖에 없는 어려움을 이해해줬으면 하네. 짐은 이 강산이 사악한 소인배들에게 넘어가는 것을 결사적으로 막기 위해 이런 대책을 세우기에 이른 거야. 자네가 끝까지 짐에게 충성을 다하고 맡은 바 직무에 충실히 임한다면 처음 읽었던 조서는 한낱 휴지조각에 불과하겠지. 그러나 그렇지 않을 경우에는 새로운 군주가 즉위하는 날이 바로 자네의 제삿날이 될 거야. 짐은 그 사실을 이 자리에서 분명히 말해두는 바네! 장정옥 역시 마찬가지 입장이야. 그 역시 두 개의 조서를 가지고 있으니 말이네!"

융과다의 입술은 두려움 때문인지 탄복 때문인지 덜덜 떨리고 있었다. 도저히 멈추지 않을 듯했다. 그러나 강희는 그에 아랑곳하지 않았다.

"일반인이라면 짐은 자네를 외사촌 동생이라고 불러야겠지. 하지만 온 백성들의 삶을 등짐 가득 지고 있는 우리 황실에서는 사사로운 감정에 치우칠 여유 같은 건 없어. 그것을 모르지는 않겠지? 전에 서정길에 같이 올랐을 때 군량미가 떨어져 굶어죽을 위기에 놓인 적이 있었어. 그 당시 자네는 어디에선가 얻어온 손바닥만 한 빵 한 조각을 짐에게 내어주고는 대신 풀잎을 뜯어 먹었지. 조금 남은 물도 짐에게 마시게 하고 자네는 말 오줌을 마셨어. 짐은 죽어도 그 때의 그 감동을 잊을 수가 없어! 전쟁이 끝나고 자네를 잠시 잊었던 것을 많이 후회하기도 했어. 자네 같은 충성스런 부하를 썩힌 세월이 정말 아쉬웠어……."

융과다의 두 눈에서는 어느새 눈물이 하염없이 흘러내리고 있었다. 진심이 담긴 강희의 따뜻한 위로의 말에 감동했다. 강희가 다시 나지막한 한숨을 내쉬면서 덧붙였다.

"그러니 군신 관계가 얼마나 어려운 것인가를 잘 알겠지? 짐은 늘 자네의 은혜를 갚고 싶었어. 그래서 고민 끝에 이런 조서를 내리게 됐으니, 부디 짐의 기대를 저버리지 말게. 후세에 길이 남는 명신名臣으로서의 입지를 굳히는 기회를 스스로 만들어 가기를 바라마지 않네."

"폐하……, 죄신은 폐하를 대신해 죽을……."

융과다가 끝내 엉엉 울음을 터트리면서 길게 엎드렸다. 그러나 다음 말을 잇지는 못했다. 강희가 손을 내저었다.

"그렇게 할 필요는 없네. 삶과 죽음을 어떻게 대신할 수 있겠는가! 짐은 너무나 많은 일을 했어. 한 평생을 치열하게 살았지. 유감이 있을 리가 없어. 책을 한 권 써도 부족할 것이 뭐 있겠나? 만약 자네가 짐을 도와 이 책의 마지막을 완성시켜준다면……."

강희가 힘이 드는지 말을 채 끝내지 못하고 도로 드러누웠다. 이어 장정옥에게 지시했다.

"장정옥, 그대들은 짐이 지명한 탁고託孤(태자를 맡기는 것)대신이야. 여기에서는 자세한 얘기를 나눌 수 있어. 짐은 피곤해. 가슴이 뛰는 것도 어떻게 할 수가 없네. 내가 듣고 있을 테니 둘이서 얘기를 나눠보게……."

장정옥은 강희의 말이 끝나자 눈물을 닦으면서 융과다에게 말했다.

"앉으세요. 폐하의 유조는 모두 두 부입니다. 한 부는 폐하의 평생 업적과 치세治世를 적은 밀조, 다른 한 부는 황자 중 한 명에게 황제 자리를 물려준다는 유조입니다."

54장
강희, 눈을 감다

북경의 겨울은 음력 10월에 접어들자마자 혹독한 추위를 몰고 왔다.
뿐만 아니라 늘 찌뿌듯한 하늘에서는 눈이 그칠 새도 없이 내렸다. 포
효하는 서북풍이 그 눈을 사방에 흩날리게 하면서 그렇지 않아도 바람
잘 날 없는 고도古都를 온통 희뿌옇게 만들었다.

창춘원 담녕거의 각 행궁에서는 육부의 상서와 낭관郞官, 각 성의 총
독과 순무들이 각자의 천막 밑에 들어가 추위를 달래고 있었다. 그들은
대부분 황제에게 인사를 하기 위해 달려온 사람들이었다. 일부는 상주
문을 올릴 일이 있어 오기도 했다.

그러나 내정內廷에서 전해온 소식에 의하면 강희의 병세는 갈수록 위
중해지면서 위태로워지고 있다고 했다. 가끔씩 정신을 차릴 때도 있으
나 사람을 만나고 일을 하기에는 불가능한 상황이라는 것이 내정의 소
식이었다.

관리들 중에서 그나마 강희를 직접 볼 수 있는 사람은 장정옥뿐이었다. 때문에 그는 며칠 동안 꼬박 날밤을 새워 혼자서 강희의 시중을 들었다. 당연히 지칠 수밖에 없었다. 그의 얼굴은 초췌하기 이를 데 없었다. 때로 걸음걸이마저 비틀거릴 정도로 지쳐 있었다. 11월 3일 그는 강희의 작은 서재에서 몇몇 외성外省의 관리들을 접견했다. 그대로 선 채로 몇 가지 급무를 마저 처리하고 나서 비로소 입을 열었다.

"눈도 많이 내리는데, 며칠 묵어들 가게나. 폐하께서 깨시면 지의가 계실지도 모르니까!"

장정옥은 말을 마치기 무섭게 바로 운송헌으로 발길을 옮겼다. 윤지, 윤우胤祐, 윤사, 윤당, 윤아, 윤도, 윤우胤禑 등 일곱 명의 황자들이 장정옥이 들어서는 걸 보더니 황급히 자리에서 일어났다. 셋째 윤지가 다그치듯 물었다.

"장 대인, 지의가 계셨는가?"

"한 시간 후에 들어가셔서 인사 올리십시오. 폐하께서 오늘은 조금 괜찮으신 것 같습니다."

장정옥은 말을 마치고는 바로 어딘가로 향했다.

그 시각 여덟째 윤사는 긴장한 나머지 얼굴이 평소보다 더욱 하얗게 변한 모습으로 초조하게 황자들 틈에 끼어 있었다. 밖에는 이미 모든 준비가 끝나 있었다. 풍대豊臺의 주둔군 통령인 성문운成文運이 3만 병력을 거느린 채 창춘원을 덮치라는 여덟째의 명령만 기다리고 있었다. 융과다 쪽에는 아령아와 규서가 미리 가 있었다. 여덟째는 융과다가 도와준다는 말은 하지 않았으나 사태가 발생할 경우 북경 구성九城의 병사들을 하나도 움직이지 않을 것이라는 믿음을 가지고 있었다. 두 가지 조건만 충족되면 창춘원은 자신의 손에 들어온 것이나 다름없다고 장담하고 있었다.

'무단과 조봉춘의 녹영병 몇천 명 정도로는 우리 상대가 될 수 없어. 그나마 힘깨나 쓴다는 윤진 형님도 풍대의 병사들이 도착하는 대로 생포해 옭아매면······.'

여덟째는 생각해볼 여지도 없이 모든 것이 자신들의 일방적인 승리로 끝난다고 자신만만하게 생각하고 있었다.

'그때 가서 아바마마가 누구를 후계자로 내세우든 그 조서는 한낱 공문空文에 불과할 거야!'

여덟째는 이리저리 굴려 봐도 생각이 긍정적인 쪽으로 자꾸 깊어지자 몸이 짜릿했다.

강희는 자신에게 더 이상의 기사회생이라는 말은 적용되지 않을 것이라고 생각했다. 혼자서는 몸을 일으킬 수도 없을 뿐만 아니라 손가락 하나 까딱할 힘도 없고 눈만 뜨면 머리가 어지러웠다. 그러니 그렇게 생각해도 무리는 아니었다. 그러나 강희는 촛불이 마지막 꺼질 때 가장 강렬한 빛을 내뿜듯 이 순간만은 여느 때보다 더욱 정신이 맑다고 생각했다. 당연히 모든 것을 뒤로 한 채 떠나가려니 온갖 비애가 물밀듯 밀려왔다. 평소 생로병사에 관해서는 달관한 듯 얘기해 왔으나 마지막 순간에는 그도 평범한 한 인간에 불과했던 것이다······. 그가 혼잣말로 중얼거렸다.

"이제 모든 것이 끝났어. 마지막이야······. 현엽玄燁, 너에게도 오늘은 어김없이 찾아오는구나······."

"폐하······, 소인 장정옥이 여기 있사옵니다. ······밖의 일은 다 마무리 지었사옵니다. 사람들도 다 만나 봤사옵니다. 걱정하지 마시고 푹 쉬시옵소서······."

장정옥이 오래 전부터 들어와 말없이 지켜보고 서 있다 황급히 강희에게 다가가 허리를 굽혔다. 강희가 머리를 돌려 그윽하고 부드러운 눈빛으로 장정옥을 바라보았다.

"식량은 많아서 나쁠 것이 없어. 최근 몇 년 동안 러시아의 식량이 아주 싸졌다고 하지. 가능한 한 많이 사두라고……. 그리고 영원히 세금을 증수增收하지 않는다는 조유詔諭를 한 번 더 중복해 전하게. 감히 거역하는 자가 있으면 짐의 자손이 아니라는 뜻도 전하게. 열넷째가 있는 서북 변경에 군수물자가 필요하면 즉각 제공해. 정 자금이 돌지 않으면 호부에 얘기해서라도……."

강희가 얘기를 하다 말고 몸을 부르르 떨었다. 갑자기 심하게 옥죄어오는 가슴의 통증이 그를 괴롭힌 것이다. 그가 온 몸을 부르르 떨었다. 검푸른 색으로 변해가던 얼굴은 그러나 잠시 후 다시 빨갛게 달아올랐다. 장정옥, 형년, 이덕전이 급히 달려가 가볍게 등을 두드려줬다. 그때 밖에서 태감 하나가 들어와 아뢰었다.

"폐하, 셋째마마께서 여러 황자마마들을 모시고 폐하께 인사 올리러 왔사옵니다."

"들라 하게."

한참 후 윤지가 여섯 명의 황자들을 데리고 들어섰다. 황자들이 약속이나 한 듯 일제히 무릎을 꿇고 머리를 조아렸다.

"아바마마께 인사 올립니다!"

"음!"

강희가 아들들을 하나씩 훑어봤다. 그리고는 장정옥에게 물었다.

"넷째는 지의를 못 받았나?"

강희가 윤진이 왜 함께 오지 않았는지 궁금해 하고 있을 바로 그때였다. 윤진이 온몸 가득 눈을 뒤집어 쓴 모습으로 안으로 들어섰다. 이어 눈을 털어낼 엄두도 내지 못한 채 윤지 옆에 무릎을 꿇었다.

강희의 얼굴은 갈수록 달아올랐다. 가래가 목 중턱까지 끓어오른 듯 심하게 그렁거렸다. 그러다 심한 기침과 함께 가래를 확 뱉어냈다. 이어 잠시 한숨을 돌리더니 천천히 입을 열었다.

"몇 명은 어제 먼저 봤으니……, 오늘은 자네들만 부른 거야. 짐이 할 말이 있어. 자네들 부디…… 대국적으로 생각해서…… 집안싸움은 하지 말았으면 해. 집안이 어수선한 틈을 타서 한족들이 들고 일어나는 날에는 어느 누구도 비극적인 종말을 면치 못할 거야. 우리와 동족이 아닌 부류들은 반드시 다른 마음을 품게 돼 있다고. 우리 만주족들은 모두 합쳐봐야 얼마 되지도 않아……. 각별히 조심해서 새로운 군주를 보좌하고……. 집안에서 치고 박고 싸워봐야 나라의 불행이야. 또 나아가서는 우리 애신각라愛新覺羅 가문의 불행일 수밖에 없어……."

강희는 또다시 끓어오르기 시작한 가래 때문에 말을 잇지 못했다. 그래도 적극적인 의사 표현은 하고 싶은지 손짓으로 윤진을 불렀다. 이어 윤진의 등을 어루만져주었다.

"자네……, 자네…… 짐의 말을 기억하지?"

"아바마마!"

윤진이 외마디 소리로 아버지 강희를 외쳐 불렀다. 순간 그는 피가 거꾸로 솟는 것 같았다. 강희의 기대에 찬 간절한 눈빛에서 비로소 '성의' 聖意를 읽을 수 있었던 것이다. 그가 세차게 뛰는 가슴을 겨우 달랬다.

"아들이 어찌 아바마마의 말씀을 잊을 수가 있겠사옵니까? 아바마마…… 마음 편하게 잡수시고 몸조리를 잘 하시옵소서. 꼭 다시 일어나실 것이옵니다……."

윤진의 눈에서는 어느덧 눈물이 주르르 흘러내렸다. 강희는 마른 장작 같은 오른손을 내민 채 윤진의 손을 끌어당겨 잡고는 있는 힘껏 흔들었다.

"장정옥, 짐의 금패영전金牌令箭을 가져다 윤진에게 주게. ……윤진, 너는 짐의 금패 영전을 가지고 가서 윤상을 석방시켜 데리고 오너라. 그리고 윤잉과 맏이도 함께. 짐은 그 아이들이 보고 싶어……. 다 보고 싶어……."

"예, 아바마마!"

금패 영전에는 봉황이 새겨져 있었다. 또 '여짐친림'如朕親臨(짐이 직접 나서는 것이라는 뜻)이라는 글자도 쓰여 있었다. 한마디로 청나라 조정의 역사적인 고비마다 같이 해온 지고무상한 권위의 상징이라고 할 수 있었다.

윤진은 금빛이 휘황찬란한 그 금패 영전을 쓰다듬으면서 바로 감정을 추슬렀다. 이어 두 손으로 영전을 높이 받쳐들고 한 발 앞으로 나섰다.

"아신兒臣, 다녀오겠사옵니다!"

윤진은 말을 마치고 뒷걸음질을 해 물러났다. 이어 처마 밑에서 천천히 장화를 갈아 신었다. 또 옷도 갈아입었다. 그러나 안의 동정에 귀를 기울이는 것은 잊지 않았다.

강희는 윤진을 보내고 나자 기력이 떨어졌는지 더욱 가쁜 숨을 몰아쉬면서 말을 이었다.

"자네들은 한결같이 짐을 계승할 후계자가 궁금할 거야. 더 이상 감출 필요도 없겠고……."

강희의 그 한마디 말에 실내는 순식간에 숨소리조차 멎은 듯 고요해졌다. 밖에 있던 윤진 역시 귀를 바짝 기울였다. 강희의 목소리가 다시 들렸다.

"방금 나간 넷째 황자…… 윤진으로 정했어!"

귀기울여 듣던 윤진은 강희의 그 말이 떨어지자마자 곧바로 성큼성큼 밖을 향해 걸어갔다.

"장정옥! 짐의 유조를 낭독하게"

강희가 몸을 뒤척이더니 눈을 스르르 감으면서 명령을 내렸다. 장정옥이 황급히 대답하더니 궤짝 속에서 두툼한 원고뭉치를 꺼내 들었다. 그리고는 강희를 향해 허리 굽혀 인사를 올리고는 목청을 가다듬어 큰소리로 읽어 내려가기 시작했다.

"천명을 받들고 새로운 기운을 계승하신 황제가 다음과 같이 조서를 내린다. 자고로 일대 영주_{領主}는……."

윤진이 후계자가 된 것에 대한 황자들의 반응은 대체로 전혀 의외라는 것이었다. 놀라움 그 자체라고도 할 수 있었다. 특히 행여나 했던 여덟째의 충격은 이루 말할 수 없었다. 당연히 장정옥이 무엇을 읽고 있는지 그의 귀에는 전혀 들어오는 것이 없었다. 그러나 그는 최선의 기회를 놓친 이상 차선의 선택을 하기로 마음을 굳히는 것만은 잊지 않았다. 그렇게 하려면 당장 풍대에 가서 행동개시 명령을 내려야 했다.

그러나 여덟째가 조급해 하면 할수록 장정옥의 입술은 더욱더 다물기미를 보이지 않았다. 더구나 유조라는 것이 마치 《좌전》_{左傳}을 방불케하는 것 같았다. 너무나 길고도 난해했다. 여덟째는 강희가 일부러 자신의 손발을 묶어 두려고 이런 자리를 마련했다고 생각하지 않을 수 없었다. 동시에 강희에게 놀아났다고 속으로 땅을 쳤다. 그가 슬며시 뒤를 돌아다봤다. 역시 땀범벅이 돼 어쩔 줄 몰라 하는 아홉째와 열째의 모습이 눈에 들어왔다……

여덟째는 더 이상 지체할 수 없다고 생각했다. 드디어 용기를 크게 내고는 슬며시 일어나 밖으로 살짝 빠져나왔다. 나가면서 혼자 격앙돼 목에 핏대를 세워가면서 유조를 낭독하고 있는 장정옥을 바라보는 그의 얼굴에는 순간 차가운 미소가 스치고 지나갔다.

그는 신발을 대충 신고 붉은 돌계단을 내려섰다. 그때 조금 전부터 그를 계속 주시하던 이덕전이 물었다.

"여덟째마마, 어디 가십니까?"

"어? 응! 소피…… 좀 보려고."

여덟째가 떨리는 가슴을 겨우 억누른 채 슬그머니 얼버무리면서 밖으로 나가려고 했다. 그러나 곧 문 앞에서 지키고 있던 무단에게 발목을 잡히고 말았다. 무단이 히죽 웃으면서 말했다.

"여덟째마마, 측간 가신다면서요? 측간은 궁전 동쪽에 있습니다. 돌아서 가십시오!"

여덟째는 수염과 머리에 온통 하얀 눈을 뒤집어쓴 늙은 시위 무단을 천천히 바라봤다. 마음 같아서는 한 발로 걷어차 짓이겨버리고 싶은 악의가 불타오르고 있었다. 그러나 진정해야 했다. 그가 부드러운 목소리로 대답했다.

"이 날씨에 얼마나 서 계셨소그래. 대단하시네!"

무단이 허허 웃었다.

"다 늙어 빠진 영감에게 이런 일이라도 시켜주시니 다행인 것으로 생각하고 그저 감지덕지할 뿐입니다……."

여덟째는 무단의 말을 듣는 순간 그가 단단히 걸어 잠근 관문을 도저히 빠져나갈 수 없겠다는 생각을 하지 않을 수 없었다. 게다가 밖에서는 유철성과 장오가가 서성거리고 있었다. 그가 거의 포기 상태에 이르렀을 때였다. 저 멀리서 하주아가 허겁지겁 달려오는 모습이 보였다. 그는 문 앞에서 막혀 들어오지도 못하고 그 자리에서 뱅글뱅글 돌며 울상을 짓고 있었다.

하주아가 여덟째와 시선이 마주치자 장오가를 쩨려보았다.

"점심시간이 지났습니다. 복진께서 왜 여태 오시지 않나 걱정하고 계십니다. 어서 가 보라고 하셨죠. 그래서 왔습니다. 점심은 가져올까요?

아니면 집에 가서 드실 건가요?"

여덟째는 순간 아령아와 왕홍서 등이 자신에게 무슨 암시를 보내왔다는 생각을 했다. 속으로는 날아갈 듯 기뻤으나 일부러 크게 화를 내는 척했다.

"꺼져! 여기가 어디라고 감히! 돌아가서 복진께 말씀드려. 내가 여기서 죽을지도 모르니 관이나 준비해 두라고 말이야!"

여덟째가 다시 궁전으로 돌아왔을 때는 장정옥이 이미 유조 낭독을 마친 뒤였다. 그는 얼른 다른 황자들 틈에 끼어 열심히 머리를 조아리면서 "만세……!"를 연호했다.

"자네들……, 잘 들었나?"

강희가 물었다. 정신은 멀쩡한 것 같았다. 그러나 그의 목 안에서는 여전히 가래가 심하게 그렁거렸다. 기침을 억지로 참느라 얼굴도 빨갛게 달아오르고 있었다.

강희가 이제 곧 숨을 거둘 것이라는 생각을 했는지 윤아가 머리를 조아리면서 건방진 어조로 쏘아붙였다.

"잘 듣기는 들었는데요, 황제 자리를 누구에게 물려준다는 언급은 없었던 것 같습니다?"

강희는 윤아가 일부러 자신의 화를 북돋우려고 그러는 것임을 모르지 않았다. 그로서는 화가 치밀 수밖에 없었다. 아니나 다를까, 그의 관자놀이가 푸들푸들 뛰었다. 그가 한참 입가를 실룩이더니 한참 후에야 겨우 힘을 모아 한마디를 내뱉었다.

"빌어먹을! 짐승보다 못한 자식……."

그러자 이번에는 윤당이 실실 웃으면서 나섰다.

"아바마마, 고정하십시오. 열째의 말은 유조라면 황위를 넘겨주는 대목을 대서특필해야 하는 것이 아닌가 뭐 그런 뜻인 것 같습니다."

강희가 윤당의 말에 이를 악문 채 소름 끼치도록 징그러운 웃음을 얼굴에 드러냈다. 그리고는 혼신의 힘을 다해 내뱉듯 소리쳤다.

"네…… 넷째를 얼른 불러 와라!"

"다들 들었지? 어이, 못 들었나? 폐하께서 열넷째를 불러 오라시잖아! 폐하께서는 역시 성명하신 분입니다. 문무를 겸비한 열넷째가 이 나라를 짊어지면 얼마나 든든하겠습니까?"

아홉째 윤당이 마치 건달 두목 같은 능글맞은 웃음을 지으면서 분노로 이글거리는 장정옥의 두 눈을 똑바로 쳐다보았다.

"너…… 너……!"

강희가 무섭게 이를 악물더니 마지막 기력을 다 모아 자리에서 겨우 일어나 앉았다. 그러나 윤당에게 삿대질을 하는 그의 손은 심하게 떨렸다. 또 한참 동안 말도 잇지 못했다. 그럼에도 그는 마지막 힘을 쥐어짜 내 머리맡에 있던 염주를 움켜잡은 다음 윤당을 향해 힘껏 내던졌다. 동시에 바로 정신을 잃고 말았다…….

순간 궁전 안은 황자들의 울음소리와 비명 소리로 아수라장이 됐다. 소식을 듣고 황급히 달려온 어의들은 어떻게든 강희를 다시 살리려고 백방으로 뛰어다녔다. 그러나 한 번 까무러친 강희는 영영 불귀의 객이 되고 말았다…….

윤진은 창춘원에서 돌아오자마자 바로 집으로 향했다. 그리고는 오사도 등 측근들에게 창춘원에서 명을 받고 오게 된 경위를 설명했다. 이어 황급히 돌아서서 윤상의 집으로 향하려고 했다. 그러자 오사도가 넘어질 듯 휘청거리면서 황급히 다가오더니 사람들을 향해 말했다.

"지금 무엇보다 급선무는 일단 넷째마마의 신변을 철저히 보호하는 것입니다. 또 열셋째마마도 풀려나게 해야 합니다. 그런 다음 열셋째마마가 금패 영전을 들고 풍대로 가서 그곳의 녹영병들을 잠재워야 합니다. 그리고 홍력, 홍시 두 황자도 서산西山의 예건영銳健營으로 보내 그들의 발목을 붙잡아야 합니다. 모든 방법을 다 동원해야 합니다. 하나라도 들고 일어나지 못하게 붙잡아야 한다는 얘기입니다. 만약 그렇지 못하는 날에는 모두들 줄줄이 기어 일어나 창궐할 것입니다. 그렇게 날뛰고 발악을 하면 설사 유명遺命이 있었다 할지라도 여덟째마마의 실력을 저지하기에는 역부족일 수도 있습니다!"

윤진의 측근들은 좋아할 새도 없이 긴급 대책회의를 열었다. 그런 다음 각자 맡은 바 임무를 수행하기 위해 서둘러 집을 나섰다. 우선 성음이 두 명의 호위와 함께 윤진을 보호했다. 하인들은 두 명의 세자世子와 함께 서산으로 향했다.

얼마 후 윤진은 윤상의 집에 도착했다. 일행은 별 무리 없이 대문을 통과한 다음 안으로 들어갈 수 있었다.

"넷째 형님! 갑자기 무슨 일이에요?"

윤상이 황급히 일어서면서 어정쩡한 표정으로 물었다. 아란과 교소천 등과 함께 난롯가에 둘러앉아 창밖의 설경을 내다보다 눈을 뒤집어쓰고 들어서는 윤진을 발견한 것이다.

"지의를 받고 왔어!"

윤진이 흥분을 감추지 못한 채 윤상을 아래위로 훑어보다 가슴 속에서 체온이 따스하게 배인 금패 영전을 꺼내 보였다.

"폐하!"

윤상이 즉각 무릎을 꿇은 채 머리를 조아렸다.

"폐하께서 너를 그리워하셔. 그래서 특명을 내리셨어. 이 영전을 들고 너를 석방시키라고 하셨다고!"

윤진이 말했다. 순간 윤상은 믿어지지 않는다는 듯 멍한 표정으로 윤진을 쳐다보았다.

"그게 정말이에요? 과연 아바마마께서 정말……."

윤상이 입술을 격하게 실룩거리더니 그만 울음을 참지 못하고 어린애 처럼 소리 내어 울었다.

"아바마마! 저를 아직 기억하고 계시는군요! 저를…… 생각하고 계셨 군요. 흑흑…… 아바마마…… 저도 뵙고 싶었어요……."

"열셋째, 그러지 마. 지금 정세가 심상치 않게 돌아가고 있어. 아직은 울고 있을 때가 아니야. 가자고! 의운각倚雲閣으로! 내가 너에게 긴히 할 얘기가 있어……."

윤진이 윤상을 말리면서 일으켜 세웠다. 이어 바로 윤상을 끌고 나 갔다.

방 안에는 아란과 교소천만 덩그러니 남았다. 윤상이 연금되면서부터 10년의 세월을 같이 해 온 시첩들이었다. 그러나 그동안 생사고락을 같 이 해서 그런지 그들과 윤상 사이에는 주종의 구분이 사라진 지 이미 오래였다. 둘 역시 너무나 갑작스런 소식에 어리둥절해졌는지 잠시 할 말을 찾지 못했다. 그러나 마음은 기쁜 듯했다.

"자, 우리 술을 마시면서 열셋째마마의 석방을 축하하자!"

교소천이 어느새 술잔에 술을 따라와 넋이 나가 있는 아란에게도 한 잔 건넸다. 아란이 안색이 하얗게 질린 채 손을 심하게 떨면서 술잔을 받았다. 이어 처연한 표정으로 웃었다.

"나는 원래 술을 마시지 않아. 그러나 오늘만큼은 마셔야겠군!"

아란과 교소천은 건배를 외치면서 술잔을 깡그리 비웠다.

……둘은 바로 취기가 오르는 듯했다. 어느새 두 볼에 발갛게 홍조도 일었다. 혀가 꼬여 말도 제대로 할 수 없게 됐다. 그럼에도 아란은 술을 더 가져오기 위해 자리에서 일어났다.

"오늘은 정말 기쁜 날이야. 열셋째마마가 잘 됐으니, 계속 마셔야 하지 않겠어? 나한테 그동안 꼭꼭 숨겨둔 모태주 한 병이 있어!"

그러나 아란은 모태주를 그냥 가져가지 않았다. 평소 책상서랍 속에 몰래 숨겨두었던 종이봉지 하나를 꺼내 그 속의 내용물도 함께 집어넣었다.

"우리 한 잔 더 해야지. 오늘처럼 기쁜 날은 상대를 가리지 않고 마셔야지!"

아란은 웃으면서 다시 교소천에게 술 한 잔을 따라주었다.

"좋아! 모태주면 어떻고 또 아니면 어때. 자, 건배!"

교소천은 아무런 의심도 없이 고개를 뒤로 젖히면서 단번에 들이켰다.

얼마 후 아란은 가슴에 서서히 통증이 오는 것을 느꼈다. 약효가 퍼지기 시작한 것이다. 그녀는 슬쩍 교소천을 쳐다봤다. 예상대로 안색이 창백했다. 그녀가 씁쓸한 미소를 지었다.

"교 언니, 나는 천노賤奴 출신이야. 그럼에도 열셋째마마로부터 은혜를 많이 받았어. 마마한테 정말 미안한 마음이야. 여기에서 수 년 동안이나 행복하게 보냈는데도 아무런 보답을 못했어. 앞으로 열셋째마마께서 밖에 나가 일을 하시게 되면 나를 계속 생각해주실까?"

교소천이 여전히 미소를 지으며 대답했다.

"이 계집애야, 그게 뭔 말이니? 그러면 누구는 명문가의 규수냐! 나 역시 이리저리 팔려온 사람 아니겠어? 남자들은 다 능구렁이야, 능구렁이!"

그 말에 아란 역시 세상 모든 남자들을 비웃는 얼굴을 하고 다시 입을 열었다.

"교 언니, 언니는 다른 황자의 지시를 받고 열셋째마마 집에 첩자로

온 거지? 그러나 절대로 열셋째마마를 해치지는 못할 거야!"

그제야 교소천은 자신에게 고통이 밀려오는 것을 깨닫고 뒤늦게 가슴을 쳤다. 이어 아란을 노려보면서 마구 욕을 퍼부었다.

"너, 이 불여우 같은 년! 내가 모를 줄 알아? 하하하……. 너는 아홉째마마가 보내서 왔잖아? 모태주 안에 극약을 넣었군……. 아!"

교소천은 말을 마치자마자 바로 바닥에 쓰러졌다. 아란 역시 잠시 비틀거리더니 반대편에 그대로 드러누웠다…….

윤진이 윤상과 의운각에서 긴급 논의를 마치고 나올 때였다. 때마침 대탁이 들어섰다. 그가 윤진에게 아뢰었다.

"넷째마마, 창춘원으로 빨리 오라는 지의가 있었습니다."

윤진은 대탁의 말을 듣자마자 윤상의 손을 꼭 잡았다.

"아우, 잘 부탁하네!"

윤진이 다시 대탁을 향해 몸을 돌렸다. 그리고는 명령을 내렸다.

"자네는 열셋째하고 함께 있게!"

윤진은 지시를 내리고는 바로 자리를 떠났다. 윤상은 한참이나 그대로 말없이 서 있다 뭔가 결심을 한 듯 입술을 꽉 깨물었다.

"대탁, 자네 칼을 이리 줘 보게!"

윤상은 칼을 든 채 안으로 들어섰다. 그런데 낌새가 이상했다. 윤상은 황급히 달려갔다. 아니나 다를까, 이상한 광경이 펼쳐졌다. 한 명은 난로 옆, 다른 하나는 탁자 옆에 웅크린 채 뻣뻣하게 굳어가고 있었다. 그때 교소천이 잠깐 실눈을 뜨더니 힘겹게 입을 열었다.

"열셋째마마와 우리는 어울릴 수가 없었던 모양이네요. 우리의 복이 이것밖에는 안 되는군요…….."

교소천은 짤막한 몇 마디를 남기고는 영영 고개를 떨구고 말았다.

"열셋째마마!"

대탁이 뒤를 따라 들어와서는 황급히 아란과 교 언니의 맥을 짚어봤다. 이어 놀란 표정으로 말했다.

"어떻게 둘 다…… 죽었죠?"

장검을 꽉 움켜쥐고 있던 윤상의 손이 스르르 풀렸다. 그와 동시에 장검이 땅! 소리를 내며 바닥에 떨어졌다.

55장
새로운 황제

윤상은 아란과 교소천의 죽음에 슬퍼할 겨를도 없었다. 바로 윤진의 지시에 따라 행동을 해야 했다. 그는 일단 언제 다시 입을 수 있을지 의심스러웠던 패륵의 상징인 관복을 꺼내 입었다. 그리고는 전쟁터에 나갈 때나 걸치는 갑옷도 걸쳤다. 이어 아란과 교소천의 시신을 향해 잠시 허리 굽혀 인사한 다음 곧 말을 달렸다.

그러나 윤상은 대문 앞에서 잠시 멈춰서야 했다. 장오가와 태감들 몇 명을 만난 것이다. 그는 장오가가 미처 인사를 하기도 전에 말에서 미끄러지듯 내렸다. 곧 화롯불 같은 두 사람의 눈빛이 마주쳤다. 두 사람의 가슴 속에서는 지나간 일들이 소용돌이쳤으나 아무 말도 하지 않았다.

"열셋째마마, 잠깐만 기다려 주십시오. 마마 혼자서 힘에 부치시지 않을까 염려하신 넷째마마께서 열일곱째마마 댁에 있는 악륜대를 불러오라고 명령하셔서 지금 가는 중이었습니다……."

장오가가 먼저 입을 열었다. 윤상이 장오가의 말에 놀라는 표정을 지었다.

"악륜대? 그자는 자네하고는 서로 잡아먹지 못해 안달이 나 있는 사이잖아?"

장오가가 웃으면서 대답했다.

"팔기 출신이라 자기만을 위해 달라는 조금 고약한 버릇이 있어서 그렇기는 했습니다. 그러나 몇 년 동안 나갔다 들어오더니, 사람 냄새가 조금은 나는 것 같습니다. 이제는 잘 지내고 있습니다."

윤상이 고개를 끄덕이면서 탄식을 했다.

"그렇군! 내가 외출다운 외출을 하는 것이 십 년 만에 처음인데, 그동안 변한 것이 어찌 자네들뿐이겠는가! 내 손에서 밥을 얻어먹고 큰 놈들이라고 좋게만 하라는 법은 없지. 이번에 각별히 조심해야겠어!"

윤상의 말이 떨어지기 무섭게 저 멀리서 말을 탄 사람들이 눈보라를 날리면서 가까이 다가오고 있었다. 다름 아닌 윤례, 악륜대와 태감들 몇 명이었다. 윤례가 윤상을 보자마자 울음부터 터뜨렸다.

"열셋째 형님, 그동안 고생 많았죠?"

윤상이 황급히 윤례를 일으켜 세웠다. 그리고는 한 손으로는 윤례, 다른 한 손으로는 악륜대의 손을 잡았다.

"울 일이 아니야. 아바마마께서 나를 그런 식으로 숨겨주지 않으셨더라면 나는 지금쯤 아마 한 줌의 흙이 돼 있을 거야! 지금 우리는 큰일을 앞두고 있는 몸이야. 모든 일은 나중으로 미루자! 넷째 형님이 이미 풍대 주둔군에 대해 상세하게 알려 주셨거든. 군관들 대부분은 내가 아는 사람들이지만 윗대가리들은 여러분들이 수고를 조금 해줘야겠어."

윤상이 말을 마치고는 바로 윤례에게 손짓발짓을 해가면서 상황을 자세하게 설명했다. 곧이어 스무 명도 더 되는 그들은 일제히 말 위에 올라탔다. 그리고는 선무문을 뛰쳐나가더니 뿌연 눈보라를 일으키면서 망망한 설원을 달렸다.

얼마 후 윤상 일행은 풍대진에 도착했다. 윤상은 말고삐를 잡은 채 이마에 손을 얹고는 시야를 저 멀리로 향했다. 진 주변으로 병영들이 여러 개 눈에 띄었다. 그러나 시커멓고 을씨년스러운 분위기 속에서 아무런 움직임도 보이지 않았다.

윤상이 허공을 향해 채찍을 날렸다.

"누가 들어가서 전하게. 열일곱째마마와 악륜대가 위문을 왔다고!"

그때 성문운은 하주아로부터 창춘원의 소식을 접한 뒤였다. 당연히 예정대로 근왕호가勤王護駕(왕에게 충성하고 황제를 보위한다는 의미)한다는 명분하에 병력을 동원하는 계획을 실행에 옮기려 했다. 창춘원으로 쳐들어갈 준비 역시 다 끝내놓고 있었다.

그러나 그는 휘하의 고위 군관들을 전부 중영中營에 불러놓고도 감히 출발 명령을 내리지 못하고 있었다. 반 이상이나 창춘원에서 일하는 조정의 문무백관들이 뭔가 이상한 낌새를 눈치채고 꼬치꼬치 캐물을 경우 금방 들통이 날 수밖에 없는 현실이 두려웠던 것이다. 더구나 구문제독아문도 지척이 아니던가. 또 만에 하나 황자들을 먼저 성 안으로 대피시키는 날에도 상황은 힘들어질 수 있다. 장정옥이 성곽 위에 올라가 한마디 외칠 경우 명분을 잃은 자신의 병력 3만 명이 꼼짝없이 개죽음을 당하는 것은 그렇게 어려운 일이 아니니까!

그러나 성문운을 가장 불안에 떨게 만든 것은 역시 하주아가 강희의 생사를 확인하지 못했다는 사실이었다. 만약 아직 살아 있다면 머리 한 번 내미는 것으로도 그는 능지처참의 대상이 될 수밖에 없었다.

그는 군관들을 불러놓고도 계속 서재 한쪽에 숨어서 골머리를 앓고 있었다. 마침 그때 열일곱째 황자와 악륜대가 찾아왔다는 전갈이 전해졌다. 그는 정신을 바짝 차리고 일어섰다. 그리고는 부랴부랴 달려 나가 윤례를 후당後堂으로 안내했다.

정청正廳에는 유격遊擊과 천총千總들 수십 명이 너무 오래 기다려서 그런지 여기저기에서 툴툴거리면서 불만을 토로하고 있었다. 윤상은 그런 그들 사이를 뚫고 다섯 가지 맹수의 발 모양이 그려져 있는 금빛 관복을 입은 채 사슴가죽 장화를 신고는 씩씩하게 성큼성큼 안으로 들어섰다.

그들은 윤상의 모습을 보고 저마다 깜짝 놀라고 말았다. 그들 중 반 이상이 윤상이 이부吏部에 있을 때 직접 선발한 군관들이었으니 그럴 수밖에 없었다. 그들은 오래간만에 모습을 드러낸 주인 앞에서 약속이라도 한 듯 일제히 무릎을 꿇었다. 축하의 말, 안부를 묻는 말로 대청은 잠시 소란스러웠다.

그러나 그들은 자신들의 은인이나 다름없는 윤상이 지금 막 풀려온 줄은 전혀 모르고 있었다. 윤상은 상황으로 볼 때 열일곱째가 후당에서 성문운의 발목을 잘 붙잡고 있는 것이 확실하다고 판단했다. 그러자 그의 얼굴에 자신만만한 웃음기가 배어 나왔다. 곧 자신을 향해 반가워하는 좌중을 향해 머리를 끄덕여 화답하고는 가슴 속에서 '여짐친림'이라고 쓰여 있는 금패 영전을 꺼냈다. 이어 휙 돌아서서 정청 한가운데 있는 장령들을 다른 곳으로 움직이게 하고는 대청 정중앙에 조심스럽게 꽂았다.

군관들은 영전을 보는 순간 일제히 입을 닫았다. 조금 전까지 시끌벅적하던 대청 안은 삽시간에 쥐죽은 듯 고요해졌다.

"윤상이 성명聖命을 받고 이곳 풍대 대영大營으로 군무를 처리하러 왔다! 지금부터 여러 장령들은 선지宣旨를 경청할 준비를 하라!"

윤상이 눈을 게슴츠레 뜬 채 좌중을 둘러본 다음 위엄스런 어조로 외쳤다. 곧 좌중에서 강희의 안녕을 비는 기원의 소리가 울려 퍼졌다.

"만세!"

그러나 윤상은 서두르지 않았다. 대신 군관들 속에서 자신이 가장 잘 아는 사람들을 하나하나 불러냈다. 그리고는 말했다.

"허원지許遠志, 은부귀股富貴, 장우張雨! 이 자리에서 자네 셋을 풍대 대영의 한군 참장漢軍參將으로 진급 발령한다! 백이혁白爾赫, 아로태阿魯泰, 필력탑畢力塔! 자네 셋은 만군 참장滿軍參將으로 진급시킨다……."

윤상은 하나씩 이름을 불러가면서 순식간에 모든 군관들의 계급을 한 등급씩 올려줬다.

곧이어 느닷없는 진급에 흥분하는 군관들에게 하나씩 임무를 부여하기 시작했다. 백이혁과 허원지에게는 원래 있던 병력을 거느리고 통주로 옮겨가 그곳을 지키게 했다. 또 아로태와 은부귀에게는 윤상 자신을 따라 창춘원으로 들어가도록 지시를 내렸다. 끝으로 윤상이 필력탑을 가리키면서 말했다.

"자네는 시체더미 속에서 살아나온 사람인만큼 덤으로 사는 셈이지! 나는 십 년 전 병기兵器라고 하는 모든 병기들이 자네 손에서 마술처럼 위력을 발휘하는 모습을 보고 반했었어. 오늘 아주 중요한 임무를 맡겨줄 테니, 자네를 믿는 나의 체면을 살려줬으면 하네!"

필력탑은 윤상의 말이 떨어지자마자 얼굴이 벌겋게 달아오른 채 우렁차게 대답했다. 이어 무릎을 꿇었다.

"뭐든지 시켜만 주십시오!"

"백운관을 박살내버려! 장덕명을 포함한 주범 몇몇을 놓치는 날에는 그날로 끝장인 줄 알고!"

윤상이 단호하게 말했다. 얼굴은 마치 살얼음이 낀 것 같았다.

"예!"

성문운은 정청에서 군관들이 '만세'를 연호할 때 정신없이 달려나왔다. 당연히 펼쳐진 광경에 눈동자가 뒤집어질 정도로 화가 날 수밖에 없었다. 그가 윤상이 말을 마칠 때까지 가까스로 기다린 다음 발끈하고 나섰다.

"잠깐만요! 열셋째마마, 지금 뭘 하시는 겁니까?"

그러자 윤상이 껄껄 웃으면서 턱짓을 했다.

"눈은 가죽이 모자라서 찢어 놨나? 저기 금패 영전이 보이지 않나? 나는 지금 폐하를 대신해 명령을 시행하고 있을 따름이야!"

성문운은 영전과 섬광이 번득이는 윤상의 두 눈을 번갈아 쳐다봤다. 갑자기 주체하기 어려울 정도로 마음이 약해지고 있었다. 그러나 그는 여덟째와는 순망치한의 관계가 아니던가. 전혀 예상치 않은 엉뚱한 방향으로 나가는 윤상에게 맥없이 병권을 빼앗기는 날에는 창춘원에서 일어날 대변大變에 대처할 수가 없게 된다. 동시에 그 어마어마한 실패의 책임도 지게 된다. 그는 그것을 감당할 자신이 없었다. 때문에 그는 순간적으로 단두대로 올라가는 선택을 할 수밖에 없었다. 그가 냉소를 흘리면서 마치 정면 돌파를 선언하듯 반항했다.

"성명에 따라 병력을 배치한다면 어찌해서 대장인 저를 꿔다 논 보릿자루처럼 취급하는 겁니까?"

"자네는 열일곱째하고 얘기 중이었잖아! 지금은 우리가 이러고 있을 때가 아니야. 그야말로 일각이 금싸라기 같은 비상시기라고! 나는 선지를 받고 당당하게 근왕호가하러 온 사람이야. 자네의 허튼소리를 들어 줄 시간이 없네."

윤상이 별일 다 본다는 듯 웃었다.

"어느 왕을 지켜드린다는 겁니까?"

"옹친왕!"

"그렇다면 호가는 무슨 말씀이신지?"

"당연히 폐하를 호위한다는 뜻이지!"

성문운이 이제는 물불을 가리지 않겠다는 듯 거만한 얼굴을 한 채 따졌다.

"열셋째마마, 농담도 잘 하십니다! 아무튼 모든 사실이 밝혀지기 전에는 죄송하지만 전 명령에 따를 수 없습니다. 자네들 여러 군관들은 잠시 영臺으로 돌아가 있어! 내 명령 없이는 단 한 발자국도 움직일 수 없다는 것을 명심해! 어기는 자는 즉각 정법正法에 의해 처단한다!"

"미친 놈, 환장했구먼! 너의 눈에는 이 영전이 가짜로 보이냐? 열셋째 패륵, 열일곱째 패자가 가짜로 보이냐고? 또 창춘원의 태감들도 모두 가짜로 보여?"

윤상이 마침내 성난 사자처럼 갈기를 곤두세운 채 소리를 내질렀다. 무섭게 이를 악물고 금방 삼켜버리기라도 할 듯 성문운을 노려보았다. 그가 잠시 후 다시 입을 열었다.

"잊지 마, 나는 이제 세상에서 무서운 꼴이란 꼴은 다 본 사람이야! 더이상 눈도 깜빡할 일이 없어! 내가 누구인지 몰라서 그래? 폐하께서도 인정하신 '무지막지한 막무가내'라고! 오늘 황명을 받은 자리가 아니더라도 겁없이 까부는 너 같은 놈은 당장에 박살낼 수 있어! 요것 봐라? 감히 누굴 째려봐? 하하하! 이제 조금씩 떨리지? 조금만 더 버텨봐! 내가 시범을 보여줄 테니까!"

윤상의 위엄어린 목소리가 대청 가득 울려 퍼졌다. 좌중의 사람들은 겁에 질린 나머지 목석처럼 그 자리에서 굳어버리고 말았다. 성문운 역시 몹시 흔들리고 있었다. 잠깐 동안 무릎을 꿇어버릴까 하는 생각도 하는 것 같았다. 그러나 마지막으로 한 번 더 버텨봐야 한다는 의지가 더 강했는지 곧 백지장 같은 얼굴을 번쩍 치켜들더니 손을 흔들었다.

"이곳에서는 내가 대장이야! 다들 정신 차려! 어서 들어가서 내 명령을 기다려!"

"악륜대! 죽여버려!"

윤상의 고함소리가 지붕의 기왓장이 와르르 떨어질 것처럼 쩌렁쩌렁 울렸다.

"예! 열셋째마마를 따라다니니 이렇게 재미있군요! 전에는 눈이 뒤통수에 붙었었나 봅니다!"

악륜대가 히죽 웃으면서 농담조로 대답했다. 그러나 이내 휙 돌아서 더니 장검을 뽑아들고는 숨 돌릴 새도 없이 성문운의 허리를 단숨에 찔러버렸다…….

그리고는 잔인하게 검을 이리 저리 비튼 다음 낚아채듯 뽑아냈다. 순식간에 피가 용솟음쳐 나왔다. 성문운은 말 한마디 못한 채 그 자리에서 숨을 거두고 말았다. 열일곱째 윤례를 비롯한 군관들은 약속이나 한 듯 안색이 하얗게 질렸다.

"이래도 아직 명을 어기고 싶은 사람이 있는가?"

윤상이 최대한 독한 모습을 보이면서 물었다. 그 모습에 기가 죽었는지 군관들은 일제히 머리를 떨어뜨린 채 숨을 죽였다. 그제야 윤상은 영전을 뽑아 장우에게 건네주면서 지시했다.

"내일 열셋째패륵부에 가서 삼천 냥을 받아서 성문운의 가족들에게 위로금으로 가져다 줘. 이건 자네가 가지고 있어. 신분증명이니까!"

윤상과 윤례는 풍대를 완벽하게 장악한 다음 아로태의 삼천 병력을 거느리고 휘날리는 눈을 헤치면서 창춘원으로 줄달음쳤다. 창춘원에 거의 다다르자 윤상은 병사들에게 멈춰 서서 대기하라는 명령을 내렸다. 이어 윤례에게 군사들과 같이 있게 하고는 바로 태감들을 데리고 창춘원으로 들어갔다. 태감들은 윤상을 궁려의 침궁 앞까지 호위한 다음 물러갔다.

윤상은 안에서 들려오는 울음소리에 마음이 착잡했다. 그 와중에도 그의 눈에 밖에서 앉아 있는 누군가의 모습이 들어왔다. 무단이었다. 그는 눈물이 얼어붙어 어른거리는 얼굴을 한 채 분노에 찬 눈빛으로 궁전의 대문을 뚫어지게 노려보고 있었다. 윤상은 극도의 슬픔과 비애에 젖어 한없이 초췌해 보이는 무단을 보는 순간 마음이 몹시 아팠다. 그러나 애써 마음을 다잡고 무단의 어깨를 흔들었다.

"자네가 폐하를 지켜드리고 있었군! 눈이라도 조금 붙이지⋯⋯."

그러나 무단은 아무런 반응도 보이지 않았다. 윤상은 이상한 느낌에 사로잡힌 나머지 조금 더 가까이 다가가 그를 눈여겨 들여다봤다. 순간 그는 깜짝 놀라고 말았다. 무단의 동공이 이미 활짝 풀려 있었던 것이다. 맥박이 멈춘 몸도 점점 굳어가고 있었다.

윤상이 황급히 유철성을 불러 목소리를 낮춘 채 꾸짖었다.

"어떻게 된 거야? 무 군문께서 벌써 폐하를 따라가버렸잖아! 어서 잘 모셔, 큰 소리 내지 말고!"

윤상은 바로 궁전 안으로 들어섰다. 궁전 안은 마치 봄날처럼 따뜻했다. 윤상은 온통 하얀 눈밭에서 막 실내로 들어오자 눈앞이 어두침침했다. 그럼에도 황급히 눈을 비비면서 앞을 바라봤다. 윤도, 윤례, 윤잉과 맏이를 제외한 황자들이 모두 자리하고 있었다. 맨 앞줄에는 셋째 윤지와 넷째 윤진이 자리를 잡고 있었다. 윤지는 그 누구보다도 슬퍼하는 듯했다. 엎드린 채 엉엉 소리까지 내면서 울고 있었다. 또 윤진은 종이로 덮여 있는 강희의 용안을 들여다보면서 말없이 굵은 눈물을 뚝뚝 떨구고 있었다.

모자에 달려 있던 붉은 끈을 떼어버린 장정옥은 윤상이 들어오자 황급히 다가와 울먹였다.

"열셋째마마! 굳이 길복吉服을 입으실 필요가 없게 됐습니다……. 폐하께서는 이미…… 고이 잠드셨습니다……."

윤상은 장정옥의 말을 듣는 둥 마는 둥 하면서 마치 실성한 사람처럼 입을 크게 벌린 채 강희에게 천천히 다가갔다. 이어 얼굴도 종이를 살며시 걷어냈다.

강희는 마치 깊은 잠에 들어 있는 듯했다. 볼에는 아직도 불그스레한 빛이 약간 남아 있는 것도 같았다. 10년 전보다 야위어 광대뼈가 유난히 튀어나와 있었으나 그 오랜 세월이 바꿔 놓은 것치고는 크게 변한 것은 없었다. 그래서일까, 반듯한 자세로 조용히 누워 있는 강희는 윤상이 "아바마마!" 하고 부르면 금방 털고 일어나 언제 왔느냐면서 반가워 할 것처럼 보였다.

강희는 어릴 때 다른 황자들에게 따돌림을 당하면서 불쌍하게 자라는 윤상을 한없이 가여워했다. 육경궁에서 붓글씨를 배울 때는 자신이 없어 선뜻 작품을 내놓지 못하는 그에게 자상하게 다가가 가느다란 손목을 부여잡고 손수 가르쳐주기도 했다. 그러면서 글 잘 쓰는 재주 있는 몽고족 어머니의 유전자를 이어받았으니 조금만 노력하면 분명히 잘 쓸 것이라는 격려도 아끼지 않았었다……. 그런데 그 자상하고도 엄한 아버지가 이제 더 이상 다정하게 웃어 주지도 못하게 됐다. 찻잔이 진저리치도록 탁자를 내리치지도 못하게 됐다…….

"아버지……, 얼마나 뵙고 싶었는데……. 마지막 가시는 길이라도 뵐 수 있었으면…… 못난 아들이…… 이렇게 마음이 아프지는 않을 텐데……. 아버지…… 딱 한 번만 저를 좀 봐 주십시오!"

윤상은 아버지를 부르면서 오열을 터 트렸다. 그러더니 마침내 두 팔을 벌려 강희를 껴안은 채 목 놓아 울었다.

"아바마마! 아바마마…… 눈 좀 떠 보세요! 이 불효막심한 아들이 아바마마 살아생전에 속을 모질게도 썩여 드렸지요……. 아바마마께 보여 드리려고…… 십 년 동안 붓글씨를 열심히 썼어요……. 자그마치 열 궤 짝에 들어 있는 참회의 눈물어린 글을…… 보여 드리면서 이제 그만 용 서해 주시라고…… 응석을 부려보고 싶었는데……. 제 서예 실력이 이 제는 넷째 형님 앞에서도 기죽지 않을 수 있는데……, 한 번 보실래요? 아바마마……!"

겨우 울음을 그쳤던 황자들은 윤상의 몸부림에 감동했는지 다시 울음을 터뜨리고 말았다. 물론 일부는 가식의 눈물을 흘리기도 했을 터였다. 그러자 장정옥이 부랴부랴 눈물을 훔치면서 황자들을 위로했다.

"이제 그만 고정하십시오. 폐하께서 임종하실 때에 지의가 계셨습니다. 보군통령인 융과다를 상서방 대신으로 임명하셨습니다."

사람들의 시선이 일제히 장정옥의 입에 집중됐다. 장정옥의 안색이 갈수록 창백해지더니 가벼운 기침을 하면서 말을 이었다.

"황제의 자리를 물려주신다는 유조는 자금성 건청궁에 있는 정대광명正大光明 편액 뒤에 있습니다. 융과다가 이미 가지러 갔습니다. 나라에는 하루라도 군주가 없으면 안 됩니다. 그러니 새 황제폐하가 정해지는 대로 폐하의 장례를 치르겠습니다."

윤상이 장정옥의 말이 끝나자 일순 긴장한 표정을 한 채 황급히 윤진을 바라봤다. 그러나 윤진은 아직도 비통한 마음에서 벗어나지 못한 듯 멍하니 허공만 쳐다보고 있었다.

"장 대인! 폐하께서 붕어하시기 전에 이미 넷째 형님이라고 분명히 말씀하셨어. 그런데 유조라니?"

순간 무릎을 꿇고 있던 열다섯째 윤우胤禑가 놀란 얼굴로 장정옥에게 물었다. 그러자 열째 윤아가 짐짓 금시초문이라는 듯 어깃장을 놓았다.

"그래? 그런데 나는 왜 못 들었지? 나는 폐하께서 열넷째를 부르시는 것으로 들었어. 또 아홉째 형님에게 염주를 하사하신다는 말씀도 들었어. 저기 있잖아?"

아홉째 윤당이 윤아의 말에 호응하듯 즉각 자리에서 일어났다. 그리고는 염주를 쳐들면서 말했다.

"내가 맨 앞에서 분명히 들었어. 폐하께서 열넷째에게 자리를 물려주겠다고 하신 말씀을!"

열다섯째도 지지 않겠다는 듯 강경한 어조로 반박했다.

"폐하께서 넷째 형님에게 열셋째 형님을 석방하라고 말씀하셨습니다. 발음이 조금 새어나가 그렇지 열넷째 형님이라는 말은 하지 않으셨어요!"

강희의 침궁에서는 융과다가 유조를 가지러 간 사이 잠깐 후면 밝혀질 진실을 놓고 때 아닌 승강이가 벌어졌다. 황자들은 서로 얼굴을 붉히면서 눈을 부라렸다. 그들이 그렇게 점점 짙은 전운을 풍기고 있을 때 드디어 융과다가 돌아왔다

융과다는 좌중의 화살 같은 날카로운 시선을 받으면서 씩씩하게 들어섰다. 이어 굳은 얼굴로 황자들을 둘러보고는 강희에게 다가가 묵묵히 삼궤구고의 대례를 올렸다.

윤상은 그때 순간적으로 무슨 기발한 생각이 떠올랐는지 조금씩 문 쪽으로 움직이고 있었다. 강희가 정한 계승자가 윤진이 아닐 경우 바로 뛰쳐나가 밖에서 대기하고 있는 병력들을 불러 한바탕 무력으로 대권을 빼앗아 보려는 생각을 하고 있었던 것이다! 다소 황당하기는 해도 전혀 불가능하지만은 않은 생각이었다.

"황자마마 여러분! 지금부터 융과다가 돌아가신 폐하의 명을 받들어 전위유조傳位遺詔를 읽겠습니다!"

융과다는 여전히 무표정했다. 그는 자신의 임무에만 충실했다. 곧 그

가 흥분에 떨고 있는 여덟째의 시선을 매정하게 외면하면서 큰 소리로 유조를 낭독했다.

"넷째 황자 윤진은 인품이 뛰어나고 짐에게 더 없이 효도한 아들이었다. 대업을 계승, 발전시켜 나갈 유일한 재목으로 인정받았다. 짐은 황위를 넷째 황자 윤진에게 물려준다! 강희 육십일년 정월 곡단殺旦."

술렁이던 장내는 이내 다시 조용해졌다. 공기마저 응고된 듯 완전히 쥐 죽은 듯했다. 침궁 밖의 눈 내리는 소리까지 다 들릴 정도였다. 한참 후 윤당이 고개를 갸웃거리면서 말했다.

"폐하께서는 분명히 열넷째에게 전위하신다고 했는데?"

여덟째는 눈에 쌍심지를 돋운 채 융과다를 노려봤다. 그리고는 끊임 없이 마른침을 삼키면서 재빨리 대책 마련에 골몰했다. 그러나 당장 원래 계획대로 실행에 옮겨 한판 승부를 겨뤄야 할지에 대해서는 결론을 내리지 못하고 있었다.

"성은이 망극하옵니다!"

윤상이 제일 먼저 머리를 조아렸다. 이어 열다섯째 윤우를 비롯한 어린 황자들 몇 명이 머리를 조아리면서 유조를 따르겠다는 입장을 밝혔다. 고개를 돌려 윤진을 쳐다보던 셋째 윤지 역시 황급히 머리를 조아리면서 어명을 흔쾌히 받들겠노라고 외쳤다.

그러나 여덟째 윤사와 아홉째 윤당, 열째 윤아는 여전히 고개를 빳빳이 쳐들고 안하무인의 자세를 보이고 있었다. 그러자 융과다가 차가운 어조로 물었다.

"세 분은 유조를 받들지 않으시겠다는 말입니까?"

"그건 아니지! 열일곱째 윤례도 같이 지의를 들었으면 좋았을 텐데 하는 생각이 없지 않아서 말이야."

여덟째 윤사가 치밀어 오르는 울분을 애써 참으면서 대답했다. 순간 윤상의 얼굴에 섬뜩한 미소가 스쳤다. 당장에라도 달려들 듯한 모습이었다. 잠시 후 그가 입을 열었다.

"열입곱째 아우는 지금 풍대 대영의 병사들을 거느리고 밖에서 숙위宿衛를 서고 있는 중인 것으로 알고 있는데요!"

윤진은 자신이 대권을 잡을 줄은 이미 알고 있었다. 또 그렇게 되면 집안싸움이 그칠 줄 알았다. 하지만 부황이 붕어崩御한 마당에도 진흙탕 싸움은 이어지고 있었다. 그는 그런 현실에 마음이 서글퍼졌는지 갑자기 길게 엎드려 울음을 터트렸다.

"아바마마! 재위 육십일 년 동안 그 수많은 시련과 모진 고난을 겪으시면서 살아오셨습니다. 그런데 어찌하여 하필 아바마마께서 유난히 좋아하신다고 하신 아들에게 이런 무거운 짐을 떠맡기신 겁니까? 아바마마! 이 난장판, 이 아수라장을 어떻게 하면 좋습니까……."

"폐하!"

융과다와 장정옥이 윤진의 슬픔이 너무 과도해 보였는지 황급히 그에게 다가갔다. 그리고는 깊은 슬픔에서 허우적거리는 새로운 군주를 부축했다. 그때 윤상이 벌떡 자리에서 일어나면서 위엄어린 어조로 외쳤다.

"하늘에는 태양이 두 개 있을 수 없사옵니다. 또 나라에는 동시에 두 명의 군주가 존재할 수 없사옵니다! 선제先帝의 유명遺命에 수많은 군신群臣들의 추대가 힘이 돼 이뤄진 결과이옵니다. 그렇게 얻은 대권을 폐하께서는 어찌해서 마다하시려는 것이옵니까!"

윤상은 말을 마치자마자 바로 고개를 돌려 좌중을 향해 신성불가침의 권력에 예를 갖출 것을 명했다.

"폐하께 삼궤구고의 대례를 올려라!"

"만세!"

황자들 사이에서도 마침내 우렁찬 목소리가 울려 퍼졌다.

"여러 아우들, 그만 일어나게!"

윤진이 어느새 눈물을 깔끔하게 닦고 나서 좌중을 향해 일어나라는 손짓을 했다.

"폐하께서 이 나라와 만백성을 아직 여러모로 부족한 짐에게 주셨다는 사실이 황송하기만 해. 그러나 책임을 맡은 이상 최선을 다할 것이야."

윤진이 잠시 말을 멈췄다 다시 말을 이었다.

"당장 착수해야 할 일이 만만찮아. 일단 상서방 기능을 되살리려면 몇 사람을 더 들어오도록 해야겠어. 그러나 밖의 일은 짐이 잘 모르니 셋째와 여덟째 황자가 상서방에 들어와 도와줬으면 하네. 안의 일은 자네 몇몇이면 잘 해낼 거야. 또 북경의 안전은 잠시 열셋째 황자가 맡아주게. 먼저 대행황제의 묘호廟號를 정하고 나서 창춘원 대신들을 일일이 접견하지! 열셋째 아우, 가서 명령을 전하게!"

"예, 폐하!"

윤상이 윤진의 명령에 우렁차게 대답한 다음 성큼성큼 밖으로 나갔다. 장정옥이 아직 황제로서의 윤진의 위치가 어딘가 어색해 보이는 데다 황자들 모두 경황이 없는 듯하자 먼저 입을 열었다.

"소인이 생각하기에 선제께서는 일생 동안 문무에 통달하셨사옵니다. 또 나라의 통일 대업을 완수하신 시조로서 인조황제仁祖皇帝라고 명명하는 것이 어떨까 하옵니다."

"우리 대청에는 이미 두 명의 '조祖'가 계셔. 그럴 것이 아니라……."

셋째 윤지가 생각을 더듬었다. 이어 다시 몇 마디를 덧붙였다.

"태조太祖 다음에 태종太宗이었습니다. 세조世祖께서는 천하의 기반을 닦으신 분이라 역시 '조'라고 할 수 있겠습니다. 신의 어리석은 생각으로는 '인종'仁宗이라고 하는 것이 어떨까 싶습니다!"

여덟째가 못 먹는 감 찔러나 본다는 식으로 내내 투덜대면서 분위기를 무겁게 만들더니 그예 트집을 잡고 나섰다.

"모름지기 '조'라는 것은 시작을 의미합니다. 선제께서는 제 이대二代 (청淸 나라가 산해관을 넘어 북경을 수도로 삼은 기준) 황제이니까 '조'자를 붙이기보다 '무종'武宗이 무난할 것 같습니다."

"무종武宗은 안 됩니다. 명나라의 무종이 얼마나 멍청한 군주였습니까! 많고 많은 시호 중에서 꼭 그런 자의 시호와 동일하게 할 필요는 없지 않습니까?"

융과다가 즉각 반박했다.

순간 윤진은 여덟째 일당이 언제든지 자신을 인정하지 않을 수도 있다는 생각이 들자 처음부터 강하게 나가기로 모질게 마음을 먹었다. 또 선제의 호를 정하는 데 있어서만큼은 자신의 의사를 강력하게 주장하고 싶기도 했다. 그렇게 해야만 할 것도 같았다. 그가 한참 생각에 생각을 거듭한 다음 입을 열었다.

"짐의 생각에는 비록 제 이대 황제이기는 하나 개척 황제의 일생을 사신 분이기 때문에 '조'를 넣어 '성조'聖祖라고 정하는 것이 좋겠네!"

윤진은 말을 마치기 무섭게 바로 장정옥에게 종이를 자를 때 쓰는 손칼과 종이 한 장을 준비하도록 지시했다. 순간 사람들의 시선이 일제히 집중됐다. 윤진은 미리 준비라도 했다는 듯 손칼을 들어 오른손 중지를 그었다. 곧바로 새빨간 피가 흘러나왔다. 그가 그 피로 침착하게 종이 위에 '성조'라는 글씨를 써내려갔다. 이어 덧붙였다.

"이제 짐의 제호帝號만 남았군. 복잡하게 생각할 것도 없이 윤진이라는 이름과 음이 비슷한 '옹정'雍正으로 하는 것이 좋겠네! 또 다른 황자들은 지금부터 짐의 이름 앞의 자인 '윤'胤자를 '윤'允자로 고치도록 한다!"

윤진이 자신의 제호까지 정한 다음 바로 머리를 들고 가벼운 한숨을 토하면서 말을 이었다.

"융과다, 이제 담녕거로 가서 육부六部와 구경九卿 대신들을 모두 불러오게. 대행 황제의 장례식을 어떻게 치르면 좋을지 상의하게! 또 다른 황자들은 짐의 좌우에서 조정의 업무를 보좌하도록 하게. 짐은 마음이 아파 형제들과 헤어지고 싶지 않아."

"예, 폐하!"

윤진의 명령을 받자마자 융과다가 바로 밖으로 뛰쳐나갔다. 여덟째 쪽은 당연히 상황을 인정하기 싫었다. 그러나 그들은 낮은 처마 밑에서 머리를 부딪치지 않으려면 고개를 숙이는 수밖에 없다는 것쯤은 모르지 않았다. 그래서 어색하기는 해도 머리를 깊게 숙여 조아리면서 소리 높이 외쳤다.

"옹정황제 만세!"

"연갱요에게 짐의 명령을 전하라! 열넷째 아우에게 긴급 서한을 보내 속히 돌아와 선제의 장례식에 참석하라고! 수행원을 열 명 정도 데리고 와도 괜찮다고 전하라!"

지시를 마친 윤진의 눈빛은 차갑게 빛났다. 그가 다시 덧붙였다.

"거국적인 대변혁 앞에 나쁜 세력들이 좀벌레처럼 설칠 위험이 있다. 그러니 병부에 통첩을 내려 구성九城의 대문을 잠시 폐쇄시키라고 하라. 또 천하의 병마는 성지가 있기 전에는 절대로 단 한 명의 병졸이라도 움직여서는 안 된다고 미리 못을 박아 두라!"

장정옥은 윤진의 말을 토씨 하나 빼놓지 않고 열심히 적어 내려갔다. 잠시 후 몇 가지 긴급조치 사항이 담긴 조서가 즉석에서 만들어졌다. 이어 곧장 발표됐다. 융과다가 명령을 수행하고 다시 들어오자 윤진이 옷매무새를 단정히 하고 위엄을 갖춘 채 몸을 일으켰다.

"이제 담녕거로 가 보세!"

융과다가 우렁찬 목소리로 외쳤다.

"옹정황제께서 납신다!"

"옹정황제께서 납신다!"

그 목소리는 메아리가 되는가 싶더니 '궁려'를 벗어나 멀리까지 빠른 속도로 울려 퍼졌다.

〈강희대제 끝〉

※ '제왕삼부곡' 제2작 《옹정황제》로 이어집니다.